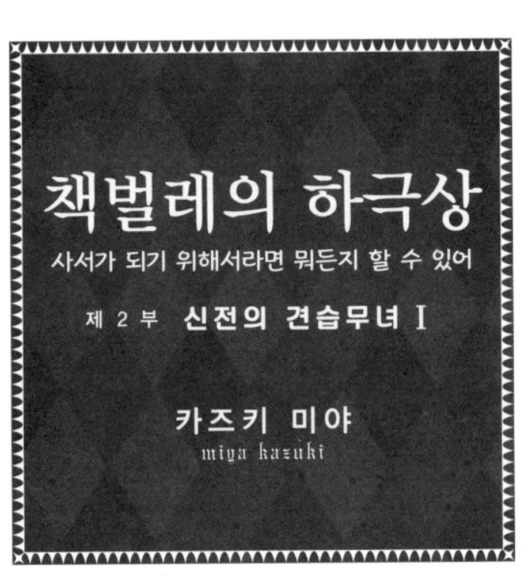

책벌레의 하극상

사서가 되기 위해서라면 뭐든지 할 수 있어

제 2 부 신전의 견습무녀 I

카즈키 미야
miya kazuki

길찾기

길베르타 상회

루츠
길베르타 상회의 수습생(다루아). 마인의 파트너이자 컨디션 관리 담당자.

벤노
길베르타 상회 주인이며 마인의 사업상 보호자.

코린나
벤노의 여동생. 상회 후계자. 자기 공방을 운영하는 솜씨 좋은 재봉사.

마르크
길베르타 상회의 다프라. 벤노의 유능한 오른팔.

신전 관계자

신전장
신전의 최고 권력자. 평민인 마인에게 위압당한 일로 미움을 품고 있다.

신관장
신전에서 마인을 보호하는 입장. 마인의 마력량과 계산 능력을 사들였다.

프랑
마인을 보좌하는 회색 신관. 원래는 신관장의 유능한 측근이었다.

길
마인을 보좌하는 회색 신관 견습생. 마인을 곤란하게 만드는 문제아다.

델리아
마인을 보좌하는 회색 무녀 견습생. 신전장이 마인의 정보를 캐내려는 목적으로 파견했다.

디도……………………루츠의 아버지
칼라……………………루츠의 어머니
지크……………………루츠의 둘째형
랄프……………………루츠의 셋째형
푸고……………………벤노가 데려온 요리사
엘라……………………벤노가 데려온 견습 요리사
요한……………………솜씨 좋은 견습 대장장이

등장인물

1부 줄거리

책을 무엇보다도 사랑하는 대학생 우라노 모토스는 신식이라는 병에 시달리는 병사의 딸 마인으로 전생했다. 문맹률은 높고 책이 매우 비싼 귀중품인 이 세상에서 책을 읽지 못해 괴로와하던 마인은 깨달음을 하나 얻었으니, 책을 구할 수 없다면 직접 만들면 되지였다. 식물로 된 종이 만들기부터 시작해 여러모로 분투하지만, 신식 환자는 마력을 흡수하는 마술 도구 없이는 오래 살 수 없다. 이 세계에서 비로소 한 사람 몫으로 인정받는 행사인 세례식 날, 마인은 신전에서 무엇보다도 멋진 장소인 도서관을 발견하고, 신전장과 직접 담판한 끝에 마력을 제공하는 조건으로 청색 견습무녀가 된다.

마인

주인공. 신식을 앓고 있어 허약한 병사의 딸. 신식을 앓을 때 끓어 오르는 열의 정체가 마력임이 밝혀져 원래는 귀족만 받아들이는 청색 견습무녀가 되었다. 책을 읽기 위해서라면 수단방법을 가리지 않는다.

귄터

마인의 아빠. 남문 경비반장. 가족 사랑이 지나쳐 주위 사람들이 기막혀하곤 한다.

에파

마인의 엄마. 염색공. 자주 폭주하는 남편과 딸 때문에 쓴웃음이 떠나지 않는다.

투리

마인의 언니. 견습 재봉사. 상냥하고 남을 잘 돌본다. 마인 왈 '정말 천사'

제2부 신전의 견습무녀 I

일러스트 시이나 유우 **지도제작** 후지시로 요 **번역** 김 봄 **디자인** 백진화
편집 정성학 김일철 **마케팅** 정다움 김서희 **주간** 박관형

제2부

신전의 견습무녀 I

프롤로그

"신관장님, 신전장님께서 부르신다고 합니다."

"……위압을 받고도 무사하신 모양이로군."

신관장 페르디난드는 시종 프랑의 말을 듣고 한숨을 내쉬며 일어섰다. 신전장이 좀 더 누워 있어 줬더라면 일이 훨씬 순조로웠으리라 생각하면서 시종 아르노를 따라 방을 나섰다.

신전장실로 이동하는 도중에 도서실이 페르디난드의 시야에 들어왔다. 동시에 이곳의 책을 읽으려고 소동을 일으킨 아이, 마인의 얼굴이 떠올랐다. 요 근래에 일어난 두통과 이 호출의 원인이다. 신전장이 자신을 부른 이유는 마인 사건의 진행 상태를 확인하고 불평을 늘어놓으려는 것임이 틀림없으니까. 신전장의 입에서 터져 나올 불쾌감 섞인 말들이 머릿속에 쉽사리 떠올랐다. 귀찮지만 일단 이 신전 내에서 가장 높은 위치에 있는 신전장의 체면을 세워 두는 편이 좋다. 그는 손가락으로 관자놀이를 지그시 눌러 귀찮아지려는 기분을 억지로 가슴 속으로 밀어넣었다.

사람들은 페르디난드를 종종 스물다섯, 혹은 서른 정도로 보는데 사실은 스물이다. 이복형은 젊음이 부족해서라고 종종 말했지만, 그저 생활 환경 탓이라고 페르디난드 자신은 생각했다.

그는 이 신전에서 특수한 입장이다. 순수한 신전 출생이 아니라 성인이 되기 전까지 귀족 사회에서 자랐다. 애첩의 자식이었지만 기본적인 마술구를 취급할 수 있을 만큼은 마력이 있고, 공부를 잘한 덕분에 이복형을 보좌할 수 있도록 교육을 받아 왔다. 이복형과의 사이는 나쁘지 않았지만, 페르디난드가 이복형을 보좌한다는 것조차 마음에 들지 않았던 아버지의 본처가 아버지가 돌아가신 뒤로는 페르디난드를 노골적으로 배척하기 시작했다. 권력에 꾀어드는 어른들은 본처의 의견에 찬성했고, 친어머니는 힘이 없었다. 신변에 위협을 느끼기 시작했을 무렵, 이복형이 신전에 들어가는 게 어떻겠냐고 권유했다.

귀족 사회에서 신전에 들어간다는 것은 정치 세계에서 발을 빼겠다는 선언이나 마찬가지다. 다만, 신전 또한 마력을 쓰며 제례 행사를 하므로 정계와 밀접한 관계가 있다. 또한 귀족 출신의 청색 신관이나 청색 무녀가 신전의 상위를 차지하는, 다시 말해 친가의 지위에 따라 신관의 지위도 정해지는 계급 사회다. 이복형은 페르디난드에게 신전을 장악하라고 웃으면서 명령했다. 지금의 신전장은 본처의 남동생으로, 거만하고 성가신 상대다. 페르디난드는 쉽게도 말한다며 어깨를 으쓱거리면서 신전에 발을 들였다.

신전에서 보내는 나날은 평온했다. 재정 및 고아원 관리, 귀족과 연락을 담당하는 사람도 있었지만, 신구(神具)에 마력을 불어넣는 일 외에는 특별한 임무가 주어지지 않았다. 남아도는 시간이 너무나도 많다 보니 이복형에게 친가에 둔 책이나 목패를 보내 달라고 부탁할 정도였다. 이왕이면 경제력이 좋지 않은 귀족들도 이용하면 좋겠다 싶어 책 여러 권을 도서실에 진열해 보았다. 하지만 신전에 몸을 둔 청색 신관이나 무녀는 귀족 사회에 돌아가지 못하는 자들뿐이라서인지 공부에 흥미가 있는 사람이 없었던 듯하다. 책을 읽고 싶다며 오열할 정도로 흥미를 보인 사람은 평민 출신 소녀, 마인뿐이었다.

하지만 평온했던 시간은 오래가지 않았다. 정변이 종결되자 대규모 숙청이 이어졌고, 귀족의 수가 급격히 줄었다. 부족한 머릿수를 채우기 위해 귀족원에 다닐 만한 나이 어린 수습생들을 친가로 불러들이더니, 다음에는 결혼이 가능한 젊은 신관이나 무녀가 귀족 사회로 돌아갔다. 게다가 적령기보다 나이가 많아도 마력이 강한 신관이나 무녀는 중앙 신전으로 이동하라는 요청이 있었다. 지금 이 신전에 청색 무녀는 한 사람도 남아 있지 않고, 청색 신관은 친가로 돌아갈 수 있는 나이가 아니거나 중앙 신전에서 필요로 하는 마력량을 채우지 못하는 자만 남게 되었다.

주요 업무를 맡던 자들이 몽땅 떠난 신전에서 이제는 페르디난드가 온갖 업무를 이어받게 되었다. 이제 막 신전에 들어온 데다 아직 젊은데도 불구하고 친가의 지위로 신관장 자리를 맡게 되면서 평온했던 시간이 사라지고 만 것이다.

"신전장님, 신관장이 왔습니다."

문 앞에서 대기하던 신전장의 시종이 페르디난드가 걷는 속도에 맞춰 문을 열었다. 신전장은 의자에 깊게 앉아 코를 찡그린 흉악한 표정으로 짜증스럽게 손가락으로 책상을 두드리다가 페르디난드의 모습을 보자마자 거칠게 입을 열었다.

"신관장, 그 건은 대체 어찌 됐나?"

페르디난드는 천천히 신전장의 앞까지 걸어간 후, 귀족다운 우아함을 일부러 강조하면서 고개를 갸웃거려 보였다.

"그 건이라 하심은?"

"그 무례하기 짝이 없는 꼬맹이 말고 누가 있겠나!"

부아가 치민 어린아이처럼 몸을 일으켜 책상을 내려치면서 신전장이 고함쳤다. 이미 예상한 행동이었기에 페르디난드는 보고용으로 작성한 목패를 들어 읽는 척하며 튀는 침을 막았다.

"애초의 예상대로 신전에 들어오게 되었습니다. 확실히 마인이 없으면 봉납식이 곤란해집니다. 그리고 가을에 기사단에서 요청이 오면 어쩌실 생각이십니까? 마력이 부족하니 의식을 치를 수 없다고 대답하시겠습니까? 아니면 귀족이 늘어나기 전까지 다른 신전에 조력을 구하시겠습니까?"

친가의 높은 지위에 비례하듯 자존심이 하늘을 찌르는 신전장이 다른 사람에게 도움을 요청할 리는 절대 없다. 다른 영지의 신전에 머리를 조아리며 도와 달라고 애걸하는 자신을 상상한 듯 신전장은 이마까지 새빨갛게 물들며 분통을 터트렸다.

"크, 마력만 부족하지 않았다면 그런 무례한 꼬맹이는 당장에 처형했을 것을……."

"마인을 정면에서 도발하면 위험합니다. 그 마력을 또 정면으로 받으신다면 신전장님의 심장이 견디기 힘들지도 모릅니다."

고압적인 태도 때문에 자신이 졸도할 정도로 마력의 위압을 받았던 사실을 그새 잊은 걸까. 이래서 늙은이는 안 된다고 페르디난드는 생각했다. 으드득 이를 가는 신전장을 내려다보면서 마인과 그 부모와의 대화로 결정된 사항을 보고했다.

"사전에 논의한 대로 파란 의복을 준비하기로 했습니다. 마술구의 손질과 본인이 열망하는 도서실 업무를 맡게 한 것도 사전에 논의한 대로입니다."

페르디난드는 사전에 논의한 점이라는 부분을 재차 강조했다. 나이

탓인지 신전장은 자신의 발언을 자기 편한 대로 자주 잊어버렸다. 예상대로 반론하고 싶어도 할 수 없어진 신전장은 한 방 먹은 표정으로 신음하면서 페르디난드를 노려보았다.

"으으으윽……. 신관장, 네놈……."

"그리고 마인은 고아가 아니므로 집에서 통근하게 되었습니다. 실제로 청색 신관 중에도 통근이 많으니 딱히 문제가 아니라고 판단하여 허가했습니다."

"뭣이!?"

신전장이 눈을 부릅뜨고 달려들었다. 이것 또한 페르디난드의 예상대로였다.

"……신전장님께서 파란 의복을 부여하라고 명하셨으니 귀족 구역에 방을 주기보다는 통근 쪽이 좋다고 판단했습니다."

"뭐, 상관없겠지."

평민에게 귀족 구역의 방을 제공하는 것보다 통근 쪽이 납득하기 쉬웠는지 신전장이 비열한 웃음을 지으며 끄덕였다. 고아원에 집어넣어 버리면 된다던 자신의 발언은 완전히 잊어버린 모양이지만, 이미 확답을 얻었다.

"또 허약해서 매일 근무는 힘들다고 합니다. 청색 견습무녀가 해야 할 업무는 많지 않으니 몸이 안 좋을 땐 쉬어도 문제가 없을 겁니다."

"허, 의욕이 전혀 느껴지지 않는군."

무슨 일이든 불평하지 않으면 직성이 풀리지 않는 듯하다. 하지만 이 또한 예상했던 일이므로 페르디난드는 가볍게 으쓱거리며 흘려 넘겼다.

"신전 안에 들여놓는 것보다 낫겠다고 판단했습니다. 그리고 건강 관리를 위해 시종을 붙이기로 했습니다."

"필요 없다!"

추측한 대로 정확하게 맞아떨어지는 신전장의 대사에 페르디난드는 가볍게 한숨을 내쉬고 미리 준비해 둔 대답을 했다.

"청색 견습무녀에게 시종이 한 명도 없으면 도리어 우리가 곤란합니다. 그리고 지금은 회색 신관이 넘쳐나니 마인에게 붙이는 편이 좋습니다."

청색 신관이 신전을 떠나면서 상당히 마음에 드는 시종을 제외하고는 전부 해임해 버린 탓에 대부분의 회색 신관이 고아원에 남았다. 청색 신관의 친가로부터 들어오는 기부금도 줄어든 상황인데 주인이 없는 회색 신관과 무녀만 있어서는 지출만 커질 뿐이다.

"그리고 마인의 신변을 조사한 바, 상업 길드에 공방장으로 등록되어 있었습니다. 신을 모시는 자에게 이윤 수단은 필요 없다고 간단히 잘라 버릴 순 있지만, 계속 공방을 운영하게 하여 신전에 정기적인 이익이 들어오게 하는 것도 유용한 수단이지 않을까 사료됩니다. 어떻게 하시겠습니까?"

"뽑을 수 있는 만큼 뽑아내."

신관과 무녀의 수가 줄어 자기 손에 들어오는 돈도 줄어든 신전장은 신전의 명분보다 실리를 택했다. 마인 측이 제안한 모든 조건에 허가가 떨어지자 페르디난드는 안도의 숨을 내쉬었다.

"그럼 신전장님께 누를 끼치지 않도록 마인은 기본적으로 제가 돌보기로 하고, 신전장님의 집무실에는 기본적으로 출입하지 못하도록 하겠습니다. 그리고 회색 신관 중에 제 시종을 하나 붙여 세세하게 보고받을 예정입니다."

일단은 경계하는 모습을 보여 주자 신전장이 흥미진진하게 눈을 반짝였다. 그리고 하얀 수염을 재차 쓰다듬으며 대단치도 않은 계략을 꾸밀 때의 비열한 웃음을 지었다.

"그래? ……그럼 내 쪽에서도 하나 붙여야겠군. 동갑인 델리아라면 나를 위해 성실히 임할 테고, 녀석도 신용하겠지. 다른 시종으로는 고아 중에서 가장 성가신 녀석을 붙여서 고생 좀 하게 만들어 둬라. 마력과 기부금은 한계까지 뽑아내도록. 어차피 그 정도의 가치밖에 없으니까."

귀찮게 됐다. 귀족 사회나 신전 내부 사정을 잘 모르는 마인에게 보좌를 붙일 계획이었는데 신전장 휘하의 시종이 붙으면 이쪽의 언행도 신전장의 귀에 들어가게 된다. 페르디난드는 후회하며 퇴실 인사를 하고 신전장의 집무실을 나와 자신의 방으로 돌아갔다.

"정말이지. ……성가시게 하는군."

신전에 맡겨지는 대부분의 청색 신관과 무녀가 귀족의 서자인 가운데, 정실 소생인 신전장은 높은 위치인 자신의 집안을 자랑스럽게 여겼지만, 사실은 출생에 비해 마력이 지나치게 약하다는 이유로 신전에 맡겨진 탓에 마력이 큰 자에게 느끼는 열등감이 무시무시했다. 마력이 또 언제 폭주하게 될지 모르는 마인의 언행을 잘 지켜봐 두지 않으면 안 되었다.

보고서에는 마인이 길베르타 상회를 등에 업고 수습생으로 임시 등록을 한 후, 지금까지 린샴, 식물지, 머리 장식, 카트르 카르 등 다양한 상품을 생산했다고 기록되어 있다. 마인 개인에게 대금화 1닢을 기부할 정도의 재력이 있다는 점은 어림잡아도 거짓은 아닌 모양이다. 체력적으로 문제가 있어 상인 수습생은 포기하고, 길베르타 상회가 준비한 마인 공방에서 앞으로도 상품을 발명하여 판매할 예정이라고 적혀 있다. 또한, 마인은 마력과 돈뿐만 아니라 사무 처리 능력도 있다고 한다. 업무에 쫓기는 페르디난드에게는 신전장보다 마인 쪽이 훨씬 도움이 되는 인재라고 할 수 있었다.

"그나저나 이렇게 많은 상품을 1년 사이에 계약했다니……."

마인 공방의 이익은 상당히 커질 듯하다. 돈에 극성맞은 상인에게 속지 않고 세세하게 보고해 줄 시종을 마인에게 붙여야 한다. 페르디난드는 자신의 방에 있는 시종을 쭉 훑어보았다. 자신에게 충성심이 깊고, 보고가 정확하고, 참을성이 있는 사람이 좋다. 그리고 신전장이 붙인 골칫거리 시종을 요령 있게 대응할 수 있어야 한다.

"프랑, 앞으로 자네가 마인의 시중을 들어야겠다. 되도록 세세한 보고를 부탁한다. 그리고 신전장과 마인을 되도록 가까이 두지 않도록 하라."

"……알겠습니다."

프랑은 아주 잠깐 불안한 표정을 지었지만, 차분하게 고개를 끄덕였다.

"다른 시종은……. 그래. 청색 신관에게 붙일 수 없는 다루기 힘든 자는 없나? 명분상 신전장님의 의견도 수용해야 하는데."

프랑은 당혹한 듯이 시선을 이리저리 헤매더니 살짝 눈을 감았다. 신전장에게 갈 때 방에서 대기하던 아르노가 입을 열어 프랑을 도왔다.

"길은 어떻습니까? 자주 반성실에 들어가는데도 전혀 기죽지 않아 감독 신관을 난처하게 만드는 아이입니다."

"……흠. 그럼 길과 델리아, 프랑을 마인의 시종으로 두도록 하자."

맹세 의식과 시종

……오늘부터 신전의 견습무녀다.

파란 의복을 준비하는 데에 시간이 걸린다 하여 함께 세례식을 마친 루츠에 비해 한 달이나 늦게 수습에 들어가게 되었다. 빨리 가고 싶은데 신전에 가기 전까지 기다리는 시간이 길게 느껴져서 좀이 쑤셨다.

'드디어, 드디어 책을 읽게 됐어! 그것도 그 쇠사슬로 엮인 책이라니! 아아, 생각만으로 흥분해서 오싹거려! 야호!!'

책을 읽을 수 있다는 행복감에 빙글빙글 돌며 기뻐하자 투리가 나를 부르러 왔다.

"마인, 루츠가 데리러 왔어. ……춤은 왜 춰?"

"책을 읽을 수 있잖아. 그럼, 투리. 다녀올게."

"마인, 너무 흥분하지 않게 조심해."

'그건 무리야!'

마음속으로 대답하면서 나는 집을 뛰쳐나왔다. 마을 북쪽에 있는 신전에 가기 위해 나는 내가 가진 옷 중에서 가장 고급스러운 길베르타 상회의 수습복을 입었다. 신전 제복인 파란 의복을 받기 전까지는 이대로도 좋겠지.

"으흐흥, 흥~흥……."

콧노래를 부르며 껑충껑충 뛰자 질리는 표정을 한 루츠가 내 팔을 휙 잡아끌었다.

"마인, 너 너무 들떴어. 신전에 도착하기 전에 열나겠다."

"윽……. 그럼 안 되지."

나는 멋대로 튀어 오르려는 다리를 달래고, 들떠서 기뻐할 수도 없는 허약한 몸을 원망하면서 조금이라도 빨리 걸으려고 서두르는 마음을 꾹꾹 눌렀다. 그리고 루츠와 손을 잡고 천천히 신전으로 향했다.

"마인, 정말 혼자서 괜찮아?"

"오늘은 의복을 받고 시종 분들을 소개받기만 하니까 괜찮아."

나의 출근은 기본적으로 루츠와 똑같이 맞추기로 했다. 신전에서 붙여 주는 시종이 내 몸을 관리할 수 있을 때까지는 지금까지처럼 루츠가 돌봐 주는 편이 좋다고 가족과 벤노가 판단했기 때문이었다.

다른 사람이 루츠만큼 내 몸 상태를 관리하는 건 절대 무리일 텐데…….

혹시나 앞으로 계속 루츠를 붙여 두고 싶은 걸까. 가족을 비롯해 벤노도 마르크도 루츠도 다들 신전 귀족을 굉장히 경계했다. 하지만 계속 루츠에게 의지해서는 내가 루츠의 짐이 되지 않으려고 상인 수습생을 포기한 의미가 없다.

그렇게 벤노에게 불평했더니, 벤노는 흥! 하고 콧방귀를 뀌었고, 마르크는 곤란한 얼굴로 애매하게 웃으며 알려주었다. 무려 이탈리안 레스토랑의 개점과 다른 마을에 제지(製紙) 공방을 세우기 위해 루츠에게 마르크가 직속 지도를 하게 되었다고 한다. 제안을 한 나와의 연락 담당이라 상당히 변칙적인 교육 과정이 될 것이라고 설명해 주었다. 처음부터 새로운 사업 설립에 참가하고 계속해서 실천에 옮기도록 하여 업무 내용을 철저하게 주입시킬 계획이라고 한다.

"그건 평범한 신입 연수가 아닌데요?"

나도 모르게 추궁해 버렸지만, 루츠 자신은 예정보다 훨씬 빨리 다른 마을에 갈 수 있게 되어 매우 의욕적이었다.

루츠가 기뻐한다면 그걸로 상관없지. 힘내, 루츠!

신전에 도착하니 문 근처에서 한 회색 신관이 우리를 기다리고 있었다. 비교적 탄탄한 체격의 그 남성은 허리를 굽혀 꿇어앉더니 양손을 가슴 앞에 교차했다.

"안녕하십니까, 마인 님. 신관장님께 안내하겠습니다."

"마인 님!? 풋, 푸하하하……. 안 어울려."

회색 신관의 정중한 태도에 웃음을 터트린 루츠가 나와 회색 신관을 번갈아 보며 키득거렸다. 나도 루츠와 함께 웃고 싶었지만, 회색 신관의 눈썹이 불쾌하다는 듯이 움찔거린 것을 눈치채고 배를 감싸 안고 웃는 루츠를 가볍게 때렸다.

"루츠, 너무 웃지 마!"

"아아, 미안, 미안. 마인, 오늘은 네 점 종이 울리면 데리러 올 테니까 기다려."

손을 흔들며 걷기 시작한 루츠를 보낸 후, 나는 회색 신관 쪽으로 몸을 빙글 돌렸다.

"불쾌하게 해서 죄송해요."

"……당신이 제게 사과할 필요는 없습니다. 그것보다 신관장님께서 기다리십니다."

회색 신관은 홱 하고 시선을 돌려 내 사과를 거부해 버렸다. 그리고 눈을 깜빡이는 내게 등을 돌리고 걷기 시작했다. 또각또각 나막신 소리가 흰 대리석 복도에 울렸다. 구두 소리 외에 소리 하나 없는 무거운 침묵을 느끼며 나는 종종걸음으로 회색 신관의 뒤를 따라갔다.

복도의 코너를 돌자마자, 구두 소리 외에 다른 소리가 들렸다. 무심코 고개를 들어 소리가 난 쪽을 보자 복도를 청소하는 회색 무녀들의 모습이 드문드문 보였다. 세례식 때에는 보이지 않던 회색 무녀들의 복장은 그다지 깨끗하지는 않았다. 청소 중이라서, 혹은 더러워진 옷을 입어서가 아니라, 몸의 청결함이나 차림새가 앞을 걷는 회색 신관과 분위기가 사뭇 달랐다. 그녀들은 회색 신관의 모습을 보자마자 청소하던 손을 멈추고 일일이 복도의 가장자리에 나란히 서서 시선을 내려뜨렸다.

혹시 경의의 표현인가?

몸집이 작아서 회색 신관의 등에 가린 나를 나중에 놀란 듯이 쳐다본 회색 무녀의 행동으로 보아 이 동작이 나를 향한 표현은 아닌 듯했다. 고아원 출신의 회색 신관 사이에도 계급이 존재하는 사실을 눈으로 확인하니 자신이 지금까지의 생활과 전혀 다른 계급 세계에 발을 들여 버렸다는 불안감이 점점 가슴속에 퍼져 갔다. 지금까지의 생활권에서는 귀족과 얽힐 일이 없었다. 기본적으로 비슷한 생활 환경 속에 살았고, 거상과 왕래하게 되어도 상품 가치 덕분에 그럭저럭 대등한 취급을 받았다.

나, 괜찮을까? 계급 사회의 상식을 몰라서 엄청난 실패를 해 버리는 거 아냐?

새하얗고 화려하지만 고요한 복도에 초조한 구두 소리가 울린다. 우라노 시절에도 경험한 적 없는 상상할 수도 없는 세계에 자신이 발을 놓았다는 실감이 들었다.

"신관장님, 마인 님을 모셔왔습니다."

회색 신관이 말하는 '마인 님'이란 호칭이 낯설어 자신을 부른다는 느낌이 전혀 들지 않았다. 어린애에다 평민에 대단하지도 않은 자신에게 어른인 회색 신관이 '님'을 붙여 부르자 나는 위화감에 안절부절못했다. 하지만 신전에서 파란 의복을 부여받아 귀족의 대우를 받게 된 내가 '익숙하지 않으니까 말을 낮춰 주세요' 라고도 할 수 없는 노릇이다. 호칭에 내가 익숙해질 수밖에 없어 보인다.

"실례합니다."

버릇처럼 가볍게 고개를 끄덕이면서 신관장의 집무실로 들어가자 정면에 설치된 간이식 제단이 눈에 들어왔다. 세례식 때 예배실에 있던 몇 십 층이나 된 계단식 제단을 간소화한 것임을 한눈에 알았다.

삼단으로 된 제단의 가장 위에는 세례식 제단의 석상에 장식되었던 검은 망토와 금색 관이, 가운데 단에는 지팡이, 창, 성배, 방패, 검이 놓여 있었다. 가장 아랫단에는 꽃이나 과일, 향로와 방울이 놓여 있고, 가상 가상자리에 성성스럽게 개 놓은 파란 의복이 보였다. 제단 앞에 깔린 파란 카펫은 싫어도 세례식 기도를 떠올리게 했다.

저번에 신관장의 집무실에 왔을 땐 이런 제단은 없었다. 내가 집무실 입구에 멈춰선 채 기억을 더듬고 있자 집무를 하던 손을 멈춘 신관장이 일어서서 제단 앞으로 걸어왔다

"마인, 이쪽으로."

나는 조금 빠른 걸음으로 신관장의 손앞에서 멈췄다. 신관장이 엷은 금색 눈으로 나를 내려다보고 가볍게 한숨을 쉰 후, 시선으로 제단을 가리켰다.

"본래라면 신전장님의 집무실 제단 앞에서 신과 신전을 섬기는 기

도를 하고 의복 수여식이 있어야 하는데, 신전장님은 그대를 집무실에 들이고 싶지 않은 듯하여 급히 이쪽에 제단을 설치했다."

"……폐를 끼쳐서 죄송합니다."

신전장의 오만한 태도와 말투로 이성의 끈이 끊어졌던 나는 감정적으로 어마어마한 마력을 폭발한 덕분에 분노와 짜증까지 깨끗이 날아가 버렸다. 하지만 폭주한 마력의 위압을 받은 신전장은 나를 싫어하며 원망하리라는 것 정도는 예상했다.

'그것도 평민 아이에게 수모를 당했으니.'

신전의 최고 권위자에게 처음부터 회복 불가능한 상태로 미운털이 박히다니, 상당히 난처한 상황이 아닐까. 앞으로의 신전 생활에 닥친 장해를 느끼는 내게 신관장이 가볍게 고개를 저었다.

"불에 기름을 붓지 않도록 신전장님과는 되도록 얼굴을 마주치지 않는 편이 좋을 것이다."

나보다 신전장을 잘 아는 신관장이 하는 말이니 지금은 접촉을 피하는 편이 좋을 듯했다. 굳이 가까워질 생각도 없었던 나는 고개를 끄덕였다.

"그럼 기도 의식을 시작하지."

신관장이 향로의 쇠사슬을 쥐고는 시계추처럼 천천히 흔들었다. 그 움직임에 맞춰 피어오르던 향이 춤을 추고, 마음에 안정을 주는 유향 같은 향기가 방 안에 퍼졌다.

그리고 제단에 모신 신구(神具)에 대해 신관장이 저음으로 정성을 들여 설명해 주었다. 최상위에 해당하는 검은 망토는 밤하늘을 의미하며 어둠의 신을 상징한다. 금의 관은 태양을 의미하며 빛의 여신을 상징한다. 이 부부신이 천공을 관장하는 최고신이므로 제일 상단에 장식된다. 가운데 단의 지팡이는 눈이나 얼음을 녹이는 물의 여신을 상징, 창은 길고 높은 성장을 돕는 불의 신을 상징, 방패는 차가운 겨울의 도래를 막는 바람의 여신을 상징, 성배는 모든 것을 받아들이는 흙의 여신을 상징, 검은 딱딱한 대지를 베고 들어오는 생명의 신을 상징한다고 했다. 제일 아랫단은 신에게 바치는 공물이다. 숨결을 상징하는 초목, 결실을 축복하는 과실, 평온을 가리키는 향, 신앙심을 나타내는 천을 바친다고 했다.

"봄의 귀색(貴色)은 초록. 지독한 겨울을 넘어서 움트는 어린 생명의 색. 여름의 귀색은 파랑. 크고 높게 자라는 생명이 향하는 높은 하늘의 색. 가을의 귀색은 노랑. 풍부한 결실에 물들고, 고개를 떨구는 보리의 색. 겨울의 귀색은 빨강. 냉기를 누그러뜨리고 희망을 주는 화로의 색."

신전에서 받드는 색은 계절에 따라 바뀌는 듯하다. 제단에 장식된 천이나 카펫, 신관이나 무녀가 파란 의복 위에 걸친 장식의 색들은 그 계절에 따른다고 한다.

"그럼 기도의 말을."

신관장은 그렇게 말하며 카펫 위에서 무릎을 꿇고 왼쪽 무릎을 세웠다. 그리고 양손을 가슴 앞에서 교차하고 고개를 떨어뜨렸다. 나도 신관장의 옆에서 같은 자세를 취했다. 내가 준비를 끝낸 것을 확인한 신관장이 입을 열었다.

"복창하도록."

틀리지 않도록 긴장하면서 나는 가만히 신관장의 입가를 응시했다. 신관장의 얇은 입술이 알기 쉽게 천천히 움직이며 기도문이 흘러나온다.

"높고 정정한 천공을 관장하는 최고신은 어둠과 빛의 부부신."

"넓고 호호막막한 대지를 관장하는 다섯 위(位)의 대신은"

"물의 여신 플류트레네."

"불의 신 라이덴샤프트."

"바람의 여신 슈첼리아."

"흙의 여신 게두르리히."

"생명의 신 에이비리베."

"높고 정정한 천공에서 넓고 호호막막한 대지로 널리 퍼지는 최고신의 힘이 빛나고"

"5위 대신들의 힘으로서 넓고 호호막막한 대지에 존재할 만물을 낳아 주시는"

"그 고귀한 신력의 은혜에 보답을 바칠 것이며"

"마음을 바로 하고, 마음을 가누고, 마음을 결사하여 무한하고 올바르신 신임을 우러러 받들며"

"대자연의 신들과 함께 인내 속에서 기도하고, 감사하며 봉납할 것을 서원합니다."

빠짐없이 복창하고 신관장을 올려다보니 잘했다고 말하는 듯이 신관장이 가볍게 끄덕였다. 그리고 일어서서 벽 쪽에 선 회색 신관에게 시선을 돌렸다. 그러자 제단 가까이에 있던 회색 신관이 조용히 움직이며 제단의 가장 가장자리에 개 두었던 파란 의복을 들고 신관장에게 건넸다.

"파랑은 성장을 돕고 돌보는 불의 신의 귀색이며 최고신이 관장하는 높고 정정한 천공의 색이다. 최고신을 향한 신앙과 앞으로 항시 성장해 나갈 것을 맹세하는 신관과 무녀에게 이를 부여한다."

파란 의복을 부여받은 나를 벽 쪽에 있던 견습무녀가 옷단장을 해주었다. 파란 의복은 위에서부터 쏙 뒤집어쓰고 허리춤을 끈으로 고정하면 되는 간단한 옷이었다. 그 안에 입는 옷은 계절에 따라 적당히 조절하고, 의식이 있을 때는 파란 의복 위에 신에 따라 여러 가지 장식을 달게 된다고 한다.

"마인, 신의 인도로 이곳에 찾아온 경건한 사자여. 우리는 그대를 환영한다."

신관장이 가볍게 허리를 굽히고 양손을 가슴 앞에서 교차했다. 나도 그 행동을 따라 하여 손을 교차했다.

"환영해 주셔서 진심으로 기쁘게 생각합니다."

"그럼, 기도하라."

너무 갑작스러워서 무엇을 요구하는지 몰랐다. 양손을 교차한 채 내가 "예?" 하고 고개를 갸웃거리자 나의 눈치 없는 행동에 어이없다는 듯이 신관장이 미간을 찌푸렸다.

"세례식에서 배웠겠지? 신에게 예배를 드리거라."

아, 그거, 구리코 포즈. 하긴 신전에 들어왔으니까 그 포즈를 일상적으로 취해야 하는구나. ……내 복근, 괜찮을까?

복근이 찢어질 듯 웃는 바람에 도중에 포기한 세례식이 뇌리에 스쳐 지나가려는 것을 머리를 흔들어 떨친 후, 웃지 않게 배에 힘을 주었다. 설마 기억을 못 하냐고 말하고 싶은 듯한 신관장의 날카로운 시선을 느끼며 나는 기도를 올렸다.

"시, 신에게 기도를! ……앗!?"

완벽하게 구리코 포즈를 유지하기란 의외로 어려웠다. 균형 감각과 자신의 체중을 한 다리로 지탱할 근육이 필수다. 나는 세례식의 신관들처럼 아름다운 구리코 포즈를 지탱하지 못하고 볼품없이 비틀거렸다.

"그런 예배로는 곤란해. 그대는 언젠가 공개적으로 사람들 앞에서 예배를 올리는 기원식에 출석하여야 하는데 무녀가 예배도 제대로 못 드려서 어쩌겠나? 기원식까지 완벽하게 예배드릴 수 있게 해 두도록."

"으으……. 성심성의껏 노력하겠습니다."

신관장이 한숨을 내쉬며 가볍게 고개를 저은 후, 벽 쪽에 줄지어 선 회색 신관에게 시선을 돌렸다.

"그대를 보좌하게 될 회색 신관과 수습생을 소개하지."

신관장의 말에 방구석에 서 있던 사람들 중 회색 신관과 수습생 두 명이 제단 앞으로 걸어 나왔다. 어른 남성인 회색 신관 한 사람과 나와 나이가 비슷한 소년, 소녀였다.

놀랍게도 이 방에까지 안내해 준 회색 신관이 내 시종이었던 모양이다. 비교적 탄탄한 몸에 키는 아빠만 했다. 연보랏빛 머리에 짙은 갈색 눈을 한 그 사람은 성실해 보이면서 말수가 적은 인상이었다. 그는 조용할 듯하지만 딱딱한 표정을 짓고 있었다. 입을 굳게 다문 인상이 조금 다가가기 힘든 느낌이다.

"프랑, 17세. 잘 부탁합니다."

"저야말로 잘 부탁합니다."

정중하게 인사를 건넸더니 신관장의 질책이 날아왔다.

"마인. 그대는 파란 의복을 입는 자다. 회색 신관에게 자신을 낮춰서는 안 된다."

"죄, 죄송해요. 조심하겠습니다."

계급 사회를 도저히 모르겠다. 무엇을 해야 좋고, 무엇을 하면 안 되는지 지금까지의 상식으로는 잴 수가 없었다. 마인으로써의 삶을 시작했던 때처럼 어림짐작으로 상식을 익혀야 할 듯하다. 불안에 사로잡힌 내 앞에 또 다른 큰 불안 요소로 보이는 시종이 섰다.

영양 상태가 좋지 않은지 루츠와 비슷한 키인데도 눈매가 사납고 깡말랐다. 연한 금색 머리에 언뜻 검은색으로 보이지만, 자세히 보면 보라색 눈동자를 가진 그 아이는 첫인상이 약삭빠른 악동 같았다. 솔직히 말하자면 내가 질색하는 타입이다.

우라노 때는 줄곧 실내에서 책을 읽었고, 지금은 허약한 몸 때문에 누워 있는 날이 많은 나는 완벽한 은둔형 타입이다. 난폭…… 아니, 개구쟁이에다가 활동적이고 입이 거친 남자아이는 기본적으로 가까이하고 싶지 않은 존재다. 사이가 좋아지긴 힘들겠다고 생각하면서 내가 소년을 보자 소년도 평가하는 듯한 태도로 빤히 나를 쳐다보더니 위아래로 훑어보면서 입을 열었다.

"난 길. 10살이다. 네가 내 주인이라고? 최악이네. 엄청 꼬맹이잖아."

어라? 시종이 이런 태도를 보여도 돼?

주위를 가소롭게 여기는 듯한 시선과 상당히 거친 말투에 깜짝 놀라 입을 뻐끔거리자, 또다시 신관장의 질책이 날아왔다. 길이 아닌, 내게.

"마인, 길은 그대의 시종이다. 태도가 나쁘면 충고해야 한다."

"예? 제가요?"

"주인인 그대가 하지 않으면 누가 하나?"

신관장은 당연하게 말하지만 충고라니 대체 어떻게? 말한다고 들을 타입이 아닌 것 같은데.

"저기, 조금은 말투를 고쳐 주지 않을래?"

"쳇! 바보 아냐!?"

신관장은 어쩔 도리가 없다고 말하고 싶은 듯 고개를 저었지만, 이건 사람을 잘못 골라도 한참 잘못 골랐다. 일부러 괴롭히는 건가, 하고 생각한 순간 납득이 갔다. 분명 날 괴롭히려는 목적으로 고른 사람이다. 길은 시종 역할을 완수할 것 같은 아이가 아니었다. 평민인 내게 귀찮은 일을 강제로 떠넘기려는 속셈이다. 이 사실에 납득하자 성의껏 대하기도 우스워졌다. 반에 있는 개구쟁이 남자아이와 똑같이 대응하면 되겠지. 그냥 내버려두자.

나는 가볍게 손을 들어 길의 말을 끊고, 시종으로 서 있는 유일한 여자아이에게 눈을 돌렸다. 진홍색 머리에 연한 하늘색 눈. 지기 싫어하고 다부진 얼굴이지만 미인형이다. 귀엽다기보다 예쁜 용모다. 뭐라 할까, 자기 미모를 스스로 알고 남자에게 알랑거리는 법을 아는 여자아이 같았다.

여자끼리는 무의식중에 이런 점이 눈이 들어온단 말이야.

"난 델리아. 8살이야. 사이좋게 지내자."

사이좋게 지내자는 말에 비해 델리아의 눈은 조금도 웃지 않았다. 전혀 친구가 될 것 같지 않은 분위기가 마치 공격 태세에 들어간 것처럼 보였다. 하지만 언뜻 생글거리며 웃는 델리아는 신관장의 입장에서는 문제 있는 선별이 아니었는지 딱히 질책이 없었다.

어느 시종도 우호적인 분위기가 손톱만큼도 없자 잘 해 나갈 자신이 전혀 들지 않았다. 옆에 있기만 해도 피곤해졌다.

"저기, 신관장님. 저, 지금까지 시종은 없어서 딱히 없어도……."

"안 돼. 청색 신관은 의무적으로 시종을 들여야 한다. 이들은 신전장님과 내가 선택한 시종이다. 그대는 파란 의복을 입은 이상, 그들의 주인으로서 어울리는 언행을 취해야 한다."

'필요 없다고 말하면 안 되는 거야? 게다가 내게 선택권도 없어?'

신전의 견습무녀, 서원을 올린 첫날부터 좌절할 것 같다.

무녀의 업무

“이것으로 기도 의식이 끝났다.”

“그럼, 도서실로…….”

“기다려라. 얘기는 아직 안 끝났다.”

신관장에게 이끌려 나는 제단 앞에서 집무용 책상 앞으로 자리를 옮겼다. 그리고 프랑이 준비해 준 의자에 앉았다.

“고마워요, 프랑.”

“……고마워하실 건 없습니다.”

순간 놀란 표정을 짓던 프랑이 얼굴을 찌푸렸다. 혹시 고맙다는 말도 하면 안 되는 걸까. 다음에 프리다에게 귀족다운 언행이 어떤 것인지 물으러 가는 편이 좋을지도 모르겠다.

“얘기를 시작해도 될까?”

“네, 부탁해요.”

무슨 보고서인지는 모르겠지만, 신관장의 책상 가장자리에는 여러 목패와 양피지가 쌓여 있었다. 신관장은 그 중 몇 개의 서류를 읽으면서 나를 힐끗거렸다. 그리고 마치 교과서를 든 교사가 학생을 가르치듯 얘기를 시작했다.

“그대도 알다시피 신전에 있는 청색 신관은 모두 귀족 출신이다. 평민인 그대가 파란 의복을 입는 모습을 좋게 보는 자는 기본적으로 없다고 생각하도록.”

알고는 있지만 면전에 대고 들으니 등골이 오싹했다. 견습무녀가 되겠다는 말을 꺼냈을 땐 겨우 반년 정도 남은 목숨이라 도서실에서 책만 읽을 수 있다면 그걸로 족했다. 하지만 신전에는 마술구가 있다. 청색 견습무녀가 되어 생명을 연장하게 되면서 신전과는 기간 한정으로만 교류할 수 없게 되어 버렸다. 지금까지처럼 자포자기식이 아닌 좀 더 여러 방면으로 고민해야 했다.

"미리 충고해 두는데 지금은 정말 청색 신관의 수가 적어서 마력을 가진 자가 필요하므로 그냥 넘어가겠지만, 귀족 자제가 신전에 넘쳐나면 어떻게 될지 아무도 모른다는 말은 미리 해 두지."

나는 무릎 위에서 주먹을 꽉 쥐고 입술을 깨물었다. 내가 귀족에게 어떠한 실수를 하는 날엔 가족한테까지 피해가 가게 된다. 이곳에서 무사히 지낼 수 있을 만한 정보가 필요하다.

"특히 신전장님은 그대의 맹세 의식마저 거절하는 상태다. 다른 청색 신관과도 면식이 없을 것 같고, 평민인 그대에게 좋은 감정을 가진 자도 없겠지. 그래서 그대의 지도는 내가 맡기로 했다."

신분이 낮은 주제에 마력과 돈만 가진 나는 귀족의 특권 의식을 짓밟는 존재와도 같아서 그들에게 좋게 보일 리가 없었다. 알고 있다. 하지만 귀족은 좋은 감정이 없다고 말하는 반면, 신관장은 매우 친절하게 충고해 주고 있는 듯했다.

"신관장님은 불쾌하지 않으세요? 그, 제가……."

"나는 우수한 인간은 높게 평가한다. 특히 지금은 신관이나 무녀의 수가 줄어서 업무가 온통 내게 집중되었다. 서류 업무에 능숙한 그대가 자진해서 도와줄 텐데 내가 싫어할 이유가 없지."

피식거리는 신관장의 음험한 웃음에 내 얼굴이 경직되었다. 서류 업무에 능숙하다는 발언이 나왔다는 것은 전에 말한 조사가 끝나 나에 관한 여러 정보가 이미 신관장에게 넘어갔다는 뜻이다. 개인 정보 보호라는 개념 따위는 눈곱만큼도 없는 세계다. 귀족인 신관장의 질문에 상대방은 술술 불었을 터였다. 신관장이 대체 어떤 정보를 쥐고 있을지 무서워졌다.

"힘껏 노력하겠는데요, 신전에서 제가 무엇을 하면 되나요? 해야 할 일이 있다면 가르쳐 주세요."

"아아, 그대의 업무는 우선 내 조수로서 서류 업무를 하는 것이다. 이게 가장 중요하지. 오전 중에는 여기서 서류 업무를 하게 될 거다. 다음은 기도와 봉납. 특히 무녀로서 예배는 반드시 숙지하지 않으면 곤란해."

"예배는 알겠는데, 봉납은 뭔가요?"

"신구에 마력을 불어넣는 일이다. 프랑, 방패를."

프랑이 살짝 끄덕이고 지름 50~60cm 정도의 방패를 들고 돌아왔다. 금으로 만든 듯한 원형 방패는 신구라는 이름에 걸맞게 복잡한 무늬가 새겨져 있고, 군데군데 파란 장식이 달려 있다. 정중앙에는 속이 불타오르는 듯이 하늘거리며 빛나는 손바닥만한 크기의 노란 보석이, 방패 가장자리에는 유리구슬 크기만한 똑같이 생긴 보석들이 장식하듯 쭉 나열되어 있다. 다만, 가장자리의 조그마한 보석은 절반만 노란 빛이고, 절반은 수정처럼 투명했다.

"이 중앙의 마석(魔石)을 만지거라. 머릿속으로 자신의 마력을 보내는 상상을 하면서……."

보석이 아닌 마석인 모양이다. 매우 판타지스러운 물건에 두근거리며 내가 오른손으로 살짝 건드리자 방패가 전체적으로 금색으로 빛났다. 그와 동시에 복잡한 무늬와 본 적도 없는 글자 같은 기호가 연한 녹색 빛을 발하며 손목 정도의 위치에 줄줄이 떠올랐다.

'우와, 마법진 같아서 신기하다! 굉장해!'

호기심에 휩싸여 빛나는 기호를 바라보고 있자 몸속의 열이 청소기에 흡수되는 듯한 감각이 들었다. 신식으로 죽을 뻔했을 때 프리다가 마술구를 써 주었던 때와 똑같은 감각이다. 이왕 이렇게 된 거 평소에 몸속에서 마력을 가두어 뒀던 뚜껑을 의식적으로 열어 보았다. 그러자 뜨거운 신식의 열이 중심에서 파앗 튀어나오더니 단숨에 손바닥을 통해 흐르듯 빠져나가기 시작했다. 불필요한 열이 빠져나가는 쾌감에 몸을 맡기던 나는 순간 정신이 번쩍 들었다.

'이건 안 깨지겠지?'

프리다의 마술구를 깨트린 기억이 떠올라 조금 무서워진 나는 무심코 손을 뗐다. 그리고 조금 남은 마력을 다시 중심으로 가두었다. 아주 잠깐 마력을 방출했을 뿐인데 몸에 부담을 주던 마력이 단숨에 줄어들었다. 그러자 마치 몸에 매인 돌덩이를 내려놓은 듯 몸이 한결 가벼워진 느낌이었다.

"흠. 소(小)마석 일곱 개치군."

신관장의 목소리에 방패를 보니 방패 주위를 장식한 조그마한 마석 중 노란색이 늘어나 있었다. 마력이 채워지면 색깔이 변하는 구조인 듯하다. 어느 정도 마력이 남았는지 한눈에 알아볼 수 있었다.

왠지 충전기가 된 기분이야.

마력을 방출한 자신의 오른손을 쥐었다 폈다. 신식의 열이 정말로 마력이구나. 명확한 출구가 있으니 마력의 흐름이 의외로 잘 느껴진다고 생각했다. 신관장이 조금 걱정스럽게 나를 들여다보았다.

"마인, 몸에 부담이 있나?"

"음, 왠지 몸이 가벼워지고 후련해졌어요."

"……그렇군. 부담이 가지 않을 정도로 봉납하도록."

신구에 마력을 충전하는 봉납 업무는 비교적 편했다. 가장 힘든 건 예배일 듯하다. 한 다리로 서기가 지금의 몸으로는 상당히 어려웠다. 특히 팔을 옆으로 뻗어 균형을 잡는 자세가 아니라 비스듬하게 팔을 들어야 해서 더 어렵다. 아마 각도나 지탱 시간도 세세하게 지도받게 될 듯하다.

"그리고 마지막 업무는 성전을 읽고 내용을 외우는 일이다."

나직하게 속삭이듯 덧붙인 신관장의 말에 내 귀가 움찔거리며 반응했다. 읽고 외우라고 했다. 기억력은 자신 없지만, 읽기라면 맡겨 주길 바랐다.

"할게요! 지금 당장 도서실로 가서!"

나는 자리에서 일어나 손을 번쩍 들고 신관장에게 의욕을 보여주었다. 하지만 신관장은 나에게는 눈길도 주지 않고 다른 종이를 들고 읽기 시작했다.

"그 전에 기부금 얘기로 넘어갔으면 싶군. 앉아라. 아르노, 장부를 가져와."

돈 얘기는 중요하다. 특히 내가 내겠다고 선언한 기부금이 고액인 만큼 나도 신경 쓰였던 주제이기도 했다. 주로 지불 방법이나 기부금이 어디로 흐르는지 같은 내용 말이다.

"그대는 대금화 1닢을 기부하겠다고 했는데……."

신관장이 가볍게 노려보자 나는 벤노에게 상담한 내용을 떠올랐다. 벤노는 분명 '1년에 여러 번 있는 의식 때마다 상업 길드 측에서 시주하는 방식으로 상점 측에 돈을 걷는데, 개인적으로 기부한 적은 없다'

라고 했다. 그리고 '금액이 지나치게 크면 괜히 눈에 띌 가능성이 있으니까 나눠서 내는 편이 좋지 않겠어? 씀씀이가 헤픈 무능력자에게 거액을 쥐어 주면 주변이 곤란해진다' 라고도 했다.

"음, 돈을 내라면 내겠는데, 매달 소금화 1닢씩 나눠서 내도 괜찮나요?"

"기부 금액은 우리가 지정하는 것이 아니니 못할 것도 없지만, 이유가 뭐지?"

"한꺼번에 돈을 내면 거액에 눈이 돌아가서 쓸데없는 지출이 커지는 사람이 나올 가능성이 있다고 지인이 말해 줬거든요……. 신전의 재정을 관리하는 사람에게 기부금이 어디로 흐르는지, 또 그 쓰임새를 듣고 나서 어떻게 지불할지 정하는 편이 좋다고 생각해요."

아무래도 벤노의 말을 그대로 말할 수는 없었다. 에둘러 말했지만 의도는 전달되었는지 신관장은 내 말을 들은 후, 조금 고민하며 숨을 내쉬었다.

"기부금의 절반은 신전의 유지비로 쓰이고, 나머지는 청색 신관에게 분배된다. 신관에게 나눠주는 금액은 지위에 따라 다소 차이는 있다. 재정을 맡는 내 의견으로는 처음엔 소금화 5닢, 나머지는 매달 소금화 1닢을 내는 편이 좋다."

"왜 그 금액이죠?"

내가 고개를 갸웃거리자 신관장은 양피지 한 묶음을 내 앞에 내밀었다. 읽어 보니 그것은 장부의 일부였다. 깜짝 놀란 내게 신관장은 서류를 가리켰다.

"신전의 수입은 크게 나눠서 영주에게 받는 봉납금과 의식 때 들어오는 시주금, 그리고 청색 신관의 가족이 부담하는 지원금이 있다.

즉, 청색 신관의 감소는 수입의 감소와 직결되지. 상인이 알기 쉽도록 설명하자면 지금 신전은 적자 경영이다. 그리고 신전장님이 뽑아낼 만큼 뽑아내라며 소리치고 계시니, 비위를 맞추기 위해서라도 어느 정도의 목돈을 내 주면 고맙겠군."

깊은 내부 사정을 들어 버린 듯하다. 신전이 적자 경영이라니, 내가 들어도 되는 내용이었을까?

"음, 신관장님. 그거 저한테 털어놔도 되는 내용인가요?"

"며칠 뒤면 그대가 맡을 업무이니 지금 알려줘도 문제는 없겠지."

서류 작업이란 게 오토를 돕던 단순 계산뿐만 아니라 상당히 깊이 관여되는 일까지 시킬 모양이다.

"……알겠어요. 그럼 돈을 어떻게 드리면 될까요? 거액은 평소에 길드 카드로 주고받는데 신관장님은 길드 카드 같은 거 안 가지고 계시죠?"

"그대가 직접 가지고 오면 간단하지 않은가?"

신관장은 간단하게 그렇게 말했지만, 사실 나는 거액을 대부분 카드로 거래하는 탓에 직접 손에 쥐었던 적이 없다. 나 같은 어린아이가 큰돈을 들고 상업 길드에서 신전까지 걷는다니, 생각만 해도 끔찍했다.

"신관장님이라면 거액에 익숙하시니까 간단하겠지만, 제가 들고 옮기기에는 너무 큰돈이라 무서워요."

"하아, 대체 시종이 뭣 때문에 있다고 생각하나?"

'네? 시종?'

신관장의 말에 무심코 등 뒤에서 대기하는 시종을 돌아보고 고개를 갸웃거렸다. 저 잘못 고른 시종들에게 큰 금액을 맡기라니. 그나마 프랑이라면 신관장의 명령을 어떻게든 수행해 줄지도 모르겠지만, 델리아나 길은 일부러 짓궂은 짓을 할 것 같아서 무섭다. 나를 대하는 태도만 봐서는 어느 시종도 아직 신용할 수 없었다.

"다른 사람을 시켰다가 혹시나 나중에 건넸느니 안 받았느니 하는 이야기가 나오는 건 싫어요."

"그대는 시종을 신용하지 않는가?"

의아하다는 얼굴로 신관장의 말에 나도 의아했다. 귀족이란 사람들은 첫 대면부터 좋지 못했던 사람이라도 신용하여 소금화 5닢을 선뜻 건넬 수 있는 사람들인가. 아니면 배신하지 못하게 계약 마술 같은 거라도 맺는 걸까? 시종을 소개받았을 때를 떠올려 봤지만, 그런 계약은 없었다. 피를 써야 하는 계약 마술을 내가 모를 리가 없다.

"시종이라고 해봤자 아무런 강제력도 없이 처음 만난 남이잖아요? 갑자기 거액을 맡길 만큼 신용할 수 없어요."

그것도 우호적인 태도가 눈곱만큼도 없는 상대라고. 무리야, 무리. 이 시종들보다 길드장이 훨씬 신용이 가는걸.

내가 돈에 관련해서 신용할 수 있는 어른은 정해져 있다. 벤노나 마르크에게 함께 와 달라고 부탁할 순 없을까? 거절하지 않으면 좋겠는데.

"거뜬히 거액을 들고 다닐 수 있고, 제가 신용하는 어른을 동행하고 싶으니 그분의 신전 출입을 허가해 주실 수 있나요?"

"그건 누구지?"

"상업상 제 후견인을 맡아 주시는 길베르타 상회의 벤노 씨입니다."

"……흠. 뭐, 괜찮겠지."

루츠가 데리러 와 주면 상점에 들러서 상담하자. 그 김에 시종을 다루는 법을 아는지 물어봐야지. 종업원 교육과 공통되는 부분이 있지 않을까. 고민하는 내 앞에서 신관장이 장부를 덮고 아르노에게 건넸다.

"오늘 얘기해 둘 사항은 이상이다. 마인, 질문은 있나?"

"네! 네 점 종에 루츠가 마중하러 오기 전까지 도서실에서 책을 읽고 싶은데요, 도서관에 들어갈 수 있나요? 꼭 성전을 읽고 외우고 싶습니다!"

"루츠라 하면 그대의 몸 상태를 관리하던 소년이었지. 앞으로는 시종에게 관리를 맡기도록."

도서실에 출입할 수 있는지 없는지를 물었는데 몸 관리에 관한 얘기가 되어 버렸다. 나는 다시 한번 시종을 보았다. 머리를 긁적이며 의욕이 전혀 없어 보이는 길과 멍하니 창밖을 보는 델리아와 나를 넘어서 신관장을 바라보는 프랑. 아무리 생각해도 내 몸을 관리할 수 있을 것 같지가 않았다.

"시종이 관리할 수 있기 전까지는 루츠와 동행하라고 가족들이 시켜서요. 저 역시 루츠에게 부담이 클 테니 빨리 넘기고 싶어요. 시종이 열심히 해 주면 좋겠지만요. ……그나저나 도서실에 가도 되나요?"

"프랑, 안내해라."

"알겠습니다."

신관장의 말에 프랑이 가볍게 손을 교차하고 살짝 미소를 지으며 끄덕였다. 나를 보던 눈빛과 전혀 다른 자랑스러워하는 그 표정이 프랑의 진정한 주인이 누구인지를 여실히 보여주었다.

하지만 그나마 프랑은 안전해 보인다. 신관장에게 심취해 있는 듯 하니 문제 되는 행동을 일으킬 것 같지는 않다. 그런 평가를 하면서 나는 날아가듯이 프랑의 뒤를 따랐다. 신관장의 집무실에서 조금 벗어나자 길이 밉살스러운 말을 내뱉었다.

"도서실 같은 데를 가고 싶어 하다니 바보 아냐?"

'아오, 열 받아! 책의 위대함을 모르다니 바보는 너야!'

내가 몸을 빙글 돌려 길을 노려보자 길은 으르렁거리며 임전 태세에 들어갔다.

"그 눈빛은 뭐야. 너 귀족도 뭐도 아닌 고작 평민이지? 우리랑 별반 다르지 않은 주제에 파란 의복을 입었다고 잘난 척하기는. 난 너 같은 거 주인이라고 생각 안 해. 명령 따위 절대 따르지도 않을 거고 괴롭힘이란 괴롭힘은 다 경험하게 해 주겠어!"

길이 나를 주인이라고 보지 않듯이 나 역시 길을 시종이라고 생각하지도 않았다. 지금의 나에게는 훈육이 안 된 꼬맹이의 버릇을 고칠 만큼의 체력도, 기력도, 애정도 없었다. 그런고로, 흘려 넘기자.

"그래, 알았어. 피차일반이네."

"……윽!? 알았다니 뭐가!? 지금 날 바보 취급한 거냐!?"

나는 버럭 소리치기 시작한 길에게 등을 돌리고 걷기 시작했다. 그러자 뒤에서 소녀의 앙칼진 목소리가 울렸다.

"정말 우릴 무시하는구나?"

표면상의 웃음마저도 싹 지운 델리아가 콧방귀를 꼈다. 남자에게 알랑거리는 타입으로 판단하고 다른 시종이 곁에 있는 동안에는 드러내지 않을 것이라 생각했던 본성을 불쑥 드러낸 델리아에게 나는 깜짝 놀랐다. 아무래도 델리아의 평가를 수정해야 할 듯하다. 어쩌면 모든 남자에게 알랑거리는 타입이 아닌지도 모르겠다. 아니면 목표한 상대 외에는 아양을 떨지 않는 육식계 헌터 타입인 걸까.

내가 델리아를 응시하자 델리아는 진홍색 머리를 오만하게 쓸어 올리고 턱을 들었다. 여덟 살이라는 어린 나이에 그런 분위기를 풍기다니 무시무시했다.

“아아, 정말! 모처럼 신전장님의 전속이 되었는데 재수 없게 내 매력도 안 통하는 여자애한테 붙여지다니. 그것도 느려빠진 평민 꼬맹이잖아? 정말 최악이야.”

델리아는 신전장의 염탐꾼인 모양이다. 그러니 당연히 내게 우호적이지 않지.

그나저나 무슨 생각으로 스파이 선언을 한 걸까? 그것도 신전장의 지시인가?

“그럼, 교체해 줄게.”

뜬금없이 터트린 델리아의 폭로에 고개를 갸웃거린 내가 마침 잘됐다며 교체를 제안하자 델리아는 살짝 올라간 눈꼬리를 더욱 끌어올리며 버럭 화를 냈다.

“정말! 너, 정말 바보구나? 교체 같은 걸 누가 원했다고 그래? 웃기는 소리 하네.”

‘그건 내가 하고 싶은 말이다. 웃기는 소리 하네.’

“신정장님께서 너를 괴롭히라고 내게 직접 부탁하셨어. 교체 따위 당했다간 내 매력을 의심하시잖아!”

말이 통하는 듯하면서 통하지 않는 느낌이다. 전혀 이해할 수가 없었다. 신전장에게 직접 괴롭히라는 명령을 받았다고 선언하는 사람을 곁에 붙여 둘 이유가 없었다. 당장에 교체하는 게 제일이다. 그런데 거기까지 생각이 미치자 정신이 번쩍 들었다. 델리아를 배제해도 신전장 측에서는 다른 시종을 붙이면 그만이다. 뒤에서 은밀하고 교묘하게 움직이는 타입보다 알기 쉽게 자신을 과시해 주는 타입이 나로서는 안전할지도 모른다. 고민하는 내게 델리아가 검지를 척하고 들이댔다.

"파란 의복을 입었다고 누가 너 따위 무서워할까 봐? 난 신전장님께 인정받아서 언젠가 첩이 될 몸이라고!"

내가 잘못 들었나? 아니면, 최근에 어린 여자애와 첩 계약을 맺는 일이 유행이라도 하나? 프리다의 입에서 들었을 때 받았던 충격을 동시에 떠올리고, 신전장의 나이를 생각하니 속이 울렁거렸다. 얼마 전에 본 회색 무녀 같은 색기 있는 비서 계열 언니가 타입인 줄 알았는데 내 예상이 어긋났다.

"……저기, 첩이라니, 그게 자랑할 일이야?"

"당연하지. 첩은 여자들이 가장 되고 싶어 하는 지위잖아. 그런 것도 모르니? 뭐, 나만큼 귀엽지 않으면 꿈꿔도 소용없겠지만."

이건 상식이 달라도 너무 다르다. 적어도 프리다는 첩이 어떤 처지인지에 대해 나와 똑같은 의미로 이해했다. 적어도 자랑스럽고 당당하게 뽐내듯이 첩이 목표라는 말은 하지 않았다. 전혀 다른 감각을 받아들이지 못하는 나를 길이 우스운 듯이 비열하게 히죽이며 어깨를 으쓱거렸다.

"당연하지. 청색 신관의 첩이 되면 반대로 회색 신관을 부리는 위치가 된다고. 신전장의 첩이라면 다른 신관도 건들지 못할 텐데, 여자라서 부럽네. ……그나저나 너, 머리 괜찮냐? 이런 상식을 왜 몰라?"

무지하다고 업신여겨도 조금도 화가 나지 않았다. 고아원 출신의 여자아이에게 최고의 출셋길이 권력자의 첩이라니, 알고 싶지 않은 사실이었다. 지금까지 내가 접해 오지 못한 상식 속에서 그들은 살아왔고, 신전에서는 그것이 상식인 셈이다. 이곳에서 생활권이 다른 내가 무슨 말을 한들 그들은 받아들이지 않을 것이다.

"길, 말이 너무 심합니다!"

머리를 감싸 안은 나를 보고 프랑이 소리쳤다. 하지만 길은 조금도 주눅든 기색 없이 흥, 하고 나를 비웃었다.

"아무것도 모르는 저 녀석이 나쁜 거지. 누구나 다 아는 상식이잖아."

"……마인 님. 조금 전에 신관장님도 말씀하셨지만, 태도가 지나치면 충고하십시오."

"아아, 그랬었네. 그것보다 도서관은 아직 멀었어요?"

어찌 되든 좋다는 생각이 들었다. 신관장에게 푹 빠져 있는데 나를 시중들게 되어서 전혀 기쁘지 않을 프랑과 신전장의 첩을 목표로 나를 괴롭힐 생각에 가득한 델리아와 처음부터 시종들 생각도, 내 명령을 따를 생각도 없다며 나를 업신여기는 길. 이런 시종들과 억지로 잘해 나갈 방법을 고민하는 것보다 책을 읽을 것을 고민하는 쪽이 훨씬 유익하다.

"신관장님께 보고하겠습니다."

"그러세요. 그게 프랑의 임무잖아요."

프랑은 한숨을 내쉬며 한쪽 문을 열어 안으로 들어갔다. 열린 문 너머로 펼쳐진 낙원을 보자 심장이 쿵쿵 뛰었다. 나는 또 막히지 않을까 하는 걱정에 두근두근하면서 팔을 뻗었다. 투명한 벽이 없는지 더듬으면서 도서실을 향해 발을 내밀었다. 예전과 다르게 막힘없이 안으로 들어갈 수 있었다.

"우와!"

완전히 안으로 들어간 순간, 공기가 확연히 달라졌다. 나는 감동에 몸을 부르르 떨면서 먼지가 가득한 서고 특유의 공기를 힘껏 들이마셨다. 내가 아는 서고의 냄새와 다른 건 양피지와 목패가 주류이기 때문일까. 아니면 잉크의 질이 다르기 때문일까. 잉크 냄새와 낡은 종이 냄새가 반갑고도 기뻐서 눈 안쪽이 뜨거워졌다.

도서실에는 책장이 그리 많지 않았다. 문이 굳게 잠긴 책장과 목패와 종잇조각이 가득 담긴 책장도 있었다. 두루마리를 보관하는 책장도 따로 있는데, 수예점의 선반에 채워진 천 두루마리처럼 돌돌 말려 선반에 진열된 문서에는 제목이 적힌 라벨이 달려 있었다. 조금 안쪽에는 두루마리를 보관하기 위한 원기둥꼴 나무통 같은 상자도 있고, 그 속에 보관된 두루마리에는 시리즈 타이틀이 적힌 라벨이 붙어 있다.

같은 간격으로 뚫린 창문을 통해 눈부시게 비춰 들어오는 햇살이 닿는 자리에 대학교에 있을 법한 기다란 책상이 놓여 있었다. 선반이 비스듬한 독서대에는 두꺼운 쇠사슬로 책상과 연결된 책 몇 권이 읽어 달라며 나를 유혹해 왔다.

"이것이 성전입니다."

프랑의 재촉에 나는 쇠사슬로 엮인 성전을 읽기 위해 가죽으로 장식된 표지를 살짝 만졌다. 그리고 책을 펼칠 수 없게 조여진 가죽 벨트를 풀었다. 그 순간 책의 절단면이 펼쳐지며 표지가 멋대로 일어섰다. 습기를 품은 양피지라면 당연한 현상이지만, 나에게는 책이 읽어 달라며 재촉하는 듯이 보였다.

'아아, 대체 얼마만의 책이야.'

표지를 열자 철컹, 하고 묵직한 쇠사슬 소리가 침묵이 감도는 도서실에 울렸다. 조금 누래진 책장을 넘기는 손가락이 떨렸다. 손가락으로 조금 독특한 글자체를 따라가며 나는 오랜만에 책을 읽기 시작했다.

"어이, 점심이야. 점심시간이라고."

오랜만에 맛보는 행복한 시간을 방해하는 소리가 들렸다. 소리뿐이었다면 신경 쓰지 않겠지만, 일부러 내 어깨를 흔들어 대니 억지로 현실로 돌아오지 않을 수 없었다.

"길, 도서실은 잡담 금지. 조용히 못 하겠다면 나가 줄래? 난 책을 읽을 테니까."

"뭐!? 점심시간이라니까!?"

길이 놀라며 소리쳤지만, 나에게 점심은 책과 비교 대상이 되지 않았다. 책을 읽을 수 있다면 이틀 정도는 먹지 않아도 공복을 느끼지도 않고 지낼 수 있다.

"난 너한테 주인도 아닌 것 같으니까 딱히 길이 이곳에 있을 필요는 없잖아? 맘대로 먹고 와도 상관없으니까 나가 줘."

식사의 자유를 주었는데도 길은 눈을 희번덕하게 뜨고 뭔가를 말하려고 했다.

"그러니까, 길. 방해, 하지 마."

이성의 끈이 끊어지기 전에 일부러 마력의 뚜껑을 열어 전신에 마력을 퍼트렸다. 그 순간 프랑이 길과 델리아의 목덜미를 거머쥐고 서둘러 도서실을 뛰쳐나갔다.

이제야 좀 조용해졌네.

마력을 중심으로 몰고 나는 다시 문자를 쫓았다. 그 후 루츠가 오기 전까지 독서에 방해받지 않았다.

"루츠~~!"

루츠의 얼굴을 본 순간, 상식이 통하는 곳에 돌아왔다는 안도감에 몸의 힘이 빠져나가는 느낌이 들었다. 나는 계단을 뛰어 내려가서 마중 온 루츠의 팔에 힘껏 매달리며 머리를 꾹꾹 밀어붙였다.

"너무 피곤해, 루츠."

"아~ 좀 얼굴색이 나쁘네. 수고했어."

루츠가 내 머리를 가볍게 톡톡 두드리며 위로해 주었다. 내가 오늘 한 일은 책을 읽는 일이었는데, 시종은 주인의 곁에 있는 것이 업무인지 기본적으로 누군가는 가까이에 서서 계속 나를 지켜보았다. 나는 책에 몰두하면 항상 주위에 전혀 신경을 쓰지 않게 되는데 이따금 정신을 차릴 때마다 누군가의 시선이 느껴져서 상당히 불편했다. 시선이 따갑다고나 할까, 무섭다고나 할까, 끊임없이 감시당하는 부담감에 매우 피곤했다.

귀족은 참 대단해. 대체 얼마나 지나야 이 상태가 익숙해질까?

집에 돌아가서 잘 수 있는 점만으로 나는 행복한 편인지도 몰랐다. 이 상태가 아침부터 저녁까지 이어진다면 미쳐 버릴 것 같았다.

"있지, 루츠. 지금부터 벤노 씨를 만나러 가고 싶은데 상점에 계셔?"

"내가 나갈 때 돌아오셨으니까 지금은 계시지 않을까? 무슨 일 있어?"

걱정스러워하는 루츠에게 나는 고개를 절레절레 흔들었다.

"상업 길드에서 돈을 뽑아서 신관장님께 기부금을 가져가야 하거든. 빨리 하는 편이 좋을 것 같아서……."

"흠. 그럼 가자."

루츠가 그렇게 말하자 어째서인지 시종 세 사람이 따라오려고 했다. 신전 안이라면 몰라도 밖에까지 함께 다니며 감시당하기는 죽어도 싫었다.

"……딱히 안 따라와도 되는데?"

"그럴 수는 없습니다. 저희는 시종이니까요."

"그래! 시종도 없이 누군가를 만나다니 절대 안 돼."

프랑뿐 아니라 델리아까지 '절대 안 된다'고 강조했다. 아무래도 청색 신관이 누군가를 만날 때 시종을 데려가는 것이 상식인 모양이다. 머릿속에 메모해 두자.

"흠. 안 가도 된다면 배고프니까 난 빠질래."

역시 시종의 상식을 잘 모르는 듯한 길은 원망스럽게 나를 노려보며 그렇게 말하곤 빙글 등을 돌려 자리를 떠나 버리고 말았다. 하지만 다른 두 사람은 신전에 돌아가려고 하지 않았다. 시종 따위 없는 편이 편하고, 가는 곳도 항상 드나드는 길베르타 상회인 데다 루츠가 있으니까 도움이 안 될 것 같은 시종은 필요 없었다.

쫓아 버려도 되려나?

"저기, 델리아. 벤노 씨와 얘기가 정해지면 기부금을 가지고 돌아오겠다고 신관장님께 전해 주지 않을래? 제대로 전해지지 않으면 곤란하니까 부탁할게."

"흠. 곤란하다고? 알았어. 제대로 전해 둘게."

델리아가 속이 뻔히 보이는 미소를 지었다. 이대로 묵살하든 아니면 그대로 신전장에게 보고하러 가든 둘 중 하나이리라. 오늘 내가 본 표정 중에서 가장 즐거운 듯한 미소로 델리아가 발길을 돌려 신전으로 돌아갔다. 무사히 델리아를 쫓아내고 안도의 한숨을 내쉬자 불만스러운 듯이 프랑이 얼굴을 찌푸리며 델리아의 뒷모습과 나를 번갈아 보았다.

"마인 님. 신관장님께 전할 말씀이라면 제가 가겠습니다. 델리아와 동행하게 해 주십시오."

"프랑, 난 델리아에게 부탁했어. 시종이 꼭 동행해야 한다면 프랑이 나와 같이 가 주면 되겠네?"

프랑이 표정에 노골적으로 불만을 드러내며 고개를 저었다.

"하지만 델리아가 신관장님께 전달할지 어떨지……."

"지금은 루츠가 함께니까 프랑도 신전으로 돌아가도 괜찮아. 확실히 신관장님께 전해지지 않으면 곤란하기도 하고."

그렇게 말하고 나는 루츠의 손을 잡고 걷기 시작했다. 잠깐 신전 입구에서 서성거리던 프랑은 결국 신관장에게 보고하는 쪽을 택했는지 발걸음을 돌려 신전 안으로 들어갔다.

"마인, 괜찮아? 저 사람이 네 몸을 관리할 사람 아냐?"

루츠가 뒤를 돌아보며 아무도 남지 않은 신전 입구를 보고 고개를 갸웃거렸다. 그러고 보니 시종에게 나의 몸 상태의 관리를 맡기자는 얘기가 있었지, 하고 생각하면서 나는 한숨을 크게 내쉬었다.

"……음. 신전 쪽에서 붙인 후보 중 한 명인데, 어려울 거야. 우선 본인에게 그럴 의지가 없으니까."

"뭐?"

"신관장을 시중들고 싶은데 아마도 내 시종이 되라고 명령받았겠지. 내가 뭘 하든 싫다는 분위기를 풍기니까. 내가 신관장을 뛰어넘는 주인이 된다면 바뀔지도 모르겠지만, 그건 좀 절망적이지 않아?"

"마인이 주인이라……. 위엄이나 관록이 전혀 없긴 하지."

루츠가 놀리듯 말하며 히히 웃었다. 나도 소리를 높여 함께 웃었다. 편안한 느낌에 안도했다.

"마르크 씨. 안녕하세요. 벤노 씨 계세요?"

루츠가 문을 여는 틈 사이로 마르크의 모습이 보이자 평소와 다름없이 손을 흔들었다. 하지만 마르크는 나를 본 순간 얼굴색이 싹 변했다.

"마인, 어서 안으로 들어오세요."

"예?"

평소와 다르게 허둥대며 마르크가 우리를 상점 안으로 급히 넣었다. 그리고 점내에서 벤노의 허가를 기다리지 않고 안색을 바꾸며 안쪽 문을 열면서 벤노를 향해 말했다.

"주인님. 마인이 왔습니다. 금방 안내하겠습니다."

"뭐야, 마르크. 고작 마인이 온 일로 그렇게 허둥대고……."

마르크가 즉시 문을 닫는 소리를 들었는지 벤노가 놀리는 말투로 고개를 들었다. 그리고 벤노의 시선이 내게 고정된 순간, 희번득해진 눈이 더욱 치켜 올라갔다.

"마인! 이 바보 녀석!"

"꺅!"

갑자기 터진 고함에 펄쩍 뛸 정도로 놀란 나는 귀를 막고 그 자리에 주저앉았다. 루츠도 "힉!" 하고 숨을 삼키며 펄쩍 뛰었다.

"왜? 왜요? 벤노 씨까지 왜 그래요?"

"이 생각 없는 녀석아! 왜 그 차림이야!? 설마 신전에서 여기까지 그 차림으로 걸어왔나!?"

"……그런데요, 무슨 문제 있나요?"

나는 내 차림을 내려다보고 고개를 갸웃거렸다. 루츠도 함께 갸웃거렸다. 문제의 근본을 이해하지 못한 나와 루츠를 보고 벤노는 머리를 세차게 긁었고, 마르크는 관자놀이를 눌렀다.

"마인, 네가 입고 있는 옷은 청색 무녀의 의복이다. 보통 청색 무녀나 신관은 귀족이라서 마차로 이동하지, 마을을 어슬렁거리면서 걸어다니는 일은 있을 수 없어. 왠지 아나?"

벤노의 질문에 나는 갸웃거렸다. 그리고 몇 번 타 본 마차를 떠올렸다. 덜컹거리며 흔들려서 불편했지만, 평민이 좀처럼 탈 수 없는 마차는 사람들의 부러운 시선을 사로잡아 손쉽게 사회적 신분을 과시할 수 있다. 자동차라는 이동 수단이 당연하던 우라노 때에는 쇼핑으로 짐이 많아질 때나 장거리를 이동할 때, 날씨가 나빠서 걷기가 싫을 때 자동차를 탔다.

"음…… 허세를 부리면서 걷기 귀찮으니까?"

"아니다! 귀족이 밖을 어슬렁대면 돈을 목적으로 유괴당하기 때문이야! 너도 유괴당하기 싫으면 신전 밖에서는 그 옷을 입지 마!"

"아, 예, 예, 예! 알겠습니닷!"

난 그 자리에서 파란 무녀의 수습 의복을 벗기 시작했다. 바지는 길베르타 상회의 수습복을 입고 있었기에 허리끈을 풀어서 파란 의복을 훌렁 벗기만 하면 끝이다.

이 파란 의복은 제복 같은 것이라고 생각했는데, 다른 사람에게는 '난 귀족입니다. 돈을 가지고 있습니다' 라고 적힌 명찰을 목에 걸치고 걷는 셈이나 마찬가지였다니. 유괴당해서 돈을 뜯긴다고는 생각하지 못했다.

벤노는 내가 정성스럽게 개어 안은 파란 천을 복잡한 얼굴로 바라보면서 무척 피곤한 듯한 깊은 한숨을 내쉬었다.

"그런데 대체 무슨 용무지? 고작 우리를 놀라게 하려고 온 건 아닐 테고?"

"네, 부탁이 있어서 왔어요. 벤노 씨, 지금부터 저와 함께 상업 길드에 들렀다가 신전으로 가지 않겠어요?"

"뭐 때문에?"

마치 무슨 소리인지 모르겠다는 듯이 벤노가 고개를 갸웃거렸다.

"기부금으로 낼 소금화 5닢을 출금해서 신전까지 동행해 주셨으면 해요. 지금까지 거액 거래엔 전부 카드로 해결했는데, 신관장은 길드 카드가 없고, 나 혼자 그런 금액을 가지고 놀아다니기 무섭다고 신관장에게 호소했더니 시종에게 맡기라는 깜짝 놀랄 대답만 해서요."

내 불만에 벤노가 미간을 좁혔다.

"뭐가 놀랍다는 거지? 그게 시종의 일이잖아?"

"……도무지, 전혀, 철저하게 신용할 수 없는 남에게 거액을 맡기다니 아무리 나라도 무서워서 못해요."

내가 입술을 삐죽이며 그렇게 말하자 벤노는 적갈색 눈을 동그랗게 뜨며 재차 깜빡였다.

"기본적으로 생각도 없고, 뭐든 대충 흘려 넘기고, 속아 넘어가도 질리지도 않고 길드장 집에 드나드는 네가 신용을 못 한다? 대체 상대가 누구야?"

"음, 시종 중에 한 사람은 신전장이 붙인 첩자, 한 사람은 신관장이 붙인 첩자, 마지막 한 사람은 일부러 날 괴롭히려고 붙인 문제아예요. 신전에서 제 주위를 서성거리는 정도라면 몰라도 돈은 절대 못 맡겨요."

"예상은 했지만…… 너, 상당히 미움을 샀군."

벤노의 정확한 지적에 나는 작게 신음했다.

"윽……. 전에는 반년밖에 안 남은 목숨이어서 책만 읽을 수 있다면 딱히 미움을 받더라도 크게 문제없다고 생각했는데, 이 상태가 계속 이어지면 귀찮겠죠?"

"그런 의미로는 상황이 많이 바뀌었지. 표면상이라도 첩자들과 관계를 개선해 나가는 방법밖에 없겠군. 완전히 신용하지 않아도 괜찮으니까 맡길 수 있는 부분을 찾아. ……문제아는 짐승을 대하는 요령으로 길들여."

길의 겉모습과 짐승이라는 단어로 나무 위에서 손뼉을 치며 캭캭대는 시끄러운 새끼 원숭이가 떠올랐다.

"짐승이랑 인간은 다르잖아요?"

"크게 다르지 않아. 말을 안 들으면 채찍으로 때리고, 말을 잘 들으면 먹이를 줘. 누가 주인인지 철저히 주입하면 돼."

신뢰 관계는 둘째로 치고 복종하게 만들라는 말인 듯하다.

"그런 일로 시간을 뺏길 바에야 차라리 책을 읽고 싶은데요."

"귀찮아하지 마! 앞으로 귀족 사회에서 살아가려면 시종을 못 부리는 쪽이 힘들다!"

"으으……. 긍정적으로 검토할게요."

하아, 하고 한숨을 내쉰 벤노가 머릿속을 비우려는 듯이 가볍게 머리를 흔들었다.

"얘기가 벗어났군. 그래서 기부금을 언제 가져간다고?"

"벤노 씨의 예정을 듣고 정할 생각인데요? 시종에게는 벤노 씨만 괜찮다면 바로 돈을 들고 돌아가겠다고 신관장님한테 전하라 했고……."

내 말을 들은 벤노의 얼굴색이 순식간에 싹 변했다.

"그 말은 지금 당장 지참하겠다는 말이나 마찬가지야! 마르크, 당장 준비해! 신전에 간다!"

"알겠습니다!"

새파래진 마르크가 방을 뛰쳐나갔다.

"어, 저기, 그럼 바로 상업 길드에……."

"시간 낭비다. 일부러 갈 필요는 없어. 카드 내놔."

벤노는 카드를 맞춘 후, 신전에 가야 하니 파란 의복으로 갈아입으라는 말을 남기고 구석 문을 통해 위층으로 뛰어갔다.

나는 방금 벗었던 파란 의복을 들고 다시 갈아입었다. 그리고 허리끈을 묶고 고개를 떨구었다. 일이 이렇게 될 줄이야. 그저 시종을 떼어내고자 던진 말이 엄청 귀찮은 사태를 몰고 와 버렸다.

"……루츠, 어떡하지?"

약속하는 방법도, 사소한 말의 의미도 소속하는 단체가 바뀌면 확연히 달라진다. 그런 간단한 사실을 알면서도 몰랐다.

루츠는 내 머리를 가볍게 톡톡 두드리며 위로해 주었다.

"귀족들 일을 우리가 어떻게 알아……. 이번 실수는 어쩔 수 없지만, 마인도 나쁜 점은 고쳐."

"나쁜 점?"

내가 고개를 갸웃거리자 루츠는 조금 엄격한 눈빛으로 나를 보면서 크게 끄덕였다.

"무엇보다 책을 가장 좋아하고, 계속 책을 읽으면서 살고 싶은 네 마음은 알겠지만, 그것보다 먼저 주변 사람들에게 이것저것 물어서 조금이라도 빨리 그곳에서 사는 방식을 터득해야 해. ……나도 상인 세계는 모르는 것투성이라서 주변에서는 당연한 일을 잘 몰라. 그러니까 아주 작은 일이라도 꼬치꼬치 캐묻고 있어. 그러면 다른 수습생도 마르크 씨도 제대로 가르쳐 주잖아. 마인도 귀찮다고 묻지 않으면 평생 못 익혀."

루츠의 말이 가슴에 울렸다. 장인의 아들로 태어나 자신의 의지로 상인 세계에 뛰어든 루츠는 상점에 익숙해지기 위해 전력을 다해 노력한다. 그런데도 책을 읽고 싶었기 때문이라고는 하나, 루츠와 똑같이 스스로 신전 세계에 뛰어든 나는 신전의 상식에 익숙해지려는 노력을 전혀 하지 않았다.

"난 상인으로 살고 싶으니까 노력할 거야. 마인도 신전에서 책을 읽고 싶다면 우선 신전의 방식을 익혀. 괜찮아. 마인이라면 할 수 있어. 머리 좋잖아."

"안 좋아. 머리에 생각이 없는걸. 루츠가 더 대단해."

내 머리가 좋을 리가 없다. 벤노의 말대로 생각이 없는 난 옛날부터 지식은 있어도 발전이 없다는 말을 종종 들었다.

"생각이 짧아도 마인은 언제나 자기 목표를 향해 거침없이 돌진하니까 마음껏 책을 읽는 목표를 위해서라면 어떤 일이라도 해낼 수 있잖아? 안심하고 책을 읽을 수 있도록 힘내."

"윽……. 루츠는 날 너무 잘 알아."

조금 긍정적인 기분이 들었을 때 계단을 내려오는 발소리가 울려왔다. 구석 문이 끼익 하고 열리며 시원해 보이는 소재로 된 긴 팔 의상을 입은 마르크가 나타났다.

"기다리셨습니다."

마르크는 평소 일할 때 입던 옷과는 달리 기모노처럼 천을 많이 써서 긴 소매가 펄럭이는 겉옷을 입었다. 가장자리에는 파란색을 기본으로 한 자수가 박혀 있고 기장은 허벅지 정도다. 그 아래는 비교적 체형에 딱 맞는 폭 좁은 흰색 바지로 세례식 예복을 더 화려하게 제작한 느낌이었다. 천의 질도 고급이라 분명 귀족을 접대할 때 입는 옷일 터였다.

"기다리게 했군."

마르크의 뒤에서 나타난 벤노는 마르크의 옷보다 소매가 더 길고 커다란 흰색 겉옷을 입고 있었는데, 기장이 발목까지 내려왔다. 마르크와는 비교가 안 될 정도로 화려하게 수놓은 옷 위에 얇은 망토를 걸치고, 파란 보석이 달린 금 브로치로 어깨춤에 고정했다. 그리고 손에는 꽃처럼 생긴 물건을 들고 있었다. 약간 곱슬기가 있는 밀크티 색 머리를 포마드 같은 기름으로 넘긴 스타일이 마치 다른 사람으로 보이게 했다.

복장만으로 이만큼의 준비를 해야 하는 귀족식 대응에 나는 침을 꿀꺽 삼켰다. 전혀 모르는 세계에 뛰어들어 버렸음이 느껴지자 오히려 내 쪽이 겁에 질려 버렸다. 경솔하게 남을 끌어들이는 발언을 해서는 안 되었다.

"벤노 씨, 죄송해요. 제가 무지한 탓에 말려들게 해서……."

내가 달려가자 벤노는 손에 들고 있던 꽃 장식을 신작이라며 비녀 옆에 꽂아 넣고, 평소와 똑같은 다부진 미소를 지었다.

"그렇게 걱정하지 마라. 궁지에 몰렸을 때야말로 기회가 있다는 게 내 신조다. 귀족다운 소통을 구사하면서 무사히 기부금을 넘기게 되면 길베르타 상회의 신속하고 높은 대응력으로 강한 인상을 남길 수 있겠지. 가자."

자신감 넘치는 벤노의 발언은 거짓말이 아니었다. 상점 안이 어떤 명령 체계로 되어 있는지 모르겠지만, 벤노와 마르크가 옷을 갈아입고 상점을 나설 때는 이미 양손에 딱 들어가는 크기의 보석 상자처럼 보이는 나무 상자에 기부금으로 낼 소금화를 가득 채워 두고 둘둘 말린 천과 작은 항아리와 천에 싸인 보따리도 세 개씩 준비되어 있었다. 그리고 상점 밖에는 어른 네 사람은 탈 수 있는 커다란 마차에 반듯한 옷을 입은 마부까지 딸려 대기 중이었다.

어느새!?

멍하니 서 있는 나를 벤노가 평소와 달리 공손하게 안아 올려서 마차에 태웠다. 꽤 돈이 들었을 마차에 앉은 내가 불안하게 벤노를 올려다보자 벤노가 내 이마를 탁 튕겼다.

"지금 넌 귀족이다. 익숙한 내가 어떻게든 할 테니까 넌 무슨 일이 있어도 당황하지 말고 웃어. 그리고 당당하게 있어. 절대 고개를 숙이지 마. 할 수 있겠나?"

"……할게요."

마차의 창문 너머로 루츠가 보였다. 힘내, 하고 움직이는 입을 보고 나는 루츠가 알 수 있게끔 크게 끄덕였다.

마르크가 마차에 올라타고 문이 닫히자 마차가 천천히 움직이기 시작했다. 덜컹덜컹하고 내 마음처럼 불안정하게 흔들리면서 처음 보는 귀족 사회로 나아갔다.

파란 의복과 다른 상식

마차가 신전 입구에서 멈추고 마부가 마차에서 내렸다는 걸 알았다. 입구에 서 있는 문지기에게 말을 거는 소리가 어렴풋이 들려 왔다. 내가 밖에 나가려고 의자에서 일어서려던 순간, 벤노가 말없이 나를 억지로 눌러 앉혔다. 나는 멍하니 벤노를 올려다봤다. 그러자 벤노는 입을 굳게 다물고 천천히 고개를 저었다. 나는 조용히 앉아 있으라는 뜻으로 판단하고 다시 깊이 앉으니 벤노가 조그맣게 고개를 끄덕여 보였다.

무슨 일이 일어나고 있는지, 앞으로 무슨 일이 벌어질지 전혀 알 수가 없어 몸이 떨렸다. 주먹을 꼭 쥔 채 마차 안을 돌아봤다. 마르크는 마차가 멈춘 시간을 이용해서 뭔가 글을 쓰고 있었다. 내 시선을 눈치챘는지 고개를 든 마르크가 나를 안심시키려는 듯이 웃어 보였다. 조금 굳어진 자신의 표정을 자각한 내가 헤헤, 하고 미소로 답하자 마르크는 입가를 틀어막고 웃음을 참기 시작했다.

침묵을 깨도 좋을지 어떨지 몰라서 내가 볼을 부풀려 화난 표정을 보이자 옆에서 벤노가 내 볼을 찔러 왔다. 왠지 혼자만 긴장하는 자신이 바보같아졌다.

조금 지나자 마차가 살짝 흔들렸고, 마부가 다시 올라탔다는 것을 알았다. 마르크는 재빠르게 잉크와 펜을 정리하고는 글을 쓴 종이를 벤노에게 건넸고 이를 읽은 벤노가 시익 웃었다. 뭐가 쓰였는지 엿보려던 순간 마차가 다시 움직이기 시작했다. 마차가 소리를 내기 시작함과 동시에 벤노가 입을 열었다.

“방문자가 문에서 이름을 대고 안내를 부탁한 후 마차로 통과하는 문을 열도록 한다. 마차에서 내리는 순서는 마르크, 나, 너다. 내 손을 잡고 천천히 내려. 절대 뛰어내리거나 계단을 헛디디지 마라.”

예전에 마차에 탔을 때 루츠와 함께 ‘이얍!’ 하고 소리를 지르며 뛰어내렸던 걸 지적하는 듯하다. 때마침 긴장감에 계단을 헛디딜 것 같다고 생각하던 나는 살짝 시선을 피했다.

“안내를 부탁했으니까 현관 앞에 너의 시종도 분명 있을 거다. 신관장의 시종이었던 놈을 선두로 너와 나, 그 뒤에 마르크와 남은 시종이 걷는 형태로 신관장이 있는 곳으로 향한다.”

나는 신관장에게 ‘자, 여기 기부금이요’ 하고 돈만 건넬 생각이었는데 상당히 호들갑스러운 과정을 거쳐야 하는 모양이다. 스스로 기부금을 가져갔다면 얼마나 실례를 저질렀을까 상상도 못 하겠다.

“기부금 상자는 내가 옮길 테니 신관장실에서 안을 한 번 확인한 후, 내게 노고를 치하하는 말을 건네.”

“네? 어떤 말이요? 고마워요, 아님 수고했습니다, 같은 말이면 되나요?”

“좀 더 귀족다운 말이 그럴싸하겠지만, 일단은 그 정도면 됐다.”

귀족다운 치하의 말이라면 ‘수고하였노라’인가? 아무리 그래도 건방지지 않을까.

나는 고민하면서 기억 속의 기사단 이야기나 시집을 파헤쳐 봤지만, 지나치게 연극 같은 데다가 상대방이 책과 다른 대답이라도 했다간 고작 한 줄만 외우는 내가 받아칠 재간이 없었다. 상대가 상인인 만큼 비즈니스 매너 계통 책에서 어울리는 구절이 없었을까도 생각했지만, 귀족다워야 하니 조금 벗어난 느낌이었다.

"저의 부탁을 선뜻 들어 주시고 발걸음을 옮겨 주셔서 진심으로 감사드립니다, 라든지?"

"그런 말을 대체 어디서 배웠나!?"

깜짝 놀란 듯이 벤노가 나를 보았다. 일단 기억에서 퍼올린 귀족 아가씨가 할 법한 말투로 말해 봤는데 제대로 된 대답이 없으니 합격인지 불합격인지 판단할 수가 없다.

"안 되나요?"

"……아니, 충분해. 마차로 돌아오기 전까지 그 말투를 연습해 봐라."

엑!? 하고 튀어나올 뻔한 소리를 꿀꺽 삼키고 자세를 고쳐 천천히 심호흡했다.

"알겠습니다."

마차는 금세 거대한 정문을 지나 신전의 부지로 들어와서 멈췄다. 마부가 문을 열자 마르크가 가장 먼저 마차에서 내렸다. 다음으로 벤노. 나는 마지막에 마차 문 앞에 섰다.

열린 문에서 보인 광경은 내가 전혀 모르는 신전의 입구였다. 귀족이나 부자 전용 현관인 듯 눈앞에 펼쳐진 정원에는 여러 소재를 살린 조각이나 녹색과 꽃이 넘쳐나는 화단이 있고, 현관문은 예배실 정면의 벽처럼 형형색색의 타일로 장식되어 있었다.

내가 지금까지 지나다니는 큰길에서 보이던 조그만 입구는 평민의 전용 입구였는지 이 입구와 비교하면 뒷문이나 마찬가지였다. 현관만으로 흑백 세계와 다채로운 세계로 뚜렷이 나뉜 풍경을 눈앞에 두자 내가 몰랐던 명확한 신분의 격차를 깨달았다. 생각지도 못한 목격에 심장이 죄어들었다.

"마인, 손을……."

벤노의 목소리에 나는 정신을 차리고 손을 뻗었다. 굴러떨어지지 않으려고 발밑을 내려보려던 순간, 벤노가 내 손을 홱 잡아당겨 안아 올렸다.

"아래를 보지 마."

싱긋 웃으며 재빠르게 속삭이는 벤노의 저음에 나는 식은땀을 흘리며 생긋 미소를 지으며 끄덕였다. 벤노의 주의 사항을 '자신감이 없어도 고개를 숙이지 마' 라는 의미로 해석했는데, 아무래도 아래를 보는 행위 자체가 금지였던 모양이다. 벤노가 평소에는 상상도 할 수 없을 정도로 공손한 동작으로 나를 내리자 프랑이 발 빠르게 다가오는 모습이 보였다.

"마인 님."

"벤노 님, 제 시종입니다. 프랑, 신관장님을 알현할 수 있을까요?"

아주 살짝만 고개를 기울여 프랑을 올려다보자 놀란 듯 눈이 휘둥그레진 프랑이 자연스럽게 양손을 가슴 앞에서 교차했다.

"준비는 다 됐습니다."

"마인 님, 주인님의 선물은 어느 분께 맡기면 되겠습니까?"

마르크의 말에 천천히 주변을 둘러봤지만, 길과 델리아의 모습은 없었다. 운반할 사람이 없어 곤란해야 하나, 없으니 쓸데없는 짓은 하지 않겠다고 안심해야 하나 고민했다. 어느 쪽이 정답인지 알 수 없는 나는 프랑에게 전부 떠넘기기로 했다.

"프랑, 당신이 신용하는 분께 부탁해 주겠어요?"

"알겠습니다."

전부 떠넘겼지만, 프랑은 즉시 끄덕이고 척척 대응하기 시작했다. 불만스러운 표정도 짓지 않고, '하지만'이라고 목소리를 높이지도 않았다. 단지 주인의 요구에 응하는 우수한 시종의 모습이 그곳에 있었다. 나는 어라? 하고 고개를 갸웃거렸다.

'왜 갑자기 태도가 바뀌었지? 오전 중이랑 지금이랑 말투만 바뀌었을 뿐인데…….'

그때 번뜩 깨달았다. 프랑에게는 귀족다운 말투가 중요했음이 틀림없다. 나는 신관장밖에 보지 않던 프랑의 태도가 짜증스러웠지만, 그와 동시에 프랑은 귀족다운 구석이라곤 손톱만큼도 없는 내게 화가 났을 터였다. 주인인 내가 프랑이 기분 좋게 일하도록 하기 위한 노력이 부족했다. 루츠의 말대로 진지하게 귀족의 언행을 익혀야 할 듯하다.

프랑은 회색 신관을 여러 명 부르더니 분담하여 선물을 옮기도록 지시했다. 그리고 빠진 물건 없이 선물을 든 것을 확인하고 "이쪽으로 오십시오." 하고 선두에 서서 걷기 시작했다. 마지못해 한다는 분위기를 풍기던 오전과 다르게 지금은 물 만난 물고기처럼 생기가 돌았다.

벤노의 재촉하는 시선에 내가 프랑을 따라 걷기 시작하자 마치 미리 짜기라도 한 듯이 벤노가 말한 순서대로 대열이 만들어졌다. 하지만 어른의 보폭으로 성큼성큼 걷는 프랑을 따라가기란 꽤 힘이 들었다. 내가 필사적으로 발을 움직이자 내 반 보 뒤를 걷던 벤노가 차마 보기 힘들다는 듯이 입을 열었다.

"자네, 좀 빠른 것 같은데?"

프랑이 뒤를 돌아보고 무슨 말을 들었는지 모르겠다는 듯이 눈을 깜빡였다.

"시종이 된 지 얼마 되지 않은 건 충분히 이해한다만, 걷는 속도를 주의하지 않으면 슬슬 마인 님이 쓰러지실 거다. 주제넘은 말일지 모르나 조금 더 신경을 써 주지 않겠나?"

"……대단히 죄송합니다."

원래라면 주인인 내가 해야 할 말을 손님인 벤노에게 쓴 소리를 내뱉게 하고 프랑에게 창피를 줘 버렸다. 순간 입에 붙은 미안하다는 말을 내뱉을 뻔했지만, 여기에서 내가 프랑에게 사과해서는 귀족 실격이다.

"벤노 님, 배려해 주셔서 감사합니다. 프랑은 신관장님께서 신뢰하시는 우수한 신관이니 금방 익히겠지요. 그렇게 걱정하시지 않으셔도 됩니다."

"그럼 오늘은 마인 님을 잘 다루는 마르크가 옮겨 드리죠. 저번처럼 갑자기 의식을 잃으시면 곤란합니다."

복노에서 픽 쓰러지는 바보짓은 하지 마라, 라고 벤노의 얼굴에 쓰여 있다. 천 보따리를 들고 있던 마르크는 짐을 프랑에게 넘기고 "실례합니다." 하고 양해를 얻은 후 나를 안아 올렸다.

'히익!? 공주님 안기!?'

평소와 다른 자세에 비명을 지를 뻔한 입을 서둘러 막았다. 우아하게, 우아하게 하고 자신을 타이르며 우아한 미소를 띠어 보였다.

"프랑, 안내를 부탁해요."

"알겠습니다."

신관장의 방이 보이기 시작한 지점에서 마르크는 나를 내린 후 프랑에게 보따리를 넘겨받고 선물 부대 쪽으로 돌아갔다. 저 앞에 신관장의 방이 보이는 거리인데도 프랑은 재차 뒤돌아보며 내 속도에 신경 쓰듯 발걸음을 옮겨 주었다. '괜찮다'는 의미를 담아 내가 웃으며 끄덕이자 프랑은 분명하게 안심한 표정을 지었다.

신전장의 방과 달리 신관장의 방 앞에는 보초를 서는 신관이 없었다. 아무도 없는 문 앞에 선 프랑이 허리띠 안에서 작은 종을 꺼내 울렸다. 평소엔 말을 건네고 응답이 있고 난 뒤에 회색 신관이 열어 주던 문이 작은 종소리에 저절로 열렸다. 내가 열리는 문을 향해 발걸음을 옮기려고 하자 벤노에게 어깨를 잡혔다. 살짝 다른 사람을 둘러보니 모두가 대기 태세였다. 완전히 문이 열리기까지 움직이면 안 되는 듯하다. 나도 발을 원래 위치로 옮기고 아무 일도 없었다는 듯이 새침뗀 얼굴로 문이 열리기를 기다렸다.

문 너머에는 두 회색 신관이 나란히 서 있고, 신관장은 집무용 책상 앞에 아르노를 거느리고 기다리고 있었다. 방 안에 들어가자 응접용 테이블 앞에서 프랑이 멈춰 섰다. 나도 그 모습을 보고 멈추자 벤노와 마르크도 멈추고, 선물 부대는 벽 쪽에 정렬했다.

벤노가 한 발짝 앞으로 나왔다. 그리고 내가 맹세의 의식을 했을 때처럼 왼쪽 무릎을 세워 꿇고 가볍게 고개를 떨구었다.

"불의 신 라이덴샤프트의 권위가 빛나는 좋은 날, 신들의 인도에 의한 만남에 축복을 내려 주시길. ……처음 뵙습니다, 신관장님. 길베르타 상회의 벤노, 마인 님의 소개로 이 자리에 찾아뵈었습니다. 잘 부탁드립니다."

벤노가 당연한 듯 입에 담은 신의 이름이지만, 난 아직 신의 이름을 기억하지 못한다. 계절마다 다른 신의 이름을 외워 두지 않으면 귀족을 상대로 인사도 할 수 없는 듯하다. 실제로 인사하는 입장이 된 자신을 상상하니 핏기가 싹 가셨다. 성전을 외우는 것이 일이라던 신관장의 말이 뼈에 사무쳤다. 귀족의 소통 방식을 익히는 건 상당히 어려울 듯하다.

신관장은 왼손으로 자신의 심장 부근을 누르고, 오른손을 벤노 머리의 조금 위에서 손가락을 모아 비스듬히 뻗었다.

“진심으로 축복을 내리겠다. 불의 신 라이덴샤프트의 인도가 길베르타 상회에 전해지기를.”

화악, 하고 신관장의 손바닥에서 파란빛이 나오더니 벤노의 밀크티 같은 옅은 색 머리카락이 파랗게 물들었다. 빛은 금방 사라졌지만, 벤노에게 내려진 축복은 누구의 눈에도 똑똑히 보였다.

예상 밖의 성스럽고 장엄한 풍경에 나는 숨을 멈췄다. 그 파란빛은 마력이었을까. 내가 감정적으로 마력을 분출하면 위압밖에 되지 않지만, 사용법을 익힌다면 저런 축복도 내릴 수 있을까. 아니면 견습무녀로서 무조건 할 수 있어야 하나?

머릿속에 필수 행동 리스트가 점점 늘어 간다. ‘독서보다 먼저 하라’던 루츠의 말이 따끔하게 가슴을 찔러 온다.

“마인 님. 이쪽으로.”

프랑의 목소리에 정신을 차리자 신관장은 이미 응접용 테이블에 도착해 있었다. 이곳에서의 신분을 생각하면 내가 움직이지 않으면 다른 사람도 움직일 수 없는 게 틀림없다. 나는 프랑이 이끄는 대로 의자 앞에 섰다. 거기까진 좋았다. 체격이 네다섯 살인 나는 의자에 앉을 때 기본적으로 기어 올라가야 한다. 평소엔 문제가 없지만, 아무래도 오늘은 그래선 안 되겠지.

생각도 못 한 위기다! 의자가 너무 높아서 우아하게 앉을 수가 없어! 귀족 아가씨는 이럴 때 어떻게 하면 돼!? 곤란하다는 제스처가 여기서도 통할까!?

의자를 바라보며 막막해하던 나는 통할지 어떨지 모르지만, 오른손은 손가락을 모아 뺨에 대고 왼손은 팔짱을 꼈을 때처럼 오른쪽 팔꿈치를 받친 후 프랑을 올려다보며 살짝 고개를 기울였다. 그리고 3초 대기.

"……실례하겠습니다, 마인 님."

프랑이 내 허리에 손을 넣고 의자에 앉혀 주었다.

'오오옷! 통했다!?'

의자의 위치를 조절해 주는 프랑에게 싱긋 웃자 쓴웃음에 가까운 미소가 프랑의 입가에 희미하게 번졌다. 내가 시선을 프랑에게서 테이블로 돌렸을 때는 벤노는 이미 내 옆에 앉아 있고, 신관장의 뒤에는 아르노, 벤노의 뒤에는 마르크가 대기하며 서 있는 광경이 눈에 들어왔다. 내 뒤에는 분명 프랑이 서 있을 터였다. 선물을 든 신관은 벽 쪽에 정렬한 채다.

"그럼 마인 님. 맡기신 물건은 이것이 틀림없으십니까?"

벤노는 계속 양손에 들었던 조각이 새겨진 화려한 나무 상자를 열어 내게 보였다. 상자 안에는 소금화가 5닢 들어 있었다. 처음으로 보는 소금화다. 번쩍거리는 빛을 찬찬히 바라본 후, 들었던 대로 벤노에게 노고를 치하하는 말을 건넸다.

"저의 부탁을 선뜻 들어 주시고 발걸음을 옮겨 주셔서 진심으로 감사드립니다."

"과분한 말씀입니다."

벤노가 뚜껑을 연 채 테이블 위에 올려놓고 신관장에게 내밀었다.

"신관장님, 이쪽이 마인 님께서 내시는 기부금입니다. 부디 받아 주십시오."

"……흠, 확실히 받았다. 마인, 그리고 벤노. 수고했다."

신관장은 상자 속을 가볍게 확인한 뒤 뚜껑을 닫고 아르노에게 건넸다. 아르노가 그것을 어딘가에 가져갔다. 아마 보관 장소가 있는가 보다.

"그리고 이것은 인사와 감사의 뜻으로 드리는 선물입니다."

벤노의 말에 벽 쪽에 서 있던 회색 신관들이 앞으로 나와 테이블 옆에 줄지어 섰고 마르크가 한 종류씩 테이블 위에 올려놓았다. 쌓여 가는 물품을 지켜보던 신관장의 한쪽 눈썹이 씰룩 올라갔다.

"인사는 알겠는데 감사라니? 자네에게 감사의 말을 들을 만한 일을 한 기억은 없다만?"

"신관장님의 배려로 마인 공방의 존속이 정해져 진심으로 감사하고 있습니다."

벤노가 양손을 가슴 앞에서 교차하고 가볍게 눈을 감자 신관장은 "그렇군." 하고 가볍게 끄덕였다. 벤노가 늘어선 물품을 하나씩 신관장에게 소개했다.

"이쪽은 저희 상점이 취급하는 상품 중에서도 최고급 품질을 자랑하는 천입니다. 그리고 이쪽은 린샴. 현재 모든 권리는 제가 사들였습니다만, 원래 마인 공방에서 만든 물품입니다. 그리고 이쪽 또한 마인 공방에서 발명되어 새롭게 판매하는 식물지입니다."

신관장이 가장 흥미를 보인 것은 식물지였다. 그는 손에 들고 감촉을 확인했다.

"이것을 신관장님, 그리고 이 자리에는 안 계시지만, 신전의 최고

위이신 신전장님, 그리고 이 만남의 장을 마련해 주신 마인 님, 세 분께 바치겠습니다."

엥? 나!?

나도 모르게 눈을 크게 떴지만, 소리를 지르는 것만은 참아냈다. 놀라움을 꾹 참는 나는 아랑곳하지 않고 두 사람은 계속해서 대화했다.

"흠. 훌륭한 물건이군. 고맙다. 이 물건을 저 선반에 진열해 두거라."

"마음에 들어 하시니 삼가 기뻐해 마지않습니다."

신전장의 말에 회색 신관들이 움직였다. 마르크는 테이블 위의 물건을 신관에게 넘기거나 종이를 천으로 다시 포장하면서 움직였다.

하아, 끝났다.

기부금을 넘기고 선물도 신관장이 받아 줬으니 오늘 임무는 무사히 종료되었다. 작게 한숨을 내쉰 순간 테이블 밑에서 벤노의 손이 재빨리 움직이며 나를 가볍게 때렸다. 내가 벤노를 보며 고개를 갸웃거리자 벤노는 어이가 없다는 눈빛을 한 능숙한 거짓 웃음으로 시선을 아래로 내렸다. 되도록 고개를 숙이지 않도록 조심하며 나도 시선을 내리자 벤노의 손끝에 조그마한 종이가 보였다.

수업 중에 종종 이런 짓을 하던 애가 있었지, 하고 그리워하면서 살짝 손을 뻗어 종잇조각을 받았다. 여자아이끼리는 쪽지를 교환한 적이 있지만, 남자아이와는 없었다. 남자아이라고 하기엔 벤노는 나이를 많이 먹었지만, 이성을 상대로 쪽지 교환이라니 처음이다. 벤노를 상대로 조금 두근거리며 종이를 펼쳐 테이블 아래에 감추듯 읽었다. 쪽지엔 '긴장 풀지 마, 멍청아' 라고 쓰여 있었다.

내 두근거림을 돌려줘!

내가 우아함을 잊을 타이밍을 가늠하기라도 하듯이 신관장이 내 쪽으로 고개를 돌렸다. 서둘러 다시 미소를 지으려고 한 걸 알아차렸는지 신관장의 표정이 바뀌었다. 내가 조그맣게 숨을 마시며 자세를 고쳐 잡자 신관장이 슥 하고 손을 옆으로 뻗었다. 그 모습을 본 회색 신관들이 양손을 교차하고 가볍게 허리를 낮추어 신관장에게 인사하더니 차례차례로 방을 빠져나갔다.

"이 기회에 벤노에게 묻고 싶은 것이 몇 가지 있다."

신관장의 표정이 굳어지면서 거짓말이나 눈속임을 용서치 않는 날카로운 눈빛으로 벤노를 바라보았다. 그와 동시에 옆에 앉은 벤노의 분위기도 확실히 조금 전보다 분위기가 딱딱해졌다. 아무래도 지금부터가 본론인 듯하다. 나도 등을 쭉 펴고 '긴장 풀지 마, 멍청아' 라고 적힌 벤노의 쪽지를 꽉 쥐었다.

본론

회색 신관들이 신전장에게 가볍게 인사하며 차례차례 방을 물러나가는 가운데, 아르노가 어디에선가 웨건 같은 물건을 끌고 왔다. 그리고 아마도 신관장의 취향에 맞췄을 두꺼운 유리그릇에 차를 달이기 시작했다. 수증기를 뿜기 시작함과 동시에 아르노가 고개를 들어 찻잎이 들어간 유리병을 나열하며 종류며 원산지 등을 설명해 갔다.

"마인 님, 어느 차를 좋아하십니까?"

솔직히 전혀 모르겠는데요.

내가 잘 모르는 상태로 적당히 그 중 하나를 가리키며 "그걸 주세요." 하고 대답하자 다음엔 차에 넣을 우유에 대해 질문을 하나씩 늘어놓기 시작했다.

그런 거 나한테 물어 봤자 전혀 모른다고요.

하지만 신분상 내가 고르지 않으면 진행이 안 되므로 벤노를 참고로 '똑같은 거'라는 대답으로 얼렁뚱땅 넘길 수도 없었다. 귀족님이란 사람은 차를 하나 마시는 데도 큰일이라고 생각하면서 나는 프랑을 돌아보았다. 오늘 익힌 '통째로 떠넘기기 기술'이 나올 차례다.

"프랑은 어떤 우유가 이 차에 가장 맞을 것 같나요?"

"그렇군요……. 호르가의 그라우바슈 3세라면 은은한 단맛이 있으니 티프가프트에 잘 어울릴 것입니다."

"그래. 그럼 호르가의 그라우바슈로 하겠어요."

오늘 마시는 차는 티프가프트. 호르가의 그라우바슈 우유를 넣는다. 주문으로 들릴 법한 소리의 나열에 고개를 갸웃거릴 수밖에 없었다.

아르노가 벤노의 취향을 묻는 동안 회색 신관은 전원 퇴실한 모양이다.

“여기 있습니다, 마인 님.”

소리 하나 없이 공손한 동작으로 놓인 찻잔을 손에 집어 한 모금 마셨다. 블랜딩된 차에 순한 우유가 섞여 부드럽고 달콤한 맛이 입안에서 퍼져 나갔다. 재료도 차를 끓인 방법도 훌륭했는지 황홀할 만큼 맛있다.

모두에게 차를 낸 아르노는 웨건을 밀며 어딘가로 정리하러 갔다. 모습이 안 보인다 싶더니 금방 돌아와 문을 꼭 닫았다. 쓸데없는 동작이 전혀 없는 빠릿빠릿함에 나는 감탄의 숨을 내쉬었다. 아르노가 자신의 지정 자리인 신관장의 등 뒤에 서자마자 신관장이 입을 열었다.

“벤노, 자네는 마인을 가장 처음 후원한 통찰력 있는 자라는 보고를 받았다. 자네의 눈에 마인은 어떤 인물로 비치나? 신전의 신관들 사이에 마인은 마력을 폭주하는 위험인물이라는 인식이 있다. 그래서 마인이 어떤 인물인지 오래 알고 지내 온 자네의 솔직한 의견을 듣고 싶다.”

“마력을 폭주……? 호오, 그런 일이 있었습니까?”

벤노가 전혀 웃지 않는 눈으로 나를 힐끗 보았다. 이곳이 아니었다면 ‘이 자식! 왜 말 안 했어!’ 하고 호통을 쳤을 눈이다. 나는 벤노의 반대쪽으로 시선을 돌리고 찻잔을 들어 입에 댔다.

“저희는 평범한 상인입니다. 고로 마력에 관해서는 잘 알지 못하지만, 제가 알고 있는 마인 님에 대해서라면 말씀드릴 수 있습니다.”

"흠, 얘기해 보거라."

신관장이 살짝 몸을 앞으로 내밀며 벤노의 말을 재촉했다. 난 마치 가정 방문이나 삼자대면에서 보호자와 담임이 내 얘기를 할 때처럼 불편했다. 일단은 얌전한 얼굴로 앉아 있지만, 사실은 '그만! 쓸데없는 말 하지 마! 적어도 내가 없는 자리에서 해 줘!' 하고 소리치며 이 방에서 뛰쳐나가고 싶었다.

"마인 님은 천재이십니다. 새로운 상품을 발명하는 점에 있어서는 말이죠. 발상만은 타의 추종을 불허하지만, 실제로 물품을 완성하는 사람은 저희 상점의 수습생입니다. 마인 님 본인에게는 천재라는 자각이 없고, 기본적으로는 느긋하고 관용적인 성격이라고 저희 상점에서는 인식하고 있습니다."

실컷 멍청하게 있다느니, 생각이 없다느니, 경계심이 없다는 말을 듣는 나의 성격도 귀족식으로 바꿔 말하면 느긋하고 관용적인 성격이 되는 모양이다. 벤노의 입에서 나왔다고 생각할 수 없는 평가다. 같은 말도 하기 나름이라는 게 이런 것인가.

"잠깐. 느긋한 건 그렇다 치고 관용적이라고?"

벤노의 말에 납득할 수 없었는지 신관장이 굉장히 의심스러운 얼굴로 나와 벤노를 보았다. 무리도 아니다. 마력을 폭주하고 신전장을 실신하게 한 사실은 많은 신관 사이에서 유명했고, 오늘 프랑이 보고했다면 독서를 방해한 길에게 마력을 조금이지만 방출한 일도 신관장은 알고 있을 터였다. 신관장이 본 나는 정말 관용이란 단어와 거리가 먼 인간임이 틀림없다. 툭하면 화를 내고 감정적으로 마력을 폭발하는 위험인물이겠지.

"자신에게 양보할 수 없는 소중한 것…… 가족이나 친구, 그리고 책. 이들을 건들지 않는 한 마인 님은 놀랄 정도로 관용적입니다. 경계심도 적어 누군가에게 속는 일도 잦습니다. 마인 님을 잘 아는 저희 수습생은 관용보다는 무관심이라는 말을 하더군요."

"무관심. 그렇구나."

벤노의 말에 프랑의 작은 중얼거림이 머리 위에서 내려왔다. 오전 중에 나의 언행을 떠올려 보면 반론의 여지가 전혀 없었다. 신관장은 신음하며 나를 보고는 다시 똑같이 신음했다.

"다른 건 없나? 가족, 친구, 책 이외에 마력이 폭주할 법한 요소가 있다면 말하거라."

"지금은 달리 그 외에 소중한 건 떠오르지 않습니다."

"그럼 됐다."

신관장은 내 말에 그렇게 대답하고 조금 안심한 듯 끄덕였다. 그러자 벤노가 뭔가를 고민하듯 시선을 조금 위로 향한 뒤, 프랑과 신관장을 번갈아 보았다.

"그리고 제가 마인 님에 대해서 신관장님께 보고할 셈이라면 상당히 이례적으로 병약하다고 할까요."

"병약하다? 아아, 몸 상태를 관리해 줄 사람이 필요하다고 말했었지."

신관장의 시선이 나를 향한 순간, 프랑이 조금 동요한 것처럼 떨었다. 조금 전 복도에서 벤노에게 지적받은 일을 떠올렸는지도 모른다.

"마인 님은 깜짝 놀랄 만큼 체력도 완력도 없으십니다. 얼굴색, 말수, 걸음 속도, 행동이나 내용을 잘 관찰하지 않으면 건강해 보이다가도 갑자기 의식을 잃고 쓰러지십니다. 그리고 며칠간 열을 내고 드러누우시지요. 지금 현재 저희 상점의 수습생 이외에 몸 상태를 관리할 수 있는 사람은 없습니다."

"그 수습생이라면 루츠라는 소년이지? ……프랑은 할 수 있을 것 같나?"

신관장의 말에 모두의 시선이 프랑에게 집중됐다. 프랑의 짙은 갈색 눈동자가 동요한 듯 흔들렸다. 그러자 프랑이 고개를 숙여 분한 듯한 목소리를 흘렸다.

"전 아직……. 죄송합니다."

살짝 뒤를 돌아보니 정확히 내 눈높이에 있는 프랑의 주먹이 살짝 떨리는 모습이 보였다. 존경하는 신관장의 기대에 응하지 못한 자신이 답답해 미칠 것 같다는 프랑의 심정이 전해져 왔다.

"프랑은 오늘 아침 시종이 됐으니 갑자기는 무리겠지요. 루츠도 완전히 분간하기까지 시간이 걸렸습니다."

"너무 시간이 걸리면 곤란하다."

애써 내가 프랑을 감싸 줬더니 신관장이 엄격한 한 마디로 일축해 버렸다.

"가을에 또다시 기사단에서 소집이 있을지도 모른다. 그때까지 마인의 몸 상태를 관리할 수 있도록 해라. 되겠지, 프랑?"

똑바로 응시하는 신관장의 시선에 프랑은 한번 숨을 들이마신 후, 강하게 끄덕였다.

"……알겠습니다. 가을까지는 반드시."

현관 앞에서 회색 신관들에게 내리던 지시나 차에 관한 지식을 보면 알 수 있듯이 프랑은 신관장을 위해서라면 굉장히 노력하는 인물이다. 신관장의 직속 명령이니 나의 몸 관리에 진지하게 임해 줄 것 같았다. 좌우지간 시종이 긍정적으로 내 몸 상태를 관리해 줄 마음이

들어서 다행이다. 안도하는 나를 보며 벤노가 걱정스럽게 시선을 떨구었다.

"신관장님, 마인 님은 나이에 비해 굉장히 영리하십니다. 하지만 사회 경험이 부족하고 신전의 지식, 나아가서는 귀족 사회의 물정에 어두우십니다."

"그건 알고 있다. 그래서 내 시종 중에서도 우수한 프랑을 붙였다. 궁금한 점은 프랑에게 물으면 된다. 물론, 나 자신도 마인의 교육에 관여할 생각이다."

내 뒤의 프랑이 헉 하고 숨을 마시는 게 느껴졌다. 무심코 뒤를 돌아보니 마치 믿을 수 없다는 듯이 휘둥그레 뜬 눈으로 신관장을 바라보고 있었다.

어라? 혹시 프랑은 자신에게 실력이 없어서 내 시종을 맡게 됐다고 생각한 건가? 그럼 신관장에게 도움이 되도록 함께 힘내자고 말하면 의외로 간단히 내 편이 될지도 모르겠는데?

차를 꼴깍 마시면서 프랑의 공략 방법을 고민하는데 신관장이 나와 벤노를 번갈아 보듯 하며 눈을 가늘게 떴다.

"그런데, 벤노. 자네에게 마인이 물의 여신이라는 소리는 무슨 의미지?"

"흡!?"

벤노가 얼빠진 소리를 지르고 달그락 소리를 내며 찻잔을 떨어뜨렸다. 노골적으로 동요하는 벤노를 보자 의심이 더 깊어졌다는 듯이 신관장은 한숨을 쉬고 꼰 다리를 바꾸었다.

"자네가 대체 어떤 눈으로 마인을 보고 있는지 알고 싶다."

"어떤, 이라 말씀하셔도……. 저 자신은 주변에서 왜 그런 말을 하는지 이해할 수 없습니다."

횡설수설 변명하는 벤노를 보기란 정말 드물어서 재미있지만, 나 역시 신관장이 꺼낸 물의 여신이란 말의 의미를 잘 몰랐다. 그러고 보니 전에 비슷한 말을 해서 벤노에게 혼이 나던 오토를 떠올리면서 나는 고개를 갸웃거렸다.

"실례하지만 물의 여신이란 무슨 의미로 쓰이나요?"

주위를 둘러보는데 내 눈과 마주치는 사람마다 모두가 급히 시선을 피했다. 나한테는 묻지 마, 라는 공기가 모두에게서 풍겨 나왔다. 굉장히 어색한 분위기다. 곤란해서 고개를 갸웃거리자, 벤노에게서 '조용히 해' 라고 적힌 쪽지가 돌아왔다. 아무래도 큰소리로 물어서는 안 된다는 말인 것 같아 나는 작은 목소리로 살짝 프랑에게 물어보았다.

"신에 대한 이야기니까 신전과 관계가 있겠죠? 프랑, 가르쳐 주겠어요?"

"아, 그게, 그……."

프랑이 도움을 구하듯 신관장에게 시선을 향했다. 벤노는 이마를 누르며 한숨을 쉬었고, 얼굴을 잔뜩 찌푸린 신관장이 하는 수 없다는 듯이 입을 열었다.

"사모하는 사람, 애인, 마음을 움직이게 하는 사람. 일반적으로는 그런 의미로 쓰인다."

사모하는 사람? 애인? 말도 안 돼. 벤노는 죽은 애인밖에 모르는 독신주의자다. 그렇지 않더라도 나와 벤노를 보고 그런 생각을 하는 쪽이 이상하잖아.

"절대 그렇지 않습니다. 벤노 님과 저는 부모자식만큼 나이차가 있는데요?"

뿜어 나오는 웃음을 참으면서 내가 그리 말하자 벤노도 내 말에 편승하여 철저하게 부정했다.

"마인 님의 말씀처럼 말도 안 되는 소리입니다."

"하지만 부모자식 정도의 나이 차이는 그다지 이상하지도 않다만?"

신관장은 아직 의심을 다 지우지 않았다고 말하고 싶은 기색으로 벤노를 보았다. 우라노 시절의 일본이라면 연예계에서 그런 가십거리를 많이 듣지만, 마인이 되고부터는 한 번도 들은 적이 없었다. 왜냐하면 재혼한다 하더라도 부모자식만큼 나이 차이가 크면 그 사람은 아이 세대에 신세를 지는 경우가 많을 텐데, 가장 수입이 많은 아이 세대의 입장에서는 부양가족을 늘리는 짓을 끔찍이 싫어한다. 그리고 어린 결혼 상대 한 명의 벌이로 생활할 수 있을 만큼 평민 사회는 녹록치 않다.

"전 그런 분을 만난 적이 없지만…… 아아, 그러고 보니 신전에서는 나이 차이가 큰 관계도 흔하지요? 세 시종 중 하나도 언젠가 신선장님과 결혼하기를 원하는 모양이니까요. 하지만 평민에게는 있을 수 없는 일입니다."

신관장님은 신전에 계시니까 평민의 사정을 모르셔도 어쩔 수 없지요, 하고 내가 감싸 주자 또다시 묘한 침묵이 흘렀다. 동시에 벤노에게서 '부탁이니까 입 막아' 라는 메모가 전달되었다. 아무래도 전혀 도움이 안 되는 말이었던 모양이다.

벤노의 메모대로 내가 입에 지퍼를 닫자 이번에는 입을 여는 사람이 아무도 없어진 방 안에 무거운 침묵이 가득했다. 연방 차를 마시며 서로를 살피는 시선만 오갔다. 어색하고 굉장히 불편하다.

"신관장님, 시종의 몸으로 매우 무례하지만, 발언을 허가해 주실 수 있으십니까?"

누구도 입을 열지 않는 묘한 분위기를 깬 구세주는 마르크였다. 홱 하고 고개를 들어 마르크를 본 신관장의 얼굴에는 누구라도 좋으니까 이 분위기를 어떻게든 해 달라고 쓰여 있었다. 쌍수를 들고 환영하는 기세로 신관장이 허가했다.

"허가한다. 뭐지?"

"주인님의 명예를 위해 단언합니다만, 일반적인 의미로 쓰이는 물의 여신과는 다릅니다. 신관장님도 알고 계시겠지만, 마인 님이 계속해서 고안하는 상품으로 주인님은 새로운 사업을 일으키셨습니다. 오랫동안 의류 관련 상품만을 판매해 왔던 길베르타 상회에 새로운 사업의 싹을 가져와 주신 마인 님은 저희 상점에게 물의 여신인 셈입니다."

"흠, 그런 의미인가. 이해했다. 그럼 마지막으로 마인 공방 건인데……."

자신이 내놓은 화제에 그다지 이해한 것처럼 보이지 않았지만, 신관장은 그 이상 추궁하지 않고 얼른 화제를 바꾸었다.

"대체 얼마만큼 이익이 올라가나? 이쪽은 이익의 일부를 신전에 바치겠다는 약속으로 존속을 허가했다만?"

벤노는 그렇군요, 하고 생각하는 척하면서 무릎 위에 올린 긴 소매 속에서 이미 무언가 적힌 종이를 작게 찢고 있다. 아까부터 벤노가 가끔씩 내게 넘겨주는 종잇조각이 마차 안에서 마르크가 뭔가를 적던 종이임을 눈치챈 내 표정이 굳어 갔다.

'잠깐, 마르크 씨!? 혹시 '멍청아' 라고 마르크 씨가 썼던 겁니까!?'

멋진 신사라고 믿었는데! 미리 준비해 둔 말이 이런 말뿐이라니!

벤노가 시켜서 '멍청아' 라든지 '입 닫아' 라고 썼다는 건 알지만, 그래도 충격이 컸다. 그렇게 평소의 온화한 미소를 지은 채로 쓰지 말아 줬으면 좋겠다. 다시금 풀이 죽은 내게 작은 종이가 넘어왔다. '입 열지 마' 라고 쓰여 있다.

"……이익은 뭘 만드느냐에 따라 다릅니다. 아시겠지만, 사업은 정기적으로 일정한 이익이 들어오지 않습니다. 그리고 현재 새로운 사업을 준비 중입니다만, 이익은커녕 초기 투자에 비용이 나가는 상황입니다. 공방의 유지와 새 사업의 개척을 고려하면 순익의 10퍼센트 정도가 타당합니다."

벤노가 10퍼센트라는 숫자를 내자 신관장은 불쾌하다는 듯이 얼굴을 구겼다.

"10퍼센트는 상당히 적은 금액이 아닌가?"

"……실례합니다만, 지나칠 정도로 많은 금액입니다. 유통비나 재료비, 장인의 급료는 절대 줄일 수 없기 때문입니다."

"하지만……."

"장사는 이익을 조금 줄여서라도 팔아야 할 때가 있습니다. 혹여 마인 공방의 사업이 적자일 때 신전에서 책임져 주실 수는 없지 않습니까?"

신관장은 입을 꾹 닫았다. 책임질 수 있을 리가 없다. 신전 자체가 적자 경영이니 말이다. 그리고 신관장에게는 반론도 어려울 터였다. 신전은 고아원에서 자란 고아로 회색 신관이라는 노동력을 얻고, 영주나 청색 신관의 친가로부터 수입을 얻는다. 신전의 수입과 지출은 장사하는 상점과 전혀 다른 종류이다. 아마 신관장은 상점과 급료의 구조도 이해할 수 없을 터였다.

“마인 님이 보수로 받는 금액을 신전에 기부하시는 건 개인의 자유지만, 공방의 이익을 기부한다면 경영을 유지하지 못할 만큼의 금액을 기부하는 건 불가능합니다.”

“……알겠다. 10퍼센트다.”

잇따라 공격하는 벤노가 주도권을 잡은 형태로 신전에 바칠 상납금이 정해졌다. 벤노 자신은 수수료로 30퍼센트는 태연하게 가져가는 주제에 신전의 몫은 10퍼센트로 낮게 잡았다. 내가 벤노의 수완에 오오, 하고 감탄하고 있자 마르크가 계약서를 꺼내 테이블 위에 늘어놓기 시작했다. 확증을 얻으면 즉시 계약. 마르크의 활약은 언뜻 보기에 벤노에 비해 간단하지만 훌륭하다. 솔직히 귀족인 청색 신관의 시종에도 지지 않으리라.

귀족의 집합체인 신전과의 계약이므로 테이블에 펼쳐진 건 계약 마술용 계약서였다. 마인 공방 순이익의 10퍼센트를 신전에 바치겠다는 뜻을 작성하고 신전의 대표로는 신관장, 마인 공방의 공방장인 나, 그리고 후견인으로 재무표를 제출할 의무를 맡은 벤노가 사인하고 피도장을 찍어 갔다.

‘또 피!? 계약 마술 싫어.’

“마인, 뭘 그렇게 멍하니 있나? 그대 차례다.”

손가락 끝이라곤 하지만, 아직 칼을 자신에게 향하는 건 익숙해지지 않는다. 신관장의 재촉에 나는 떨리는 손으로 칼을 집었다. 그러자 옆에서 슥, 하고 손이 뻗어 오더니 프랑이 칼을 집어 들었다.

“눈을 감아 주십시오, 마인 님.”

눈을 꽉 감고 손을 내밀자 손가락 끝에 따끔한 아픔이 덮쳐 왔다.

눈을 뜨니 피가 볼록, 하고 솟아올라 있다. 프랑이 내민 계약서에 손가락을 누르자 평소처럼 계약서가 금색 불꽃에 휩싸이며 사라졌다.

"내가 가진 궁금증은 이상이다. 오늘은 실로 유익한 시간을 보냈군. 고맙다, 벤노."

신관장과 벤노가 인사를 주고받는 동안 마르크는 계약 마술에 쓰인 도구를 정리하고, 프랑은 테이블 위의 다기를 끝으로 모았으며, 아르노는 카펫을 준비하기 시작했다.

"그럼 신의 인도에 의한 만남과 계약에 기도와 감사를."

그렇게 말하며 신관장이 벤노와 나를 카펫 쪽으로 안내했다. 모두가 천천히 이동했고 나는 벤노와 마르크를 올려다보며 웃음을 필사적으로 참았다.

이건 어쩌면 벤노 씨랑 마르크 씨의 구리코!? 보고 싶다! 진짜 보고 싶어! 하지만 분명 배 근육이 찢어져 버릴 거야!'

이미 뇌 속에서 펼쳐진 두 사람이 함께한 구리코의 파괴력에 입을 막고 있자 갑자기 몸에서 힘이 빠져나갔다.

"흐앗!?"

그만 귀족 아가씨답지 않은 목소리가 튀어나와 버렸다. 나는 마치 무릎이 나가듯이 주저앉았고, 머리 무게에 못 이긴 상반신이 그대로 바닥에 고꾸라져 버렸다.

"마인 님!?"

뒤에 있던 프랑이 비명을 지름과 동시에 모두의 시선이 내게 향했다. 철퍼덕, 하고 쓰러진 나를 보고 신관장은 어이없다는 듯이 한숨을 내쉬었다.

"마인, 어서 일어나거라. 보기 흉하다."

신관장의 말이 아니라도 몇 번이고 일어서려고 했지만, 손을 전혀 쓸 수가 없고 머리를 들 수가 없다.

"저기, 몸이 이상해요. 힘이 전혀 안 들어가요. 그런데 열이 올라오는 낌새도 없어요. 오히려 손발은 차가울 정도로. ……벤노 씨. 이거, 왜 이럴까요?"

"내가 어떻게 알아! 나한테 묻지 마!"

고함치는 벤노에게 안긴 내가 평소처럼 벤노의 옷을 잡으려고 했지만, 팔이 전혀 움직여 주지 않았다. 어깨에서 축 처진 팔이 무거워서 마치 내 것이 아닌 듯하다.

"신관장님, 면전에서 소동을 피워 거듭 사과드립니다. 퇴실 인사를 생략하고 이만 물러가게 해 주셨으면 합니다."

"아, 그래, 상관없다. 마인을 부탁한다."

나를 안아 올린 채 벤노가 새파래진 얼굴로 나를 바라보는 신관장에게 작별 인사를 했다. 그동안에도 평소처럼 열이 올라올 것 같은 낌새는 전혀 없었다. 아직 비교적 선선해도 초여름인데 반해 몸이 점점 차가워지는 듯한 느낌이다.

허둥대며 마르크가 돌아갈 채비를 끝내고 아르노와 프랑이 나를 안고 성큼성큼 걷는 벤노를 위해 문을 열었다. 항상 쓰러질 때와는 다르게 의식이 끊어지지도 않고 축 늘어져 흔들리는 손발의 감각이 이상하다. 급격히 무거워진 머리의 무게를 느끼면서 나는 벤노와 마르크의 구리코를 못 보게 된 사실이 안타까왔다.

"벤노 님, 기다려 주십시오!"

툭하고 뒤로 젖혀진 시야에 프랑의 가슴에서부터 턱이 보였다. 하지만 벤노는 대답도 없이 계속해서 성큼성큼 발 빠르게 걸었다. 덕분

에 머리가 덜컹덜컹 흔들려서 뇌수가 휘저어지는 느낌이 들었다. 좀 흔들리지 않게 걸을 순 없나. 그런 생각을 하고 있는데 프랑이 벤노의 반 보 뒤를 따라 걸으면서 다시 한번 말을 걸었다.

"벤노 님!"

"뭐야? 보는 대로 난 지금 급해."

벤노는 예의 따위 눈곱만큼도 없는 본연의 태도로 대답했다. 그 무뚝뚝한 태도에 순간 겁을 먹은 프랑이었지만, 숨을 힘껏 들이쉬고 끈덕지게 물고 늘어졌다.

"제가 마인 님을 모시게 해 주십시오!"

"급하니까 기각한다."

"손님이 모시게 할 순 없습니다. 제가 마인 님의 시종입니다."

무뚝뚝한 벤노를 상대로도 물러서지 않는 프랑의 말에 나는 내심 조마조마했지만, 벤노는 걸음을 멈췄다.

"힘이 빠진 녀석은 비록 체격이 작더라도 무겁다. 절대 떨어뜨리지 마라."

그 자리에 천천히 무릎을 꿇은 벤노가 나를 프랑에게 넘겼다. 프랑은 내 머리와 팔의 위치를 약간 조절하고 일어섰다. 머리의 위치가 프랑의 어깨에 기댈 수 있게 되자 머리가 덜컹거리지 않게 되었다.

"프랑은 안는 자세가 훌륭하네."

내가 감탄하듯 그렇게 말하자 프랑은 조금 화난 듯이 목소리가 퉁명스러워졌다.

"마인 님, 무리해서 말씀하실 필요는 없습니다."

"몸에 힘은 안 들어가도 머리는 차가운 느낌이니까 딱히 무리하는 건 아니야."

"……말투에 신경을 쓰지 못하시는 것 같습니다."

프랑의 말에 걱정하는 기색이 비치자 나는 조그맣게 웃었다. 느껴지는 프랑의 배려가 조금 부끄러우면서도 기뻤다.

"저기, 프랑. 델리아나 길이 있으면 언제 둘이서만 말할 기회가 있을지 모르니까 지금 말해 두고 싶어. 괜찮지?"

복도에는 다른 신관이 있을지도 모르므로 귓속말하듯 프랑의 귓가에 속삭이자 프랑이 시선만은 정면을 바라본 채 작게 끄덕였다.

"알겠습니다."

"나, 아직 귀족 사회를 전혀 모르니까 프랑을 굉장히 곤란하게 하겠지만, 되도록 빨리 익히도록 노력할 테니까 협력해 줬으면 해. 신관장님께 도움이 되도록 노력할 테니까 목적이 같은 동지끼리 서로 협력하지 않을래?"

그러자 프랑의 팔에 힘이 실리고 프랑의 목젖이 위아래로 흔들리며 침을 삼키는 모습이 보였다.

"그것이 제 일입니다. ……저야말로 신관장님의 마음을 헤아리지 못하고 마인 님께 불만을 터트리는 모습을 보인 점을 용서해 주셨으면……."

"응? 헤아리지 못했다니? 신관장님이 제대로 설명을 안 해 줬어?"

정신이 혼미해졌다. 설명도 없이 내게 붙였으니 그야 불만이 생기겠지. 신관장의 전속 시종에서 일개 청색 견습무녀, 그것도 귀족도 아닌 평민 계집애의 시종으로 바뀌어 버린 것이다. 좌천이라고 착각할 수밖에 없는 처사였다.

"신관장님은 주변에 적과 내통하는 자가 얼마나 있는지 모르니 꼬투리가 잡히지 않도록 평소 많은 걸 말씀하지 않으십니다. 사람들을 물리쳤다곤 하나 오늘은 말씀을 많이 하셔서 놀랐습니다."

"그래도 아랫사람들에게 의도가 전달되지 않는 점은 문제야. 프랑은 의도도 모르고 내 시종이 돼서 괴로웠겠구나?"

신관장이 대체 어떤 처지인지는 전혀 모르겠지만, 이런 충신을 슬프게 만든다면 자기 편이 줄기만 할 것이다.

"신관장님께 제가 필요가 없다고, 마치 델리아나 길과 거의 비슷하다는 평가를 들은 것 같았습니다."

"그렇지 않아. 신관장님은 말이야, 프랑을 내게 붙이긴 했지만, 프랑을 떼어놨다는 생각은 추호도 없는 사람이야."

신관장을 향한 충성심을 더욱 강화하고 이 기회에 내게도 상냥하게 대해 줬으면 좋겠다는 속마음을 담아 살짝 속삭였다.

"그럴까요?"

의문형을 취했지만, 프랑의 목소리에는 부정의 색이 강했다.

"나한테 빌려줬을 뿐이니까 손님 앞에서 새로운 주인인 나의 양해도 없이 프랑에게 명령할 수 있는 거야. 가을까지 몸 상태 관리를 할 수 있게 하라는 명령은 내가 일반적인 귀족이었다면 상당히 실례되는 행동이잖아?"

"……마인 님의 말씀이 맞습니다."

프랑이 조그맣게 웃음을 터트렸을 때 현관문이 열렸다. 때마침 마차가 앞으로 들어오고 있었다. 타이밍을 맞추려고 했던 마부가 생각보다 빠른 우리의 등장에 놀라 눈을 깜빡이는 게 보였다.

"프랑, 마인을 넘겨."

먼저 마차에 탄 벤노가 팔을 벌렸다. 프랑이 순간 주저하더니 벤노에게 나를 넘기면서 매달리듯 한 마디를 꺼냈다.

"저도 동행하면 안 되겠습니까?"

"안 돼. 그 옷으로 신전을 나오면 쓸데없는 문제가 생겨."

나를 넘겨받은 벤노한테서 단호한 기각이 떨어졌다. 옷을 이유로 거절당할 줄은 몰랐을 프랑은 당황해하며 자신의 옷을 내려다봤다.

"헌 옷이라도 좋다면 다음번까지 옷을 준비해 주지. 오늘은 포기해."

"알겠습니다."

벤노에게 사의를 표한 후, 프랑이 마차 앞에서 양손을 교차하여 무릎을 꿇었다.

"마인 님, 무사히 돌아오시기를 진심으로 기다리겠습니다."

외출하는 주인에게 하는 당연한 인사지만, 예상외의 말에 당황한 나는 어떻게 대답해야 할지 몰랐다. 프랑의 진정한 주인은 신관장이라고 생각했고, 프랑에게도 나는 좋은 주인은 아니니 분명 기다릴 만한 존재는 아닐 터였다. 대답을 건네지 못하는 내게 벤노가 귓가에서 낮게 속삭였다.

"내가 없는 동안 신전을 잘 부탁한다. 그렇게 대답해 주면 돼."

잘 부탁한다고 해도 신전이 내 집도 아니고, 방도 없고, 아직 내가 있을 곳이라 할 만큼 애착이 있는 곳도 아니다. 그렇게 반론하면 그만이다. 그런데 프랑에게 기다리겠다는 말을 들으니 프랑의 주인으로서 반드시 이곳에 돌아와야 할 것 같은 간지러운 기분이 들었다.

가볍게 숨을 내쉬고 있는 힘껏 주인답게 대답했다.

"프랑, 내가 없는 동안 신전을 잘 부탁합니다."

마차 안에서는 벤노의 무릎에 머리를 둔 상태로 좌석에 뉘어졌다.

금 브로치를 뗀 벤노의 망토로 둘러싸이자 차가워지던 몸이 조금씩 따뜻해져 가는 느낌이 들었다. 안도의 한숨을 내쉼과 동시에 지금의 상황에 정신이 번쩍 들어 무심코 소리를 지를 뻔했다.

'이거!? 무릎베개라는 거 아닙니까!?'

비밀 쪽지 교환부터 시작해서 가족 외의 이성과 첫 무릎베개 경험까지 벤노와 해 버릴 줄은 상상도 못 해봤다. 사랑이 없는 이벤트니까 없었던 일로 치면 안 되나? 벤노의 무릎에 모든 체중을 맡긴 상태를 자력으로 회피할 수도 없기에 상점에 도착할 때까지 이 부끄러운 자세로 있어야 했다. 도망치고 싶은 기분을 조금이라도 해소하기 위해 나는 살짝 빠른 말투로 벤노에게 질문했다.

"베, 벤노 씨, 신관은 평상복이 없나요?"

"필요 없으니까. 없어도 이상하지 않지."

벤노는 신관이 신전에서 나와 마을에 모습을 드러내는 건 의식이 있을 때뿐이라고 설명했다. 청색 신관만큼 눈에 띄지는 않지만, 기본적으로 신전에서 나오지 않는 회색 신관이 내게 들러붙어 마을을 어슬렁거리면 지나치게 눈에 띄는 모양이다.

"어찌 됐든 마인, 이제 그만 말해."

조용히 달래는 듯한 말투로 그렇게 말하며 벤노가 천천히 내 볼을 쓰다듬었다. 그리고 나의 차가운 손에 열을 보내기라도 하듯 가볍게 내 손을 잡았다. 그것은 마치 소중한 애인이 쓰러졌을 때나 할 듯한 동작이었다. 전세에서조차 이런 경험이 전혀 없던 내게는 부끄러움을 넘어서 곤혹이었다. 어떻게 반응해야 좋을지 모르겠다.

말투는 무뚝뚝한 주제에 벤노 씨가 무의식적으로 이런 행동을 하니까 주위에서 묘한 오해를 하는 거라구요!

내 생각을 읽기라도 하듯 정면에 앉은 마르크가 슬픈 표정으로 눈을 감았다.

"주인님, 마인은 리제 님이 아니니 괜찮습니다."

"……알고 있어. 알고 있으니까 괜찮다고 쉽게 말하지 마."

벤노는 창밖을 바라보면서 그렇게 말했지만, 내 손을 놓으려고 하지 않았다. 이쪽을 보려고도 하지 않는 벤노의 표정은 살필 수가 없었다. 하지만 뭐든 완벽하게 해내던 벤노의 건드리면 안 되는 곳을 건드려 버린 듯한 느낌이 들었다. 아마도 벤노의 애인이 벤노를 안심시키기 위해 '괜찮다'는 말로 웃으면서 떠난 것이 분명했다.

말을 걸 수도, 열을 전해 주는 커다란 손을 맞잡지도 못한 채 마차는 길베르타 상회에 도착했다.

"루츠, 안방으로 오세요. 신전에서 마인이 쓰러졌습니다."

상점에서 나의 귀가를 기다리면서 일하던 루츠가 마르크의 보기 드문 큰소리에 쿵쿵쿵 달려오는 소리가 들렸다.

마르크의 지시로 안방으로 옮긴 긴 의자에 몸에 두른 망토를 벗기고 나를 눕혔다. 풀썩, 하고 떨어지는 바람에 배 위로올려 준 내 팔이 의외로 무겁게 느껴졌다. 이불 대신 부드러운 망토를 내 몸 위에 덮었다.

긴 의자에 누운 내 얼굴을 루츠가 걱정스럽게 들여다보았다. 이마나 목덜미, 손을 매만지면서 이상하다는 듯이 고개를 갸웃거린다.

"피곤해 보이고 얼굴색도 나쁜데 이상하게 열은 없네. 오히려 손발이 차가울 정도야. 힘이 안 들어갈 뿐이라니……. 처음 보는 상태인데? 마인. 오늘은 하루 종일 뭐했어?"

루츠의 질문에 나는 길었던 오늘 하루를 되짚어 보았다.

"음, 신전에 가서 맹세의 의식을 하고 기도한 뒤에 봉납하고, 시종을 소개받고 신관장님한테 설명을 조금 듣고, 루츠가 데리러 올 때까지 도서실에서 성전을 읽었어. 그 뒤에는 루츠와 벤노 씨가 아는 대론데?"

"봉납이 뭐야?"

"음, 신구에 마력을 불어넣는 일이야. 쓸데없는 열이 줄어서 상쾌해져."

꼬르르륵~하고 설명 도중에 배에서 소리가 났다. 모두의 시선이 내 배에 집중됐다.

그러고 보니 나, 점심도 안 먹었구나. 이제야 생각났네. 계속 긴장하느라 완전히 잊었네. 생각나니까 엄청나게 배가 고프다.

"왠지 배가 고픈 것 같아."

내가 그렇게 말하자 긴장하던 공기가 조금 풀어졌다. 마르크가 살짝 웃음을 지으며 위층으로 이어진 구석의 문을 열었다.

"열이 없고 배가 고플 정도라면 몸 상태가 갑자기 안 좋아질 일은 없겠군요. 옷을 갈아입고 오는 김에 뭔가 먹을 수 있는 걸 가져옵시다, 주인님."

두 사람이 구석의 문으로 자취를 감추자 루츠가 긴 의자 옆에 의자를 가져와 앉았다. 그리고 미간을 찌푸리며 아직 질문이 많다는 식으로 입을 열었다.

"이 시간에 배가 고프다니, 점심은 뭘 먹었는데?"

"책을 읽는 시간이 아까워서 아무것도 안 먹었어. 책 읽는 동안은 이틀 정도 안 먹어도 말짱하거든."

내 대답에 루츠의 비취색 눈이 분노로 차갑게 빛나며 목소리가 거칠어졌다.

"너 말야, 마인이 되고부터 책이 없으니까 만들려고 했지? 책을 읽으면 이틀이나 안 먹어도 아무렇지 않았다는 말은 대체 언제 얘기야? 마인이 되기 전 얘기는 아니겠지?"

"아……."

내가 우라노의 기억을 가진 '진짜 마인'이 아니란 사실을 아는 루츠의 말에 식은땀이 나왔다. 루츠의 지적대로 이틀 정도는 먹지 않아도 아무렇지 않았던 건 우라노 때의 얘기다. 병약하고 허약한 마인이 되고부터는 몸 상태가 나빠져서 못 먹었던 적은 있어도 스스로 밥을 굶은 적은 없었다.

"그리고 말이야, 마력을 움직인다는 건 신식의 열을 자기 의지로 움직인다는 말이지? 신식한테 먹혀 버릴 뻔했을 때 급격한 체온 변화로 괴롭다며. 그건 마력을 써도 마찬가지 아니야?"

"한 곳을 향해서 일방적으로 마력이 빨려 가는 봉납이랑 몸 안에 열이 정처 없이 꿈틀대며 폭주하는 신식의 열은 달라."

"마력을 움직인다는 점은 똑같아. 그런데 허약하고 체력도 없는 몸으로 점심도 안 먹고 이런 시간까지 돌아다니면 쓰러지는 게 당연하지! 이 바보야!"

소리친 후, 루츠가 힘이 빠진 듯한 서글픈 한숨을 내쉬었다. 그리고 내 손을 잡고 자신의 이마에 댔다. 그리고 울 것 같은 눈으로 나를 바라보았다.

"여름인데 차가워."

"도서실에 들떠서 그만 깜빡했어. 미안, 루츠."

살짝 눈물 고인 눈으로 루츠가 내 손을 잡은 채 화를 냈다.

"깜빡하지 마! 네 몸이잖아!?"

"뭐가 이리 시끄러워? 일단 상대는 환자다. 조금 목소리를 낮춰."

서둘러 옷을 갈아입은 벤노가 구석 문에서 나와 나에게 걸어오면서 표정을 찡그리며 루츠에게 주의를 줬다. 루츠는 벤노를 위해 의자에서 내려와서 내 손을 놓았다. 그리고 자리를 비키며 터트리지 못한 감정을 내뱉었다.

"그치만 마인이 책에 푹 빠진다고 점심을 거르고 쓰러졌다잖아. 나……."

"이 바보 멍청이!!"

"힉!?"

분명 환자를 상대로 시끄럽게 굴지 말라고 주의한 본인한테 심장이 멈출 정도의 호통을 들었다. 눈을 부릅뜨며 벤노가 고함쳐도 도망치지도 귀를 막지도 못하는 나는 깜짝 놀라 글썽이는 눈으로 무섭게 우뚝 선 벤노를 볼 수밖에 없었다.

"신식의 성장이 느린 건 마력에 영양분을 뺏겨서라고 하는데 마력을 써 놓고 밥도 굶다니 무슨 짓이냐!?"

"그, 그런 사실은 몰랐는데……."

"네 몸이다! 좀 신경 써서 정보를 모아! 이 멍청아!"

벤노의 말이 맞는 건 알겠지만, 신식의 정보를 어떻게 모아야 할지 알 수가 없다. 하지만 쓸데없는 소리를 했다간 벤노의 화에 기름을 붓는 꼴이 될 것 같았다.

"마인이 부주의한 건 어제오늘 일도 아니지만, 자신의 몸 상태에 좀 더 신경을 써 주십시오. 그리고 주인님도 일어나지도 못하는 환자를 상대로 화는 그만 내 주십시오."

상냥하지만 응석을 받아 주지는 않는 마르크가 식기를 달그락거리며 테이블에 놓고, 내 몸을 일으켜 세웠다.

"마인, 이 정도면 먹을 수 있지 않습니까?"

딱딱한 빵을 잘라 우유에 담근 환자식 빵죽에 꿀이 뿌려져 있는 게 보였다. 달콤해서 맛있어 보인다.

"제가 받치고 있을 테니 루츠, 마인에게 먹여 줄 수 있습니까?"

"난 서투르니까 그 옷이 더러워질 겁니다."

내가 입은 파란 의복을 가리키며 루츠가 곤란한 듯이 말했다. 파란 의상은 귀족이 입는 옷이라 고품질에 고가다. 우유를 흘려서 냄새가 나면 곤란하다. 그리고 옷을 벗기려 해도 머리만 쏙 넣어 입는 타입의 옷이라 힘이 전혀 들어가지 않는 나를 지탱하면서 벗기기란 힘들었다.

"그렇군요, 그거 난처하네요."

"마르크, 굳은 꿀을 가져와. 조금은 자기가 움직이게 되지 않는 이상 옷은 못 벗겨."

벤노의 말에 즉각 움직인 마르크가 꿀이 결정화된 작은 덩어리를 들고 와 주었다. 별사탕처럼 울퉁불퉁하게 생긴 달콤한 물체가 입 속에 굴러들어왔다. 조금씩 녹아들면서 걸쭉한 단맛이 몸속에 서서히 퍼져 가는 느낌이 들었다. 꿀 덩어리가 입속에서 녹아 없어졌을 쯤에는 몸에 은은하게 온기가 돌아온 듯했다. 꿀 덩어리를 몇 개 더 입속에 넣고 우물거리며 핥는 내 머리를 벤노가 거칠게 흐트러뜨렸다.

"마인, 신관장은 마법을 쓰면 어떻게 된다는 말은 없었나? 기분이 안 좋아진다든지, 나중에 이러이러한 현상이 일어난다든지……."

나는 오전 중에 신관장이 한 말을 떠올렸다.

"음, 부담이 되지 않을 정도로 봉납하라는 말은 했어요. 몸이 가벼워지고 상쾌해서 전혀 부담이 들진 않았어요."

"그렇군. 그런데 넌 태어날 때부터 신식이라서 항상 마력이 몸에 가득 찬 상태였지? 항상 존재하던 마력이 없어진 탓에 몸 상태에 변화가 일어났을 가능성은?"

"……있을지도 몰라요."

나는 의식을 집중하여 마력을 가두는 뚜껑을 열어 보았다. 아주 조금씩 퍼져 가는 열이 천천히 몸속을 돌도록 했다. 차가운 손끝이 천천히 따뜻해지는 느낌이 들었다. 부족한 부분에 열을 흘려보낸 뒤 다시 뚜껑을 덮었다.

"벤노 씨의 말이 정답이었어요. 몸이 따뜻해진 것 같아요."

"체온을 너무 올려서 쓰러지진 말아 줘."

곧장 벤노의 주의가 날아왔다. 나의 행동 패턴을 완전히 파악한 듯하다.

"……아마 괜찮을 거예요."

따뜻해져 오는 손을 천천히 쥐었다가 다시 폈다. 아직 굳은 느낌은 있지만, 내 의지로 움직일 수 있었다. 그 모습을 보던 벤노가 가슴을 쓸어내리며 한숨을 쉬었다.

"……마인, 나도 신식에 관해서는 전해 들은 정보가 대부분이다. 마력에 관해서는 신관장에게 확실하게 확인해 둬. 아직 젊지만, 청색 신관치고는 쓸 만한 눈빛이더군."

"……어? 신관장이 젊다고요?"

생각지도 못한 말에 내가 눈을 몇 번 깜빡이자 벤노가 대답해 주었다.

“꼬맹이에게 젊다는 게 어느 정도를 가리키는지 모르겠다만, 외견상 스물둘이나 스물셋 정도겠지? 그다지 사회생활에 익숙하지 못한 느낌이니까 좀 더 젊을 가능성도 있지만…….”

“거짓말!? 서른 정도 아닌가요? 벤노 씨랑 비슷하겠다고 생각했어요.”

“마인. 너 그 말, 절대로 본인 앞에서 하지 마라.”

무서운 얼굴로 주의를 받았다.

그치만 차분하기도 하고 왠지 관록이랄까, 사람을 부리는 게 익숙한 점도 있고, 장(長)이란 지위에 올라올 정도니까 그만한 나이일 줄 알았는데?

나는 생각에 잠기면서 몸을 일으키기 위해 이쪽저쪽 움직여 봤다. 아직 완전히 움직일 만큼은 상태가 돌아오지 않은 나는 몸을 뒤집기는커녕 긴 의자에서 철퍼덕 떨어졌다.

“마인!?”

“뭐 하는 거야, 이 바보야!”

“슬슬 일어날 수 있을 줄 알고…….”

내 변명에 세 사람 다 눈을 부라렸다.

“전혀 움직이지도 못하던 녀석이 무슨 말이냐?”

“정말이지 눈을 뗄 수 없는 분이군요.”

“부탁이니까 제발 얌전히 있어 줘.”

내가 조금 회복했다고 안심했었던 세 사람의 감정이 걱정에서 화로 바뀌기 시작한 듯하다. 떨어진 나를 둘러싼 세 사람의 등 뒤에서 분노의 아우라가 보였다.

"루츠, 마인의 시종이 된 프랑에게 앞으로 매일, 그날의 행동, 마력 행사의 여부, 점심 내용, 전부 세세하게 보고받아."

"마인은 정확히 관리하지 않으면 무슨 짓을 일으킬지 모르니 당연히 그래야죠. 지켜보는 데도 요 모양 요 꼴이니까요."

벤노가 테이블을 손끝으로 톡톡 두드리면서 짜증스럽게 나를 노려보았고, 마르크는 언뜻 보기에 웃고 있지만, 눈은 전혀 웃지 않는 무서운 웃음으로 변해 있었다. 벤노와 마르크의 말을 내가 반론도 못 하고 축 처진 어깨로 얌전하게 듣고 있자 루츠가 소곤거렸다.

"그런 표정을 지어도 안 속아."

그리고 나를 가장 잘 파악하는 루츠가 나를 척, 하고 가리키며 선언했다.

"마인이 책을 앞에 두고 자신보다 지위가 아래인 시종의 말을 들을 리가 없어. 만약 시종한테 독서를 방해했다고 화를 냈다든지, 점심을 제대로 안 먹었다는 보고가 있으면…… 신전의 높은 사람한테 부탁해서 마인의 도서실 출입을 금지시켜 버릴 거야!"

'그런 잔인한 짓을!'

아무래도 나, 여러분 덕분에 신전에서도 완벽하게 관리받는 건강한 생활을 보내게 될 것 같습니다.

헌 옷 구입

마력이 체내에 가득 차서 움직일 수 있게 된 뒤, 마르크가 준비해 준 빵죽을 먹고 나서야 겨우 정상적으로 움직이게 되었다.

"마인, 시종이 입을 평상복은 우리가 준비할까? 아니면 네가 준비할 거야? 어떻게 할 거냐?"

"평상복은 어디에서 사면 되나요? 우리가 가는 헌 옷 상점은 안 되겠죠?"

가난해서 새 옷을 만들어 입기 어려운 평민이라도 나 같은 예외를 제외하고 쑥쑥 자라는 아이들에게는 계속해서 큰 옷이 필요해지고 작은 옷은 필요 없어진다. 그렇지 않아도 좁은 집안에 쓰지도 않을 물건을 쌓아 둘 수는 없기에 예복 같은 비싼 옷을 제외한 평상복은 못 입게 되는 시점이 되면 헌 옷 상점에 팔러 간다. 그리고 그곳에서 다음 평상복을 사 온다. 그렇게 하면 거래 차액만큼 저렴하게 옷을 살 수 있었다. 어쨌든 입을 수만 있으면 되므로 더러운 건 당연지사. 여기저기 기운 부분은 장식이라 생각하고, 디자인? 그딴 건 있지도 않다. 중요한 건 옷감의 두께와 튼튼함이다. 전체적으로 옷감이 지나치게 얇으면 되팔 수도 없어서 아기 기저귀나 걸레가 된다.

"바보. 그런 옷으로 북쪽을 서성거리게 두지 마라."

나와 함께 길베르타 상회와 신전에 출입할 시종은 기본적으로 고급 주택지인 마을의 북측을 지나다니게 된다. 우리가 입는 평상복처럼 후줄근하게 입혀서는 안 되는 모양이다.

"전 고급 헌 옷 상점은 모르고 시종에게 어떤 옷이 어울릴지도 전혀 모르니까 전면적으로 벤노 씨에게 맡길게요."

"내일 열이 없다면 헌 옷 상점에 데려가 주지. 그 김에 레스토랑의 진행 상황도 확인해 둬야 하니까. 너도 와."

"알겠습니다."

내가 끄덕이지 벤노는 루츠에게 시선을 돌렸다.

"루츠, 원래라면 쉬는 날이지만 너도 와라."

"미안, 루츠. 같이 가 줘."

"어차피 나도 작업복 말고 저렴하게 옷을 사고 싶었으니까 마침 잘됐지 뭐."

신전에 들어가서도 나와 동행하게 된 루츠는 쉬는 날 북쪽을 다닐 때 입을 옷이 필요한 듯하다. 손님을 상대하는 일이라 청결한 복장이 필수이므로 수습복은 평상복과 다르게 매일 세탁을 해야 한다. 하지만 세탁 횟수가 늘어날수록 당연히 옷도 빨리 상한다. 옷감을 망가뜨리고 싶지는 않지만, 현재 루츠에게는 북쪽을 다닐 수 있는 옷이 수습복밖에 없는 것이다.

"업무 시간 외에 입을 옷이 없으면 또 수습복을 만들어야 되잖아?"

루츠의 말을 듣자 나도 사복이 갖고 싶어졌다. 나도 루츠와 마찬가지로 북쪽을 돌아다닐 때 입을 수 있는 옷이 수습복밖에 없었다.

"벤노 씨, 저도 옷 한 벌 고르게 해 주세요."

쇼핑이라니, 이곳에서 경험하지 못한 일이다. 내일 쇼핑에 들뜬 기분으로 나는 루츠와 함께 집으로 돌아갔다.

"그럼, 루츠. 내일 보자."

활짝 웃음 띤 얼굴로 헤어지려고 했더니 "아직 가족들에게 오늘 보고가 남았어." 하고 루츠가 노려보았다. 나는 윽, 하고 주눅이 들었다. 물론 보고하려는 루츠를 막을 수 있을 리가 없다.

"넌 왜 몸조심을 안 해!"

"투리, 울지 마!"

"안 울어! 화내는 거야!"

정말 신전에 가면 신식이 나을까, 갑자기 내가 사라져 버리진 않을까, 줄곧 걱정하는 투리의 마음을 잘 알기에 울면서 화내는 투리를 보면 제일 죄책감을 느꼈다.

"미안, 미안해. 이제 안 그럴게."

"……점심 꼭 먹을 거야?"

"물론!"

내가 크게 끄덕이자 치켜 올라간 투리의 눈썹이 살짝 내려갔다.

"윗사람들한테 마력에 대해서 제대로 상담할 거야? 책을 읽어도 약속 안 잊을 수 있어?"

"……으……."

"마인?"

투리는 촉촉한 눈망울로 나를 노려보았지만, 스스로 지킬 수 없는 약속은 할 수 없었다. 책을 눈앞에 두면 이성 따위 쉽게 던져 버릴 자신이 있었다.

"……이, 잊지 않도록 시종에게 알려 달라 할게. 성실한 사람이니까 괜찮아!"

"하아, 스스로 지키겠다는 약속은 못 하겠구나?"

어휴, 하고 투리가 어깨를 들썩였지만, 약속을 지킬 자신이 없었다. 가족은 기막혀 했지만, 어느 정도 화가 가라앉은 듯하여 화제를 돌렸다.

“저기, 투리. 내일 쉬는 날이면 투리도 같이 외출하지 않을래? 시종한테 입힐 옷을 사러 가게 됐는데 북쪽에 사는 사람들이 입는 옷을 고르러 가니까 헌 옷 상점이라도 공부가 되지 않을까?”

게다가 옷을 골라 주는 사람이 벤노다. 귀족용 의상을 취급하는 상점의 주인이니 투리에게 굉장히 좋은 경험이 될 것 같았다.

“내일은 여기저기 갈 데가 있으니까 거기도 같이 돌아다녀야 되겠지만 그래도 좋다면.”

“응, 기대할게.”

투리가 히죽하고 기쁜 듯이 웃었다. 나는 평소와 다름없는 투리의 웃음에 슬며시 가슴을 쓸어내렸다.

다행이다. 투리의 화가 풀린 모양이야.

“뭐야, 투리도 오늘은 숲에 안 가?”

투리와 루츠와 손을 잡고 우물 광장에서 큰길 쪽으로 가려 할 때 등 뒤에서 조금 나무라는 듯한 목소리가 들렸다.

“아, 랄프.”

뒤를 돌아보니 루츠의 형인 랄프가 평상복 차림에 바구니를 지고 우리를 쫓아왔다. 숲에 가는 차림인 랄프는 북쪽으로 가기 위해 가장 깨끗한 옷을 입은 투리와 수습복을 입은 루츠와 나를 보며 살짝 얼굴을 찌푸렸다.

“어디에 가는데?”

“오늘은 옷을 공부하러 가. 랄프는 숲에 가지?”

투리는 수습을 시작한 친구들과 정보 교환 겸 쉬는 날이면 종종 숲에 갔지만, 요즘 들어 전과 달리 집안 사정으로 보아 꼭 숲에 가지 않아도 되었다. 내가 쓰러지는 횟수가 몇 년 전에 비해 급격히 줄었고, 나와 투리가 일을 시작하면서 형편이 훨씬 넉넉해졌기 때문이었다.

하지만 루츠의 집은 식비가 많이 나가는 먹성 좋은 아들이 넷이나 있는 가정이다 보니 모든 아이들이 일하러 나가도 가계는 예전과 별 차이가 없었다. 수습비가 싸고 숲의 수확이 줄어든 탓에 오히려 식생활은 더욱 힘들어졌다. 그래서 쉬는 날까지 당연히 숲에서 수확하고 와야 하는데, 수습생인 루츠가 쉬는 날에도 상점에 나가는 것을 가족들은 달가워하지 않은 듯했다. "수습료의 두 배를 돈으로 받지 말고 차라리 숲에서 식료를 모아 왔으면 좋겠대." 하고 루츠가 투덜댔었다.

큰길이 나올 때까지 투리와 랄프가 나란히 걷고, 어색한 표정을 짓는 루츠가 그 뒤에 조금 떨어져서 걸었다. 나는 루츠의 손을 잡고 걸으면서 이따금 우리 방향으로 던지는 랄프의 시선에 루츠가 가볍게 한숨을 쉬는 것을 보았다.

"자, 랄프. 힘내."

"그래."

큰길이 나오면 랄프는 남쪽으로, 우리는 북쪽으로 향하게 된다. 투리가 랄프에게 손을 크게 흔들면서 비어 있는 내 손을 붙잡았다. 우리는 마을의 북쪽을 향해 큰길을 걷기 시작했다. 옷 공부에 의욕이 불탄 투리가 대화의 중심이 되었고, 루츠는 마르크의 지시대로 남의 이야기를 잘 듣는 사람을 목표로 투리의 말을 경청했다.

순간 내가 시선을 느끼고 뒤를 돌아보니 랄프가 뭔가 할 말이 있는 듯한 얼굴로 헤어진 지점에 가만히 서서 우리를 바라보았다. 그러다 나와 시선이 마주친 순간 뭔가 찔린 듯한 표정으로 몸을 돌려 허둥지둥 남쪽을 향해 달려갔다. 점점 벌어지는 거리가 마치 루츠 형제 사이의 마음의 거리로 보여 나는 살며시 눈을 감았다.

길베르타 상회에 도착하자 금방 나갈 준비를 끝마친 상태로 일하는 벤노가 마르크를 비롯한 종업원들에게 지시를 내리는 모습이 보였다.

"오늘은 투리도 함께냐? 얼마 전에 투리는 굉장히 실력 좋은 재봉사가 될 것 같다고 코린나가 그러더군."

"정말요!? 너무 기뻐요."

외면적으로 가식을 띤 미소로 벤노가 투리를 칭찬했다. 오늘은 마르크가 아니라 벤노와 함께 외출하기로 했다. 오전 중에는 이탈리안 레스토랑의 개장 공사를 둘러보러 가서 부탁한 대로 진행되는지, 건축 재료를 제멋대로 싼 물건으로 바꾸진 않았는지 확인해 둬야 한다고 했다.

"벌써 공사가 시작됐군요."

"예상보다 빨리 자리가 정해졌으니까. 지금은 주방을 확장하는 단계다."

이탈리안 레스토랑은 음식점 협회로부터 원래 북쪽에서 식당을 하던 곳을 사들였다. 지금은 개장 공사 중으로 우선 오븐을 넣고 주방을 확장하여 정돈한 후에 바닥도 전부 새로 갈고, 귀족의 식사를 내는 가게로서 고급스러운 내부 장식을 넣을 예정이라고 한다. 마치 귀족이 된 듯한 기분으로 식사할 수 있는 고급 식당이 콘셉트다.

"레스토랑이 완성되면 귀족을 상대하는 큰 상점의 주인들을 초대해서 시식회를 열 예정이다."

"아아, 길드장님이 한 것처럼……."

"아니야! 시식회는 너의 제안이었으니까 길드장을 따라 하는 건 아니지."

"……그런가요."

외견상 재목이나 벽돌, 철 등의 재료에도, 장인들의 작업에도 특별히 문제는 없어 보였다. 아직 오븐이 완성되진 않았지만, 오븐이 완성되면 요리사를 투입해 개점하기 전까지 연습을 시킬 예정이라고 했다.

"순조로워서 다행이네요."

내가 벤노에게 안긴 채 공사 중인 가게 안을 빙글 돌아보며 그렇게 말하자, 벤노가 못마땅한 표정을 지었다.

"아니, 문제는 산더미다."

"네?"

"……너한테 할 말은 아니지. 어이, 다음 상점으로 가자."

벤노는 루츠와 투리를 불렀고, 그다음은 길베르타 상회와도 관계가 깊은 헌 옷 상점을 향해 걷기 시작했다. 공사 중인 레스토랑을 힐끗힐끗 뒤돌아보며 투리가 땋은 머리를 튕기면서 걸었다.

"귀족 같은 식사라니 어떤 걸까? 한 번 정도는 먹어 보고 싶어."

루츠와 함께 벤노의 뒤에서 조금 떨어져서 걷는 투리를 벤노의 어깨너머로 내려다보면서 나는 구상한 조리법을 떠올렸다.

"음, 우리 집에서 투리도 먹어 본 적 있는 요리가 30퍼센트. 절반은 오븐을 쓴 신작 요리랑 과자. 나머지 20퍼센트는 일제 씨 레시피를 응용한 창작 요리겠지?"

나의 대답에 투리는 미묘하게 얼굴을 찌푸렸다.

"……설마 마인의 괴상한 요리를 저 가게에서 낸다고?"

"투리, 괴상한 요리라니 너무해! 항상 맛있게 먹으면서!"

웃으며 먹어 주던 가족의 입에서 '괴상한 요리'라는 평가를 받은 충격에 내가 의기소침하자, 투리가 당황하며 말을 덧붙였다.

"맛있어! 엄청 맛있긴 한데, 마인의 조리법이라면 처음 만드는 사람들이 깜짝 놀라지 않을까? 난 이미 익숙해졌지만."

"맛있기만 하면 뭐든 어때."

어깨를 들썩이며 '뭐든 어떠냐'고 말한 루츠도 투리의 '괴상한 요리'라는 부분을 고쳐 주지는 않았다. 확실히 이곳의 조리법과는 조금 다른 부분이 있으니 완전히 부정할 수는 없었다.

"……뭐야? 너희는 마인의 요리를 먹어 본 적이 있나?"

가게가 공사 중이라 요리사가 조리할 만한 상태가 아닌 관계로 일행 중에서는 벤노만 유일하게 내 요리를 먹어 본 적이 없었다. 벤노의 말에 루츠와 투리가 굉장히 복잡한 표정으로 마주 보았다.

"음, 조리법은 마인이 냈지만…… 그치, 루츠?"

"응. 만든 사람은 우리라서 마인의 요리를 먹은 것 같진 않지?"

'지당한 말씀.'

점점 성장해 가는 두 사람과 거의 성장하지 않은 나의 체격은 전혀 달랐다. 우라노 시절의 기억으로 말하자면 유치원생과 초등학교 고학년 정도의 차이가 난다. 그만큼 체격이 다르면 손이 닿는 위치도 다르고 완력도 다르다. 뭐든지 할 수 있는 범위가 전혀 다르다. 내가 할 수 있는 일은 거의 달라지지 않았는데 두 사람은 부모님이 도와주지 않아도 할 수 있는 일들이 많아졌다.

"나도 크고 싶다고……."

불쑥 튀어나와 버린 내 진심은 나를 안은 채 걷는 벤노의 귀에만 들어간 모양이다. 소리를 낸 자각이 없는 나를 달래듯이 가볍게 등을 두드리는 손길에 움찔했다.

내가 성장하지 않는 건 신식 증상 때문이라 어쩔 도리가 없는 일인데, 내 푸념을 투리나 루츠가 들어 버리면 분명 걱정해서 속상해할 게 뻔했다. 살짝 뒤를 보며 두 사람에게 들리진 않았을까 상태를 살폈다. 하지만 맛있었던 나의 조리법에 관해서 재잘대는 둘을 보고 안도의 한숨을 내쉬었다.

공사 중인 레스토랑도 목적지인 헌 옷 상점도 마을 북쪽에 있어서 도착하는 데 그리 오래 걸리지 않았다. 역시나 마을 북쪽에 있는 헌 옷 상점은 우리가 가는 상점과는 전혀 달랐다. 바구니에 조금 더러워진 회색과 갈색 옷이 대략적인 사이즈별로 산더미처럼 쌓인 곳이 내가 알고 있는 헌 옷 가게. 이곳은 속옷 외에는 품질이 좋은 알록달록한 옷들이 한 장씩 십자형 옷걸이에 걸려 있었다. 각각 주문 제작된 옷이기에 크기나 색깔별로 구비되어 있진 않지만, 가게의 분위기는 우라노 시절에 주인이 취미삼아 운영하던 작은 옷 가게와 비슷했다.

우리가 상점 안으로 들어가자 동시에 점장으로 보이는 여성이 눈을 크게 뜨며 달려왔다. 반듯하게 묶인 짙은 갈색 머리와 같은 색 눈동자가 호기심으로 반짝거리며 빛났다.

"어머, 벤노. 무슨 일이야? 언제 이렇게 많은 자식을……."

"대체 뭔 말이야?"

"그야 뜬소문 하나 없는 벤노가 애들을 데리고 우리 가게에 오다니. 이렇게 맛있는 소재는 내 맘대로 부풀려서 친구들한테 퍼트려야지.”

“이봐, 적당히 해.”

꽤 오래 알던 사이인지 거리낌 없이 대화가 이어지는 모습을 우리가 멍하니 지켜보는데 벤노가 여성의 말을 자르고는 용건을 말했다.

“오늘은 이 녀석들 옷을 사러 왔어. 우리 수습생한테 공부시킬 겸해서 말야.”

“루츠한테 무슨 공부를 시키려고요?”

“이봐, 마인. 우리 상점의 수습생이 옷 하나 정도 못 골라서 어디 쓰겠나?”

윽, 하고 루츠의 말문이 막혔다. 옷이란 자고로 튼튼한 게 제일인 빈곤한 환경에서 자란 루츠나 투리에게는 옷을 보는 눈이 없었다. 그 점을 자각하도록 하고 공부시킬 계획이었나 보다.

“마인, 네 시종에게는 이 주변에 있는 옷이 괜찮겠지. 비교적 새로운 디자인이고, 소매도 짧아서 움직이기 편할 거다.”

“이 주변이라면 프랑한테는 저기 짙은 녹색이나 갈색이 어울릴 것 같은데 어때요? 착실하고 야무진 분위기에다 머리나 눈동자 색과도 크게 부딪치지 않을 것 같은데요?”

“……괜찮지 않나? 나머지 두 사람은 보질 않았으니 모르겠군. 프랑에게서 풍기는 분위기로 봐서도 크게 빗나가진 않겠어. 네가 적당히 골라 봐라.”

“네~”

나는 벤노의 팔에서 내려 아이가 입는 작은 사이즈 중에서 길과 델리아에게 어울릴 만한 옷을 찾기 시작했다. 다만, 같은 사이즈가 많지는 않아서 선택지가 상당히 제한적이라 당연히 결정도 빨랐다. 나머지는 루츠에게 맞춰 보고 사이즈가 맞을지 확인만 하면 된다.

'아아, 조금만 더 종류가 많았더라면.'

고르는 재미가 없어진 나는 기분이 처졌다. 주위에 옷이 넘쳐나던 우라노 때는 얼마나 사치스러운 시절이었던가. 그때는 옷에 크게 흥미가 없었는데 주위에 없어지니까 갖고 싶어지다니 인간이란 참 알 수가 없다.

"루츠, 루츠, 잠깐 괜찮아?"

"왜 그래, 마인?"

"길의 몸집이 딱 루츠만 하니까 치수 좀 맞춰 보게 해 줘."

껴안은 남자아이의 옷 세 벌을 루츠에게 대 보았다. 크기에는 문제없어 보인다. 그중에 한 장을 루츠에게 건넸다.

"이만한 사이즈 중에는 이게 제일 루츠한테 어울려. 길은 이쪽이려나?"

내가 길에게 줄 옷을 손에 들고 비교해 보자 벤노가 가볍게 한숨을 쉬었다.

"마인, 넌 옷 고르는 방법을 대체 어디서 배웠나?"

"어디라뇨? ……배운 적 없는데요?"

컬러 코디네이터에 관한 책이나 의류에 관한 잡지라면 이것저것 읽었지만, 정식으로 배운 적은 없다. 굳이 말하자면 학교의 미술 수업 정도일까.

"너에 관해서는 생각 자체가 쓸모없는 짓이군."

"그러게요. 그렇다고 이해해 주세요. 루츠, 다음은 이거 좀 대 봐."

내가 델리아를 위해 고른 원피스를 보이자 루츠가 절레절레 고개를 저었다. 빨강을 강조한 비교적 귀여운 느낌의 원피스를 앞에 두고 크게 엑스자를 그렸다.

"그건 투리한테 부탁하면 되잖아!? 난 싫어."

"투리는 루츠보다 크잖아. 델리아는 루츠보다 덩치가 작단 말야. 투리는 안 돼."

델리아의 옷도 싫어하는 루츠의 등에 대 보고 사이즈를 골랐다. 투리도 나도 사이즈가 다르니까 어쩔 수 없다.

"자, 루츠. 마인에게 어울리는 색부터 찾아 보자. 예를 들어 이 녹색과 이 녹색은 같은 녹색이라도 다르지. 마인에게 어느 쪽이 어울리지?"

루츠의 몸에 옷을 대던 것처럼 이번엔 벤노가 내 몸에 옷을 갖다 댔다. 루츠와 투리가 진지한 표정으로 나와 옷을 번갈아 본 후, 동시에 같은 옷을 척 하고 가리켰다.

"이쪽!"

"그래. 마인의 피부색에는 이쪽이 어울리지. 이거랑 이거라면?"

동색, 유사한 색, 보색, 채도, 명도 등 색에 관한 설명을 벤노가 실제로 내 몸에 옷을 대면서 시작했다. 경험으로 쌓은 벤노의 지식을 정리하면 코디네이트 책을 만들 수 있겠다며 깊은 감개에 젖으면서 나는 의자에 앉은 채 계속해서 천을 가져다 대는 벤노에게 몸을 맡겼다.

"손님에게 어울리는 여러 색상을 머릿속에 넣고 다음으로 디자인을 고른다. 옷은 신분이나 지위를 가장 잘 표현하는 물건이다. 다른 계급의 옷을 입으면 귀찮은 일이 많이 일어나지. 가장 가까운 예는 마인의 세례식이다."

"으으……."

"이번에 마인에게 고를 옷은 신전에 출입할 때 입을 옷이다. 시종을 거느리는 자가 입는 옷은 소매의 길이가 가장 중요하지."

그러고 보니 신전에 갈 때 벤노가 입었던 소매가 긴 의상을 떠올렸다. 무엇을 하던 거추장스러워 보이는 후리소데 정도로 소매가 긴 옷이었다.

"스스로 움직이지 않아도 시종이 대신 움직여 주니 옷이 더러워지는 것을 신경 쓰지 않아도 되는 높은 위치임을 가리키는 옷이다. 실제로 움직이는 자는 소매가 질질 끌리면 답답하겠지."

"어라? 그런데 마르크 씨도 긴 소매였는데요? 벤노 씨가 입은 옷의 절반 정도였지만."

"그건 귀족을 만나러 갈 때 입는 시종의 옷이다. 방문처에도 시종이나 부하가 있으니까 마르크가 움직일 일이 거의 없지. 반대로 귀족이 방문해 온다면 마르크는 소매가 짧은 옷으로 환대를 위해 여기저기 뛰어다녀야만 한다. ……우리 상점에 귀족이 올 일은 없지만."

헤에, 하고 나는 가볍게 끄덕였지만, 루츠와 투리는 눈을 반짝이며 벤노의 얘기에 귀를 기울였다.

"자, 그런 점도 포함해서 마인에게 어울리는 옷을 골라. 루츠와 투리, 어느 쪽이 잘 고르려나?"

찌릿, 하고 서로를 노려본 직후, 둘은 가게 안을 돌아다니며 옷을 고르기 시작했다. 그 모습을 보고 벤노가 재밌다는 듯이 피식거렸다.

"마인, 수고했다. 경쟁 상대가 있으면 놀랄 정도로 성장이 빨라지거든."

"투리에게도 좋은 공부가 될 테니까 잘 됐어요."

열심히 옷을 비교하며 공부에 열중하는 둘을 보면서 나는 벤노에게 귀족 사회에서 주의해야 할 점을 물어봤지만 벤노는 고개를 저었다.

"너와 나는 처지가 달라. 귀족과 거래하는 상인의 일이라면 가르쳐 주겠지만, 귀족 사이에서 약삭빠르게 행동하는 점에 관해서는 프랑에게 묻는 편이 확실하다. 루츠가 하듯이 뭐든지 세세하게 질문해. 네가 어디까지 알고 어디까지 모르는지 상대방은 전혀 모르니까."

벤노의 말에 끄덕이자, 루츠와 투리가 옷을 안고 달려왔다.

"어느 쪽을 고를래, 마인?"

"……어? 음……."

루츠와 투리의 강요에 주춤거리면서 나는 두 사람이 고른 옷을 보았다. 투리가 고른 옷은 귀여운 분홍색 원피스였고, 루츠가 고른 옷은 파랑을 기초로 한 원피스였다.

"밖을 돌아다니기만 할 거라면 투리 쪽이 귀여운데, 신전에 갈 것을 고려하면 루츠의 옷이 맞을 것 같단 말야. 어렵네……."

"한번 입어 봐라."

벤노의 말에 나는 투리와 루츠가 고른 옷을 들고 점장과 함께 시착실로 향했다. 투리가 고른 옷을 점장의 도움으로 입은 후, 잘 닦인 금속 거울 앞에 섰다.

"……우와."

처음으로 내 얼굴을 제대로 보았다. 달걀형 윤곽에 한없이 맑은 새하얀 피부, 라기보다 병적으로 혈색이 나쁜 허연 피부가 쭉 뻗은 어두운 남색 머리칼 때문에 더욱 두드러져 보였다.

거울에 비치는 큼직하고 시원스러운 금색 혹은 황토색처럼 보이는 눈이 깜짝 놀란 듯이 동그랗게 뜨여 있었다. 오뚝하고 예쁜 코와 봉긋한 아랫입술이 엄마와 닮았고, 투리와는 눈매를 빼면 크게 닮지 않았다.

만약 우라노 시절에 이 얼굴에 어린애다운 활달함까지 있으면 두말없이 사랑스러운 여자아이였을 테지만, 이 세계에서는 어떻게 평가받는지 모르겠다. 루츠는 귀엽다고 말해 주니 미적 감각은 크게 차이가 없는 걸까. 나는 음, 하고 고민하면서 입은 옷을 보여주러 나갔다.

"와아! 마인, 귀여워! 정말 너무 잘 어울려."

투리는 자신이 고른 옷을 입은 나를 절찬했지만, 루츠는 갸우뚱거렸다. 하지만 분한 표정이니 트집 잡기 어려울 정도로 어울린다는 뜻이리라. 벤노가 쓴웃음을 지으며 마치 다음을 입어보라는 식으로 손을 털었다.

"역시 이쪽이 어울리잖아!"

루츠가 고른 옷을 갈아입고 나가니 이번엔 루츠가 함박웃음을 지으며 칭찬해 주었다. 투리가 분한 듯이 "내가 고른 옷이 더 어울리거든." 하고 입술을 삐죽이며 어느 쪽이 어울리는지 논쟁이 시작됐다. 점차 격렬해지는 논쟁에 내가 도움을 구하며 벤노를 돌아보자, 벤노는 턱을 쓰다듬으며 점내를 빙글 돌아보았다.

"거울로 네 모습은 확인했지? 너는 어느 쪽이 가장 너와 잘 어울리더냐?"

"음…… 용도까지 고려하면 이거랑 이거, 이거려나요?"

처음 내가 손에 든 옷은 하얀 블라우스다. 목 언저리와 기다란 소매에 레이스 장식이 달려 있어서 단순하면서도 귀족에게 어울려 보였다. 그리고 신전에 입고 가기에 딱 좋은 파랑 스커트. 꽃 자수가 새겨져 있지만, 파란 무녀 의복을 입으면 가려진다. 마지막으로 꽃 자수와 레이스가 달린 보디스처럼 생긴 빨간 조끼다.

“이거라면 어느 한쪽을 새로 사거나, 바꿔 입기만 해도 분위기에 상당한 변화를 줄 수 있고, 내가 가진 수습복과도 어울릴 것 같아요. 어떨까요?”

내가 벤노를 올려다보니 벤노가 살짝 웃으면서 루츠와 투리를 보았다. 둘은 허를 찔린 듯한 표정으로 내가 고른 옷을 바라보았다.

“루츠, 투리. 여기엔 원피스만 있는 게 아니다. 여성복은 원피스라는 고정관념을 버려.”

평민 여자아이의 옷은 오직 원피스뿐이다. 상하를 나눠서 만들면 그만큼 천이 필요하기 때문이다. 추위를 막을 목적으로 겹쳐 입기는 해도 멋을 위해 입지는 않는다. 블라우스의 옷깃만 갈아 달거나 소매 부분의 레이스를 갈아 달 수 있는 옷이 주위에 존재하지 않는 것이다.

“다음번까지 확실히 공부해 둬.”

축 처진 두 사람이 동시에 고개를 들었다. 라이벌 의식을 드러내며 의욕에 불탄 얼굴로 어째서인지 나를 쳐다보았다.

루츠의 분노와 길의 분노

"오늘은 짐이 어마어마하네."

아침에 나를 데리러 온 루츠가 바구니 안에 차곡히 쌓인 천 꾸러미를 보고 가볍게 어깨를 들썩이며 말했다. 숲에 갈 때 쓰는 바구니 속에는 천에 싸인 옷이 잔뜩 들어가 있었다. 프랑과 델리아와 길이 입을 옷에 나의 파란 의복과 허리끈, 그리고 어제 세트로 산 옷 세 벌이었다.

어제 산 옷은 민족의상 같아서 귀여우면서 깨끗하고, 예쁜 자수가 새겨져 있고, 늘어뜨린 기다란 소매에는 레이스까지 달려 있어 이 동네 아이가 입을 만한 옷이 아니었다. 그런 옷을 입고 서성거렸다가 주변에서 어떤 트집을 잡을지 모를 일이었다.

가족들에게도 주의를 들은 나는 결국, 루츠와 똑같이 평상복으로 벤노의 상점까지 가서 루츠의 창고에서 옷을 갈아입기로 했다. 북쪽에서 활동하다 보면 아무래도 복장이나 소지품들 하나하나가 비싸진다. 북쪽에서는 당연하게 쓰이는 물건이라 어쩔 수 없다. 하지만 조심하지 않다가 평소에도 비싼 물건을 들고 다닌다는 소문이라도 나는 날에는 출퇴근길이 위험해진다.

막 세례식을 마친 어린아이가 입는 수습복은 부모가 새로 준비해 주는 것이 관례라 크게 주목받지 않지만, 세월이 지나도 새 옷을 입고 있다면 강도의 표적이 된다. 벤노에게 부탁해서 내가 쓸 창고도 준비해 두는 편이 좋을지도 모르겠다.

"그런 이유로 가능하다면 싼 방을 제게도 빌려주시지 않겠어요?"

루츠가 자기 방에서 옷을 갈아입는 동안 나는 안방에서 루츠를 기다리면서 벤노에게 방을 빌려 달라고 부탁해 보았다. 목패와 씨름 중인 벤노는 굉장히 못마땅한 얼굴로 나를 노려보았다.

"방을 빌려주는 건 상관없다만, 싼 방이라면 다락방이다……. 네가 짐을 놓고 옷을 갈아입으려고 매일 다락방까지 올라갈 수 있나?"

5층짜리 우리 집까지도 숨을 헐떡이는 현실이 떠올라 윽, 하고 기가 죽었다.

"천천히, 느긋하게 올라가면 괜찮을 거예요."

"전혀 괜찮아 보이지 않는데. 혹시 신전에 방이 없나? 너에게 손님이 찾아왔을 때는 어떻게 하지?"

"손님?"

마력 봉납과 독서만 하러 신전을 다닐 예정인 내게 손님이 찾아올 예정은 없다. 이해하지 못해서 고개를 갸웃거리자 벤노가 펜을 놓고 나를 바라보았다.

"지금까지 루츠가 마중을 오면 네 방까지 안내해 줬을 것 아니냐."

"……루츠는 정문 앞에서 기다리게 하고 회색 신관이 도서실까지 부르러 왔어요. 음, 그러니까 도서실을 내 방으로 할 수 없는지 협상하는 편이 좋다는 말인가요?"

"어째서 말이 그렇게 되지!?"

"그랬으면 좋겠다는 제 소원이 그만 입 밖에 튀어나와 버렸네요."

값비싼 책들이 진열된 도서실이 내 방이 될 수 없다는 것쯤은 나도 안다. 단지 소원이다.

"하아. 됐다. ……네 방이 없다면 오늘은 신관장님께 제안해서 방을 빌려."

"네? 오늘?"

"네 몸 상태 관리에 대해 프랑과 의논하는 것이 오늘 루츠의 일이다."

"알겠습니다. 신관장님께 상담해 볼게요."

대화가 마무리되자 벤노는 책상 위의 종을 들어 울렸다. 그러자 구석 문에서 시종 여성이 얼굴을 내밀었다.

"부르셨습니까?"

"옷 갈아입는 걸 도와 줘. 마인, 저 칸막이를 써도 되니까 옷을 갈아입도록. 너에게 다락방은 무리다."

어? 여기서 갈아입으란 말입니까!?

목구멍까지 올라온 말을 삼켰다. 벤노는 여성에게 명령한 뒤 펜을 들어 일을 시작해 버렸고, 여성은 칸막이를 펼쳐 갈아입을 자리를 확보하기 시작했다. 당연한 듯 준비되고 있어서 당황하는 내 쪽이 이상한 듯한 분위기에 아무리 해도 거절의 말이 떠오르지 않았다.

"……저기, 벤노 씨. 신경 써 주시지 않으셔도 천천히 올라가면 괜찮은데요?"

"그렇지 않아도 없는 체력을 출발 전에 허비하지 마."

나의 작은 반항은 벤노의 한 마디로 무너져 버렸다.

일단 걱정과 배려를 해 주는 거고, 어린애니까 부끄럽지 않다고 생각하면 부끄럽지 않나……? 아니, 아니. 엄청 부끄럽거든!

"저기……."

"갈아입은 옷은 어느 것인가요? 이것입니까? ……자, 준비 다 됐습니다. 이쪽으로 오세요."

"루츠가 오기 전에 준비 끝내."

거절할 새도 없이 옷을 갈아입을 준비가 다 되어 버렸다. 나는 포기하고 칸막이 쪽을 향했다.

"……그럼, 감사히 쓰겠습니다."

부끄러운 시간은 얼른 끝내 버리고 싶다. 칸막이 뒤에서 아주머니의 도움을 받으면서 재빨리 옷을 갈아입었다. 한 번에 원피스를 벗고 블라우스를 걸치면 허벅지까지 내려오니까 누가 봐도 괜찮겠지.

잔뜩 달린 작은 단추를 아주머니의 도움으로 절반 정도 채우고, 스커트의 길이와 조끼를 조절한 후, 보디스를 조일 끈을 묶었다. 마지막으로 벤노에게 받은 머리 장식을 꽂으면 옷 갈아입기 완료다.

"벤노 씨, 끝났어요. 고맙습니다."

벗은 평상복을 개어서 팔에 안고 칸막이를 나오자 고개를 든 벤노가 위에서 아래까지 천천히 나를 훑었다.

"……뭐, 그럴싸하군."

"네? 네? 그럴싸하다니, 귀족 아가씨 같나요? 귀엽나요?"

"입만 다물고 있으면."

"힝?"

내가 입을 다물고 평상복을 바구니에 넣는 사이 마르크가 루츠를 데리고 들어왔다.

"실례합니다, 주인님. 이런, 마인. 옷은 다 갈아입으셨군요?"

"벤노 씨가 도와주셨어요."

"……주인님?"

"마인, 이 바보! 너무 생략했잖아! 난 마틸다를 불렀을 뿐이다."

벤노가 머리를 세차게 긁적이면서 칸막이를 정리하는 마틸다를 시선으로 가리켰다. 아아, 하고 마르크가 납득한 표정으로 끄덕이고 수습복으로 갈아입은 루츠를 앞으로 밀었다.

벤노는 힐끗 루츠를 보고 루츠의 손에 든 목패를 확인한 후 가볍게 끄덕였다.

"그럼, 루츠의 오늘 임무는 신전에 가서 마인의 시종인 프랑과 함께 마인의 상태 관리에 대해 의논하고 오는 일이다. 보고받을 점에 대해서는 정리가 끝났느냐?"

"네, 주인님."

마르크와 똑같이 인사를 한 루츠가 내 바구니를 들고 방을 나섰다. 반듯한 점원다운 언행을 취하는 루츠를 보니 수업 참관을 하러 온 부모의 마음을 조금 이해하게 된 느낌이었다.

'아아, 루츠도 성장했구나.'

"루츠, 자세나 말투가 굉장히 좋아졌어."

"아직 멀었지만, 이것도 일이니까."

흣, 하고 루츠가 사랑스러운 웃음을 지어 보였다. 노력하는 자신을 자랑스럽게 생각하는 건 굉장한 일이었다. 나도 본받아야지.

"루츠가 상점에서 공손한 말을 쓰듯이 나도 신전에서는 귀족 아가씨다운 말을 써야겠지?"

"……할 수 있어?"

"벤노 씨도 불합격이라고는 안 했으니까 그렇게 이상하지는 않을 거야. 그래도 입에 붙도록 연습해야겠지? ……신전에서 말투를 바꾸더라도 안 어울린다고 비웃지 마."

루츠가 웃어 버리면 입에 붙지 않는 나의 아가씨 말투 따위 와르르 무너져 버린다.

"……나도 공손하게 말해야 하나?"

"벤노 씨는 깜짝 놀랄 정도로 귀족 말투를 잘 썼어. 공손하게 말하도록 신경 쓰는 편이 좋을지도 몰라."

"아, 알았어……."

내가 신전에 가자 시종이 전원 문 앞 광장에서 기다리고 있었다. 아무런 연락도 하지 않았는데 어째서? 하고 생각했더니 길베르타 상회에서 심부름꾼을 보냈다고 루츠가 알려주었다. 집으로 돌아갈 때도 미리 예고가 필요하다고 한다. 귀족 사회란 어찌 이리 귀찮은지.

자, 어떻게 인사하면 되지? 안녕? 다녀왔어? 음…….

"흐응, 곤란했지?"

"어?"

신전에서는 아가씨 말투로 대응할 예정이었는데 델리아에게 기선을 제압당했다. 얼빠진 목소리를 내며 고개를 갸웃거리는 내 앞에 델리아를 밀어내며 프랑이 앞으로 나섰다.

"어서 오십시오, 마인 님. 무사히 돌아오시길 진심으로 기다리고 있었습니다."

"프랑, 지금 돌아왔습니다. 제가 없는 동안, 별일 없었습니까?"

마음을 가다듬고 나는 프랑에게 말을 걸었다. 프랑은 양팔을 가슴 앞에서 교차하고 가볍게 허리를 떨구었다.

"아무 문제 없었습니다."

"뭐가 무사히야! 손님을 데려오는데 시종이 없어서 엄청 창피했잖아? 후훗, 꼴좋다."

자신 있게 말하는데 대단히 미안하지만, 나는 창피를 당한 기억이 없다. 오히려 프랑의 유능함을 깨달았고, 쓸데없는 짓을 저지르는 아이가 없어서 다행이었다.

"……프랑이 있어 줘어."

"흥! 어차피 시종 혼자서 할 수 있는 일 정도야 뻔하지. 꽃도 못 바쳤을 텐데 손님이 아주 실망했겠어."

'꽃을 바치다니, 뭐지? 문맥상 알고 싶지 않은데. 벤노 씨는 신관장과 만났고, 신관장은 선물도 마음에 들어 했고, 마인 공방의 이익 배분도 주도권을 잡아서 대만족이었던 것 같았는데?'

잘 모르겠지만, 델리아는 내가 곤란했었다는 말을 하게 만들고 싶은 모양이다. 귀찮으니 이런 대화는 재빨리 끝내 버리는 게 상책이다.

"아~, 응. 곤란해. 엄청 곤란해."

"후훗. 그치?"

"마인 님, 무엇이……."

"델리아가 귀찮아서 곤란해. 바로 지금."

프랑은 내 말에 납득했나는 듯이 눈을 감았다. 나는 루츠가 등에 진 바구니 속에 든 옷에 시선을 향한 뒤, 델리아를 보고 천천히 고개를 갸웃거렸다.

"델리아는 대체 어떻게 하면 진지하게 일해 줄 거야?"

"내가 너를 위해 일할 리가 없잖아!? 바보 아냐? 머리 엄청 나쁘네."

델리아는 승리에 찬 우쭐대는 미소를 띠며 발걸음을 돌려 어디론가 사라져 갔다. 인사 한 번 없고 제멋대로라 나중에 내쫓아 버려도 죄책감도 느끼지 않을 것 같아서 차라리 속이 시원했다.

"……야, 마인. 뭐야, 저건?"

"일단은 시종."

"뭐? 시종이 저따위로 일해도 돼?"

루츠가 어이없어하며 사라져 가는 델리아의 등을 가리켰다. 공손한 말투를 쓰겠다던 결의가 무너진 모양이다. 마음은 알겠다. 나도 마음을 다잡지 않으면 아가씨 말투로 돌리기 힘들 것 같았다.

"실례인 건 알겠습니다만, 델리아는 예외적입니다."

자신까지 모욕당했다고 받아들였는지, 프랑이 즉시 반론했다. 본래의 시종이 프랑 같은 우수한 사람들이 하는 일이라면 그 말대로 신전장의 애인을 노리는 델리아는 예외일지도 모른다.

"프랑은 우수한 시종이야. 델리아는 본 대로 문제가 있지만……."

"흠. 저런 애들만 있는 게 아니라 다행이네."

루츠가 그렇게 말하고 납득해 준 직후, 또 한 명의 문제아가 뻔뻔스럽게 앞으로 나왔다. 길이 척, 하고 루츠를 손가락질하며 노려봤다.

"너야말로 멋대로 신전에 들어와서는 뭐야?"

"……누구야?"

루츠가 불쾌하게 표정을 찌푸리며 말했다. 하지만 자신과 비슷한 키와 몸집에 이 자리에 있다는 사실로 길이 누구인지 어림짐작은 했을 터였다.

"시종."

"이쪽도 예외라고 생각해 주십시오."

"제대로 된 사람이 너밖에 없다고? 뭐야, 이거!?"

프랑이 곧바로 길도 예외라고 말했지만, 만회하긴 힘들었다. 예외가 더 많은 시종밖에 목격하지 못한 루츠에겐 제대로 된 프랑 쪽이 소수파가 되어 버렸다. 머리를 감싸는 나와 프랑 앞에서 길이 루츠를 향해 소리쳤다.

“아까부터 뭐야, 너! 외부인 주제에!”

“길베르타 상회의 루츠다. 주로 마인의 상태 관리를 담당하고 있다. 오늘은 마인의 시종과 건강 관리에 관한 얘기를 하러 왔는데 인사 한 번 제대로 못 하는 시종이라니…….”

귀족을 상대로 인사를 하겠다며 단단히 마음먹고 온 루츠에게는 굉장히 허탕을 친 느낌이었나 보다.

“미안해, 루츠. 내가 아직 주인으로서 미숙해서.”

“미숙한 주인을 돕는 게 시종의 역할이잖아? 주어진 일에 만족을 못 하는 녀석은 필요 없어. 의욕이 없는 녀석 따위 버려. 조금 전 그 여자애도 마인을 곤란하게 할 짓만 생각하잖아.”

루츠의 말이 맞지만, 신전장이 지정해서 붙인 시종이라 그리 간단히 그만두게 할 수는 없었다.

“뭐, 어리석은 만큼 도움 받는 부분도 있으니까 지금은 괜찮아.”

“어리석다고?”

“델리아는 신전장의 첩자거든. 신전장에게 내 일거수일투족을 보고하기만 하니까 숨어서 몰래 무슨 짓을 꾸미는 것보다야 훨씬 낫지.”

내가 감당하지 못하는 첩자가 붙는 것보다 훨씬 낫다. 루츠는 “귀찮아.” 하고 중얼거리며 어깨를 끄덕였다.

“어이, 꼬맹이들. 너 우리를 바보 취급하냐?”

길이 눈에 쌍심지를 켜고 나와 루츠를 노려보았다. 길이 꼬맹이라고 말한 이상 우리를 가리키는 게 분명하지만, 답변할 의무는 없다.

“프랑, 부탁이 있는데.”

“무엇입니까?”

"무시하지 마! 바보 취급하지 말라고!"

길이 소리치면서 내 팔을 힘껏 잡아당겼다. 체격도 다르고 완력도 다른 길이 힘껏 잡아당기면 네다섯 살짜리 체격인 나는 간단히 휘둘릴 수밖에 없었다.

"꺅!?"

옆으로 튕겨 나갈 뻔한 나를 그곳에 있던 루츠가 부둥켜안는 자세로 막아 주었다. 루츠를 깔고 넘어진 나는 순간 무슨 일이 일어났는지 몰라 눈만 끔벅였다.

천천히 주변을 보니 나와 마주 보고 얘기하던 프랑은 놀라서 숨을 멈추고 손을 뻗은 채 나를 보고 있다. 손을 뻗었지만 닿지 않았던 모양이다. 길은 설마 내가 그렇게 간단히 튕겨 나갈 줄 생각지도 못했는지 자신의 손과 나를 놀란 듯이 번갈아 보고 있었다.

"마인, 다친 데 없어?"

"루츠가 지켜 줘서 괜찮아. 루츠는?"

"응. 저 녀석도 네 시종이지? 교육이 부족한 거 아냐?"

평소의 목소리였지만, 루츠의 눈은 분노로 불타올라 조금 눈동자 색이 옅어졌다. 루츠가 굉장히 화났다는 걸 깨달은 나는 순간 기겁했다.

"교육은 엄청 부족하긴 하지만, 그럴 시간도 노력도 애정도 아까워서……. 난 체력도 완력도 없잖아."

"그럼 마인 대신 내가 교육시켜 줄게."

조용히 그렇게 말하면서 루츠는 나를 일으켜 세우고 상처가 없는지 확인한 뒤 프랑에게 나를 맡겼다. 그 직후에 루츠는 길에게 덤벼들어 힘껏 주먹을 날렸다.

"이 자식! 마인이 다치기라도 했으면 어쩔 거야!?"

평민촌에선 아이들끼리 작은 승강이가 자주 일어나지만, 상대를 잘 보고 싸워야 한다는 암묵적 규칙이 있다. 무엇에 관해서든 신체가 자본인 평민촌에서 심한 행위는 금지였다. 하지만 이번엔 확실하게 길의 행동이 심했다. 말로만 괴롭혔다면 루츠도 어깨를 으쓱이며 충고 정도로 끝났을 것이다. 그렇지만 길은 우리 가족이나 벤노에게서 '마인을 지켜라' 라고 들은 루츠 앞에서 손을 대 버렸다. 그것도 주인인 내게.

"갑자기 무슨 짓이야!?"

"그건 내가 할 말이다! 시종이 주인에게 손을 대다니 무슨 바보 같은 짓이야!"

평민촌의 규칙에서는 먼저 손을 댄 길이 그대로 돌려받는 것이 당연하므로 나는 루츠가 길을 때리는 모습을 묵묵히 지켜보았다. 이것으로 길이 얌전해지면 좋겠다고 생각하면서.

"마인 님, 저기, 루츠를 말리셔야……."

"왜? 길을 교육하는 건 주인의 역할이라며? 루츠가 대신해 주겠다잖아. 팔심도 체력도 없었는데 다행이지."

할 말도 없지만, 하고 마음속으로 덧붙이는데 프랑이 안절부절못하며 나와 손바닥으로 맞고 있는 길을 번갈아 보았다.

"교육이잖습니까! 반성실에 넣는다든지, 신의 은총을 금지한다든지……. 폭력은 안 됩니다."

아무래도 교육에도 평민촌과 신전은 큰 차이가 있는 듯하다.

"루츠, 그 정도로 해 둬."

"아직 잘 몰라, 이 녀석. 왜 때리냐고 할 정도니까."

"신전에서는 손찌검해선 안 된대."

"뭐? 교육이잖아?"

"여기에서는 다르대."

내 말에 루츠는 쳇, 하고 혀를 차면서 손을 뗐다. 처음 주먹으로 때린 이외에는 손바닥으로 때려서인지 길에게 눈에 띄는 상처는 없었다.

"정말이지. 해야 할 일도 제대로 안 하면서 마인에게 상처를 입히다니 최악이잖아. 이런 시종은 위험하니까 마인 옆에 둘 수 없어. 해고해."

"제대로 안 하는 건 저 꼬맹이도 똑같아! 줘야 할 걸 안 주잖아!"

길이 뺨을 감싸면서 일어나 나를 노려보았다. 아무래도 아직 뭔가, 내가 모르는 상식이 있는 듯하다.

"저기, 프랑. 내가 줘야 한다는 게 뭐니?"

"뭐라니, 그런 것도 몰라!? 이 몰상식아!"

프랑보다 먼저 길이 소리쳤나. 길이 시끄럽게 소리치니 대화가 전혀 진행되지 않았다. 내가 신전의 상식이 없다는 걸 이미 다 알면서 그렇게밖에 소리치지 못하다니 머리가 너무 나쁘지 않나?

"길은 정말 바보네. 조금 전에 네 입으로 말했지? 나한테 상식이 없다고. 그런데 왜 내가 알 거라고 생각해? 평민 출신인 내가 신전 상식을 모른다는 사실은 처음부터 알고 있었잖아? 이제 와서 뭘 기대해?"

"크……."

길은 말문이 막힌 듯 나를 노려보며 이를 갈았다. 루츠가 날 감싸듯이 앞에 서면서 길에게 향했다.

"마인이 줘야 한다니 뭔 잘난 척이야? 일도 안 하는 녀석이 뭘 받겠다고!? 아무것도 안 해 놓고 대가를 바라는 사고방식이 이상하지 않냐?"

"신의 은총은 평등하게 주어지는 거야! 계급이 올라가면 은총을 먼저 받을 수 있게 되지만, 전부 평등해! 일 따위 관계없어!"

"뭐!?"

길이 무슨 말을 하는지 알 수가 없는 나는 루츠와 얼굴을 마주 본 후 옆에 서 있는 프랑에게 말을 걸었다.

"프랑. 가르쳐 주겠어요? 내가 줘야 할 것이란 게 대체 뭔가요?"

줘야 하는 것

프랑은 길과 나를 번갈아 본 후, 천천히 입을 열었다.

"청색 신관과 무녀에게는 신에게 받은 은총인 의식주를 아랫사람에게 나눠줘야 할 의무가 있습니다. 신전에 들어온 청색 신관과 무녀에게 붙여진 시종은 방과 의상을 하사받고 주인과 함께 생활하게 됩니다."

"난 신전에 방이 없으니까, 내 시종이 되어도 고아원에서 계속 지내야 하나요?"

"그렇습니다."

프랑은 천천히 끄덕였다.

"그리고 식사에 관해서는 주인이 드시고 남은 음식을 시종과 시종 수습생이 먹으며, 거기서 남은 음식을 신의 은총으로서 고아원에 배분합니다. 고아원에서 주어지는 신의 은총보다 시종에게 주어지는 은총 쪽이 훨씬 많아지는 것이 당연하지요."

나는 가족과 떨어지고 싶지 않아서 고아원에 들어가지 않고 지낼 수 있는 제일 좋은 방법으로 파란 의복을 받고 통근하게 되었음을 마냥 기뻐했지만, 신전의 관습을 어긴 악영향이 시종에게 향할 줄은 몰랐다.

"프랑은 내 시종이 된 이후로 신관장님의 방에서 고아원으로 다시 돌아갔다는 말인가요?"

만약 그렇다면 프랑이 좌천이라고 분개하며 나를 미워하는 것이 당연했다. 난 프랑에게 많은 도움을 받으면서 보답은 전혀 하지 못한 셈이다. 주급을 많이 줄 생각이었는데, 대우 개선책도 당장 신관장에게 부탁해야만 할 듯하다.

"아닙니다, 전 신관장님의 방에서 이동하지 않았고, 아마 델리아도 예전 방 그대로일 겁니다. 전 마인 님이 안 계시는 동안 신관장님의 집무를 돕고 있으니 식사도 그곳에서 받고 있습니다."

그러고 보니 엄청난 업무를 혼자 짊어지고 인재 부족으로 허덕이는 신관장이 내가 없는 동안 우수한 프랑을 놓아둘 리가 없었다. 프랑이 심각한 상황에 빠진 건 아니라는 말에 가슴을 쓸어내렸다.

"즉, 곤란한 사람은 길 하나라는 걸까?"

"대우가 좋아지리라 기대했는데 변하지 않아서 화가 났을 겁니다. 고아원에선 일을 하지 않아도 평등하게 신의 은총을 받습니다. 하지만 시종은 일하지 않으면 교체되기도 합니다. 일도 하지 않고 시종으로서 은총을 누리겠다는 안이한 생각은 저로서도 조금 괘씸합니다."

자기 일을 자랑스럽게 생각하는 프랑이 길을 보며 그렇게 말했다.

"……프랑에게 현재로써 아무런 문제도 없다면 당분간은 이 상태를 유지하고 프랑에게 불편한 사항이 생겼을 때 다시 생각할까 하는데 어때요?"

"……알겠습니다."

내가 방을 받았을 때와 지금의 상황을 비교했는지 순간 망설였지만, 프랑은 조용히 끄덕였다. 이걸로 이야기는 끝났다 싶었더니 또다시 길이 고함치기 시작했다.

"맨날 프랑, 프랑. 그럼 난 어쩌라고!? 나도 저 녀석이랑 똑같은 시종이야!"

"……참 이상한 말을 하네? 길은 처음부터 나를 주인이라고 생각하지 않는다고 말하지 않았어? 어째서 주인도 아닌 내가 의식주를 준비해 줘야 하는데?"

아무리 생각해도 대우를 개선해 달라는 시종의 부탁으로 보기 어려웠다.

"그게 청색 무녀의 역할이잖아! 애, 애초에 식사도 방도 줄 생각이 없는 너를 위해서 내가 일한다고 뭐가 바뀌는데!?"

"급료."

벤노가 마르크와 루츠에게 지급하듯이 내 시종에게는 제대로 급료를 줄 생각이었다. 당연히 업무량이나 질에 따라 금액은 바뀐다. 프랑과 길에게 똑같은 금액을 줄 순 없으니까.

"……급료가 뭔데?"

길이 재차 눈을 깜빡인 후, 중얼거리면서 고개를 갸웃거렸다. 루츠가 풋, 하고 코웃음을 치고 조금 전의 길이 한 말을 똑같이 되돌려줬다.

"그런 것도 모르냐? 일하면 급료를 받는 건 상식이잖아?"

"사, 상식 아니야!"

"급료는 일한 만큼에 대한 보수. 일하는 시종에게 내가 지불할 돈이야."

"돈? ……아, 아아, 돈. 흠~"

아무래도 길은 돈도 모르는 듯하다. 시선이 허공을 헤매고 고개를 갸웃거리다가 루츠와 눈이 마주친 순간 다 안다는 듯한 표정을 지었다.

"난 말야, 열심히 일해 주는 프랑을 위해서라면 몰라도 일도 안 하는 길을 위해 신관장님과 협상 같은 귀찮은 짓을 할 생각은 전혀 없어. 독서 시간이 줄잖아."

그렇잖아도 오전에는 신관장을 돕고, 점심까지 꼭 먹어야 해서 독서 시간이 제한적인데 이 이상 귀중한 시간을 낭비할 수는 없다.

"그럼, 프랑. 신관장님의 집무실로 안내해 주겠어요? 오전 중에는 신관장님 집무실에서 서류 작업을 하기로 했답니다."

"알겠습니다."

프랑을 선두로 나와 루츠, 길이 상태를 살피는 듯하면서 맨 뒤를 따라왔다.

"저기, 내가 일하면 달라져?"

"당연하지. 일하는 자에게는 정당한 보수를 줄 생각이야."

"실례합니다, 신관장님. 마인 님이 도착하셨습니다."

"아아, 왔군. 몸은 어떤가?"

집무용 책상을 보던 신관장이 고개를 들었다.

"걱정을 끼쳐서 죄송합니다. 지금은 괜찮습니다. 아무래도 봉납 때문에 쓰러진 듯한데 몸속에 마력이 가득 차지 않으면 상태가 나빠지기도 하나요?"

"마력이 완전히 고갈하면 죽는 예는 있지만, 몸속에 마력이 가득 차지 않아서 상태가 나빠졌다는 말은 들은 적이 없군. 신식 특유의 증상인가?"

내 질문을 들은 신관장은 펜을 놓고 기억을 더듬듯이 가볍게 눈을 감았다.

"신식이라는 존재는 발견되는 경우 자체가 적다. 특히 마력이 많은 자는 금방 사망하므로 그다지 연구되지 않았지. 그대처럼 그만큼의 마력이 있으면서도 살아 있는 경우는 거의 없다. 한 번 자세히 연구해 보고 싶군."

나를 빤히 쳐다보는 신관장의 눈이 절호의 연구 대상을 발견한 매드 사이언티스트처럼 보여 등골이 오싹해졌다. 신관장의 호기심에 가득 찬 시선에서 벗어나고 싶어 나는 바로 화제를 바꾸었다.

"그 외에도 질문이 있습니다. 청색 신관만 귀족 마을에 불려가는 제사는 없습니까? 특별한 의상을 준비할 필요가 있는지 알고 싶어서……."

"일 년 내내 제사는 있지만, 수습생인 그대가 나갈 제사는 그리 많지 않다. 하지만 의식용 파란 의복만은 준비해 두는 편이 좋겠지. ……그런데 파란 의복은 어쨌지?"

신관장에게 지적받고서야 내가 아직 파란 의복을 입지 않았다는 걸 눈치챘다.

"신선 밖에서 입으면 위험하다고 들어서 신전에 도착하면 입을 생각이었습니다."

"위험이라니?"

"귀족의 아이로 보고 유괴당한다 합니다. 잠깐 실례하겠습니다."

루츠가 발밑에 내려둔 바구니에 손을 집어넣고 돌돌 싼 천을 풀어 파란 의복과 허리끈을 꺼냈다.

"마인? 무엇을……."

"파란 의복을 입으려고 합니다."

나는 비녀가 옷에 걸리지 않도록 평소대로 파란 의복을 머리에서부터 살살 뒤집어썼다. 푸핫, 하고 머리를 내자 어느새 무릎을 꿇은 프랑과 눈이 마주쳤다. 들어 올린 손이 갈 곳을 잃은 프랑이 곤란한 표정을 지었다.

"왜 그래, 프랑?"

"……옷 갈아입는 걸 도와드리려고."

"아…… 음, 허리끈을 묶어 줄래?"

이럴 때 혼자서 할 수 있다는 말은 하지 않는 편이 좋겠지. 프랑이 허리끈을 묶기 쉽도록 팔을 들자 머리를 감싸 쥔 신관장과 눈이 마주쳤다.

"마인, 옷은 개인 방에서 갈아입도록. 경망스럽다."

생각지도 못한 타이밍에 개인 방에 관한 얘기가 나왔다. 매일 옷을 갈아입어야 해서 탈의실이나 창고 정도는 빌리고 싶다고 생각하던 터였다.

"……개인 방을 주실 수 있습니까?"

"아, 내가 실언했군. 그대는 귀족 구역에 방을 주기보다 통근이 좋다는 의견이 나와서 신전장님으로부터 통근을 허가받았으므로 그대에게 방은 내줄 수 없다."

통근이 좋다는 내게 유리한 의견을 낼 듯한 신관은 신관장밖에 떠오르지 않는다. 아무래도 신관장은 내가 없는 곳에서 이래저래 애써준 모양이다.

"저기, 신관장님. 귀족 구역 외에는 방이 없습니까?"

신관장에게는 예상 밖의 말이었나 보다. 이해할 수 없다는 듯이 미간을 좁히며 눈을 가늘게 떴다. 회의적인 표정을 짓는 신관장에게 나는 당황하며 설명을 덧붙였다.

"아시다시피 파란 의복을 받아도 전 귀족이 아닙니다. 그러니 귀족 구역의 방을 갖고 싶은 생각은 없습니다. 제 짐을 둘 자리와 옷을 갈아입을 수 있고, 손님이 방문했을 때 응대할 수 있는 장소가 있다면 그것으로 충분합니다. 창고 같은 곳이라도 빌릴 수 없습니까?"

"그대는 창고에 손님을 초대할 생각인가!? 굉장히 실례되는 짓이다!"

눈을 번쩍 뜬 신관장이 버럭 목소리를 높였다. 확실히 손님에게는 실례지만, 지금 상황도 그다지 변함이 없을 것 같았다.

"실례지만 지금은 창고조차 없습니다. 루츠가 마중을 와도 문 앞에서 대기하게 한답니다. 문 앞에서 손님을 대기하게 하는 건 실례에 해당하지 않는 걸까요?"

"그래도 파란 무녀를 방문한 손님인데 이 무슨 실례인가. ……문지기에게는 적어도 대기실까지 안내하도록 통보해 놓겠다."

관자놀이를 지그시 누르는 신관장의 말로 보아 신전은 방문 이유를 모르는 평민과 청색 신관이나 무녀에게 온 방문 손님을 전혀 다르게 취급하는 듯하다. 신관장에게 나는 그저 평민이 아니라 청색 견습무녀로 생각되고 있다는 점을 알게 되었다.

"신관장님, 마인 님의 방으로 고아원의 원장실은 어떻습니까? 귀족 구역에서 멀지만, 원래 청색 무녀가 사용하던 곳이니 손님 눈에도 볼품이 없지는 않으리라 봅니다."

아르노의 말에 방에 있던 신관들이 순간 술렁이며 동요했다. 신관장은 복잡한 얼굴로 잠시 고민하더니 천천히 끄덕였다.

"좋다. 마인에게 고아원 원장실을 주겠다. 이후에 옷을 갈아입거나 방문 손님의 대응은 그곳에서 하도록. 여기 업무가 끝나면 프랑에게 안내하게 하겠다."

"대단히 무례한 부탁입니다만, 먼저 다녀올 수 없겠습니까? 오늘은 제 상태 관리에 관해서 루츠가 프랑에게 할 말이 있는데 얘기할 장소가 필요합니다."

좋은 타이밍이라 생각했지만, 신관장은 고개를 저었다.

"원장실은 오랫동안 닫아 두었던 터라 바로 사용할 만큼 청소가 되어 있지 않다. 그대가 이곳에서 일할 동안 여기서 얘기하면 되겠지. 프랑, 그 테이블을 쓰도록 해라."

"송구스럽습니다."

프랑과 루츠가 신관장이 가리킨 테이블로 이동했다. 그 모습을 보는 내 눈에 함께 이동하면서 따분해하는 길의 모습이 들어왔다.

"신관장님, 청소가 되어 있지 않아도 좋으니 먼저 내 주실 수 없겠습니까? 제가 오전 업무를 하는 동안 길에게 청소를 시키겠습니다."

"뭐? 나?"

갑자기 일거리가 떨어진 길이 자기를 가리키며 동요한 듯 주위를 돌아보았다. 주위의 신관도 놀란 듯 길과 나를 교대로 보았다. "저놈한테 일을 맡긴다고?" "예배실 청소도 안 해서 반성실에 들어갔다고 들었는데." 하고 길의 업무 태도에 대한 평가를 조용한 소리로 속닥거렸다.

"……어머? 길은 청소를 못 하니?"

"그 정돈 할 수 있어!"

"그래. 길이 얼마큼 해낼지 기대할게. 힘내."

내가 격려하자 신관장에게 열쇠를 넘겨받은 회색 견습신관 소년이 길을 데리고 퇴실했다. 탁, 하고 닫힌 문에 시선을 보내며 신관장이 살짝 눈을 가늘게 떴다.

"마인, 길에게 맡겨도 괜찮은가?"

"먼저 일을 주지 않으면 정당한 평가는 내릴 수 없지요."

그 뒤 수습생 소년이 열쇠를 들고 돌아왔을 무렵엔 루츠는 프랑과 나의 상태 관리에 관한 얘기를 나누고, 난 서류 업무를 도와주기 시작하고 있었다. 오늘 업무로 신관장에게 장부를 받았다. '상인이라면 자신 있겠지' 란다. 계산이라면 자신 있지만, 장부 전체를 맡겨도 된다고 생각하면 곤란하다. 특히 신전은 내 상식이 전혀 통하지 않는 곳이니까.

"계산 방식은 같아도 신전은 여러모로 다른 것 같아요. 이 '신의 어심'이란 항목은 뭔가요? 지출이 가장 많아 보이는데."

그 외의 지출 항목에는 신에게 바치는 공물, 신에게 바치는 꽃, 신에게 바치는 물에 더해 신의 자애가 있다. 온통 신에 관한 의미 불명한 항목만 있는 이런 장부는 맡기 무서웠다. 내 질문에 신관장은 무표정으로 잠시 나를 바라본 뒤 "무리겠군." 하고 중얼거리더니 장부의 일부를 가리켰다.

"……오늘은 이쪽을 계산해 줬으면 한다."

"알겠습니다. ……루츠, 석판 빌려줄래? 가져오는 걸 까먹었어."

"응? 아아, 자."

루츠가 바구니 속을 부스럭거리며 뒤져서 석판을 꺼냈다. 루츠의 수습 도구 세트에 들어가 있는 석판을 빌린 나는 지시받은 부분을 필산으로 계산해 갔다. 신관장이 신기한 듯 들여다보면서도 아무런 질문이 없기에 무시하고 일만 계속했다.

"……호오, 빠르군. 그리고 정답이다."

신관장이 감탄하는 목소리를 냈다. 문에서도 계산은 했으니 익숙했을 뿐이었다. 이렇게 오로지 계산만 하니 계산기가 몹시 그리워졌다.

일심불란하게 계산하는 동안 점심을 알리는 네 점 종이 울렸다.

"오늘은 여기까지다."

신관장의 말과 동시에 방 안에 있던 회색 신관들이 제각기 정리하기 시작했다.

"마인, 원장실 열쇠는 잃어버리지 않도록 평소엔 프랑에게 맡겨 두거라. 그리고 이것은 그대가 가져온 기부금이다만, 그대 몫이다."

신관장에게 건네받은 것은 원장실 열쇠와 대은화 1닢과 소은화 6닢이다. 내가 낸 기부금을 내가 받다니 좀 느낌이 이상했지만, 신관장이 모든 청색 신관에게 나눠주는 것이므로 받아 두라고 했다.

"방을 받았으니 마침 잘됐군. 저것도 가져가거라."

시선으로 가리킨 것은 선반 위에 놓인 벤노의 선물이다. 내가 쓰러지는 바람에 그대로 방치되었던 모양이다. 고급 천과 린샴이 든 항아리와 식물지 다발을 싼 천이 놓인 채였다.

루츠와 프랑에게 짐을 들게 하고 나는 방 열쇠만 들고 원장실로 향했다. 가는 길에 프랑이 지금부터 가게 될 원장실에 관해 설명해 주었다.

"저쪽 예배실 양옆의 3층 건물이 고아원입니다. 예배실을 사이에 두고 남자동과 여자동으로 나뉘는데 마인 님께서 받으신 원장실은 남자동에 있습니다."

"어? 전에 원장실을 쓴 사람이 청색 무녀였다지 않나요? 그런데 왜 원장실이 남자동에 있죠?"

내 의문에 프랑은 곤란한 듯이 시선을 헤맨 뒤, 훗 하고 미소를 지었다.

"마인 님은 자세히 모르셔도 괜찮습니다."

숨기니까 신경은 쓰였지만, 입가를 꾹 일자로 닫은 프랑의 완고한 태도로 보아하니 알려줄 생각이 없는 듯하다.

"정문에서 귀족원에 가는 길에 고아원이 있었구나. 신전에 들어가면 금방 갈아입을 수 있으니까 마인한테는 잘 됐지 않아?"

"그렇네."

"마인 님, 원장실 입구는 정문에서 봤을 때 안쪽, 귀족 구역에서 직진하는 쪽에 있습니다. 고아들이 실수로 들어오지 못하도록 원장실과 고아들이 쓰는 입구가 나뉘어 있으니 잘못 들어가지 않도록 부탁드립니다."

프랑의 말에 살짝 가슴을 눌렀다. 아르노가 원장실의 존재를 꺼낸 점, 방을 주기를 꺼리던 신관장이 허가를 낸 점, 남자동에 있고 고아원과는 입구가 다르다는 점부터 생각해도 상당히 특별한 사정이 있음이 틀림없다.

"이쪽입니다, 마인 님."

길이 청소하는 중인지 입구가 조금 열려 있었다. 프랑이 문을 열자 정면에서 길이 자랑스럽게 기다리고 있었다.

"헤헷, 어떠냐?"

문을 연 곳은 대기실을 겸한 조그마한 홀 같았고, 조금 안쪽에 계단이 보였다. 절반 정도는 완벽하게 청소되었고, 남은 절반은 아직 이제부터 시작이라는 느낌이었다.

"이 주변은 매우 깨끗하네."

나는 그렇게 말하며 안으로 들어가 오른편에 있는 문을 열려고 하자 "그쪽은 아직 청소가 덜 됐어." 하고 길이 막았다. 1층을 돌아보고 왼쪽에 있는 문 쪽으로 가려고 하자 "그쪽도 안 돼." 하고 막았다. 1층에서 보이는 문은 그게 다였다.

"길, 대체 어디를 청소했다는 거니?"

"당연히 네 방이지! 우리 방 따위는 당연히 뒤로 미뤄야지! 입구에서 계단까지 통로가 있는 홀 절반이랑 2층을 만족스럽게 청소했는데, 딴 데만 보지 말라고."

잔뜩 골을 내면서 길이 계단을 올라갔다. 아무래도 길은 주인인 내가 쓸 곳을 우선으로 청소해 준 모양이다. 의외로 귀여운 구석이 있는지도 모른다. 반짝반짝 닦은 계단을 보고 나는 살짝 웃음을 흘렸다.

계단을 올라간 곳은 귀족의 방이었다. 확실히 넓고, 몇몇 실내 도구가 놓인 채였다. 중앙에는 호화로운 장식이 달린 집무용의 둥근 테이블과 의자 네 개가 있고 벽면에는 옷장과 선반, 훌륭하게 조각이 새겨진 나무 상자가 있었다. 그리고 한구석에 요가 깔리지 않은 커다란 침대가 놓였다. 신관장의 방과 크게 차이가 없는 가구 배치와 정성이 들어간 디자인의 화려한 가구 몇 점에서 분명히 이 방의 전 주인이 귀족이었음을 나타냈다.

"이 가구들, 다른 사람은 안 썼나? 굉장히 좋은 물건 같은데."

"전 소유자가 그 소유자라서."

"소유자라니……. 아, 됐어. 안 물을게요. 감사히 쓰겠습니다."

가구를 새로 바꿔 넣는 낭비를 할 생각은 없으므로 쓸데없는 정보는 듣지 않는 편이 좋겠지. 깨끗하게 청소된 선반에 벤노에게 받은 선물을 놓고, 옷장에 파란 의복과 깨끗한 옷을 넣기로 했다.

"고마워, 길. 정말 깨끗해."

"어!? 아? 아아. 내가 청소했으니까 당연하지."

길은 뽐내듯 자신 넘치는 태도에 비해 굉장히 부끄러워하는 표정을 지었다. 딴 쪽으로 고개를 휙 돌리면서도 마치 처음 칭찬받았다는 듯이 히죽이는 얼굴이었다. 힐끗힐끗 이쪽을 쳐다보는 눈이 '좀 더 칭찬해' 라고 말하는 듯하다. 칭찬이 익숙하지 않다는 게 한눈에 보였다. 괴롭히려고 내게 붙여질 정도이니 평소에 문제아로 혼난 적은 있어도 칭찬받은 적이 없었는지도 모른다. 좋은 일을 했을 때는 칭찬을 듬뿍 주는 것이 교육의 기본이다.

"길, 더 칭찬해 줄 테니까 쪼그려 봐."

"응? 이렇게?"

길이 한쪽 무릎을 세우는 자세로 그 자리에 쪼그려 앉았다. 곧바로 기도나 맹세의 말을 할 때의 자세를 취하는 모습에서 길의 출신이 드러났다. 나는 내 시선보다 낮은 위치에 온 길의 옅은 금발에 손을 뻗었다. 길은 무슨 짓을 당할지 모르는 의아한 표정으로 내 손이 가는 길을 가만히 눈으로 쫓았다.

"좋아, 착하지, 착하지. 잘했어."

길의 머리를 쓱쓱 쓰다듬었다. 루츠라면 어린애 취급 말라며 뾰로통한 얼굴이 되는 칭찬 방법이지만, 길은 순간 눈을 동그랗게 뜬 후, 울 것 같은 표정을 지었다. 금방 얼굴을 숙여 버리는 길을 보고 내가 무심코 손을 뗐더니 "더 칭찬해." 하고 조그마한 중얼거림이 들려왔다.

"정말 깨끗해졌어. 길은 혼자서도 열심히 했구나."

얌전히 쓰다듬는 내 손길에 길의 귀가 새빨갛다. 얼굴을 들여다보고 싶은 충동이 일었지만 보지 말라고 고함칠 것 같기에 꾹 참았다.

내가 길에게 주어야 할 것은 고아원에서 보장하는 의식주 이전에 감사와 칭찬의 말임을 가슴에 새겼다.

첫 외출

"그나저나 넓구나."

루츠가 들뜬 표정으로 원장실 탐색을 시작했다. 2층에 있는 건 주인의 방과 신변을 돌봐 줄 여자 시종용 방과 창고다.

아직 청소가 끝나지 않았다는 이유로 길은 내가 들어가는 걸 싫어했지만, 1층도 탐색해 봤다. 원장실에 들어와서 바로 오른쪽 문은 시종이 쓰는 네 개의 방과 창고. 홀의 왼쪽 문짝에서는 주방으로 이어지는데, 여러 명의 요리사가 쓸 정도로 상당히 넓은 주방과 지하 창고가 있었다.

"이곳을 청소하면 손님이 오셨을 때 차를 낼 수가 있습니다. 다기를 마련합시다, 마인 님."

프랑은 주방을 보며 만족스럽게 말했지만, 내 눈은 다른 곳에 못이 박혔다. 주방 안에는 길드장의 집에 있던 오븐과 아주 비슷한 물건이 가장 구석에 있는 게 아닌가.

"저거, 오븐이지?"

"주방에 오븐이 있는 건 당연하지 않습니까?"

프랑은 그렇게 말하며 고개를 갸웃거렸다. 청색 귀족의 주방만 존재하는 신전에서는 당연하겠지만, 우리에게는 꼭 갖고 싶었던 귀한 설비였다.

"루츠! 오븐 발견! 벤노 씨한테 보고해야겠어!"

"잘됐네!"

이탈리안 레스토랑의 개점을 위해 벤노나 마르크와 함께 행동하는 루츠도 눈을 반짝이며 귀족의 주방을 둘러보았다.

“저기, 프랑. 이곳을 청소해서 요리사를 들여도 괜찮을까요?”

“네. 청색 견습무녀가 요리사와 가정부를 들이는 건 당연하니까요.”

여기서 요리사를 육성하면서 시종이나 고아원에 식사를 줄 계획을 머릿속에 세우고 있자, 프랑이 고개를 갸웃거렸다.

“오늘 마인 님은 요리사를 데려오지 않으셨는데, 점심은 어떻게 하시겠습니까?”

청색 신관이 따로 데리고 다니는 요리사가 식사를 만들고 그 남은 음식을 아랫사람에게 넘겨주는 시스템인 신전에서 요리사를 데리고 있지 않은 내가 점심을 먹는 건 무리였다.

“밖에 먹으러 갑시다. 두 사람 다 옷을 갈아입고 와 줘요.”

“옷을 갈아입으라니요?”

나는 2층으로 돌아와 루츠가 옮겨 준 바구니에서 천 꾸러미를 꺼냈다. 그리고 테이블 위에 올려놓고 두 사람 앞에 밀었다.

“이건 신의 은총이 아니라 열심히 해 준 두 사람에게 보답으로 내가 준비한 상이에요. 다른 사람과 나눠 가질 만한 물건이 아니거든요.”

“송구스럽습니다. 마인 님.”

“아, 어? 받아도 돼?”

프랑과 길은 당혹감과 기쁨과 기대에 가득 찬 얼굴로 조심스럽게 꾸러미를 풀었다. 마치 처음으로 선물을 받은 어린아이 같다고 생각한 다음 순간, 정말 처음이었다는 걸 알아챘다. 모든 것이 평등한 고아원에서 선물을 나눠주지는 않을 터였다. 나는 처음 숲에 나가는 걸 허락받았을 때나 세례식 등 가난하지만 각각의 이벤트에서 부모님에게 선물을 받아 왔다. 하지만 프랑이나 길은 그런 경험이 전혀 없는 셈이다.

"……어이. 이거 옷이지?"

"맞아. 그걸로 갈아입고 외출할 거랍니다."

"정말!? 한번 나가 보고 싶었어. 바로 갈아입고 올게."

옷을 꼭 껴안듯이 안아 든 길의 미소는 지금까지 본 얼굴 중에 가장 빛났다. 길이 껑충껑충 뛰듯이 1층으로 뛰어내려갔다. 알기 쉬운 길의 기뻐하는 모습에 옷을 준 나까지 기뻐지면서 한마디도 하지 않는 프랑에게 시선을 돌렸다.

프랑은 마치 눈부신 물건을 보듯이 테이블 위에 펼친 옷을 가만히 바라보면서 옷 테두리에 새겨진 자수를 손가락으로 살짝 매만졌다. 행복을 찬찬히 음미하는 듯한 모습에 낯간지러운 웃음이 밀려왔다.

"프랑, 갈아입은 모습을 보여주지 않겠어요?"

"아, 알겠습니다."

자신을 보는 나를 눈치챈 프랑이 부끄러운 듯 볼을 빨갛게 물들이고 1층으로 재빨리 내려갔다. 평소 냉정한 프랑이 보기 드물게 동요하는 모습에 루츠와 둘이서 조용히 웃었다.

"기뻐해 줘서 다행이다, 마인."

"응."

루츠가 아래층에 시선을 힐끗 던진 후, 목소리를 낮추었다.

"……그런데 한 번 밖에 나가 보고 싶었단 말은 뭘까? ……여기, 참 이상한 곳이야."

"그러게. 하지만 이곳 사람들 눈에는 분명 우리가 이상하겠지."

외출할 수 있게 나도 파란 의복을 벗어 옷장에 개어 넣었다. 이상한 모양으로 주름이 지지 않도록 할 옷걸이가 필요하다. 벤노에게 부탁해서 만들까 생각하면서 오늘 외출에 쓸 비용으로 기부금 일부를 손에 쥐었다.

평민촌으로 이어지는 문 아래를 지나가기 망설이는 두 사람을 데리고 나는 신전을 나섰다.

"프랑, 그렇게 신경 쓰지 않아도 괜찮아요."

회색 신관의 의복 외에는 처음 입는지 프랑은 소맷부리나 옷자락을 자꾸 신경 썼지만, 짙은 갈색에 가까워 안정감이 느껴지는 옷이 프랑의 분위기와 잘 어울렸다. 그리고 신록 같은 녹색은 힘차게 뛰어다니는 길에게 딱 어울렸다.

"우오오, 밖이다! 나 이것만으로도 네 시종이 되길 잘한 것 같아!"

"그럼 성심성의껏 섬기고 그 말투를 고치도록 하십시오. 그렇지 않으면 마인 님을 욕보이게 됩니다."

"……그, 그래. 조만간."

두리번두리번 바쁘게 고개를 움직이며 흥미로운 물건을 발견하는 곳마다 뛰어가는 길이 천천히 걸을 수밖에 없는 내 속도에 맞춰 줄 리가 없었다. 제멋대로 뛰어가려는 길을 루츠가 붙잡고, 프랑이 나를 안아 들고 움직이게 되었다.

"제가 신전 밖을 걷다니 느낌이 이상합니다."

"……여기가 내가 사는 세계예요. 프랑도 외출할 땐 약간 말투를 부드럽게 하는 편이 좋아요. 지나치게 공손하면 눈에 띄거든요."

"말투를 바꾸는 건 예상외로 어렵군요."

루츠가 안내해 준 곳은 중앙 광장에 가까운 식당이었다. 비교적 고급 식당으로 상인이 자주 이용하는 곳이라고 했다. 식당 내에 커다란 테이블은 없고 몇 사람씩만 앉을 수 있는 가게로, 협상 중인 듯이 보이는 손님이 몇 팀 보였다.

온 적이 있는 루츠가 재빨리 추천 요리를 주문해 주었다. 소금물에 데친 소시지와 치즈 모둠이 테이블 중앙에 놓였고, 얇게 썬 빵이 바구니에 담겨 왔다. 그리고 각자의 앞에는 채소 수프가 놓였다.

"잘 먹겠습니다."

"엥? 그걸로 끝?"

나와 루츠가 빵에 손을 뻗으려고 하자 길이 투덜거리며 말했다. 손을 뻗은 채 굳은 나는 루츠와 서로 얼굴을 마주 보았다.

"그 말 외에 또 해야 할 말이 있어?"

"둘 다 식전 기도도 안 했잖아? 몇천만의 생명을 저희의 양식으로 내려 주시는 높고 정정한 천공을 관장하는 최고신, 넓고 호호막막한 내시를 관장하는 5위의 대신, 신들의 어심에 감사와 기도를 올리며 이 식사를 받겠습니다."

양손을 가슴 앞에서 교차하여 기도문을 술술 외는 길의 모습에서 신전에서 식사 때 모두가 당연하게 외는 기도라고 깨달았다.

"……모르겠는데. 처음 들어."

"그거, 꼭 외워야 하는 거지?"

길과 프랑에게 배우고 식전 기도를 전반적으로 복창해 봤다. 금방 외워질 것 같지가 않다. 다음에 메모장에 기록해 둬야겠다. 마음을 가다듬은 나와 루츠가 먹기 시작했지만, 프랑과 길은 식사를 입에 대려고 하지 않았다. 음식을 앞에 두고 가만히 앉아 있다.

"응? 안 먹어? 배고프지 않아?"

이상해서 내가 묻자 프랑은 천천히 고개를 저었다.

"……저희는 시종이므로 마인 님이 식사를 마치실 때까지 먹을 수 없습니다."

"같이 먹지 않으면 식어 버리는데?"

길은 손을 내밀려고 했지만, 옆에 앉은 프랑을 보고 자제하는 듯했다. 몸을 달싹이는 모습이 마치 소리에 반응해서 움직이는 장난감 같았다.

"그럼 명령이야. 따뜻해서 맛있을 때 먹어."

명령이라고 하면 따르지 않을 수 없는지 떨떠름한 표정으로 프랑이 빵을 집었다. 그 모습을 본 길이 히죽거리며 손을 뻗었다. 프랑은 이 주변에서는 찾아볼 수 없을 정도로 반듯한 자세로 식사했다. 고아원에서 자란 길도 깨끗하게 먹는 편에 속했다. 오히려 형제끼리 싸우며 먹는 루츠 쪽이 걸신들린 것처럼 먹었다. 이것은 다른 사람의 것을 빼앗아 먹지 않도록 평등하게 나눠 먹는 환경이 만들어낸 자세인 걸까.

"프랑도 길도 예쁘게 먹네. 교육받았어?"

"청색 신관이 봤을 때 보기 흉한 자는 고아원을 나갈 수가 없기 때문입니다. 식사법, 걷는 자세도 윗사람께 배웁니다."

"맞아. 난 고아원에서 나가기 전의 목욕재계가 제일 싫어. 지금은 괜찮지만, 겨울은 죽는다고."

"시종이 되면 따뜻한 물을 쓸 수 있게 되거든요."

보기 흉한 사람은 나갈 수 없다니, 가혹한 환경이라 생각했다. 하지만 그 덕분에 길도 겉모습은 그럭저럭 깨끗했던 모양이다. 고아원과 시종의 차이를 들으면서 먹고 있으니 프랑의 눈썹이 살짝 움직인 것을 눈치챘다. 남은 음식이라곤 해도 귀족이 먹는 음식에 익숙한 프랑에게 이곳의 맛은 만족스럽지 못한 듯하다. 먹으면서 아주 살짝 미간을 찌푸렸다.

"프랑, 평소에 먹는 음식과는 다르지?"

내가 조그맣게 웃으면서 내 미간을 손가락으로 톡톡 두드리며 지적하자 프랑은 자기 미간을 누르면서 곤란한 듯 웃었다.

"그렇네요. 상당히 다릅니다. ……다만, 수프는 따뜻해서 맛있습니다."

귀족인 주인한테서 내려온 음식은 맛있긴 해도 항상 먹다 남은 것이라 따뜻한 요리는 처음인 듯하다.

"난 배만 차면 맛은 어떻든 상관없어. 청색 신관이 적어져서 신의 은총은 엄청 줄은 반면에 고아원에 돌아온 회색 신관은 엄청 많아졌으니까."

길도 만족스럽게 먹은 듯했지만, 같은 또래인 루츠에 비하면 먹은 양이 상당히 적었다. 평소의 식사량이 적어서 위가 발달하지 않았는지도 모르겠다.

"그럼 길이나 프랑은 저녁 식사와 고아원에 줄 선물을 사 들고 갈래? 내가 집에 돌아가면 저녁을 못 먹잖아."

"그래도 돼!? 신난다! 신에게 기도를!"

길은 오랜만에 배불리 먹는다며 감격하면서 벌떡 자리에서 일어나 식당 안에서 갑자기 구리코 포즈를 취했다. 식사와 협상으로 술렁이던 식당이 조용해지고, 모든 시선이 우리 테이블에 집중되었다.

"자, 잠깐만! 여기서 기도하지 마!"

루츠가 서둘러 길을 식당 밖으로 끌고 나갔고 나는 소란스럽게 해서 미안하다며 점장에게 사과하고 계산에 팁을 얹은 후 도망치듯 밖으로 뛰쳐나왔다.

"여기선 하는 사람이 없으니까 기도는 신전에서 해야 해. 알겠어? 우리가 신전에서 상식이 없는 사람들인 것처럼 길과 프랑은 이곳 상식을 모르니까."

내가 한숨을 내쉬며 주의를 주자 노골적으로 길의 어깨가 축 처졌다.

"……미안."

"앞으로 주의해 주면 돼."

"지금 일이 아니라…… 너한테 몰상식하다고 한 말 말이야."

신전에서 있었던 여러 가지 일들을 떠올린 듯하다. 성실하게 사과하는 길의 어깨를 루츠가 웃으며 두드렸다.

"몰상식한 건 우리도 마찬가지야. 이상한 점이 있으면 마인에게 바로 가르쳐 줘. 오늘의 식전 기도처럼 말이야. 난 네 행동이 이상하지는 않는지 지켜볼게."

"길, 저쪽에 여행객을 상대하는 노점상이 나와 있으니까 저녁 식사랑 선물을 사자."

동문은 가도에 면해 있어 여행객이 많고, 활기가 돌았다. 하지만 타지 사람이 많은 만큼 치안이 나빴다. 되도록 중앙 광장에 가까운 곳에서 용무를 끝내려고 노점을 구경하며 돌아다녔다. 얇게 썬 빵에 햄과 치즈를 끼워 넣은 샌드위치처럼 생긴 음식을 저녁 식사용으로 몇 개 사고, 내가 가진 천에 돌돌 싸서 토트백에 넣었다.

"프랑, 고아원엔 몇 명 정도 있어? 선물은 뭘 사면 될까?"

"……지금은 80~90명 정도입니다. 단, 선물은 배분받은 적이 없으니 자르기 쉬운 과일이나 저것처럼 알갱이가 작은 과일이 좋지 않겠습니까?"

프랑에게 안긴 나는 높은 위치에서 노점을 바라보았다. 과일을 취급하는 세 노점이 보였다. 어디가 싼지 비교하면서 이동했다.

"오, 신의 은총이다."

길의 목소리에 무심코 프랑과 함께 뒤를 돌아보았다. 노점에 수북이 쌓인 과일을 멋대로 집어 우적우적 먹는 길의 모습이 시야에 들어왔다. 길이 제멋대로 행동하지 못하게 손을 잡은 루츠도 휘둥그레진 눈으로 믿을 수 없다는 듯이 굳어 버렸다.

"자, 잠깐, 길!?"

"이놈이! 돈도 안 내고 당당하게 가게 앞에서 도둑질이냐!?"

복숭아와 비슷한 브라레라는 과일을 먹던 길이 노점상 아주머니가 다짜고짜 날린 주먹을 맞자 멍한 얼굴로 나를 바라보았다. 나는 바로 프랑의 팔에서 내려와 돈을 꺼냈다.

"죄송해요, 아주머니. 이 아이, 집안에서만 자라 세상 물정을 몰라서 돈의 존재조차 몰라요. 돈은 내가 낼 테니까 병사는 부르지 말아주세요."

"나도 이 녀석을 지켜본다는 게 그만, 미안, 아줌마."

돈을 내고 루츠와 둘이서 사과하자 아주머니는 어이없다는 듯이 길을 보며 어깨를 으쓱거렸다.

"정말이지, 어디 도련님인지 모르겠다만, 밖에 돌아다닐 땐 조심해."

"정말 죄송합니다. 자, 길도 사과해야지."

"어? 아, 죄, 죄송합니다."

내가 재촉하자 길은 어떻게 해야 좋을지 모르는 표정으로 딱딱하게 사과했다.

"길, 그 브라레 맛있어?"

"아, 으응……."

먹다 남은 브라레를 쳐다본 길의 시선이 곤란한 듯이 이리저리 헤맸다.

"그건 돈을 냈으니까 먹어도 좋아"

나는 그렇게 말하고 토트백에서 천을 세 개 꺼내 보자기를 만드는 요령으로 천 끝자락을 묶어 천 주머니를 두 개 만들었다.

"아주머니, 브라레를 이 주머니에 다섯 개씩 넣어 주세요."

"예이~"

사과를 대신해서 아주머니의 노점에서 고아원에 줄 선물을 사고, 중앙 광장까지 돌아왔다. 짐은 벌로 길에게 들게 했다. 양손이 묶이면 엉뚱한 행동을 하진 않을 것이다.

"이번에 급료를 줄 때 돈 쓰는 방법을 가르쳐줄 테니까 그때까지 가게 상품은 만지면 안 돼."

"……알았어."

신전이 있는 북쪽을 향해 큰길을 걷는데 루츠가 프랑에게 안긴 나를 올려다보았다.

"저기, 마인. 신전에 돌아가기 전에 주인님께 보고하고 와도 돼?"

"응. 벤노 씨한테는 다기랑 조리 도구를 갖춰 달라고 할 생각이니까 보고하는 편이 좋겠어."

이제 막 점심시간이 끝났는지 분주하게 준비하는 상점으로 루츠가 달려갔다. 나는 프랑에게서 내려서 내 속도로 천천히 상점을 향했다. 양손에 짐을 든 길은 내 뒤를 따라왔다.

"마르크 씨, 안녕하세요."

"안녕하세요, 마인. 주인님께서 기다리십니다."

상점 밖까지 나와 맞이한 마르크에게 인사하고 나는 두 사람을 데리고 안방으로 들어갔다. 벤노의 집무용 책상 앞에 루츠가 서서 보고하는 모습이 보였다. 내 모습을 발견한 순간 벤노가 일어나서 성큼성큼 다가오더니 나를 꽉 껴안았다.

"마인, 잘했다! 귀족이 실제로 쓰던 주방이라면 보기만 해도 이탈리안 레스토랑의 참고가 될 거다."

거세게 흔들릴 정도로 힘차게 내 머리를 쓰다듬는 벤노의 흥분한 모습에 신전에서의 벤노만 아는 프랑이 주춤거리며 한 발 뒤로 물러섰다. 나는 벤노의 팔을 쳐내고 팔에서 내려서 평소대로 테이블 쪽에 갔다.

"원장실 주방에 요리사들 넣어노 뇐다기에 빨리 요리사에게 연습시킬 수 있을까 해서 상담하러 왔어요. 연습한 요리는 제 시종에게 식사로 주고, 남은 요리는 고아원으로 돌릴 테니 재료를 낭비할 일도 없고, 제가 재료비를 지불하면 벤노 씨한테 부담도 안 되니까 좋은 제안이지 않나요?"

고아원에 식사를 주는 것이 청색 신관의 의무라면 나도 되도록 제공해야 하고 고아원이 길처럼 결식아동의 집합소라고 생각하니 개인적으로도 힘껏 도와주고 싶었다. 하지만 목패에 하나씩 메모하던 벤노는 잠시 고민한 후, 천천히 고개를 저었다.

"아니, 잠깐. 재료비는 요리사를 육성하는 비용이니 내가 내도록 하지. 전부 너한테 맡기면 요리사를 빼앗기더라도 이의를 제기할 수 가 없으니까."

상인다운 발언에 나는 가볍게 어깨를 들썩였다. 재료비를 내겠다고 하니 이쪽은 그대로 맡기는 편이 좋을 터이다. 지금은 마인 공방이 개점휴업 중이라 수입이 전혀 없었다.

"……그럼 주방 설비나 조리 도구를 갖출 비용은 제가 낼 테니까 연습용 재료비는 벤노 씨가 내는 것으로 하면 되겠죠?"

"그래, 연습 장소를 빌리기만 하는 상태로 해 둬. 좋아, 지금부터 보러 가자."

오븐을 보고 싶어 참을 수 없겠는지 벤노가 재빨리 얘기를 마무리 짓고 일어섰다. 마을에 나갈 수 있게 된 길과 똑같은 표정에 왠지 머리를 싸쥐고 싶은 심경이었다.

"벤노 씨, 주방은 아직 청소도 안 됐거든요."

"마인 님 말씀이 맞습니다. 만족스럽게 차도 낼 수 없는 곳에 손님을 초대할 순 없습니다."

프랑과 길이 내 의견에 크게 끄덕였다. 하지만 이탈리안 레스토랑의 참고가 된다는 실익과 호기심과 흥미가 거침없이 드러난 벤노는 우리의 의견은 전혀 들으려고도 하지 않았다. 평상복 위에 신전에 가도 문제가 없는 윗옷을 걸치면서 씩 웃었다.

"난 손님이 아니라 상인이다. 방금 방을 얻은 청색 견습무녀에게 방에 필요한 물건을 주문받았을 뿐이다. 그러니 당연히 정리되어 있지 않겠지? 오히려 너희가 쓸데없이 만지기 전에 방을 보고 싶다."

"그 말은 청소를 도와주겠다는 뜻인가요?"

"뭐? 나도 청소는 할 수 있지. 수습생 때 맡는 제일 첫 임무가 상점

청소니까.”

포기다. 무슨 말을 해도 포기할 것 같지가 않아.

귀족에 대해 알고 싶어서 좀이 쑤신 벤노가 절호의 기회를 놓칠 리가 없다.

“……프랑, 포기하자. 청소를 끝내도 다기는 준비도 못 하니까 차라리 벤노 씨도 청소를 돕도록 방법을 바꾸는 편이 좋겠어.”

“마인 님!?”

벤노를 막을 방법을 생각하기 귀찮아졌다. 이런 시시한 언쟁을 하는 동안에도 내 귀중한 오후의 독서 타임이 시시각각 줄고 있다.

“프랑은 모르겠지만, 급할 땐 부모라도 시키라는 말이 있어. 본인이 가고 싶다, 청소도 할 수 있다니까 부려먹으면 되지. 난 그동안에 책을 읽고 싶다고.”

나의 호소에 프랑이 눈을 동그랗게 뜨더니 웃음을 참듯이 입가에 손을 가져갔다.

“……대난히 죄송합니다만, 마인 님은 저 없이 도서실에 출입하실 수 없습니다. 벤노 님의 이 상태로는 신전에 돌아가셔도 책은 못 읽으실 겁니다.”

“NOOOOOOooo!?”

결국 말을 듣지도 않는 벤노에게 낚아채듯 안겨 나는 책도 못 읽는 신전으로 끌려가게 되었다.

벤노는 자신의 발언대로 원장실에 도착하자마자 윗옷을 벗고 청소를 시작했고, 그런 벤노에게 이끌려 모두가 척척 움직였다. 벤노와 프랑은 기본적으로 위치가 높은 곳이나 팔심이 필요한 곳을 담당하고, 길과 루츠는 낮거나 세세한 곳을 담당했다. 완력 없고, 체력도 없는 나는 모두에게 방해물로 취급되어 2층 테이블에서 책을 향한 그리움에 훌쩍이며 루츠가 가져와 줄 물건을 주문서에 계속해서 기재해야 했다.

요리사 교육

음식을 다루는 주방은 시종들에게 며칠에 걸쳐 빈틈없이 청소하게 했다. 그와 동시에 조리 도구나 식기를 주방에 옮기고, 장작이나 식재료를 차례차례 지하 창고로 넣어 갔다. 그리고 벤노를 통해 요리사를 내 주방에서 일하게 할 계획이 섰다.

주방을 발견한 날부터 나는 집에서 천연 효모를 만들기 시작했다. 프로 요리사가 구워 주는 부드러운 빵이 먹고 싶었다. 벤노가 알려 준 유리 전문 상점에서 뚜껑을 꽉 닫을 수 있는 보존용 유리 용기를 샀다. 이번엔 제철 과일인 루토레베를 써서 천연 효모를 만들어 볼까 한다.

유리병을 펄펄 끓인 물에 소독하고 씻은 후 꼭지를 딴 루토레베와 물, 설탕을 넣고 뚜껑을 닫는다. 그 뒤로는 하루에 여러 번 병을 흔들거나 뚜껑을 열어서 공기와 접촉시키면서 효모액이 만들어지기를 기다린다. 대개 닷새 정도 걸리는데, 완전히 발효된 뒤 마지막으로 걸러내면 효모액이 완성된다. 완성한 효모액에 통밀가루와 물을 섞어 넣고 재우기를 반복하며 빵효모를 만든다.

귀족의 저택에서도 부드러운 빵은 보기 힘들다. 길드장의 집에서 밀로만 만든 흰 빵을 먹은 적이 있지만, 그 흰 빵 역시 내가 원하는 부드러운 빵은 아니었다. 천연 효모로 발효시켜 부드럽고 폭신폭신한 빵을 만들 수 있다면 강한 인상을 남길 것이다. 그리고 천연 효모와 빵효모를 직접 만들어 관리하면 빵만큼은 남들이 금방 흉내낼 수 없는 강점이 될 것이다.

계획대로 잘 풀릴지 안 될지는 모르겠지만.

빵효모를 완성했다는 사실을 벤노에게 전하자 벤노는 즉시 요리사를 데리고 원장실로 찾아왔다. 아직 이십대 전후로 보이는 젊은 남성과 보기에도 수습생 같은 십대 전후의 여자아이다. 이 두 사람이 요리를 어느 정도 익히면 다음 사람을 투입하기로 했다.

"마인 님, 이쪽은 저희 상점의 요리사인 푸고. 그리고 푸고의 조수를 맡은 수습생 엘라입니다. 푸고, 이곳에서 귀족의 조리법을 교육받게 될 것이다. 잘 배우도록."

벤노에게 요리사를 소개받았기에 인사 정도는 하고 싶었지만, 나는 묵묵히 고개만 끄덕일 뿐, 대답은 전부 프랑의 몫이었다. 나는 청색무녀이므로 귀족답게 행동하기 위해서라고 한다.

"푸고와 엘라군요. 그럼 바로 주방을 안내하죠."

요리사에게 지시를 내릴 때도 반드시 프랑을 통해서 하라는 말에 조리 방법은 내가 목패에 적어 둔 레시피를 프랑이 읽는 식으로 진행되었다. 길은 아직 글을 읽지 못하므로 요리사와의 업무는 프랑에게 맡길 수밖에 없었다.

"가장 먼저 익혔으면 하는 것은 위생 관리입니다. 조리 도구나 식기를 깨끗하고 청결하게 유지할 것. 주방도 지금 상태를 유지하며 빈틈없이 청소할 것. 이쪽에 오기 전에 반드시 몸을 씻고, 옷은 반드시 세탁하며 더러운 옷이나 몸으로 주방에 출입하지 않을 것. 할 수 있겠습니까?"

"아, 네!"

여기서 위생 관념을 주입해 두면 이탈리안 레스토랑에서 똑같이 행동하라고 해도 순순히 받아들일 수 있을 것이다. 나는 앞으로 만들 이탈리안 레스토랑을 딱딱하게 굳은 빵을 접시 대신으로 쓰고, 필요 없어진 음식을 바닥에 떨어뜨려 개에게 먹이는 가게로 만들 생각은 추호도 없었다. 이곳의 문화라고 하면 그뿐이지만, 귀족 요리를 내는 고급 식당에 그런 문화는 필요 없다.

사실은 콘소메부터 만들고 싶었지만, 벤노가 완성한 요리를 점심으로 먹고 싶다기에 시간이 오래 걸리는 콘소메는 내일로 미뤘다. 오늘은 첫 오븐 개시를 기념하여 피자 만들기부터 시작할까 한다. 사실은 내가 먹고 싶었다.

"그럼 오늘은 **피자**를 만들어 봅시다. 우선 오븐에 불을 피웁니다."

프랑의 지시에 따라 두 사람은 지하에서 장작을 옮겨와 오븐에 불을 피웠다. 장작 오븐은 데워지기까지 시간이 걸리므로 불을 피우는 것부터가 첫 작업이다. 아궁이에 불을 피우는 요령과 크게 다르지 않아서 재빨리 처리했다.

"재료를 만지기 전에 손을 씻어 주세요."

나와 벤노가 고용인 전용 테이블에 앉아서 지켜보는 가운데 피자 반죽 만들기가 시작되었다. 나와 프랑이 재료를 준비해서 미리 조리대 위에 올려 뒀더니 마치 요리 방송의 세트장 같았다. 내가 가져온 천연 효모와 소금, 설탕, 미온수를 차례대로 밀가루가 들어간 볼에 넣고 쪼물쪼물 주물러서 발효시킨다. 푸고가 고개를 들고 가볍게 숨을 내쉬었다.

"이건 빵 만들기만큼 힘이 드네요."

"똑같은 방법이라고 생각하면 됩니다. 잘 주물렀으면 잠시 이대로 두고 발효시킵니다. 그동안에 포메로 소스를 만들고 피자나 수프의 속 재료로 쓸 채소를 썰어 주세요."

뜨거운 물에 살짝 데친 토마토와 비슷한 맛을 내는 포메를 적당히 자르고 약한 불로 푹 익힌 후, 재료로 넣을 채소를 듬성듬성 자르게 했다.

"푸고 씨, 제가 리가를 처리할게요."

나는 아직 들지 못하는 커다란 식칼을 엘라는 무난하게 다루며 마늘 풍미에 하얀 래디쉬처럼 생긴 리가를 재빠르게 다듬었다. 푸고는 베이컨이나 양파 같은 라니에, 당근 같은 메렌, 버섯류를 차례차례 지시대로 잘게 썰어 갔다. 채소를 써는 손놀림이 역시 전문가라 칭찬할 만한 속도라 나는 감탄의 숨을 내쉬었다.

"벤노 님, 예상보다 훨씬 훌륭한 요리사네요."

내가 발언한 순간, 푸고와 엘라가 깜짝 놀라 나를 돌아보았다. 칭찬의 말에 공기가 차갑게 얼어붙었다. 둘의 굳은 표정을 보자 나는 내 발언이 실수였음을 깨달았다. 어떡하지, 하고 벤노를 보자 벤노가 부드러운 미소를 지었다.

"과분한 말씀이십니다, 마인 님. 너희들, 마인 님께서 솜씨를 칭찬하셨다."

냉랭하게 얼어붙은 공기가 벤노의 도움으로 녹아 갔다. 푸고와 엘라가 안심한 듯이 표정을 누그러뜨리고 "과분한 말씀이십니다."라고 말한 후, 다시 진지한 눈으로 채소를 썰기 시작했다.

벤노가 가볍게 노려보며 '입을 닫고 있어라'라는 제스처를 보이자 나는 깊이 고개를 끄덕였다.

'미안합니다. 칭찬한 말인데 저런 식으로 굳어 버릴 줄 몰랐는걸요.

채소를 썬 후에는 푸고에게 닭고기를 손질하게 하고, 얇게 썬 닭가슴살에 소금과 술을 뿌리게 했다. 엘라에게는 고기에 곁들이면 맛있는 허브를 준비하도록 했다.

"이제부터는 수프를 만들겠습니다."

내가 적은 레시피는 얇게 썬 소시지를 끓여서 감칠맛을 낸 소금 맛 채소 수프다. 제대로 끓이면 채소에서 감칠맛이 우러난다는 점을 알도록 하고 싶었다.

"수프는 이대로 삶아 주세요. 삶은 즙은 버리면 안 됩니다."

"이대로 삶는다는 말씀입니까?"

프랑의 지시에 두 요리사가 의아한 표정을 지었다. 그래도 귀족을 거스를 수는 없는지 곤란한 듯한, 언짢은 듯한 표정을 지은 채 요리를 이었다. 내가 만드는 수프를 옆에서 지켜보던 옛날의 엄마와 똑같은 표정이다.

"엘라, 수프의 거품을 걷어 주십시오. 푸고, 포메 소스가 잘 졸여졌으면 리가와 거기 있는 기름을 넣고 잘 섞어 주십시오. 그걸로 소스는 완성입니다. 아아, 슬슬 반죽이 다 됐겠군요."

계속해서 날아오는 지시에 대응하며 푸고는 발효로 부풀어 오른 피자 반죽에서 가스를 빼고 반죽을 반으로 나누어 넓히는 작업으로 옮겼다.

"둥글게 넓힌 반죽 위에 완성된 포메 소스를 바르고, 이 재료를 올려 주십시오."

프랑의 지시대로 푸고는 반죽에 포메 소스를 바르고 베이컨, 라니에, 버섯을 올렸다. 나머지 반죽에는 포메 소스를 바르고 닭가슴살과 라니에, 허브를 올렸다. 그리고 양쪽에 치즈를 듬뿍 뿌린 뒤 오븐에 넣었다.

나는 그 모습을 엘라가 엿보듯이 빤히 쳐다보고 있는 것을 눈치챘다. 코린나와 재봉에 관한 얘기를 하던 투리나 새로운 레시피를 앞에 둔 일제와 마찬가지로 향상심이 넘치는 강한 눈빛에 나는 마음속으로 몰래 응원했다.

시간이 있다면 마요네즈를 만들어서 포테이토 샐러드가 아닌, 카르페 샐러드까지 만들고 싶었지만 처음 일하는 주방에서 만들어 본 적도 없는 요리를 귀족들이 보는 앞에서 만드는 긴장감 속에서는 예상대로 진행되지 않아도 하는 수 없었다. 프랑에게 살짝 요리 품수를 줄이겠다는 사인을 보내자 프랑이 조그맣게 끄덕였다.

"수프가 잘 끓은 모양이니 조금 맛을 보고 간을 조절해 주십시오."

프랑의 말에 푸고가 작은 접시에 수프를 조금 덜어내더니 쭈뼛거리며 입을 댔다. 하지만 입에 넣은 순간, 눈을 번쩍 뜨며 굳어 버렸다. 천천히 맛보려고 혀를 굴리는지 꿀꺽, 하고 삼키기까지 조금 시간이 걸렸다.

"……이건 뭐지?"

작게 중얼거리더니 다시 한번 덜어 맛을 본다. 그리고 또 한 번. 그 기세로 맛을 봤다가는 수프가 거덜나겠다고 생각한 순간, 철썩 하고 푸고의 등을 엘라가 내리쳤다.

"푸고 씨, 너무 많이 먹잖아요! 간은 어때요?"

"으응!?…… 아, 그렇지."

작은 접시와 수프 냄비를 번갈아 보면서 푸고가 눈을 꼭 감았다. 아마도 처음 먹어 본 맛이라 간을 맞추기 어렵지 않을까.

"아주 조금. 아주 조금만 더 넣으면 돼."

푸고는 긴장해서 떨리는 손끝으로 소금을 조금 집어넣고 휘휘 저은 후 다시 한번 맛을 봤다.

"됐어."

"저도 맛을 보게 해 주세요."

먹이를 기다리는 강아지 같은 얼굴로 작은 접시를 들고 맛을 보게 해 달라고 조르는 엘라의 모습에 나는 입가를 눌러 웃음을 참았다. 여기서 웃었다가는 또 공기가 얼어 버릴 테니까.

작은 접시에 조금 수프를 덜어 받은 엘라는 한 모금 마시더니 얼굴을 반짝였다.

"우와! 뭐지, 이거!? 굉장히 맛있어! 채소 맛이죠? 달콤한 데다 소시지의 고기 맛도 수프에 우러나고…… 약간의 소금으로 이렇게까지 맛있어지다니 믿을 수 없어요!"

"진정해, 엘라."

흥분에 빨라진 말로 맛을 묘사하는 엘라의 어깨를 푸고가 손으로 눌렀다. 순간 내 쪽을 힐끗 보고 시선으로 엘라에게 주의를 주려고 했던 모양이지만, 새로운 맛의 발견에 감격한 엘라에게는 통하지 않았다.

"어떻게 진정해요! 대발견이잖아요!"

"부탁이니까 제발 진정해 줘. 귀족님 앞이야."

"……아……."

싸악, 하고 새파래진 엘라가 나를 보았다. 나는 아무 말도 하지 않았는데 또다시 공기가 얼어붙었다. '열심히 일하는 모습이 보기 좋네. 앞으로도 힘내.' 라고 말하고 싶지만, 귀족은 이럴 때 어떻게 행동해야 정답일까? 그때 프랑이 가까이 오기에 "직업에 헌신적인 요리사분들이라 감탄했습니다. 앞으로 식사를 기대하겠습니다, 라고 전해 주겠어요?" 하고 속삭였다.

"알겠습니다. 마인 님, 벤노 님, 슬슬 식사 준비가 되어 갑니다. 방에서 기다려 주십시오."

프랑이 그렇게 말하며 문을 가리켰다. 그러자 그곳에 서 있던 길이 스윽, 하고 문을 열어 주었다. 반강제적으로 퇴장하게 된 내가 내심 풀이 죽어 의자에서 내려가자 벤노가 에스코트하듯이 손을 내밀었다.

요리 지시를 내리는 프랑은 주방에서 벗어날 수 없으므로 방에 따라오는 건 길의 역할이다. 주방문을 닫고 내 뒤를 따라 걸었다. 마치 '나 일하고 있다'라고 말하고 싶은 듯한 자랑스러운 표정에 무심코 웃음이 터질 뻔했다.

방의 테이블에는 내가 미리 지시했던 대로 꽃이 꽂힌 꽃병과 런치 매트, 나이프 세트와 목을 축이기 위한 주스가 준비되어 있었다. 이것들은 전부 우리가 주방에서 조리를 견학하는 동안 길이 준비해 둔 것이다.

"고마워, 길."

헤헤 웃으며 길이 그 자리에 한쪽 무릎을 꿇었다. 요 최근에 암묵적 동의가 되어 버린 칭찬해 주길 바랄 때의 자세다. "잘했어요. 열심히 했네." 하고 머리를 쓰다듬으면 만족스럽게 길이 웃는다. 외부에서 요리사가 온다고 하여 어제 린샴을 쓴 덕분에 길의 머리가 찰랑거리고 윤기가 났다. 감촉이 참 좋다.

나는 테이블에 앉아 주스를 마시고 휴, 하고 숨을 뱉었다. 나의 본성을 아는 사람들에게 둘러싸이자 어깨를 축 떨구고 푸념을 늘어놓

앉다.

“귀족 아가씨는 정말 피곤하네. 말하고 싶어. 나도 같이 요리하고 싶어.”

“포기해. 저 녀석들에겐 귀족의 주방, 귀족의 요리, 귀족이 있는 환경, 이 모두가 공부와 훈련이다. 그리고 네가 귀족다운 행동을 익히기 위한 훈련장이기도 하지. 신전 안에서 틈을 보이지 마, 바보야.”

“으으……. 힘낼게요.”

천천히 심호흡하면서 등을 곧게 폈다. 귀족 아가씨 자세에 다시 기합을 넣었을 때쯤에 아래층 주방문이 열리는 소리가 났다. 프랑이 식사를 들고 오는 듯하자 길이 얼른 방구석에 붙어 섰다.

“프랑, 디저트로 루토레베를 먹고 싶군요.”

이곳 주방에 있는 설탕은 집에서 가져온 것이다. 아직 설탕을 입수하지 못한 벤노가 설탕의 루트를 확보할 때까지 과자는 보류였다. 겨울과 달리 지금은 과일이 맛있을 시기라 괜찮지만, 레스토랑이 완성되기 전까지는 설탕을 입수해 주기를 바랐다.

프랑이 테이블 위에 피자 두 종류와 수프를 나란히 놓아 주었다. 조금 탔나 싶을 정도로 완성된 피자는 반죽 군데군데에 탄 자국이 있고, 하늘거리는 김과 함께 구운 치즈 냄새가 퍼져 나갔다. 베이컨은 아직 타닥타닥 하고 작은 소리를 냈고, 닭고기 표면에는 뭉실 올라온 기름이 보였다. 두 피자 모두 맛있어 보였다. 구운 치즈 냄새를 맡고 황홀감에 젖은 내 옆에서 벤노도 기대에 눈을 반짝였다.

“몇 천만의 생명을 저희의 양식으로 내려 주시는 높고 정정한 천공을 관장하는 최고신, 넓고 호호막막한 대지를 관장하는 5위의 대신, 신들의 어심에 감사와 기도를 올리며 이 식사를 받겠습니다.”

며칠에 걸쳐 외운 식전 기도를 외고, 나와 벤노만 따끈따끈한 음식을 먹었다. 다른 사람은 신의 은총으로 음식을 내려 받기를 기다려야 했다. 이왕이면 함께 먹고 싶었고, 먹고 남은 음식을 주는 이은 내겐 그다지 기분 좋은 일이 아니었지만, 청색 무녀의 입장이라 어쩔 수 없었다. 프랑이 곁에서 음식을 날라 주었고 나는 수프를 먹었다. 고기의 감칠맛과 채소의 단맛을 바탕으로 하고 소금으로 간을 잡은 부드러운 맛이 집에서 먹는 수프와 똑같이 완성되었다. 조금만 더 간이 된 쪽을 좋아하지만, 그건 다음을 기대하자.

"……맛있군."

"채소 맛이 잘 우러났지요? 일제도 흥미를 보였답니다."

"호오? 그건 참으로 드문 일이지 않습니까?"

빙빙 돌려 귀족의 레시피에는 없는 수프임을 전해 봤더니 의도가 정확히 전달되었는지 벤노가 수프를 빤히 쳐다보았다.

"이것이 피자인데 빵 같은 요리라고 생각해 주십시오."

나는 자른 피자 소삭을 손에 들고 쭈욱 늘어나는 치즈를 포크로 가볍게 자르고 먹어 보았다. 벤노도 똑같이 베이컨 피자를 입에 넣었다.

"입에 맞으십니까?"

"……상상을 초월한 맛이군요. 놀랍습니다."

나는 한 조각씩, 벤노의 접시에는 두 조각씩 놓아 주는 프랑을 올려다보았다.

"프랑, 신의 은총을 내리겠습니다. 그리고 디저트를 내기 전까지 물러나 있어 주세요."

"알았습니다."

이렇게 말해 두면 음식이 식기 전에 요리사와 시종도 먹을 수 있겠지. 프랑과 길이 남은 음식을 들고 1층으로 내려갔고, 문을 닫는 소리가 들렸다. 다음 순간 꺅! 하고 엘라의 들뜬 목소리가 울려 왔다. 아무래도 바로 시식회를 시작한 모양이다. 왁자지껄하고 즐거운 듯한 목소리가 어렴풋이 들려왔다. 저쪽이 요리에 집중하는 동안이 비밀 얘기를 하기 제일 좋은 시간이다.

"벤노 씨, 이 피자랑 수프는 상품이 될 것 같나요?"

우물우물 씹으면서 묻자, 벤노도 피자를 베어 먹으며 끄덕였다.

"돼. 처음 보는 맛이지만, 맛있군. ……피자는 귀족들의 만찬에서 먹었던 빵보다 부드러운 것 같다."

"천연 효모 덕분이에요."

"뭐야, 그건."

"다른 가게가 빼돌리지 못하는…… 예를 들어 레시피를 철저히 가르친 요리사를 빼앗겨도 우리가 우위에 설 수 있기 위한 비법이에요."

이탈리안 레스토랑에는 나도 출자하고 있으니 이익을 내지 않으면 곤란하다.

"수프는 채소의 감칠맛만 잘 살린 거라 따라 하려고 하면 다른 사람도 금방 만들 수 있어요. 따라 내기 시작하면 그땐 여러 가지 맛의 수프를 준비해서 다양성으로 경쟁하면 돼요."

"호오……. 여러 가지라 해도 요리사가 적은데, 괜찮나?"

"제철에 맞춘 코스 요리라는 형태로 내면 요리사가 적어도 괜찮을 거예요."

내가 대답하자 벤노가 신음하며 머리를 박박 긁었다.

"……나 혼자 고민한 게 바보 같군. 산더미 같은 문제 해결에는 너를 쓰는 게 제일 간단하겠어."

"그게 무슨 말이에요?"

"여기서 할 얘기는 아니다. 다음에 상점으로 와."

둘 다 식사를 마치고 테이블에 비치된 종을 울렸다. 그러자 프랑과 길이 디저트를 들고 올라왔다. 깨끗이 비운 접시를 정리하고 대신 디저트가 올라간 접시를 놓아 줬다.

"프랑, 맛은 만족스러웠습니까?"

우리 중에서 귀족 요리를 가장 잘 아는 사람은 프랑이다. 이 요리는 내가 먹고 싶은 요리를 만들게 했을 뿐이라 실제 귀족 요리와는 다르다.

"……매우 맛있게 먹었습니다. 전통적인 귀족 요리는 아니지만, 새로운 것을 즐기는 귀족님들에게도 흥미를 끌 만한 맛이라고 생각합니다."

"그렇군요. 귀족 요리에 익숙한 프랑의 말이니 틀림없겠어요."

"요리사도 흥미 깊게 먹은 후, 지금부터 복습 겸 다시 만들고 싶다며 의욕을 불태우고 있습니다. 내일부터도 충분히 일해 주리라 봅니다."

전부 순조로워서 기쁜 반면 뭔가를 잊은 듯한 느낌이 떨어지지 않았다.

"왜 그러십니까, 마인 님?"

"뭔가를 잊은 듯한 느낌이 드는데, 프랑은 떠오르는 거 없나요?"

"잊고 있는 것, 말씀이십니까?"

"네, 신전에 관한 일로 뭔가 잊은 듯한……."

디저트를 먹는 벤노 옆에서 프랑과 둘이 생각에 잠겨 있는데 쾅 하고 커다란 소리를 내며 입구 문이 열렸다.

"전부 다 네 탓이야!"

아, 생각났다. 델리아를 까맣게 잊었었구나.

델리아의 일

"너 때문에 내가 신전장님 방에서 쫓겨났어! 어떻게 해 줄 거야!"

그렇게 소리치면서 델리아가 성난 모습으로 계단을 뛰어 올라왔다. 어디서부터 뛰어왔는지 모르겠지만, 진홍색 머리를 마구 흩트리고 숨을 헐떡이며 델리아가 내 앞에 섰다. 요 며칠은 주방 정리로 바빴던 탓에 굉장히 오랜만에 얼굴을 보는 느낌이 들었다.

"네 탓이야! 멋대로 방을 받은 주제에 나한테는 한마디도 안 하니까 신전장님께서 날 무능한 애 취급하시잖아! 어떡할 거야!"

방은 옷을 갈아입을 곳이 필요해서 받았을 뿐이고, 신관장의 허락도 있었으니 멋대로 방을 강탈한 것도 아니며 항상 어디로 나가 버리고 연락도 되지 않는 델리아가 신전장에게 무능하다는 취급을 받았다고 해서 나와는 아무런 관계도 없다고 생각됐다.

"넌 대체 나보고 뭘 어떻게 하라는 거니?"

"나를 여기에 둬. 시종이니까 당연하잖아?"

"신분을 가려라!"

앗, 하고 떠올렸을 땐 막을 새도 없이 콩! 하고 벤노가 델리아의 머리에 주먹을 내리쳤다. 델리아는 무슨 일이 일어났는지 모르겠다는 얼굴로 머리를 감싸 쥐며 주변을 둘러보았다.

"델리아, 손님 앞에서 그런 태도는 안 좋아. 혼나도 당연하지?"

"어, 어째서 평민인 너한테 그런 소릴 들어야 하는 건데!?"

"아직 잘 모르나 보군."

눈을 게슴츠레 뜨며 벤노가 주먹을 보이자 델리아가 입을 꾹 닫았다. 길도 루츠에게 맞았던 일을 떠올렸는지 함께 움찔거렸다.

"마인, 주어진 일도 만족스럽게 못 하는 녀석은 필요 없다. 의욕 없는 녀석을 고용하는 건 돈 낭비다. 즉시 잘라 버려라."

불쾌한 듯 내뱉은 벤노의 말은 루츠가 길에게 던진 말과 똑같았다. 루츠가 얼마나 벤노에게 영향을 받았는지를 여실히 보여줬다.

"프랑, 난 델리아가 처한 상황을 잘 모르겠는데, 방에서 쫓겨났다는 말은 신전장님한테 해고당했다는 말일까요?"

내 말이 핵심을 찔렀는지 델리아가 당장에라도 울 것처럼 가득 눈물 고인 눈으로 나를 노려보며 쉰 목소리로 반론했다.

"……아직 해고되지 않았어."

"해고됐다고 단언할 수는 없습니다만……."

"그렇지? 나같이 귀여운 아이를 해고할 리가 없지?"

델리아가 희망을 찾았다는 듯이 프랑의 말에 얼굴을 반짝였다. 하지만 프랑은 표정 변화 없이 델리아에게 현실을 들이댔다.

"마인 님이 방을 받은 사실을 전혀 모르고, 방의 장소도 몰라 마인 님의 시중을 들지도 못해 신전장님께 필요한 모든 정보를 전해 주지 못한 델리아가 역정을 샀다 해도 전혀 이상하지 않습니다."

믿을 수 없다는 듯이 부릅뜬 델리아의 눈을 쳐다보지도 않고 프랑은 담담하게 설명을 이었다. 성실한 프랑은 시종으로서 일하지 않는 것은 물론이거니와 주인인 나를 곤란하게만 하는 델리아에게 상당히 화가 난 모양이다. 딱딱하게 굳은 표정이 반대로 분노의 깊이를 가늠케 했다.

"델리아가 마인 님께 붙여진 이유는 같은 또래 소녀라면 마인 님과

친해져서 많은 정보를 손에 넣을 수 있으리라는 신전장님의 의도라고 들었습니다. 이렇게까지 노골적으로 적의를 드러내며 마인 님이 경계하게 만들었으니 신전장님은 델리아에게 분명 실망하셨을 겁니다."

"그, 그런……."

델리아가 표정을 잃었다. 방에서까지 쫓겨나다니 신전장에게 짤린 게 분명하겠다고 그 순간, 델리아가 프랑에게 교태를 부리듯 웃어 보였다.

"그치만, 난 여기 시종이잖아. 견습무녀에게 여자 시종이 없다니 말도 안 되지. 안 그래?"

다음 거처를 확보하기 위해 주인인 내가 아니라, 시종 중 가장 발언력이 있는 프랑을 타깃으로 잡았다는 점이 참으로 비열했다. 감정을 표정에 거의 드러내지 않는 프랑이 혐오감을 드러내며 델리아를 노려본 뒤, 흥 하고 차가운 웃음을 띠었다.

"마인 님은 신전으로 통근하시기 때문에 신변을 돌볼 필요가 거의 없습니다. 요 며칠간 델리아가 없어도 전혀 문제가 없었던 것이 그 사실을 증명합니다. 게다가 꼭 필요하다면 고아원에서 새로운 시종을 뽑으면 됩니다."

신전장이 붙인 시종이라서 델리아를 뗄 수 없다고 생각했는데, 새 시종을 늘릴 수 있는 모양이다. 내가 "그것참 좋은 생각이군요." 하고 프랑의 의견에 찬성하자 입술을 잘근 깨물며 델리아가 눈물을 뚝뚝 흘리기 시작했다.

"……날 쫓아낸다고?"

너무 아름다운 그 눈물을 보고 델리아는 정말 오직 남자에게 귀여움을 받기 위해서 살아왔다는 사실을 이해했다. 자신에게 불리한 상황이 되면 어리광을 부리며 매달리고 눈물을 보인다. 올려다보는 각도마저 완벽하다. 어리지만, 자신이 여자라는 점을 무기로 쓰는 법을 안다. 자신의 귀여움을 자각한다는 점이 대단했다. 우라노 시절의 나였다면 '기분 나쁘다'며 걷어차일 기술이다.

솔직히 지금까지 나를 실컷 욕해 놓고 갑자기 불쌍한 분위기를 풍겨도 곤란하고 열도 받지만, 우는 여자아이를 쫓아내다니 너무 잔인하지 않나?

무슨 말을 꺼내기도 어려운 분위기에 무거운 침묵이 감돌았다. 하지만 그것은 겨우 몇 초였다.

"쫓아내든 어떻든 처음부터 델리아는 시종도 아니었으니까 걱정하지 마."

델리아가 만들어 놓은 동정해야만 하는 분위기를 길이 멋진 미소로 날려 버렸다.

"뭐, 뭐라고!?"

"여기서는 일하지 않는 녀석에게는 방도 없고, 밥도 먹으면 안 돼. '일하지 않는 자는 먹지도 말라' 라고 하지! 그치, 마인 님?"

나 제대로 외웠지? 하고 길이 득의양양한 얼굴로 가슴을 폈다. 분위기를 읽었는지 아닌지는 모르겠지만, 어쨌든 잘했다. 나중에 듬뿍 칭찬해 줘야겠다.

"체력이 없어서 일하지 못하는 네가 할 대사는 아니군." 하고 중얼거리는 벤노는 무시다.

"열심히 일한 길은 방도 있고, 배불리 먹을 수 있어. 자기 일도 하지 않는 아이에게 내가 줄 건 아무것도 없어."

"알았어. 일하면 되지?"

그렇게 말한 델리아가 벤노의 무릎에 자연스럽게 스르르 앉더니 싱긋 웃으면서 몸을 바짝 붙였다. 무슨 일인지 전혀 알 수가 없어서 내가 눈을 끔벅이는데 벤노가 굉장히 불쾌하다는 듯이 표정을 굳히며 팔을 흔들었다.

"미안하지만, 너 같은 꼬맹이한테 관심 없다. 내려가."

"이거 봐, 이곳에 회색 무녀가 없으니까 손님께서 역정을 내시잖아."

벤노의 무릎에서 내려오면서 델리아가 내게 승리에 찬 미소를 보였다. 신전장을 시중드는 회색 무녀가 하는 일을 두 눈으로 보게 된 나는 머리를 싸매고 싶어졌다. 그것은 벤노도 마찬가지였는지 관자놀이를 누르면서 불쾌한 표정을 드러내며 델리아를 노려보았다.

"난 꽃 자체가 필요 없다. 이곳에 꽃을 즐기러 오는 귀족과 똑같이 취급하지 말아 줬으면 좋겠군."

"어? 그런, 설마……."

지금까지 델리아는 신진징의 애인이 된 시종의 시중과 다음 세대의 애인이 되기 위해 미와 교양을 갈고 닦는 것. 그리고 신전장에게 손님이 왔을 때 어리광부리며 웃음을 날리는 일을 해온 모양이다.

"제 시종한테는 전혀 필요가 없네요."

"나도 청소와 세탁도 할 수 있어. 신전장님의 의복을 정리하는 일도 했고, 이 방도 제대로 정리할 수 있는걸."

그렇게 말하면서 내 소매를 잡은 델리아의 손에 힘이 실렸다. 지금까지 자신이 해 온 일이 다른 곳에서는 통하지 않는다는 사실을 알자 자신의 가치관이 흔들리는 것이다. 아양 떠는 미소도 아닌, 아름다운 거짓 눈물도 아닌, 당황한 듯 딱딱하게 굳은 얼굴로 델리아는 주위를 둘러보기 시작했다. 하지만 귀여운 델리아를 도와주려는 자는 이곳에 없다.

방에서 쫓겨난 델리아가 곤란에 처한 것은 사실일 터였다. 어떻게 할까, 하고 나는 도움을 구하려고 프랑을 올려다보았다. 프랑이 하는 수 없다는 듯이 한숨을 내뱉었다.

"마인 님을 모독한 점은 사실이니 반성실에서 하룻밤 반성하게 하면 좋을 것 같습니다."

"반성은 할게. 앞으로는 일도 제대로 할게. 그러니까…… 쫓아내지 마. 내가 필요 없다는 말은 하지 말아 줘."

흐윽, 하고 눈물을 참으면서 델리아가 필사적인 얼굴로 흐느끼며 말했다. 가슴을 찌르는 절실한 목소리에 내가 가볍게 눈을 뜨고 주위를 보자 프랑과 길도 마치 자신이 필요 없다는 말을 들은 것처럼 괴로운 표정을 지었다. 길은 평상시에도 반성실에 갇혔던 문제아였다. 프랑은 신관장의 시종에서 제외되었을 때 신관장이 자신을 필요로 하지 않는다는 생각에 상처받고 괴로워했다. 아마 그 기억이 되살아난 것이리라.

"프랑, 난 델리아가 성실하게 일해 준다면 그걸로 괜찮은데."

"……마인 님께서 그렇게 말씀하신다면."

프랑이 살짝 안도의 한숨을 내뱉은 후, 엄격한 표정을 지으며 델리아에게 말했다.

"이곳에서 받아들여지고 싶다면 우선 말투를 고치도록. 마인 님을 주인이라 생각하지 않는 시종은 필요 없습니다."

"알겠습니다."

델리아가 일을 하겠다고 선언해 준 덕분에 우는 소녀를 쫓아내지 않고 해결되었다. 나는 가슴을 쓸어내리면서 델리아에게 물었다.

"그래서 델리아는 어떤 일을 할 수 있니?"

"이 방을 청색 무녀의 방답게 꾸미겠습니다. 우선은 여기!"

델리아가 척 가르친 곳은 내가 2층의 창고로 생각한 곳이었다. 실은 창고가 아니라 욕실 겸 화장실로 사용하던 곳이었던 모양이다. 그럴싸한 도구가 없어 전혀 눈치채지 못했다.

"며칠간 시간도 충분했는데 도구도 준비되어 있지 않다니 이게 대체 무슨 일입니까? 욕실은 그렇다 치고, 화장실 용무는 어떻게 했나요?"

"응? 1층에 있으니까 거기서 도구를 빌려서 혼자 처리하고……."

"뭐라고요!? 정말 믿을 수가 없네! 1층은 시종이, 게다가 남성분이 쓰는 곳 아닙니까. 부끄러운 줄 아세요!"

음, 말투는 약간 바뀌었어도 태도는 여전한 것 같은 느낌이 드는 건 나의 착각인가?

델리아는 욕실, 화장실 도구에다가 화장대나 집무용 책상이 없다며 이 방에 부족한 물건을 계속해서 지적하기 시작했다. 식사든 서류 작업이든 전부 중앙의 둥근 테이블에서 해결했는데, 그래서는 청색 무녀로 실격이란다. 내가 여기서 목욕할 예정은 없다고 말해도 욕실을 쓰게 될지도 모르고, 자신을 위해서라도 2층에도 준비하라고 델리아가 말했다.

"벤노 씨, 부탁합니다."

"맡겨 둬. 이렇게나 부족한 것으로 보아 확실히 무녀 생활을 잘 아는 시종도 필요하군. 저 기세로 혼이 나면 마인도 조금은 귀족 아가씨다워지겠어."

"으으……."

그리고 델리아는 2층의 물병에 물을 옮기기 시작했다. 여기에 물을 받아 두지 않으면 세수나 손 씻기, 화장실 처리에도 곤란하다고 했다. 첩을 꿈꾸던 아이라 여리여리한 공주님 타입인가 했더니 그래도 일은 열심히 했었는지 델리아는 물을 옮기는 팔심도 체력도 의욕도 충분했다.

"2층에 물도 제대로 준비하지 않았다니, 정말이지!"

델리아가 조잘대며 혼잣말에 가까운 불평을 터트리면서 일을 시작한 것을 끝까지 확인한 뒤 프랑은 주방으로 돌아갔고, 길은 1층 청소를 시작했다. 나는 손도 대지 않고 방치된 디저트에 손을 뻗어 우물우물 먹으면서 벤노에게 상담을 꺼냈다.

"그러고 보니, 며칠 전에 신관장님께서 의식용 파란 의복을 제작하도록 명령하셨는데, 의식용이라면 뭔가 특별한 옷인가요?"

"신전 외부 사람들의 눈에 띄는, 즉 예복 같은 옷이라 품위를 고려해서도 평상시의 의복과는 전혀 다르게 제작됩니다. 테두리에 장식되는 자수나 가문의 문장이……."

도중에 말을 멈추고 흠칫 놀란 듯이 벤노가 나를 보았다.

"네가 의식에 참여하는 건 언제냐? 귀족의 의식용 의상은 제작 시간이 얼마나 걸리는지 알 수 없어."

갑자기 반말로 바꾼 것으로 보아 상당히 초조해진 듯하다. 확실히 기계로 금방 완성할 수는 없으므로 시간은 필수였다.

"수습생이니까 많지는 않다고 들었는데, 언제 어떤 의식이 있을지 잘 몰라요. 프랑이라면 알려나? 프라……흐읍!?"

프랑을 부르려 했더니 벤노가 내 입을 막고 시선으로 종을 가리켰다. 그랬다. 사람을 부를 땐 종을 써야 했다. 내가 벨을 울리자 프랑이 계단을 올라왔다.

"무슨 일이십니까, 마인 님?"

"신관장님께서 의식용 의복을 준비하라 하셨는데, 그 의식이 언제인지 프랑은 알고 있어?"

"가을에 기사단의 요청이 있다면 그것이 가장 빠른 의식이 되리라 생각됩니다."

"가을이라. 처음부터 제작해야 하면 촉박하군……."

귀족의 예복은 제작하려면 당연히 실부터 골라야 한다. 프랑은 복잡한 얼굴을 한 벤노에서 벽면에 놓인 나무상자 쪽으로 시선을 옮겼다.

"예식용 의복을 제작할 때 벤노 님께 받은 천을 쓰심이 어떠신지요? 매우 품질이 좋은 천이라 염색하면 그대로 사용할 수 있으리라 생각합니다."

"그렇군. 그거라면 시간은 문제가 없어. 그리고 마인에게는 문상이 없는데, 그건?"

"공방에는 문장 같은 것이 없습니까?"

"지금부터 만들겠어요!"

벤노가 내 치수를 재고 의식용 의복의 디자인을 프랑과 의논하는 동안 나는 혼자서 히죽거리며 공방의 문장을 고민했다. 책과 펜, 잉크 모양으로 디자인했는데, 너무 간소하다고 프랑과 벤노에게 퇴짜를 맞고 교정되었다. 결과적으로 종이를 만드는 주원료인 나무와 머리 장식의 꽃도 추가되어 굉장히 난잡해 보이는 문장으로 결정되었다. 여성스럽고 화려해서 매우 훌륭하다며 프랑이 만족스러워하니 잘 됐다고 치자.

“마인 님, 요리사가 저녁 식사 준비도 마쳤다고 합니다.”

“그럼 정리가 끝났는지 확인해 줄 수 있나요?”

내 지시를 받은 프랑은 주방 점검과 내일의 예정에 관해 얘기하고 요리사를 돌려보냈다. 통근 요리사가 돌아가면 나도 집으로 돌아갈 시간이다.

“오늘은 저도 돌아가겠습니다. 두 사람 다 옷을 갈아입고 와 주세요.”

길과 프랑이 서둘러 각자의 방으로 옷을 갈아입으러 갔다. 루츠가 가까운 시일 내에 벤노와 함께 마을 밖으로 출장을 가기 때문에 그동안 시종이 배웅할 수 있게 연습 중이다.

나도 돌아갈 준비를 하려고 파란 의복을 벗었다. 허리끈을 풀려는 내 앞을 델리아가 분노 어린 표정으로 가로막아 섰다.

“마인 님은 대체 뭘 하시는 중이죠?”

“보는 대로 옷 갈아입는 중인데?”

아아, 혼자서 벗으면 안 되지 참, 하고 생각하면서 허리끈에서 살짝 손을 뗐다. 부탁한다며 팔을 들고 도와주기를 기다리려고 했더니 델리아가 눈을 부라렸다.

“남성분 앞에서 경망스럽게 뭡니까!?”

테이블에 도착한 벤노를 힐끗 보고 델리아가 고함쳤다. 위아래 옷은 다 입고 있고, 파란 의복만 벗는데 그렇게 화낼 줄은 몰랐던 나는 목을 움츠렸다.

“미, 미안해요? 하지만 이 파란 옷만 벗으면…….”

“스스로 벗는 행위는 눈독 들인 남성을 유혹할 때만! 그렇지 않은 사람에게 보이면 여자의 가치가 떨어집니다! 그 정도도 모르면 앞으로 곤란합니다. 정말!"

"아, 하아. 그렇습니까……."

어떡할까. 화내는 주제가 빗나간 느낌이 든다. 하지만 진지하게 화내는 것 같아 지적하기가 어려웠다.

"벤노 님은 홀에서 기다려 주십시오. 어리다고는 하지만, 어엿한 여성입니다. 배려 부탁드립니다."

"아아, 그렇군."

웃음을 참듯이 입가를 누르면서 벤노가 아래층으로 내려갔다. 완전히 1층에 간 것을 확인한 후, 델리아가 내 허리끈을 풀고 옷을 벗겨 주었다. 회색 무녀의 시중을 들어서인지 파란 의복을 척척 개고, 비뚤어진 머리 장식을 정리해 주었다.

"마인 님의 채비가 끝나셨습니다."

델리아가 아래층을 들여다보고 그렇게 말을 걸었다. 그와 동시에 아래를 본 채 굳어 버렸다.

"그 옷은 뭐야……?"

"마인 님께서 주신 상이지."

길의 목소리에서 자랑하고 싶어 근질거린다는 기분이 전해졌다. 자신 있게 득의양양한 모습이 눈에 훤했다.

"너무해! 이건 불평등하다고!"

"이건 일에 대한 상이야. 일도 하지 않은 녀석은 못 받아."

"네가 무슨 일을 했다고!?"

"여기 청소. 혼자 열심히 청소하고 상으로 받았지. 헤헤, 부럽지?"

짧은 대립 뒤, 분하고 부러워서 참을 수 없다는 표정을 한 델리아가 눈물을 글썽거리며 말을 내뱉고 대화를 끊었다.

"별로 안 부럽거든?"

그리고 나를 찌릿 하고 노려보면서 계단을 가리켰다.

"아래에서 다들 기다려. 빨리 가는 게 어때?"

"일단 델리아가 입을 옷도 준비했는데…… 필요 없어?"

델리아는 눈이 튀어나올 만큼 부릅뜨고 나를 보았다.

"난 필요 없다는 말은 한마디도 안 했어요."

나는 옷장에서 딱 하나 남은 천 꾸러미를 꺼내 델리아에게 건넸다. 델리아는 꾸러미를 만지려던 손을 한 번 빼더니 나를 힐끗 보았다.

"……받아도 되나요?"

"앞으로는 열심히 일해 줄 거잖아?"

"내가 없으면 아무것도 모르니까 어쩔 수 없잖아요."

새빨간 얼굴로 홱 하고 시선을 돌린 델리아는 난폭한 몸짓으로 꾸러미를 끌어안더니 시종의 방으로 뛰어갔다.

"어~이, 멀었어?"

"델리아가 옷을 갈아입으니까 좀 더 기다려."

조급해하는 길에게 대답하면서 나는 델리아의 방문을 바라보았다. 옷만 갈아입는데도 상당한 시간이 걸렸다. 여전히 나올 기미가 보이지 않았다.

"델리아, 멀었니?"

문을 열자 옷을 갈아입은 델리아가 활짝 웃는 얼굴로 흥얼거리며 빙글빙글 돌고 있었다. 눈이 마주친 순간, 델리아가 스커트 부분을 꽉 잡고 부들부들 떨며 귀까지 빨갛게 물들어서는 나를 노려보았다.

"머, 멋대로 문 열지 마세요! 정말!"

고아원의 실태

델리아가 시종 일을 시작하고 며칠이 지났다. 휴식일로 정해져서 엄마와 투리도 쉬는 흙의 날을 빼고 나는 매일같이 신전에 다녔다. 벤노를 통해 주문한 물품도 배달되고, 요리사에게 새로운 레시피를 가르치려면 목패에 레시피를 기록해 둬야 하고, 조금이라도 책을 읽을 시간을 원해서였다.

그 며칠 동안 시종들 사이에서는 자연스럽게 각자의 업무가 분담되었다. 욕실, 화장실이나 고가의 의상 세탁을 비롯한 나의 신변에 관한 전반적인 시중과 2층 청소는 델리아가 한다. 최근에는 프랑에게 차를 달이는 법을 배우는지 차 준비도 델리아가 하게 되었다.

길은 1층과 바깥 청소, 그리고 요리사의 감독이 주된 일이고, 말투와 예의범절을 한창 프랑에게 철저하게 교육받았다. 루츠가 겨우내 글자와 계산 연습을 했다는 얘기를 했더니 길이 라이벌 의식을 불태우며 "나도 할 테다!" 하고 말해 버린 것이다. 하지만 프랑의 말에 의하면 먼저 외워야 할 것들이 산더미라고 한다.

참고로 프랑은 두 사람의 업무 확인을 포함한 그 외의 모든 일을 도맡았다. 오전 중에는 나와 함께 신관장의 방에서 서류 작업을 하고, 남은 점심을 고아원에 옮긴 뒤 오후부터는 요리사에게 메뉴 설명과 재료를 확인하고, 나와 함께 도서실에 간다. 나의 상태 관리도, 벤노가 방문하는 준비 등의 대응도, 두 수습생의 교육도, 귀족의 지식이 전혀 없는 나를 가르치는 일도 전부 프랑에게 맡기는 실정이다. 요리사에게 레시피를 읽는 일도, 식재료나 비품을 가져가지 못하도록 재고를 확인하는 일도 마찬가지다.

"업무량이 너무 많은 건 아닐까?" 하고 내가 프랑의 과잉 노동이 걱정되어 물었더니 "한밤중에 갑자기 부르시는 일은 없어서 편합니다." 하고 말했다. 프랑은 굉장히 우수하다. 프랑을 향한 감사와 신뢰도와 급료는 자꾸만 올라갔고, 내게 프랑을 붙여 준 신관장에게는 몸 둘 바를 모를 정도로 감사했다.

오늘도 원래라면 쉬는 날이지만, 나는 신전에 와 있다. 창고라고 착각했던 2층 방에 최근 귀족들 사이에서 유행한다는 대리석 욕조를 설치해서 돈을 내야 했기 때문이다.

사실 주방에서 물을 끓여서 방까지 옮기기도 힘들 것 같고, 집에서 투리와 서로 씻겨 주고 있어서 딱히 이 방에 욕조가 없어도 되었다. 하지만 대야로 충분하다는 내 말에 "정말이지, 무슨 말이에요!? 신전장님의 시종도 훨씬 화려한 욕조에서 씻는다고요!" 하고 델리아에게 혼이 났다.

금방 설치된 욕조를 델리아가 바로 써 보고 싶어 하기에 먼저 써 보라 했더니 "주인을 제쳐 놓고 시종이 먼저 쓸 리가 없잖아요! 정말이지!" 하고 화를 냈다. 청색 무녀는 장작으로 물을 데워서 쓸 수 있지만, 회색 무녀는 찬물밖에 못 쓴다고 했다.

"그럼 준비해 줄래?"

주방에서 따뜻한 물을 옮겨야 하기에 굉장히 준비가 힘들 것 같았지만, 항상 투덜대며 화내는 델리아가 웬일로 매우 즐거워하며 움직이니까 마음대로 하게 내버려 뒀다.

델리아는 나를 린샴으로 씻기고, 옷을 입히고, 머리를 닦고, 황홀한 표정으로 머릿결의 윤기를 확인했다. 그리고 남은 따뜻한 물을 쓰겠다며 덩실거리면서 욕실로 들어가 버렸다. 아마 자기 몸에서 광이 나도록 힘쓰고 있으리라.

"마인 님, 너무 델리아를 신용하지 마십시오. 아직 신전장님과 연결되어 있습니다."

델리아가 욕실을 쓰는 동안 마실 거리를 가져와 준 프랑이 불쾌하다는 표정으로 충고해 주었다. 심각해 보이는 프랑의 모습에 나는 키득, 하고 조용하게 웃었다.

"알아. 신전장님의 시종과 얘기했다고 델리아가 들떠서 얘기하던걸."

역시 귀여운 나를 버릴 리가 없지, 하고 델리아가 뽐내듯이 자랑스러워했다. 하지만 신전장 측에 돌아가지 않고, 기본적인 생활은 이쪽으로 옮길 모양이었다. 내게서 많은 정보를 얻기 위해, 그리고 일이 편하고 대우가 좋다는 이유에서였다.

신전장의 방에는 성인이 된 회색 신관 둘에 회색 무녀가 셋, 그리고 수습생은 델리아를 포함해서 세 사람이라고 했다. 즉, 수습생 세 명이 신전장을 포함해 어른 여섯 명의 시중을 들어야만 한다. 하지만 여기에 있으면 시중을 들 상대는 기본적으로 나 하나뿐이다. 게다가 통근하는 나는 다른 청색 신관보다 시중들 일 자체가 적다. 덤으로 수습생을 부리는 입장인 프랑이 델리아를 경계하다 보니 시키는 일이 신전장에게 소속된 회색 신관과 달리 극단적으로 적다. 그래서 아직 첩의 길을 포기하지 않은 델리아는 마음껏 자기 치장에 힘을 쏟을 수 있다고 했다. 시종으로 누군가를 섬기기보다 누군가를 부리는 입장이 되고 싶다고 말한 델리아를 나는 방향성은 좀 이상하지만 노력가라고 생각했다.

“델리아가 신전장과 이어졌든 아니든 성실하게 일해 주면 난 그걸로 상관없어. 델리아에게 주는 정보만 조심한다면. ……다만 숨겨야 하는 정보가 뭔지 잘 모르는 게 문제야.”

“마인 님, 그래서는 고스란히 새어 나갈 겁니다.”

프랑이 한숨을 내쉬고, 가족이나 루츠에 관해서는 되도록 말하지 말라고 했다. 내게 가장 큰 약점이라고.

델리아가 욕실에서 나오니, 점심시간이었다. 오늘 점심은 부드러운 롤빵과 채소, 베이컨 콘소메 수프와 닭고기 허브 구이다. 길과 델리아가 교대로 음식을 날랐고 그 외의 사람은 나와 같은 시간대에 점심을 먹게 되었다. 프랑이 식사 시중에서 제외된 이유는 점심 후에 고아원에 신의 은총을 주러 가거나 오후부터 나를 따라 도서실에 가야 했기 때문이다.

“그럼, 마인 님. 신의 은총을 고아원에 보내고 오겠습니다.”

“응, 부탁해.”

밖에 준비된 웨건에는 아직 따뜻한 수프와 빵, 남은 허브 구이가 올려져 있었다. 무거운 웨건을 밀어서 고아원에 옮기기에는 델리아도 길도 아직 힘이 없으므로 대체로 프랑이 맡게 되었다.

“어라? 프랑은 벌써 가 버렸어?”

프랑이 나간 뒤, 길이 빵 몇 개가 든 바구니를 들고 주방에서 나왔다. 문밖에 웨건이 없는 것을 보고 손에 든 바구니로 시선을 떨어뜨렸다.

“왜 그러니, 길?”

"델리아가 이렇게 많이 못 먹는다고 남겨서 고아원에 같이 보낼까 했거든. 저녁 식사로 남겨도 되지만, 요리사가 오후부터 다른 빵을 굽는다고 하길래……."

"요즘은 신의 은총이 적지? 가져가 주면 되지 않을까?"

"그렇게 할게."

길이 헤헤 웃으며 바구니를 고쳐 들었다. 롤빵이 네 개뿐이라도 고아원 아이들은 기뻐해 줄 터였다.

"저기, 길. 나도 같이 가도 될까? 고아원이 어떤 곳인지 한 번도 본 적이 없거든."

입구는 다르지만, 고아원이 근처에 있는 만큼 아이들의 모습이 보여도 이상하지 않을 텐데, 나는 아직 고아원 아이들을 본 적이 없다. 이미 세례식을 마치고 수습으로 일하는 중인 델리아와 길 같은 수습생이라면 복도나 예배실을 청소하거나, 우물 근처에서 빨래를 하거나, 축사를 청소하는 모습은 봤어도 세례를 받기 전인 고아들은 보지 못했다.

"그럼, 안내해 줄게. 지름길을 알고 있거든. 이쪽이야."

길은 비밀을 털어놓듯이 조금 뽐내면서 문 쪽으로 돌아갔다. 지름길이 있다니 체력이 없는 내게는 딱 좋았다. 건물을 빙 돌아서 예배실 앞의 넓고 커다란 계단을 내려갔다. 초여름의 태양에 하얀 돌계단이 더욱 눈부셨다. 선선한 아침저녁 시간대에만 밖을 걸었지만, 역시 오후의 바깥은 여름답게 더웠다.

"고아원에서는 여자동에서 식사를 해. 여자동에는 세례 전인 아이와 시종이 아닌 회색 무녀와 수습생이 지내다가 남자는 세례식이 끝나면 남자동으로 옮겨. 신의 은총을 평등하게 나누려면 여자아이들이 꼬맹이를 데리고 이동하는 것보다 이쪽저쪽에서 일하는 남자들이 여자동에 가는 편이 편하잖아?"

길한테 고아원의 얘기를 들으면서 계단을 내려가 여자동을 향하자 계단 옆에 숨은 고아원의 뒷문이 있었다. 외벽에 설치된 빗장이 마치 외부의 침입자를 경계한다기보다 건물 안의 사람을 내보내지 않으려는 것처럼 보였다.

"대부분 여기가 열리는 줄 몰라. 안쪽에서는 한쪽 벽만 보이고, 열린 적도 없거든."

"길은 어떻게 아는데?"

"내가 어렸을 때 딱 한 번, 한밤중에 열린 적이 있어. 누군가의 손짓에 회색 무녀 한 명이 뛰쳐나갔지. 그러고 금방 문이 닫혀서 움직이지 않았는데 그때부터 굉장히 밖에 나가고 싶어서 누군가가 나를 데리러 와 주지 않을까 생각했거든."

그리운 듯 눈을 가늘게 뜨면서 길은 빵 바구니를 일단 바닥에 놓고 빗장을 열었다. 그리고 경첩이 녹슬었는지 잘 움직이지 않는 문에 모든 체중을 싣듯이 잡아당기면서 열었다.

다음 순간, 숨이 턱 막힐 것 같은 열기와 함께 이상한 냄새가 흘러나왔고, 나는 엉겁결에 코를 막았다. 윽, 하고 신음한 길도 마찬가지로 코를 막았다. 마을에서 풍기는 냄새에 익숙한 내게도 참기 힘든 악취다.

문을 활짝 열자 건물 안의 상황이 똑똑히 보였다. 웅크러지고 쉰내가 나는 똥오줌 범벅이 된 짚 속에 옷도 입지 않은 아이가 몇 명이나 생기 없는 얼굴로 드러누워 있었다. 줄곧 잠겨 있던 방처럼 방 안은 맑은 초여름의 점심시간인데도 어두컴컴했다.

"……신의 은총?"

빵 냄새를 맡았는지 쉰 목소리와 함께 갑자기 눈을 번쩍이며 새카만 무언가가 잔뜩 달라붙은 어린아이가 나를 향해 기었다. 사진이나 영상에서나 보던 굶주린 난민 아이처럼 삐쩍 마른 어린아이가 몸을 끌며 다가오는 모습에 불쌍하다는 생각보다 먼저 소름이 돋았다. 형용할 수 없는 공포감을 느끼며 나는 그 자리에서 몸이 굳었고 이가 딱딱거렸다.

"……싫, 어"

내 목소리에 정신을 차렸는지 멍하니 서 있던 길이 서둘러 문을 닫고 빗장을 걸었다. 어떻게든 밖으로 나오려고 쿵쿵 문을 두드리는 소리가 울렸지만, 전혀 힘이 실리지 않는 소리였다. 도저히 문을 박차고 나올 만한 힘이 아니었다.

공포로부터 도망쳤다는 안도감과 함께 고아원으로 보기 힘든 광경이 뇌리에 떠올랐고, 혐오감과 뒤섞여 머리가 새하얘짐과 동시에 나는 그 자리에 쓰러졌다.

정신을 차리니 내 방이었다. 밑이 딱딱하다 싶어 손을 조금 움직이니 솜을 가득 채워 넣은 귀족용 이불도, 집에서 쓰는 짚을 가득 채운 이불도 아닌, 널빤지 채로 방치된 내 방의 침대 위에 누워 있음을 깨달았다. 고개와 시선을 조금 움직이자 침대 옆에는 의자 위에서 무릎을 껴안고 웅크린 길의 모습이 보였다.

"……길?"

당장에라도 울 것 같은 표정으로 내 얼굴을 들여다본 길이 입을 떼기보다 빠르게 델리아의 목소리가 길의 뒤에서 울려 왔다.

"마인 님을 여자동에, 그것도 뒷문에 데리고 가다니 넌 정말 바보야, 바보!"

"어쩔 수 없잖아! 저렇게 되어 있는 줄 몰랐다고!"

길의 입에서 나온 '저렇게'라는 단어에 이끌려서 고아원에서 본 장면이 차례로 떠오르기 시작했다. 굳게 닫힌 방, 똥오줌으로 뒤섞인 짚, 삐쩍 마르고 옷도 입지 않은 굶주린 아이. 아무리 생각해도 사람을 키우는 환경은 아니었다. 오히려 통풍이라도 잘 되는 축사가 나을 정도였다.

회상과 동시에 온몸에 소름이 돋았고, 몸속 깊은 곳에서 짭짤한 것이 솟구쳐 올라왔다. 튕기듯 그 자리에서 몸을 일으키고 삼키면서 참았다. 갑자기 일어나 입을 막는 나를 보고 안절부절못하는 길을 밀치듯 프랑이 얼굴을 내밀었다.

"정말 죄송합니다, 마인 님. 흉칙한 장면을 보시도록 해 버린 점, 진심으로 사과드립니다. 부디 잊어 주십시오."

프랑이 고아원의 참상을 보기 흉하다고 한 말에, 잊으라는 말에 위화감을 느끼면서 나는 길에게 시선을 향했다.

"저게 고아원이야? 길이 했던 말과 상당히 다른데."

"난 세례식을 마치고 남자동으로 옮겼으니까 지금 여자동은 식당밖에 몰랐어……. 마인 님이 본 곳은 세례 전 녀석들이 사는 곳인데 내가 있었을 때는 저렇지 않았어."

고개를 푹 숙이고 힘없이 중얼거리는 길을 델리아가 가볍게 노려보고 코웃음을 쳤다.

"청색 신관이 없어지고 회색 무녀가 줄어서야. 어린아이들을 돌볼 사람이 없어지자마자 아이들이 계속해서 죽어 나갔어. 난 세례식을 맞으면 1층에서 생활할 수 있으니까 세례식이 오기를 줄곧 기다렸어. ……내가 아는 건 1년 전이니까 지금은 더 심해졌겠지. 생각하기도 끔찍해."

고개를 숙인 델리아의 몸이 조금 떨렸다. 열 살인 길이 세례식을 맞은 3년 전은 훨씬 괜찮았지만, 여덟 살이 된 지 얼마 지나지 않은 델리아가 세례식을 맞을 때는 이미 상태가 심각했다고 한다. 델리아의 무거운 입에서 들은 정보로는 1년 반 정도 전부터 점점 돌봐 주는 여자가 줄어서 하루에 두 번, 식사를 가져다주기만 할 뿐 방치된 상태가 되었다고 한다.

"세례식 날 끌려 나와서 청색 신관 앞에 내놓기에 볼품없다느니, 더럽다느니 하면서 회색 무녀가 내 몸을 아플 정도로 빡빡 씻겼어. 오물을 씻기자마자 귀엽다느니, 미인이 되겠다느니 하면서 세례식이 끝난 뒤에 곧바로 신전장님께 끌려갔어. 함께 끌려간 아이는 세 명 있었어. 난 시종 수습생이 되었지만, 다른 아이들은 선택되지 못하고 고아원으로 되돌아갔어."

델리아의 귀여움을 향한 집착과 고아원을 완강히 피하는 이유를 알고 나니 마음이 무거워졌다.

"마인 님, 녀석들을 도와줘. 부탁해."

"그만둬, 길. 관여해서는 안 됩니다, 마인 님."

길의 부탁을 프랑이 엄격한 얼굴로 잘라 버렸다. 나 역시 그 광경을 떠올리는 것만으로 거북해서 자진해서 관여하고 싶지는 않았지만, 고아원 출신인 프랑이 그런 말을 할 줄은 몰랐다.

"어째서야!?"

내 마음의 소리를 대변한 길에게 프랑이 딱 잘라 말했다.

"너무 위험합니다. 마인 님은 자기 안에 둔 사람은 각별하게 생각하시는 경향이 있습니다. 신전장님께 마력을 뿜어서라도 가족을 지키려고 하셨듯이. 만약 고아원에 깊게 관여하시고 품어 버리신다면 고아들을 지키기 위해 청색 신관과 대립하게 될지도 모릅니다. 무의식적으로 마력을 방출할 가능성을 조금이라도 줄여 두는 편이 좋다고 생각합니다."

길은 도와 달라며 애원하고, 프랑은 역으로 반대하자 왠지 모르게 델리아의 의견이 듣고 싶어진 나는 델리아에게 시선을 향했다.

"……도울 수 있다면 도와. 하지만 난 관여하고 싶지 않고, 떠올리고 싶지도 않아. 잊고 싶어."

델리아는 굳은 표정으로 그렇게 말하고 얼굴을 홱 돌렸다. 고아들을 도와주자는 동료가 없자 길이 마음에 상처를 받은 듯 인상을 찡그렸다. 그러더니 이를 악물고, 흔들리는 눈동자로 나를 가만히 바라보다가 그 자리에서 천천히 한쪽 무릎을 꿇고 양손을 가슴 앞에서 교차했다.

"마인 님, 부탁이니까 녀석들을 도와주세요."

길의 진심에서 우러나온 애원에 나는 입술을 깨물었다. 내게도 도울 수 있다면 돕고 싶은 마음은 있었다. 예를 들어 누군가가 구체적인 방안을 제시하고, 그 방안이 내가 할 수 있는 범위의 일이라면 도와주는 것 정도는 할 수 있다. 다만, 그 일을 끊임없이 계속 이어 가야 한다든지, 누군가의 조언도 없이 하라고 하면 눈앞이 캄캄했다.

우라노 때는 모금 정도는 한 적이 있어도 학교에서 강제로 시키는 자원봉사활동이 다였고, 애초에 독서 외에는 흥미가 없었다. 그리고 마인이 되고 나서는 허약하고 연약해서 남이 돌봐 주거나 항상 도움을 받는 쪽이었다. 내가 가진 지식으로 가능한 일이라면 조언은 하겠지만, 실제로 몸을 움직이는 일은 항상 다른 사람들의 몫이었다. 그런 내가 과연 뭘 할 수 있을까.

“지금 난 마인 님이 칭찬해 주니까 일도 즐겁고, 열심히 해서 급료가 늘어나는 것도 즐거워. 맛있는 음식도 배불리 먹을 수 있고, 내 방에서 팔다리를 뻗고 잘 수 있어. 그런데 그 녀석들은 그런…….”

“미안해, 길. 내가 할 수 있는 일은 거의 없어. 귀족이 아닌 청색 무녀이고, 프랑의 말도 가볍게 들을 수 없어.”

길이 상처받은 얼굴을 들었다. 나는 원래 책을 읽고 싶어서 마력과 돈을 대가로 권리를 얻었을 뿐인 평민이다. 아무런 지식도 없이 고아들을 돕겠다고 안이하게 약속할 수도 없고, 계속 돌봐 주는 책임도 질 수 없었다.

“하지만 일단 신관장님께 부탁은 해 볼게. 회색 신관이 남는다면 돌볼 사람을 붙여 달라든지, 좀 더 예산을 올려 달라든지……. 조금이라도 고아원의 상황이 개선되도록 신관장님께 부탁해 볼게.”

“고마워, 마인 님.”

실무를 도맡는 신관장에게 실태를 얘기하고 부탁한다면 예산을 늘리든, 작은 아이들을 돌봐 줄 사람을 찾든, 어떻게든 해 줄 터였다. 상담할 상대를 발견하고 안도의 한숨을 내쉬는 내게 프랑은 눈을 감고 고개를 저었다.

“마인 님께서 관여하실 필요는 없습니다.”

“신관장님께 부탁만 해 보는 겁니다. 신관장님과 상담할 시간을 잡아 주세요.”

만약 신관장이 거절한다면 조언을 얻어서 그것을 실행에 옮기면 된다. 적어도 내가 할 수 있는 일이 있을지 없을지 모른 채 고민하기보다 훨씬 나은 결과가 나올 터였다. 주저하는 프랑에게 재차 부탁하고 나는 신관장과 대화할 시간을 만들도록 했다.

신관장의 주장과 나의 결의

다섯 점 종이 울릴 즈음에 면담 허가가 떨어지자 나는 프랑과 둘이서 신관장의 방으로 향했다. 프랑에게 대강 얘기를 들었는지 신관장은 내 얼굴을 보자마자 명확하게 말했다.

“그대의 요구는 거절한다. 개선할 이유가 없다.”

한 마디도 떼기 전에 거절당한 나는 신관장이 무슨 말을 하는지 전혀 이해할 수 없었다. 그 고아원의 참상을 알면서 ‘개선할 이유가 없다’는 말을 할 줄은 꿈에도 생각할 수 없었다.

“개선할 이유가 없다니 무슨 말입니까? 어린아이가 굶어서 당장에라도 죽을 것 같은 상황입니다. 도저히 아이들을 키울 수 없는 곳에서요…….”

상태를 제대로 전해 듣지 못한 것은 아닐까. 불안해진 나는 신관장에게 오늘 본 광경을 설명하려고 했다. 하지만 신관장은 가볍게 손을 올리고 내 설명을 막았다.

“일하는 회색 신관이나 무녀, 수습생이면 몰라도 세례 전 고아들에게 쓸 돈은 없다. 그대는 그런 부모 밑에서 태어나고 자랐을지 모르나, 신전은 세례를 받기 전에는 아이를 사람으로 인정하지 않는다. 세례를 받아야 비로소 사람으로 취급된다.”

세례식이 끝나기 전까지 취직할 수 없다는 점, 신전 출입이 금지라는 점에서 그런 사정이 있을 거라고는 이해했다. 하지만 사람으로 인정하지 않는다고 그런 취급을 해서는 안 되었다.

"……그럼 저 아이들이 죽어도 상관없다는 말씀이신가요?"

"그래. 그것도 신의 인도겠지. 거리낌 없이 말하자면 사람 수가 줄어드는 편이 도움이 된다."

부정해 주기를 바랐는데 깨끗이 긍정해 버렸다. 내가 아연실색하는 동안 신관장은 지금 고아원에 남은 회색 신관과 무녀에 관해 설명을 시작했다.

"예전에는 파란 의복을 걸친 자가 지금보다 두 배 이상 있었다. 시종이나 시종 수습생도 단순 계산으로 두 배다. 파란 의복 한 사람에 평균 대여섯 명의 시종이 붙는다 치고 그들이 귀족 사회에 돌아갔을 때, 시종이 얼마나 남았는지 아는가?"

십여 명의 청색 신관이 없어지면 단숨에 60~70명의 시종이 신전에 남게 된다. 청색 신관의 기부와 생활비로 시종을 길러 온 신전의 구조로는 경영면에서 파산해도 이상하지 않았다.

"귀족의 하인으로 회색 무녀와 신관을 30여 명 정도 팔았지만, 아직도 회색 신관이 많이 남을 정도다."

"그 남은 신관이 작은 아이들을 돌보게 할 수는 없습니까?"

"아이들을 돌봐서 고아의 수가 늘어나면 곤란하다. 무엇 때문에 신전장님이 회색 무녀를 처분했다고 생각하나? 그대는 내가 한 말을 이해하지 못한 모양이군."

지금이 가장 청색 신관과 무녀가 적을 때고 몇 년 뒤에는 또다시 늘어날 테니 아무도 남아 있지 않다면 분명 곤란해질 터였다. 하지만 이미 신의 은총이 부족한 상태에서 이 이상 고아 수를 늘리는 건 피하고 싶다고 신관장은 말했다.

"……적어도 청소만이라도, 어떻게 안 되겠습니까? 저렇게 더러운 환경에서는 전염병이 돌지도 모릅니다."

"흠. 보기 흉하니까 차라리 전부 묻어 버리라는 말인가? 생각할 여지는 있지만, 체면상 좋지는 않겠군."

"아닙니다! 그런 의미가 아니라……."

어째서 그 말이 그렇게 되냐고 소리치고 싶은 마음을 삼켰다. 나와 신관장은 입장도 사고방식의 기본이 되는 상식도 전혀 다르다. 말은 통하는데 서로의 생각을 이해할 수가 없다.

"신관장님, 고아원은 무엇을 위해 존재합니까? 부모가 없는 아이들을 키우는 곳이 아닙니까?"

"조금 다르군. 보호자가 아무도 없는 아이에게 귀족의 은혜를 내려 귀족에게 종사하는 자로 육성하는 곳이다."

고아원에 대한 인식이 확연히 달랐다. 불쌍하다거나 도와주고 싶다는 마음조차 신관장에게는 통하지 않았다. 신관장 역시 자신의 주장을 이해하지 못하는 내게 짜증이 일었는지 가볍게 한숨을 쉬었다.

"죽어 가는 사에게 뭔가를 하고 싶다면 그대가 직접 하면 된다. 누구나 기피하는 고아원의 원장이 되어서 그대가 고아원의 모든 책임을 지겠는가?"

예상외의 말에 나는 숨이 막혔다. 고아들을 돕고 싶은 마음은 있지만, 고아원을 맡아 모든 책임을 질 각오는 없었다. 그런 두려운 일은 할 수 없었다.

"……질 수 없습니다."

주먹을 꽉 쥐며 나는 천천히 고개를 저었다. 신전장은 "흠." 하고 한 번 끄덕인 후, 나를 응시하며 더욱 격하게 말했다.

"그럼 현재 파랑과 회색의 비율로 따져서 신의 은총으로 만족시킬 수 있는 고아원의 인원은 대략 40명이다. 이 신전의 파란 옷을 걸친 자 중에서 자유롭게 쓸 돈이 가장 많은 그대가 40명을 넘어서는 고아들의 식사를 전부 준비하겠다고 말할 수 있는가?"

"할 수 없습니다. 공방 자금이 대부분이라 제가 자유롭게 쓸 수 있는 돈은 이제 없습니다."

방의 개조와 시종의 급료 등을 고려해도 이미 돈을 지나치게 썼다. 레시피를 판 돈으로는 빠듯할 정도였다. 아직 이탈리안 레스토랑도 개업하지 않았고, 앞으로도 수입이 들어올 전망이 보이지 않는 지금 상황으로는 고아들을 떠맡을 재간이 전혀 없었다.

"책임도 못 지겠다, 돈도 못 내겠다, 아무것도 할 수 없다면 가만히 있거라. 어중간한 정의감으로 입 밖에 낼 일이 아니니 쓸데없는 생각 말고 얌전히 그대가 좋아하는 책을 읽으며 지내면 된다."

신관장의 지나치게 정당한 주장을 되받아 칠 수가 없었다. 아무것도 할 수 없는 내가 불만을 말할 권리 따위 없다. 어중간하게 처리할 정도라면 차라리 아무것도 하지 않는 편이 나은 경우도 많다.

"……시간을 빼앗아서 죄송합니다."

나는 고개를 떨군 채 신관장의 방을 나왔다. 신관장에게 거절당했으니 이 이상 내가 할 일은 없다. 얌전히 있는 것이 내가 할 일이다. 그렇게 스스로를 타일러 봤지만, 납을 삼킨 것처럼 위가 무겁고 머리가 어지러웠다.

"마인 님, 도서실에 들리지 않으시겠습니까? 조금은 마음이 편해질지도 모릅니다."

프랑이 쓱 하고 무릎을 꿇고 내 얼굴을 들여다보았다. 신관장과의 면담 신청을 주저하던 때와 다르게 걱정하는 말투가 매우 부드럽게 들렸다.

"……프랑은 이렇게 될 줄 알았지?"

"신관장님의 마음을 헤아리는 것이 제 일이었습니다. 그래서 마인님이 실망하실 결과가 되리라고 예측했습니다. 고아원 일은 이제 그만 잊으십시오."

프랑의 손에 이끌려 나는 느릿느릿한 발걸음으로 도서실로 향했다. 책을 읽는 동안은 쓸데없는 생각은 버리고 책에 몰두할 수 있었다.

하지만 순식간에 여섯 점 종이 울렸고 루츠가 마중을 오는 시간이 되었다. 도서실을 나와 방으로 돌아가서 옷을 갈아입어야 했다. 방으로 돌아가는 복도에서는 싫어도 고아원이 보였다. 그 순간 뇌리에 그 풍경이 펼쳐지며 구역질이 올라왔다.

"욱……."

구역질이 올라온 순간 나는 입가를 손으로 틀어막았다. 토하지 않도록 필사적으로 참았다. 프랑이 허둥대며 나를 안고 뛰더니 청소용 대야를 내밀었다. 나는 대야에 대고 토하면서 그대로 울어 버리고 싶었다.

그 강렬한 풍경을 잊을 수 있을 리가 없다. 계속 책을 읽는다면 떠올리지 않고 지낼 수 있을지도 모른다. 하지만 책을 읽지 않는 시간에는 꼭 떠올라 버렸다. 우라노 때는 평민 지역과 물리적으로 멀리 떨어져 있고 나의 일상과 전혀 관계가 없었기 때문에 100엔, 200엔의 모금으로 태연할 수 있었다. TV 화면으로만 본다면 불쌍하네, 하면서 식사의 화젯거리로 삼다가 금방 잊을 수 있었다. 하지만 내 방이 고아원과 연결되어 있고, 벽 너머에 저런 상태의 고아들이 있다는 사실을 알면서도 어찌 태연하게 생활할 수 있겠는가.

"마인 님, 어땠어?"

천진난만하게 길이 결과를 들으러 달려왔다. 기대에 찬 검정에 가까운 보라색 눈동자에 가슴이 아파진 나는 슬쩍 눈을 내리깔았다.

"미안, 길. 신관장님께서 거절하셨어."

"어, 어째서!?"

믿을 수 없다는 듯이 길이 당황하며 나를 쳐다보았다. 그 상태의 고아를 돕기는커녕 길의 기대에 부응하지 못한 나는 괴로움에 바닥만 가만히 노려본 채 앞으로 내게 던져질 길의 말에 대답할 마음의 준비를 했다.

"길, 진정해."

"정말이지, 너 바보니? 기대해 봤자 쓸데없다고 했잖아."

프랑과 델리아가 길을 제지했다. 길은 무언가 말을 하고 싶어 했지만, 입술을 꽉 깨물고 나와 마찬가지로 고개를 떨궜다. 델리아는 내게 옷을 갈아입힐 준비를 하면서 잘 안다는 얼굴로 어깨를 으쓱거렸다.

"저 상황을 일으킨 장본인은 말이야, 아이를 낳은 무녀는 일을 못 한다, 쓸모없다면서 가장 먼저 처분한 신전장님이셔. 신관장님이 할 수 있는 일이 없다고."

"델리아."

"정말이야. 배가 부른 무녀나 아기를 낳은 지 얼마 안 된 무녀들이 고아원을 돌봤었는데, 이 이상 늘어나면 곤란하다고 가장 먼저 처분했는걸? 하지만 손님이 방문할 때 꽃을 바칠 회색 무녀는 필요하고, 배가 부른 사람은 교체해야 하니까 회색 무녀는 적당히 여유 있게 남겨야 한다더라."

지금 세탁이나 청소를 하는 가정부로 고아원에 남은 회색 무녀나 수습생 무녀는 전부 젊고, 그럭저럭 외모도 괜찮은 사람들뿐이라고 델리아가 말했다. 임신과 출산을 한 무녀는 처분되고, 귀엽지 않은 무녀는 귀족의 가정부로 팔리며 꽃이 될 후보만을 여유 있게 남겼다고 했다. 그것이 청색 신관에게 필요한 자만 남긴 결과라고 한다.

남자는 임신과 출산을 하지 않고 오래 일할 수 있기에 교육을 잘 받은 회색 신관은 귀족의 시종으로 이제까지 높은 가격에 팔렸다고 한다. 하지만 귀족의 수가 격감한 탓에 수요가 줄어들어 팔리지 않아 지금은 무녀보다 많이 남았다고 했다.

"그 말은 고아원 아이들이 청색 신관의 자식이란 말이야? 귀족의 피를 이어받았다고?"

"……절반은 그럴 거라고 생각해. 나도 그러니까."

델리아가 아무렇지도 않게 그리 말했다.

"뭐? 그럼 델리아도 마력이 있어?"

"마력의 차이가 너무 크면 임신하기 힘들대요. 그래서 이곳에서 아이를 만들 수 있는 사람은 청색 신관이라도 마력이 굉장히 낮은 사람뿐이고, 신전에서 아이가 생기면 귀족 사회로는 못 돌아간다고 들은 적이 있어요."

그래서 지금 신전에 남은 사람은 마력이 낮은 청색 신관뿐이라고 한다. 너무나도 자기본위적인 운영 방식에 머리와 위가 아파졌다.

"신전에서 결정권자는 신전장님이시니까 신전장님을 거스르기보다 신전장님의 마음에 드는 편이 좋아요. 자, 남성분들은 나가세요. 마인 님께 옷을 갈아입혀야 하니까."

홱홱 손을 흔들어 프랑과 길을 쫓아내자 델리아는 내게 옷을 갈아입히려고 손을 뻗었다.

"정말이지! 마인 님도 그렇게 죽을상을 하지 말고 잊어버려요! 어차피 고민해 봤자 아무것도 할 수 없으니까."

델리아는 그렇게 말하며 재빨리 내게 옷을 입혔다.

아무것도 못 하는 것이 아니다. 마인 공방의 자금을 전부 쏟아부으면 개선은 가능하다. 하지만 신전장이나 신관장이 고아원의 개선을 원하지 않는다는 점, 자금이 떨어지면 모든 노력이 거품이 되는 점, 그리고 내가 고아들의 목숨에 모든 책임을 져야 한다는 부담감이 무서워져서 자금을 쏟아부을 결심이 서지 않을 뿐이다.

"루츠! 루츠!"

문에 마중 온 루츠에게 나는 꼭 매달렸다. 나의 상식이 통하는 곳에 돌아왔다는 안도감 때문일까. 쌓인 감정이 폭발하듯 눈물이 넘쳐나왔다. 루츠는 조건반사적으로 내 머리를 쓰다듬으며 오늘 배웅 담당인 프랑에게 시선을 향했다.

"프랑, 무슨 일 있었어?"

"걸어가면서 설명하겠습니다."

프랑은 문지기를 힐끗 쳐다보더니 걷기 시작했다. 서둘러 시내를 걸으면서 프랑이 오늘 일어난 일을 설명했다.

"신관장님께 부탁만 드리고 통하지 않으면 포기하겠다고 말씀하셨지만, 마인 님께서 떨쳐내기 힘드신 모양입니다."

"……꼬맹이들이 죽어 가다니 심하네. 하지만 마인이 할 수 있는 건 없잖아? 신경 쓰지 마. 그만 잊어버려."

가난하지만 비교적 평온하게 살아온 내게 그 광경은 너무나도 강렬

하여 떨쳐낼 수가 없었다.

"나 역시 잊고 싶어. 차라리 몰랐으면 좋았을 텐데. 하지만 내 방과 겨우 벽 하나를 사이에 두고 저렇게 죽어 가는 아이가 있는 걸 알면서 잊다니, 어떻게 그럴 수 있어."

울먹이면서 그렇게 말하자 루츠가 걸음을 멈추고 내 얼굴을 들여다보았다.

"마인은 고아원의 끔찍한 상황이 싫은 거지? 어떻게 됐으면 좋겠어?"

오늘 광경을 떠올리며 마음속으로 고아원이란 어때야 하는지를 곰곰이 생각하고 입을 열었다.

"……그 아이들도 배부르게 밥을 먹고 자랐으면 좋겠어. 저런 병이 생길 것 같이 더럽고, 냄새나고, 헤집은 짚 속이 아니라 적어도 깨끗한 이불에서 잤으면 좋겠어."

"뭐? 배부르게 먹다니 부자가 아니면 어렵잖아. 보통 건강하게 움직일 만큼만 먹어도 충분하지 않아? 나도 집에서는 배부르게 못 먹어."

루츠는 내 말을 듣고 '지나친 희망'이라고 말했다. 나도 우리 집의 생활을 떠올리자 신전의 귀족 생활을 중심으로 고아원의 운영을 생각했다는 점을 깨달았다. 최근에 신전에서 맛있는 요리를 배부르게 먹고 집안 사정도 여유가 생겨서 잊고 있었지만, 평민 아이들도 배부르게 먹을 수 있는 아이는 많지 않다. 루츠도 줄곧 배고픈 나날을 보내왔고, 지금도 형들과 식탁 전쟁에서 패하고 있다.

"그렇구나. 배부르지 않아도 되는구나……."

"그 식비를 마인이 전부 내는 건 이상하지 않아? 우선은 스스로 채집하면 되잖아. 배고프면서 가만히 기다리기만 해서 어쩌자는 거야?"

신전이 특수한 시설이라 그만 내 상식과 따로 떼어 생각했는데, 평민 아이들과 똑같은 수준을 지향하면 금전적인 부담은 훨씬 줄어든다. 못 사는 재료는 숲에 가서 스스로 채집하면 된다.

"안타깝지만, 고아는 신전에서 나갈 수 없습니다."

프랑이 곤란한 듯이 의견을 냈다. 고아는 기본적으로 고아원에 갇혀 지낸다. 세례식 전까지 보기 흉한 몰골이 귀족들 눈에 띄지 않게. 세례식 후는 아마도 쓸데없는 지식이나 상식을 가지지 못하게 하려고. 프랑의 의견에 무심코 입을 다문 나와 다르게 신전의 상식을 거의 모르는 루츠는 고개를 갸웃거렸다.

"고아가 밖으로 나가면 안 된다는 규칙을 누가 정했어? 필요 없는 취급을 당하는 아이라면 어차피 숲에 가도 큰 문제는 없지 않아? 실제로 프랑이나 길도 신전 밖에 나오는데."

"프랑이나 길은 내 시종이니까 특별해."

통근하며 신전을 출입하는 나를 배웅하는 일이 업무가 되었을 뿐이다. 청색 신관을 모시며 귀족 마을에 가는 회색 신관과 똑같은 업무로 취급한 것일 뿐, 자유롭게 돌아다니는 건 아니다.

"그럼 남은 녀석들을 다 마인의 시종으로 들이면 되잖아? 그럼 모두 밖에 나갈 수 있지?"

예상외의 제안에 나는 몇 번이고 눈을 반짝이며 루츠를 올려다보았다.

"잠깐만 기다려 주십시오. 아무리 그래도 그건……. 마인 님이 모두의 의식주를 조달하기는 어렵지 않습니까?"

"밖에 내보내려면 옷을 전부 사야겠지만, 숲에 갈 옷이라면 우리가 가는 헌 옷 상점에서 싸게 사도 충분하잖아."

모두에게 줄 싼 헌 옷과 몇 명이 숲에 갈 때 쓸 칼과 바구니의 비용을 머릿속에서 계산해 봤다. 아무래도 신전의 잡무를 전부 내팽개치고 모두가 숲에는 갈 수 없으니 그룹으로 나눠서 순서를 정하면 필수 도구의 수는 적어도 된다.

"……싼 헌 옷 50~60벌과 몇 명이 숲에 갈 때 쓸 칼과 바구니라면 내가 시종들에게 사 준 옷 세 벌보다 싸네."

내 말에 프랑이 눈을 휘둥그레 뜨며 자기가 입은 옷을 내려다보았다. 시종에게 사 준 옷은 내가 집에서 입는 평상복과는 비교도 안 될 정도로 비쌌다.

"숲에 데리고 가서 먹을 수 있는 재료를 채집하고, 스스로 만들어 먹도록 하면 돼. 돈이 없는 고아원이라면 빈곤할 테니까."

루츠의 말투는 냉정했지만, 맞는 말이었다. 받기를 기다리지만 말고 자기 일은 어떻게든 스스로 해낼 수 있도록 가르치면 된다.

"지금까지 길이나 프랑한테 길베르타 상회에 여러 번 갔다 오게 한 적이 있으니까 심부름으로 시종을 보낼 수도 있지?"

"……그렇습니다."

"그럼 시종한테 포린을 채집하러 보내도 된다는 말이잖아?"

내 말에 루츠의 눈이 반짝였다.

"마인 공방의 고아원 지점이네."

"맞아. 고아원을 마인 공방의 지점으로 만드는 거야. 뭔가를 만들게 해서 스스로 생활비를 벌게 할 수 있다면 최악의 경우 내가 없어도 굶는 아이는 생기지 않을지도 몰라."

오히려 숲에 가서 식재료를 채집하고 요리를 할 수 있게 가르치는 쪽이 먼저다. 나와 루츠가 어떻게 하면 효율적인지 어디서부터 개선을 시작하면 좋을지 의논하는데 프랑이 머뭇거리며 대화에 끼어들었다.

"매우 좋은 의견이라고 생각합니다. ……하지만 마인 님. 그 방법은 지금까지의 신전 방침과 확연히 다릅니다. 그 많은 인원을 전부 책임질 수 있는지 신관장님께서 따져 물으실 겁니다. 괜찮으시겠습니까?"

핏기가 싹 가셨다. 프랑의 말이 맞다. 나라는 이질적 존재가 갑자기 관습을 무시하고 고아원을 마구 휘저어서 좋은 결과만 얻을 리는 없었다. 신전장이나 신관장을 비롯한 청색 신관과 마찰이 생기겠고, 공방 일을 시켜서 돈을 벌게 되면 아무래도 모두가 평등해지지는 않기 때문이다.

"미안, 루츠. 나 책임지기 무서워……."

"그럼 마인. 아무런 손도 안 쓰고 고아가 죽어 가기를 기다리는 것과 비교하면 어느 쪽이 무서워?"

어느 쪽도 무서웠다. 그 고아를 내버려 둔다면 계속 납을 가득 채운 것 같은 무거운 가슴을 안고 살아가야겠지. 하지만 목숨에 책임을 지다니 내가 할 수 있을 리가 없었다. 살짝 위 주변을 누르는 내게 루츠가 가볍게 어깨를 으쓱거렸다.

"저기, 마인. 어렵게 생각하지 말고 일단 해 보고 안 되면 그만두면 되잖아."

"루츠, 그만두면 된다니…… 고아들의 목숨이 걸린 일이야."

내가 노려보자 루츠는 마치 벤노처럼 코웃음을 쳤다.

"일감이 끊긴 공방이나 매상이 나쁜 가게가 망하는 건 흔한 일이야. 하지만 고아원이라면 공방이 망해도 길거리를 헤매지는 않잖아?"

"……사는 곳이 고아원이고, 적어도 신의 은총은 있으니까."

"길거리를 헤매는 녀석도 없는데 마인이 책임을 져야 할 일이 뭐가 있어? 애초에 마인 공방을 움직일 땐 나도 있다고."

분명 여러 가지로 책임을 져야만 하는 순간이 있을 터였다. 벤노에게 물으면 공방의 책임자로 훨씬 다른 의견이 나올지도 모른다. 하지만 뭘까. 왠지 루츠와 함께라면 괜찮다는 생각이 들었다. 혼자서는 무섭지만, 그저 줄곧 함께해 온 루츠가 곁에 있어 준다면 어떻게든 될 것 같았다.

"같이 하자, 마인. 도와주고 싶잖아?"

"응!"

루츠가 건네는 손에 달려드는 나를 보고 프랑이 하는 수 없다는 듯이 웃었다.

"저도 협력하겠습니다, 마인 님."

신관장과의 밀담

아이들을 돕겠다고 마음을 먹었지만, 집으로 돌아가는 중인 내가 할 수 있는 일은 거의 없었다. 루츠, 프랑과 의논하여 오늘은 일단 '목숨을 소중히'를 암호로 정하고 몰래 움직이기로 했다.

고아들이 얼마나 소화할지 모르기에 수프에 빵을 뜯어 넣어 불린 빵죽을 만들어서 길이 뒷문을 통해 안으로 넣어 주기로 했다. 정문으로 프랑이 신의 은총을 들고 갈 때 뒷문에서 길이 몰래 가지고 들어가면 아마 들키지 않고 어린아이들에게 밥을 먹일 수 있으리라고 프랑이 말했다.

"길이 가장 걱정하니 솔선해서 움직여 줄 겁니다."

"길한테 내 옷을 하나 줄 테니까 걸레로 쓰라고 말해 줘."

오늘 할 수 있는 일은 이것뿐이지만, 오늘 밤 사이에 아이들이 굶어 죽지는 않겠다는 생각에 마음이 한결 가벼워졌다. 그런데 표정이 풀린 나와 달리 프랑은 굳은 표정으로 나를 바라보았다.

"마인 님, 신전장님은 고아를 구하는 일에 난색을 보일 가능성이 크니 델리아를 충분히 주의해 주십시오."

"……신관장님은 괜찮아?"

신전장뿐만 아니라 신관장도 상당히 난색을 보일 텐데 프랑은 어떻게 생각할까. 내 말에 프랑은 조금 놀란 듯이 눈을 크게 뜬 후 차분하게 말했다.

"신관장님께는 제가 말씀드리겠습니다. 고아원의 운영 방식과 회색 신관과 무녀를 대하는 취급이 답답하신 건 신관장님도 마찬가지니까요."

"뭐? 도저히 그렇게는 안 보였는데?"

내가 고개를 갸웃거리자 프랑은 할 수 없다는 표정으로 눈을 내리깔았다.

"델리아의 말을 들으셨지 않습니까? 신전에서는 신전장님 쪽이 강합니다. 그리고 신관장님은 약점을 잡히지 않게 속마음을 깊이 숨기고 계셔서 상당히 알아채기 힘들지만, 지금 신전의 상황에 분노를 느끼고 계십니다."

"……나는 전혀 모르겠던데."

그 대화를 대체 어떻게 들어야 신관장의 분노를 알아챌 수 있는 걸까. 프랑은 신관장의 마음의 소리도 알아듣는 걸까. 영문을 몰라서 내가 머리를 싸매자 루츠가 가볍게 어깨를 들썩였다.

"마인한테는 안 통한다고 신관장님께 보고가 필요하겠네."

"그럴 것 같습니다. 귀족 특유의 완곡한 표현을 마인 님도 공부하셔야겠습니다."

성적이 나쁜 아이를 보는 듯한 뜨뜻미지근한 두 사람의 시선이 매우 따가웠다.

며칠 동안 길에게 몰래 식사를 배달하게 하면서 나는 프랑과 둘이서 신관장에게 어떻게 보고하면 요구가 잘 받아들여질지 의논했다. 루츠의 의견도 들었고, 마인 공방이 주제인 만큼 '또 귀찮은 짓을' 이라며 싫은 기색이 역력한 벤노도 끌어들였다. 나로서는 한시라도 빨리 신관장에게 허가를 받고 고아원 개혁에 도전하고 싶었지만, 벤노에게 "이 생각 없는 녀석!" 이라고 잔뜩 혼이 났다.

"목적을 향해서 일직선으로 부딪치지 마! 귀족을 상대할 때는 귀찮더라도 사전 준비와 사전 교섭으로 우회하는 방법이 필수다! 오히려 그 방법이 전부를 결정하지. 불쑥 찾아가도 만나줄지조차 확실치 않다고."

"벤노 님의 말씀이 맞습니다. 마인 님은 항상 마음을 먹으면 바로 행동하시지만, 원래 중요한 협상에는 사전에 어느 정도의 정보와 요구를 전달한 후에 면담을 예약합니다. 귀족과 협상할 때는 성급함은 금물. 되도록 충분한 시간을 가지고 자신에게 유리하도록 물밑 준비를 해야 합니다."

고아원의 상태에 기겁하여 신관장에게 바로 호소한 것도 내가 몇 번이고 완강하게 부탁하는 바람에 어쩔 수 없이 자리를 만들었지만, 원래는 매너 위반이며 신관장 측이 받아들일 준비도 없어 정보가 제대로 전달될 수 없다고 프랑이 말했다.

"이번은 좋은 기회입니다. 마인 님, 귀족의 면담 예약과 사전 교섭 방법을 자세히 보시고 외우십시오. 앞으로 필요합니다."

여러 가지로 의논한 결과, 우선 내가 고아원 원장으로 취임하고 마인 공방의 자산을 써서 공방 정비라는 명목으로 고아원을 개혁하기로 했다. 세례 전의 아이들을 씻기고, 고아원을 완벽하게 청소한다. 그리고 남자동의 지하를 공방으로 지정하여 요리와 종이도 제작할 수 있도록 아궁이를 설치하고 도구를 옮겨 넣는다. 고아들을 종이 제작 겸 숲의 채집 팀, 고아원의 가사 팀, 신전 업무 팀으로 나누고 한 달 동안은 순서를 돌려서 모든 작업을 경험하게 한다. 그 후에는 희망을 듣고 다시 팀을 짠다. 팀 선택은 자유다.

필요한 옷과 도구를 찾아 벤노를 통해 구매해야 했다. 나는 그 자금을 만들기 위해 루츠와 랄프에게 목제 옷걸이를 만들도록 부탁했다. 어깨의 둥근 부분을 강조한 내가 익숙한 옷걸이다. 헌 옷 상점에서 본 십자형 옷걸이보다 옷이 잘 보존된다고 소개하자 벤노는 눈을 반짝이며 달려들었다.

매번 정말 감사합니다.

"마인 공방 고아원 지점의 최종 목적은 뭐지?"

벤노가 나를 보면서 물어 왔다. 여기서 대답을 못 하면 또 '생각 없는 녀석'이라고 혼이 날 터였다. 나는 내가 생각한 대답을 꺼냈다.

"고아원의 생활비 확보입니다. 신의 은총에서 부족한 돈은 스스로 벌고, 필요한 식재료를 살 수 있게 하고 싶어요."

"식재료만으로 괜찮은 건가?"

"생활에 최저한으로 필요한 물건은 대체로 신전에서 받으니까 식비로 쓸 이익만 생기면 돼요."

루츠는 돈이 없으니까 숲에서 채십하면 된다고 말했지만, 고아원의 규모를 고려하면 숲에서 장기간 대량으로 채집할 수도 없었다. 공방에서 돈을 벌 수 있다는 걸 안다면 순조롭게 일이 진행되기 전까지는 공방의 비용에서 식비를 낼 수 있다. 내가 벤노의 질문에 대답하자 루츠가 종이 가격과 식재료에 필요한 가격을 적어서 계산하기 시작했다.

"……식비만이라면 의외로 간단히 달성할 것 같아. 그런데 마인이 돈을 내면 채집을 가르치는 의미가 없지 않아?"

"종이를 만드는 김에 채집 방법도 가르치고 싶은 것뿐이야. 일단 알아 두면 굶어 죽기 전에 숲에서 채집해서 어떻게든 먹을 수 있잖아? 잘 모르면 나처럼 독버섯을 딸지도 모르고."

"마인은 독버섯 채집 확률이 높으니까……."

프랑은 어느 정도 얘기가 정리됐을 때쯤에 몰래 손을 써서 비공식적으로 신관장에게 고아원장 취임과 마인 공방의 고아원 지점에 관한 승낙을 받아 주었다. 그리고 나와 공적인 면담 예약도 받아 왔다. 정식으로 면담을 요청할 때는 며칠 전에 서면으로 부탁해야 하므로 나는 그 서식을 배우고 편지를 썼다.

'귀족은 참 귀찮아.'

신관장에게 초대장이 도착했을 즈음에는 암암리에 길이 활약한 덕분에 아이들의 건강이 좋아졌다고 했다. 식욕이 돋고, 수프 외에 딱딱한 음식도 조금 먹을 수 있게 되고 조금씩 움직임이 활발해졌다는 길의 보고를 받았다. 똥오줌 범벅이었던 방을 청소하는 동안 아이들을 씻겨도 괜찮을 상태가 된 듯하다.

신관장에게 지시받은 세 점 종이 울린 후, 나는 프랑과 함께 신관장의 방으로 발걸음을 옮겼다. 내 방에서는 길과 루츠가 언제든지 움직일 수 있게 준비했다.

"신관장님, 시간을 내 주셔서 감사합니다."

"마인, 귀족의 여성은 그런 말을 하지 않는다."

귀족 여성들 사이에서는 '감사하게 생각합니다' 라고 말한다고 신관장이 지적했다. 듣기 부드러운 말투가 유행한 시절부터 정착됐다고 한다. 내가 공손한 말투를 배운 곳이 문이나 길베르타 상회가 대부분이라서 여성어보다 남성어를 많이 쓴다고 지적받았다.

"말투를 가르칠 회색 무녀도 필요하겠군. ……다만, 그건 나중이고 오늘은 이쪽이다."

미리 사람들을 물리쳤는지 신관장의 방에는 아르노밖에 없었다. 평소대로 집무용 책상으로 가려 했는데 신관장은 반대편에 있는 침대 쪽으로 자리를 옮겼다.

"신관장님!?"

아르노가 깜짝 놀란 소리를 냈다. 프랑도 눈을 동그랗게 떴다. 나는 영문도 모른 채 신관장의 뒤를 따라갔다. 신관장이 침대의 휘장을 걷어 젖히고 내게 손짓했다. 침대보다 안쪽? 하고 고개를 갸웃거리며 가까이 가 보니 휘장 너머에 또 하나의 문이 보였다.

"그대와는 여기서 대화하겠다."

마치 지문 인식이라도 하듯이 신관장이 문에 손을 갖다 댄 순간, 푸르스름하게 빛나는 마법진이 떠오르더니 신관장의 중지에 낀 반지의 보석이 붉게 빛났다. 반지의 붉은 빛이 마법진을 한 바퀴 돌자 빛이 사그라졌다.

"이곳은 시종도 들어올 수 없다. 마인, 오거라."

문을 달칵 열고 아르노와 프랑도 없이 신관장이 방 안으로 들어갔다. 나는 어두운 방을 보고 순간 불안해져서 프랑을 돌아보았다. 프랑은 살짝 고개를 끄덕여 나를 재촉했다.

"시, 실례합니다."

내가 안으로 들어가 문을 닫은 순간, 어두컴컴했던 방에 마치 셔터가 열리듯 창문이 나타나더니 눈부신 빛이 파고들었다.

"우왓!?"

눈을 눌러 빛에 익숙해지길 기다리자 신관장이 바스락거리며 움직이는 소리가 났다. 천천히 눈을 뜨니 어두컴컴했던 공간에 마치 대학교 연구실처럼 보이는 방이 펼쳐졌다.

책상과 선반 위에는 두루마리와 양피지 자료들이 어질러져 있고, 책이 몇 권씩 쌓여 있었다. 왠지 실험도구처럼 보이는 처음 보는 물건들이 선반에 진열되어 있었다. 방구석에는 휴식용인지 긴 의자가 있고, 그곳에도 자료가 어질러져 있었다. 시종이 항상 깨끗이 정리하는 평소의 방과 달리 완전한 신관장의 개인 공간이었다.

"여기는 일정 이상의 마력이 없으면 들어올 수 없게끔 되어 있다. 지금 신전에 있는 자들 중 나와 그대 외에는 들어올 수 있는 사람은 아무도 없겠지. 밀담하기에 딱 알맞은 곳이다."

"굉장한 비밀의 방이네요. 마치 마법의 정수같아……."

신관장의 긴 의자 위에 쌓인 자료를 대충 치우면서 나를 보았다.

"……그대 방에도 있지 않나?"

"그런가요? 처음 알았네요."

침대의 휘장 따위 걷은 적도 없고 침대도 틀만 있을 뿐 이불도 깔지 않았다. 쓰러졌을 때를 생각하면 이불 정도는 깔아 두는 편이 좋을지도 모르겠다.

"문에 마력을 등록해야 하니 그대는 못 쓰겠지만."

"마력 등록?"

"그런 건 어찌 됐든 좋다. 본론에 들어가지. 거기 앉아라."

신관장이 내 말을 자르고 물건을 치운 긴 의자를 가리켰다. 그리고 자신은 책상 쪽에 있던 의자를 가져와서 앉았다. 그리고 고개를 든 그 표정은 프랑과 똑같이 감정이 느껴지지 않는 무표정이 아닌, 미간에 선명한 주름을 새긴 복잡한 표정이었다.

'이건 설교?'

요 며칠 동안 프랑에게 계속해서 혼이 난 나는 오늘의 용건을 깨달았다. 혹시 시종에게 보이지 않는 편이 좋을 정도로 설교하기 위해 이곳에 온 걸까. 프랑에게 도움을 구하고 싶어도 둘뿐인 이 방에 자신을 도와줄 사람은 없었다.

"아, 그, 그게 신관장님. 왜 꼭 여기서 얘기를 해야 합니까?"

"그대에게 귀족식으로 완곡한 표현을 부탁해도 소용없다고 프랑이 조언해서다."

신관장이 나를 노려보았다. 무표정이라 조금 차가운 인상을 받는 얼굴인데 미간에 주름을 새기고 언짢은 표정을 지으니 상당히 무서웠다. 호통치는 벤노와 다르게 발밑부터 점차 얼어붙는 냉기를 뿜어내는 듯한 분노다.

"실제로 그대는 저번에도 상당히 중요한 화제나 위험한 발언을 아무 생각도 없이 입에 담지 않았나. 그 자리에는 용무가 있어 방문한 신전장님의 시종도 있었는데, 알고 있었나?"

"전혀 몰랐습니다."

"신전장님의 시종이 있는 자리에서 신전장님의 행동을 비난하다니 나는 수명이 줄어들 뻔한 줄도 모르나 보군."

"……죄, 죄송합니다."

이해해 주지 않는 신관장을 조금이라도 설득하려던 나의 의도가 그저 신전장의 방식을 비난만 하는 형태가 되어 버렸고, 그 때문에 신관장과 시종, 그 자리에 있던 모든 사람의 간이 콩알만 해졌다는 말인 듯했다.

"적어도 청색 신관의 얼굴과 이름, 그리고 그 시종의 얼굴 정도는 기억해라. 반드시 경계해야 하는 상대도 몰라서 어쩔 셈인가? 그대는 주의가 너무 부족해."

어이없어 하는 신관장의 표정은 벤노가 보여주는 표정과 닮았다. 나는 어디를 가든 혼나는 처지인 모양이다.

"……벤노 씨한테도 생각이 없다고 자주 듣습니다."

"그러고 보니 경계심이 없다고도, 질리지도 않고 속는다고 했었나? 벤노의 의견에는 전적으로 찬성한다. 푸른 견습무녀로 귀족 측에서는 처지이니 그대는 귀족의 방식을 배우고 익혀야 한다."

신관장의 의견은 완전히 나의 입장을 걱정해 주고 있었다. 프랑이 말한 것처럼 진심을 꼭꼭 숨겨서 잘 몰랐지만, 신관장은 신전장에게서 나를 지켜 주려는 것 같았다.

"그대는 나의 숨은 의도를 추측할 마음이 없고, 어느 의견도 너무 솔직해서 숨길 마음도 없는 듯하나, 귀족 사회에서는 목숨과 관계된다. 그런 식으로 조마조마하게 얘기하는 건 사절이다. 내 의도가 통했는지 어떤지도 전혀 알 수가 없으니 다른 사람이 듣기를 원하지 않는 얘기를 그대와 할 때는 이것을 쓰는 것이 최선이라고 판단했다."

"정말 대단히 죄송합니다."

신관장이 진심을 말하지 않으면 내게는 통하지 않으므로 이곳에서 얘기하기로 한 모양이다.

수고스럽게 해서 죄송하지만, 터놓고 얘기할 수 있어서 다행입니다.

"프랑한테 연락을 받았는데 그대가 고아원의 원장이 되기로 마음먹었다고? 그때는 책임은 못 진다고 말한 것 같은데 정말 괜찮은가?"

나의 속마음까지 살피는 듯 강렬한 빛을 발하는 눈동자가 정면으로 나를 바라봤고, 나는 허리를 꼿꼿이 세웠다. 돕겠다는 결의만큼은 확고했다. 의지라도 전하고 싶어서 그 눈동자를 똑바로 바라보았다.

"솔직히 말씀드리면 책임을 지는 건 아직 무섭습니다. 하지만 저 상태로 둘 수 없으니 도울 수 있다면 도울 겁니다."

"흠. 그대에게 그럴 각오가 있다면 난 상관 않겠다."

간단하게 허가가 떨어지자 나는 골탕을 먹은 듯한 기분으로 신관장을 보았다.

"네? 괜찮나요?"

"비공식적이지만 프랑을 통해서 승낙한다는 답을 전해 받았을 텐데?"

"그건 듣긴 했지만, 저번 면담 때와 상당히 반응이 달라서 놀랐어요……."

"에둘러 말하면 통하지 않으니 어쩔 수 없지."

"윽, 죄송합니다."

몇 번째인지도 모를 사과를 하자 신관장은 종이 몇 장을 들고 왔다. 그 종이를 가볍게 훑은 뒤, 내게 시선을 돌렸다.

"프랑한테서 대략 들었다만, 알 것 같으면서도 모르겠군. 상인의 독특한 표현이나 암묵적인 이해로 얘기가 진행된다며 프랑도 완전히는 이해하지 못한 것 같았다. 고아원의 원장으로 취임해서 대체 뭘 할 계획인지 설명하거라."

나는 모두와 미리 의논한 내용을 설명했다.

"고아원을 마인 공방으로 할 겁니다. 우선은 공방 직원이 될 아이들의 영양 상태를 개선하며 공방인 고아원을 대청소하고, 작업 도구를 설치합니다. 그리고 스스로 요리를 만들 수 있게 가르칠 예정입니다. 수프만이라도 자기들끼리 만들게 되면 신의 은총도 더해서 영양 상태가 상당히 개선되리라 생각합니다."

"그렇군. 그럼 이 모든 고아를 시종으로 삼겠다는 건 무슨 말이지?"

신관장이 나를 힐끗 보았다.

"……제 시종이라면 심부름꾼으로 신전 밖으로 나갈 수 있어서."

"단지 그 이유뿐이라면 그만두거라. 다른 청색 신관이 들어왔을 때 시종으로 삼을 인재가 없어지고, 전원을 네 밑에 두면 쓸모없는 대립이 생긴다. 고아원장의 심부름으로 수습생들을 밖으로 내보내는 편이 좋다."

"알겠습니다."

아이들을 신전에서 나갈 수만 있다면 딱히 시종으로 삼을 필요가 없는 셈이다. 나는 끄덕이며 의견을 받아들였다.

"아이들이 영양 상태가 좋아지면 어쩔 셈이냐?"

"식물지를 만들게 할 겁니다. 예전에는 저와 루츠 둘이서 만들었기 때문에 방법만 가르친다면 아이들도 만들 수 있을 겁니다."

"식물지라……."

신관장이 책상에 쌓인 종이 더미를 힐끗 쳐다봤다. 그러고 보니 벤노가 선물한 물건 중에 신관장이 가장 기뻐한 것이 식물지였다.

"부정 유출은 하지 않을 것이고, 마인 공방에서 제작된 물건들은 길베르타 상회가 판매하는 계약 마술을 이미 맺어 뒀기 때문에 빼앗을 수도 없어요."

"상인다운 훌륭한 판단이다. 만약 발견되어도 신전장님에게 빼앗길 우려가 없다면 그걸로 됐다. 종이를 팔아서 어쩔 셈인가?"

조금 흥미가 없는 듯이 눈을 가늘게 뜨고 신관장이 질문을 이었다.

"상품을 팔아서 부족한 식재료를 고아들 스스로 살 수 있게 할 겁니다. 그렇게 하면 제가 식비를 낼 필요가 없어지고 청색 신관들의 증감에 따라 굶을 일도 사라지니까요."

"기본적으로 만사에 무관심한 그대가 그렇게까지 하는 이유는? 아무런 득도 없이 귀찮은 일을 맡지는 않을 텐데?"

이것이 가장 중요한 질문이다, 하고 신전장이 강렬한 시선으로 나를 보았다. 나도 진지한 눈으로 신관장을 보았다.

"당연히 제가 마음 편히 책을 읽기 위해서가 아니겠습니까?"

"뭐라고?"

전혀 이해를 못 하겠다는 듯이 신관장의 눈이 휘둥그레졌다.

"벽 너머에서 아이가 굶어 죽고 있다는 사실을 알게 된 뒤부터 신경이 쓰여서 미칠 것 같습니다. 책에 몰두하는 동안은 괜찮지만, 책을 덮는 순간 그 풍경이 떠올라서 죄책감과 거북함에 견딜 수가 없어집니다."

"고작 독서의 방해물을 제거하려고 고아원의 원장이 되고 공방을 운영하겠다는 말인가?"

"그렇습니다."

내가 크게 끄덕이자 신관장은 관자놀이를 꾹 눌렀다.

"그대는…… 예상 이상으로 바보구나."

"자주 듣습니다."

"……그만 됐다. 기간은? 허가를 받고 어느 정도 지나면 기틀이 잡힐 예정인가?"

"준비는 거의 끝났으니까 지금 계절이라면 한 달 정도면 종이를 만들고 팔아서 어느 정도 식재료를 살 수 있게 될 겁니다."

"호오? 이번엔 꽤나 사전 준비가 확실하군."

신관장이 그렇게 중얼거렸다. 벤노와 프랑이 계획에 차질이 없는지 상인 입장과 귀족 입장의 눈으로 몇 번이고 확인했으니 문제는 없을 터였다. 가장 불안 요소가 나라는 말을 들은 게 엊그제다.

"좋다. 허가하지."

"감사합니다. 프랑은 신관장님께 제대로 얘기가 통한다면 이해해 주실 거라고 말했습니다. 벤노 씨도 신관치고는 쓸 만한 눈빛을 하고 있으니까 상담하려면 신관장님과 하라고 했어요. ……어째서 신관장님은 다른 신관과 다른 겁니까?"

분명 밖에서 물었다면 혼날 질문인 줄 알면서 물었다. 그러자 예상대로 신관장이 한숨 섞인 말로 말했다.

"이 방 밖에서는 묻지 마라. 자세히 말할 생각은 없지만, 그대와 마찬가지로 나도 이곳 신전 출신이 아니다. 귀족 사회에서 자라 이유가 있어 신전에 들어왔지. 그래서 신전장님의 방식이 역겨워질 때도 있지만, 지금 대립하는 건 그다지 유리한 계책은 아니다. 그래도 이 이상 노여움을 사지 않게 조심하거라."

"……고아원의 운영은 노여움을 사지 않을까요?"

고아가 스스로 돈을 벌게 되면 지금까지의 방식에 정면으로 대립한다. 내가 겁내면서 묻자, 신관장이 '이제 와서 무슨 소리냐'며 코웃음을 쳤다.

"일단은 내가 강요했다는 형식을 취할 생각이다만 너무 눈에 띄는 짓은 하지 말거라. 그대는 우리와는 상식이 완전히 달라서 무슨 짓을 할지 짐작이 안 간다. 무엇을 하든 내게 보고하도록. 그리고 프랑이 하는 말을 잘 듣도록. 알겠는가?"

신관장에게 몇 번이고 '보고와 연락, 상담'을 다짐받은 후, 나는 비밀의 방을 나왔고 프랑과 함께 내 방으로 돌아갔다. 길과 루츠가 기대에 찬 눈으로 맞아 주었다.

"마인, 어땠어?"

"엄청 혼났어. 귀족다움을 진지하게 배우래. 생각도 없고 주의가 부족하대……."

"그럼 고아원 원장은 거절당했단 말이야?"

불안한지 루츠와 길의 표정이 어두워졌다. 나는 당황하며 고개를 저었다.

"아니야, 원장이 됐어. 마인 공방은 괜찮아. 그런데 난 어딜 가든 혼나는구나 싶어서……."

"마인이니까 어쩔 수 없지."

가볍게 내 머리를 톡톡 두드리며 루츠가 작게 웃었다.

고아원의 개혁에 착수하기 전에 나에게는 해야 할 일이 하나 더 남아 있었다. 바로 델리아 설득하기다. 신전장에게 정보를 흘리는 것이 일이라는 델리아의 입을 막아야 했다. 아무리 숨기려 해도 다른 시종들이 서성거리는 신전 안에서 벤노와 루츠가 고아원을 드나들며 시끄러워지면 델리아가 눈치채지 않을 리가 없다. 하지만 공방이 기틀을 잡기 전까지는 신전장에게 방해받고 싶지 않았다.

델리아도 돕고 싶으면 도우라고 했으니 고아들을 돕는 일 자체는 찬성해 주리라고 생각했다. 준비를 전부 마친 지금 상황에서 죽어 버리는 편이 좋다는 말은 하지 않겠지. 나는 델리아에게 시선을 맞추고 솔직하게 부탁하기로 했다. 신전장의 시종을 만났다고 내게 보고해 준 델리아에게는 완곡한 방식보다도 정직하게 부탁하는 편이 좋겠다는 생각에서였다.

"저기, 델리아. 나 세례 전 아이들을 도울 계획을 실행하는 중이야. 그래서 신전장님의 방해는 받고 싶지 않아. 델리아는 당분간 아무 말 않고 있어 줬으면 좋겠어. 델리아도 도울 수 있다면 그 아이들을 돕고 싶다고 했잖아? 부탁해도 될까?"

잠시 침묵이 흐른 뒤, 델리아는 눈을 꼭 감고 생각을 뿌리치듯 고개를 흔들었다.

"……난 고아원에 가고 싶지 않아요. 생각하기도 싫고 관여하고 싶지도 않아."

"응. 알아. 그러니까 델리아는 여기서 요리사들을 감독하면서 잠깐 못 본 척해 주기만 하면 돼. 부탁해도 될까?"

재료 관리나 요리사의 감독은 필요하기에 시종 중에 누군가는 반드시 방에 남아야 한다. 고아원에 가기 싫은 델리아에게 그 일을 맡기면 델리아 자신은 고아원에 갈 필요가 없나.

"좋아요. 못 본 척하죠. 하지만 이건 마인 님을 위해서가 아니라 아이들을 위해서예요. 내가 정에 끌렸다고 생각하지 말아 줬으면 해요."

델리아는 아주 잠깐 안심한 표정을 짓더니 홱 하고 고개를 돌리며 일단 조용히 있어 주겠다는 약속을 해 주었다. 가슴을 쓸어내리며 나도 델리아에게 약속했다.

"고마워, 델리아. 반드시 구해 낼게."

"따, 딱히 부탁한 적 없거든요? 하지만 시작한 이상 실패는 용서할 수 없어요."

태도는 무뚝뚝하지만, 델리아도 나를 기대한다고 생각해도 되겠지?

고아원 대청소

점심식사를 끝내고 곧장 고아원 청소에 착수하기로 했다. 단, 실제로 청소하는 사람은 고아원에 있는 사람들이다. 지금은 회색 신관이 남아돌아서 몇 년 전까지는 이른 오전 중에 세탁하고 오후부터 청소하던 스케줄이 지금은 오전 사이에 전부 끝나 버리는 모양이었다. 오후에는 한가한 신관들이 잔뜩 있겠다 싶어서 오후부터 대청소를 결행하게 되었다. 대청소의 명목은 청색 견습무녀인 내가 원장 취임 인사차 방문하기 때문에 보기 흉하지 않도록 하자는 것이다. 명목이 있는 편이 평소에는 하지 않는 고아원 청소 같은 큰일을 고아원 사람들이 받아들이기 쉽다고 한다.

이번 대청소로 깨끗한 고아원을 만드는 것은 물론, '일을 열심히 하면 보수를 받는다'는 섬을 깨우치게 하고 싶었다. 그래서 청소한 사람을 격려하기 위한 수프를 요리사에게 만들게 했고, 솔선해서 청소해준 상위 서른 명에게는 버터 감자, 아니, 카르페 버터를 선물할 예정이다.

고아원 청소는 따뜻한 시간대에 아이들을 씻기는 담당, 세례 전 아이들이 있던 여자동의 지하를 청소하는 담당, 여자동의 지하 외에 다른 곳을 청소하는 담당, 남자동의 지하를 청소하고 공방 도구를 반입하는 담당, 그 외의 남자동을 청소하는 담당으로 나누어 작업하게 했다.

나와 벤노가 그렇게 제안하자 프랑과 길이 굉장히 놀라워했다. 신전의 허드렛일은 세탁과 청소와 기도인데 오전 중에는 모두가 세탁, 모두가 기도라는 식으로 기본적으로 모두가 같은 작업을 하지 팀을 나눠서 따로 움직이지는 않는다고 했다. 청소하는 범위가 넓고, 또 공방 정비에는 힘을 써야 하므로 적임자를 나누는 편이 빨리 끝난다고 설득하고 이번에는 팀을 나누기로 했다.

"팀을 나눠도 지시대로 청소해 줄까?"

"걱정하지 마. 고아원 녀석들은 프랑을 신관장님의 시종이라고 인식할 거야."

고아원에 있는 회색 신관과 수습생에게 신관장의 신뢰가 두터운 프랑은 상당히 높은 존재다. 프랑이 지휘를 맡으면 고아들은 다소 불만을 품더라도 움직여 줄 것이라고 길이 설명해 주었다.

"말해도 듣지 않는 녀석은 소수지만 있긴 합니다."

프랑이 그렇게 말하며 길을 힐끗 쳐다봤다. 지금은 성실하게 일해 주는 길이지만, 예전에는 상당한 문제아로 감독 신관을 매우 난처하게 했던 모양이었다. 지적당한 길이 홱 하고 시선을 피했다. 나는 둘의 대화에 조그맣게 웃었다.

길과 프랑이 돌아다니며 제대로 청소하고 있는지, 누가 열심인지, 청소하지 않고 도망쳤는지 확인하며 청소의 진행 상황에 맞춰 보고해 주기로 했다. 루츠는 지금부터 마인 공방의 작업장이 될 남자동의 지하 청소를 감독하고 마인 공방에서 도구를 반입한다. 끝나면 그 자리에서 카르페 버터를 만든다. 델리아는 요리사의 감독 겸 원장실의 1층도 청소해 주기로 했다.

"나도 돌아보……."

"마인은 방에서 기다려. 아무 데서나 쓰러지면 곤란하니까."

가고 싶다고 말하기도 전에 루츠로부터 제재가 떨어졌다. 말문이 막힌 나를 길이 질린 눈으로 보았다.

"있잖아, 마인 님. 고아원장이 될 청색 견습무녀를 맞이하는 대청소니까 청소가 끝나기 전에 고아원에 들어오면 곤란해."

"그랬지. 참……."

프랑이 없어서 도서실에도 갈 수 없는 나는 하아, 하고 한숨을 내쉬었다. 그런 내 앞에 프랑은 자애가 넘치는 미소를 지으며 종이 한 장을 살짝 올려놓았다. 꼼꼼한 프랑의 성격이 그대로 드러난 글씨가 빽빽하게 적힌 종이였다.

"마인 님께서는 외우셔야 할 것이 아주 많습니다. 우선 오늘 저녁에 고아원에 가셔서 취임 인사를 해야 하시는 이상, 이 인사문을 전부 암기하셔야 합니다. 특히 신들의 이름을 틀리지 않도록 주의해 주십시오."

커닝할 수 있게 종이에 적어 주긴 했지만, 기본적으로 암기해야 하는 모양이다. 씀씀하게 적힌 문장을 보고 내가 가벼운 한숨을 내쉬자 프랑이 싱긋 웃는 얼굴로 계속해서 목패를 꺼냈다.

"여기에는 신전에 준비된 차와 우유의 원산지와 종류를 적어 뒀습니다. 이쪽은 마인 님께서 좋아하시는 조합. 이쪽은 벤노 님, 이쪽이 루츠, 이쪽이 신관장님입니다. 시간이 있다면 자주 방문하시는 분의 취향을 외워 두십시오."

신관장은 이곳에 올 것 같지 않은데, 라는 말은 할 수 없었다. 함께 일하는 상사의 취향은 외워 두는 편이 좋을지도 모른다는 생각이 문뜩 들었기 때문이다. 쌓인 목패를 보고 루츠가 박장대소하고 싶은 걸 꾹 참으면서 엄지손가락을 척 올렸다.

"좋겠네, 마인. 읽을거리가 엄청 많아서."

"읽는 건 좋아하지만, 외우는 건 싫어……."

상당히 흥미가 있는 것 외에는 데이터를 덮어쓰듯이 다음을 읽으면 앞의 내용을 싹 잊어버리는 나쁜 머리가 미웠다. 어깨를 축 늘어뜨리며 나는 프랑이 정리해 준 서류를 집었다.

다섯 점 종이 울린 뒤, 프랑이 한 번 방으로 돌아와서 목패에 이름을 적어 뒀다. 솔선해서 열심히 한 아이의 이름과 숨어 버린 아이들의 이름이다.

"마인 님께서 가장 걱정하신 세례 전 아이들의 목욕입니다만, 준비해 둔 비누와 수건으로 따뜻한 시간대에 전부 씻겼습니다. 지금은 헌 옷을 입고, 새 건초를 시트에 채우는 작업 중입니다."

싼 곳에서 산 터라 군데군데 덧대긴 했지만, 깨끗하게 빤 시트와 농가에서 사 온 건초로 자신들이 덮을 이불을 만드는 중인 모양이다.

"병든 아이나 기운 없는 아이는 없어?"

"네. 문제없습니다. 요사이 길이 식사를 전해 준 덕분이겠지요. 아이들이 마치 길을 구세주처럼 우러러보더군요. 길이 마인 님의 명령이었다고 말했으니 아마 마인 님도."

그렇게 들으니 왠지 낯간지러웠다. 그 아이들이 조금이라도 건강해졌으면 좋겠다고 진심으로 생각했다.

"아이들 목욕 담당이었던 무녀와 견습무녀는 몇 명만 이불 만들기 작업에 남겨 두고 나머지는 청소 쪽을 돕도록 보냈습니다. 그럼 다시 돌아보고 오겠습니다."

"고마워, 프랑. 잘 부탁해요."

프랑은 가볍게 끄덕이고 다시 고아원 쪽으로 돌아갔다. 조금 있자 루츠가 돌아왔다.

"마인, 남자동 청소가 끝났으니까 이제 마인 공방의 도구를 반입할게."

"알았어. 잘 부탁해, 루츠."

"녀석들, 엄청 대단해. 청소가 능숙하더라고. 엄청 빨라."

루츠는 흥분하듯 보고하고 가벼운 발걸음으로 방을 나갔다. 루츠가 갔나 싶더니 프랑이 돌아와서 길에게 들은 이름을 목패에 추가하고는 다시 재빨리 방을 나갔다.

다들 바쁜 와중에 나는 며칠 전에 도착한 집무용 책상에서 프랑의 글씨와 눈싸움을 했다. 신의 이름이 길다. 게다가 그 수도 많다. 차라리 친숙하게 애칭을 붙이면 어떨지 신관장에게 제안하고 싶었다.

플류트레네가 아니라 플류라든지, 레네라든지? 바로 거절당하겠네.

1층에서 청소하는 델리아가 주방 상태를 보려고 문을 연 탓에 주방에서 포상으로 주려고 끓이는 맛있는 수프 냄새가 풍기기 시작했다. 내가 바보 같은 생각을 하는 동안 청소가 순조롭게 끝나 가는 모양이다.

"마인 님, 남자동 청소는 전부 끝났습니다."

"길도 수고했어. 남은 건 여자동이지?"

"응. 그런데 여자동은 식당 외에는 남자가 들어가면 안 돼."

"그럼 식당에서 수프를 먹을 수 있게 준비를 시작해 주겠어?"

길이 알았다며 들뜬 발걸음으로 방을 나가자 이번엔 루츠가 들어왔다.

"저기, 마인. 공방 자재 설치도 완료해서 카르페를 찌고 있는데 괜찮아?"

"괜찮냐니, 이미 찌고 있으면서? 길이 식당 준비를 시작했으니까 타이밍이 딱 맞겠는데?"

내가 키득키득 웃자 루츠가 가까이 다가와서 목소리를 낮추었다.

"여기 녀석들, 카르페도 한 번도 본 적 없어. 은총으로 받는 요리밖에 모른대. 카르페를 나란히 놓고 찌기만 하는데 둘러싸서 흥미진진하게 쳐다보는 통에 엄청 일하기 힘들어."

"……아아, 신의 은총밖에 모르고, 이 고아원에서는 요리 같은 건 하지 않으니까. 재료를 처음 봤을 수도 있겠구나."

그러고 보니 우라노 때도 슈퍼마켓에서 파는 당근은 알아도 밭에 난 당근은 본 적이 없어서 밭에 난 이파리만 봐서는 당근인지 모르는 아이가 많다는 기사가 어떤 잡지에 실렸었다. 수많은 정보 전달 수단이 있는 일본에서조차 그러니 이런 생활에서는 자신의 경험 외에 전혀 몰라도 이상하지 않았다.

"그럼, 버터 끼우는 방법도 가르쳐 볼까?"

버터와 칼을 들고 웃으면서 루츠가 또다시 방을 나갔다. 그 뒤 프랑이 찾아왔다.

"예상대로 세례 전 아이들이 있던 지하 청소가 난항을 겪는 탓에 현재는 여자동을 청소하던 사람들이 총출동해서 착수 중이니 곧 끝날 겁니다. 그리고 남자동과 달리 여자동은 현재 인원수가 적어서 세례 전 아이들도 위층의 작은 방을 쓰도록 했습니다. 지금 건초를 넣은 이불과 옷들을 옮기는 중입니다."

프랑의 보고에 안도의 한숨을 내쉬었다. 아이들의 잠자리도 정해져서 천만다행이었다.

“마인 님, 인사문은 전부 암기하셨습니까?”

“……일단은. 그래도 역시 불안하니까 이 종이를 들고 가도 되지?”

“네. 그럼 준비가 되는 대로 안내하러 오겠습니다. 델리아, 마인 님 준비를 부탁합니다.”

프랑과 교대로 델리아가 머리를 정리하러 들어왔다. 나를 거울대 앞에 앉히고 비녀를 풀었다. 비녀를 든 델리아가 슬프고 괴로운 듯한 표정으로 거울을 통해 나를 지그시 바라보았다.

“……다들 괜찮아졌나요?”

“응, 자기들이 덮을 이불에 건초를 채울 만큼 건강하대.”

“그런가요.”

괜찮아졌다는 보고인데도 델리아의 표정은 어두웠다. 마치 쓴 물이라도 들이킨 것처럼 미간을 심하게 찌푸리고 시선을 피했다.

“……델리아, 기분이 좋지 않아 보이는데? 기쁘지 않아?”

“기쁘지만, 분해요. 어째서…… 내 때는 도와주지 않았죠?”

“그땐 내가 여기에 아직 없을 때잖아. 그 말은 턱없는…….”

“알아요! 알지만…….”

분풀이라고 알면서도 멈출 수 없다는 듯이 델리아가 고함쳤다. 옅은 파란색 눈에는 당장에라도 흘러내릴 것 같은 눈물이 맺혔다. 델리아가 세례 전에 얼마나 괴로운 경험을 참아 왔는지, 얼마나 도움을 원했었는지 느껴져서 가슴이 아파 왔다.

“델리아 때는 돕지 못했지만, 다음에 델리아가 곤란할 땐 꼭 도울게. 반드시 도울 테니까…… 울지 마.”

"안 울어!"

"미, 미아……."

"시종한테 사과하지 마요!"

델리아가 난폭하게 눈가를 비비며 내 말을 부정했다. 자존심이 강해서 운다고 지적받고 싶지 않았겠지.

'그치만 델리아는 좀 억지가 센 것 같아.'

고아원의 원장으로서 처음 인사하는 공식 자리라 세례식 때 쓴 등꽃 비녀를 머리 장식으로 쓰기로 했다. 평민은 평민이라도 거상의 딸 정도로는 보이지 않을까.

"희귀한 장식이네요."

"세례식에 쓰려고 만든 비녀야. 최근에 길베르타 상회에서 팔기 시작했어."

"……만들었다구요? 마인 님이?"

"도움을 받기는 했지만, 재료만 있으면 혼자서도 만들 수 있어."

"재료……."

사냥감을 발견한 육식 동물같은 눈으로 비녀를 바라보는 델리아가 빗겨 준 머리에 스스로 비녀를 꽂았다. 델리아는 아직 비녀를 쓸 줄 모르니 어쩔 수 없었다.

"마인 님, 이쪽은 준비가 다 됐습니다."

갓 만든 수프가 여러 개의 냄비에 나뉘어 웨건에 올려져 있었다. 처음 보는 회색 신관 몇 명이 프랑의 뒤에 서 있었다.

"마인 님, 수프를 옮기고 배식할 신관들입니다."

"도와줘서 고마워요."

"저희야말로 대단히 감사드립니다. 최근에는 신의 은총이 적었기 때문에 다들 기뻐할 겁니다."

"어머, 이것은 신의 은총이 아니라 제가 주는 포상이랍니다."

"네? 포상?"

의미를 모르겠다는 듯이 눈을 반짝이는 신관에게 나는 싱긋 웃으며 말을 마쳤다.

나는 프랑에게 안긴 상태로 복도를 한 바퀴 돌아서 고아원 앞에 도착했다. 복도 한 바퀴는 의외로 거리가 있어서 웨건을 미는 신관이 내 속도에 맞출 수 없기 때문이었다.

문 앞에서 나를 내리고 머리나 옷이 흐트러지지는 않았는지 프랑이 확인하며 가볍게 정리했다. 그 모습을 확인한 회색 신관이 문을 열며 잘 울리는 목소리로 안에 있는 사람들에게 알렸다.

"높고 정정한 천공을 관장하는 최고신, 넓고 호호막막한 대지를 관장하는 5위 대신의 가호를 받아, 새로이 고아원의 원장이 되신 무녀님께서 노착하셨습니다."

문을 연 곳은 고아원의 식당이었다. 문을 열린 순간 쭉 늘어선 기다린 테이블이 보여서 조금 놀랐지만, 매일 신의 은총을 옮겨야 하고, 식당에만 남자들이 들어와도 좋다는 점을 고려하면 합리적이라고 생각했다.

식당에는 회색 옷이 줄지어 앉아 있었는데, 나를 소개하는 목소리에 맞춰서 모두가 일제히 일어나 이쪽을 보았다. 수많은 시선 속에는 평가하는 시선도 있었다. 내가 고개를 숙여 시선을 피하고 싶어진 그 순간,

"신에게 기도를 바쳐 맞이합시다. 신에게 기도를!"

갑자기 일어난 구리코 포즈에 고개를 숙이기는커녕 무심코 응시해 버리고 말았다.

"마인 님, 이쪽으로."

프랑이 내 손을 잡고 카펫이 깔린 탁자 쪽으로 유도했다. 내가 잘 보이는 곳에 있는 성인 신관들은 기도 포즈를 완벽하게 취했지만, 뒤편에 있는 어린아이들은 균형을 잘 잡지 못했다. 나와 좋은 승부를 겨룰 수 있을 것 같다.

기도를 마치고 모두의 시선이 집중되는 가운데, 프랑이 나를 번쩍 들어 올려 탁자 위에 세우면서 "귀족답게 부탁드립니다." 하고 속삭였다. 회색 신관을 따르게 하려면 처음이 중요하다고 한다. 길이 처음부터 알고 있듯이 회색 신관이나 무녀들 사이에 청색 견습무녀로 들어온 내가 평민인 사실은 당연한 듯이 알려져 있다. 이곳에서 내가 자신 없는 태도를 보이면 완전히 얕잡아보이므로 귀족다운 위엄을 보여야 했다. 가슴을 펴고 절대로 고개를 숙이지 않는다. 미소로 여유 있는 척한다. 주의 사항은 기부금을 낼 때 벤노에게 들었던 내용과 마찬가지다.

프랑은 "어쩔 수 없을 땐 마력으로 가볍게 위압해도 좋을 것 같습니다. 싫어도 지위의 차이라는 것이 있으니까요." 하고 싱긋 웃었다. 나는 이런 일로 공포의 대상이 되기는 싫었기에 위압을 쓰지 않고 끝냈으면 했다.

인사문은 어떻게든 외웠지만, 이렇게 많은 사람 앞에서 말하는 일은 우라노 시절 초등학생 때 상을 받은 독후감을 전교생 앞에서 읽어야 해서 창피했던 일이나 논문 발표 정도가 전부였다. 수많은 시선을 온몸에 받은 나는 긴장으로 떨면서 천천히 호흡하며 살짝 떨리는 손으로 장식을 만졌다. 가족들과 만든 비녀가 있으니 조금은 든든해진 느낌이 들었다.

“여러분, 처음 뵙겠습니다. 불의 신 라이덴샤프트의 권위가 빛나는 좋은 날, 신관장님으로부터 원장의 사명을 받은 마인이라고 합니다. 저의 부탁을 선뜻 받아 주시고 환영해 주셔서 진심으로 감사드립니다.”

환영에 관한 인사와 앞으로의 포부를 말쑥하게 포장한 말로 천천히 나열했고 마지막은 신에게 바치는 기도와 감사의 말로 끝맺었다. 신의 이름이 틀리지 않게 한번 뜸을 들였다가 가볍게 숨을 마셨다.

“높고 정정한 천공을 지배하는 최고신, 넓고 호호막막한 대지를 관장하는 5위의 대신, 물의 여신 플류트레네, 불의 신 라이덴샤프트, 바람의 여신 슈첼리아, 흙의 여신 게두르리히, 생명의 신 에이비리베에게 기도와 감사를 바칩시다.”

프랑이 적어준 인사문은 이 신전 내에서는 전형적인 인사였던 모양이나. 내 말에 반응하여 회색 신관들이 우르르 자세를 취했다.

“신에게 기도를! 신에게 감사를!”

신전에 온 이후로 프랑이나 신관장에게 반드시 한 번씩은 지도를 받은 덕분에 기도 포즈도 조금은 익숙해지기 시작했다. 아직 완벽하지는 않지만, 그래도 균형을 잃고 쓰러지는 일은 없어졌다. 오늘 기도는 내가 생각해도 훌륭했다.

내게 가장 어려운 고비였던 인사를 끝나면 포상을 배분한다.

“오늘은 저를 위해 고아원을 매우 깨끗이 청소해 주신 여러분께 포상을 가져왔습니다. 프랑, 힘써 준 모두에게 나눠 주십시오.”

“알겠습니다, 마인 님.”

프랑이 목패를 꺼내 들고 청소를 하지 않았던 자들의 이름을 부르자 수프 배분을 도와주는 회색 신관이 이름이 불린 자를 피해서 걸으며 수프를 나누었다. 급식을 나눠 주는 모습과 비슷하다는 생각을 하면서 지켜보는데 음식을 받지 못한 길과 비슷한 또래의 소년이 분노로 새빨개진 얼굴로 나를 노려보았다.

"이건 불공평해! 신의 은총은 반드시 평등해야 해! 평민이 그런 것도……."

"그렇지요. 신의 은총은 평등하죠."

처음 길이 했던 말과 똑같은 말을 한 소년에게 나는 싱긋 웃어 보였다.

"하지만 이것은 신의 은총이 아닙니다. 제가 열심히 해 준 사람에게 나누는 포상이라고 말했지요? 듣지 않았나요? 포상은 평등하지 않습니다. 안됐지만 일하지 않는 사람은 포상을 받을 수 없습니다. '일하지 않는 자, 먹지도 말라'는 말이 있지요. 여러분, 꼭 기억해 주세요."

설마 반론하리라 생각도 못 했는지 소년은 분노를 잃고 멍한 얼굴로 나를 보았다.

"……포, 포상?"

"네, 포상입니다. 다음번에는 열심히 일해 주세요. 그리고 특별히 열심히 해 준 분에게는 이것도 있습니다. 이름을 불린 분은 그릇을 들고 앞으로 오세요."

루츠가 만들어 준 카르페 버터가 든 찜기 뚜껑을 회색 신관이 열자 버터향이 확 퍼졌다.

프랑이 이름을 부르자 주위를 둘러보며 주뼛거리듯 신관과 무녀가 그릇을 들고 나왔다. 그 그릇에 회색 신관 한 사람이 카르페 버터를 하나씩 올려주었다.

"가장 먼저 달려가서 아이들을 씻겼다고 들었어요. 고마워요."

"매우 민첩하게 청소를 하셨다구요? 루츠가 칭찬하더군요."

"무거운 짐을 솔선해서 옮겨 주셨지요? 수고하셨습니다."

프랑과 길에게 고른 기준을 듣고 전부 메모해 둔 것을 읽었을 뿐인데 다들 몹시 감격한 듯한 표정으로 나를 보았다. 마치 처음 칭찬을 받았을 때의 길과 같은 표정을 짓는 아이도 있었다.

그와 동시에 자신이 가족에게 큰 행복을 받았다는 사실을 깊이 실감했다. 아주 보잘것없는 일을 하게 된 것만으로도 과장되게 칭찬해 주던 가족들의 모습이 떠올랐다. 내가 가족에게 받아 온 것처럼 이번엔 내가 원장으로서 모두의 좋은 점을 찾아서 칭찬해 줘야 한다는 사명감이 들었다.

"앞으로도 힘내 주세요. 자, 다들 드세요."

다음 날은 오후부터 요리 교실을 열었다. 채소를 씻는 담당, 칼질 담당, 냄비에 물을 넣고 불을 피우는 담당으로 나눠서 수프를 만들었다. 오늘 요리 선생님은 투리와 엘라다. 푸고한테는 혼자서 저녁을 열심히 만들게 했다.

엘라와 투리가 가르치는 일은 채소 썰기다. 힘이 있는 성인은 식칼로, 아직 칼을 들기 힘든 수습생은 나이프를 썼다. 완성된 수프가 포상이고, 그대로 저녁이 되므로 모두 진지했다. 모두 처음 원형을 본 채소와 고기에 흥미진진해하며 익숙지 않은 손놀림으로 채소를 씻고 썰었다.

나는 마인 공방에서 처음 요리하는 모두를 시찰했다. 청색 무녀이므로 보는 것뿐이라면 괜찮지만, 손을 대는 건 엄금이라고 프랑에게 들었다. 어디선가 시선이 느껴진다 싶어서 돌아보니 어제 땡땡이쳐서 포상을 받지 못했던 소년이 나를 힐끗힐끗 쳐다보며 솔선해서 만드는 모습이 보였다. 자기주장이 강한 모습에 흐뭇해진 나는 포상으로 소년에게 과일을 좀 더 많이 올려 주었다.

신제품 고안

고아원은 순조롭게 시작되었다. 요리 교실을 개최한 이후에 몇 번인가 수프를 만듦으로써 익숙해져서 시간도 단축되었고, 손질한 채소의 크기도 조금씩 맞춰져 갔다. 가끔 이상한 재료를 넣으려는 아이가 있지만, 다른 아이들이 힘을 합쳐 막아 준 일도 재미있었다. 적당히 배불리 먹게 되어서인지 모두의 표정이 부드러워진 듯한 느낌이 들었다.

오전에 신전 업무를 보고 오후는 고아원 청소와 수프 만들기가 습관화되기 시작했을 즈음, 아빠와 투리의 휴일이 딱 맞아떨어지는 날이 왔다. 며칠 동안 다른 마을에 갔다가 막 돌아온 벤노에게 사정사정해서 그날 루츠를 빌리는 허가를 받아 냈다.

"벤노 씨! 그날 하루 루츠를 빌려주세요!"

"상관은 없다만, 너의 하루도 내놔."

"……방금 이상한 눈빛을 하지 않았나요?"

"네 기분 탓이겠지."

절대로 기분 탓이 아닌데.

눈앞에 앉은 벤노를 조금 경계하면서 루츠를 데리고 나갈 허가를 받았으므로 다음은 투리와 아빠다.

"아빠, 투리, 부탁이야. 고아원 아이들을 숲에 데려가고 싶어! 아빠가 함께라면 낯선 아이들이라도 특별한 추궁 없이 문을 통과할 수 있잖아?"

"……딱히 상관은 없는데, 고아들을 마을 밖에 데리고 나가도 되나?"

"신관장님한테 허가받았으니까 괜찮아."

아빠는 내 말에 납득이 가지 않는 듯한 표정을 지으면서도 허가가 나왔다면 좋다고 승낙해 주었다. 투리도 숲에 갈 예정이어서 괜찮다고 말해 주었다.

"데리고 가는 건 괜찮은데, 그 아이들에게 뭘 시키려고?"

"루츠한테 종이 제작을 부탁해 뒀는데 틈틈이 숲에서 채집하는 방법을 가르쳐 주려고. 숲에도 가 본 적이 없으니까."

수프 만들기를 가르쳐주러 왔었던 투리는 고아원 아이들이 자신들의 상식과는 다른 세계에서 살았다는 사실을 잘 안다. 나이프나 식칼을 쥐는 방법부터 가르쳐야 했던 투리는 조금 곤란하다는 표정을 지었다.

"모두가 처음 숲에 가는 아이들이라면 인솔해 줄 사람이 더 있는 편이 좋지 않아?"

"그건 그렇지만, 종이 만드는 방법이 공개되어 버리니까 되도록 가족 선에서 해결하고 싶어."

"알았어. 도와줄게."

"해냈다! 투리, 고마워."

이렇게 해서 세례 전부터 수습생 연령대인 고아들을 중심으로 숲에 데리고 가게 되었다. 성인 신관들은 몇 명뿐이다. 많은 신관이 가고 싶어 했지만, 이번에는 신전에서 일해야 했다. 숲에는 오전부터 가야 해서 종이를 만들 시간이 없어져 버리기 때문이다.

바구니와 나이프, 나무를 자를 손도끼 같은 도구를 포함해 냄비와 찜기도 가져갔다. 루츠에게는 세례 전에 루츠와 둘이서 했던 것처럼 숲에서 포린을 채집하고, 찌고, 껍질을 벗기는 작업을 고아들에게 가르치게 한다. 찌는 동안에는 아빠와 투리가 채집 방법을 가르쳐 주기로 했다. 다만, 고아들의 입에서 정보가 유출되는 불상사를 막기 위해 나무의 특징은 가르쳐도 이름은 알려주지 말 것, 재나 점액에 대해서도 당분간은 정보를 감추기로 했다. 종이를 팔다가 누군가가 계약 마술에 걸리는 위험을 막기 위함이었다.

"마인 님, 나 제대로 배워 올게."

"응, 길. 종이 제작 방법이랑 숲에서 채집하는 방법도 잘 배우고 오도록 해."

길과 고아들은 눈을 반짝이며 숲에 갔지만, 나는 신전을 지켜야 했다. 프랑과 함께 신관장의 방에 가서 서류 업무에 힘쓰고 기도 문구를 철저하게 배우면서 발놀림이나 손가락 움직임 하나하나까지 지적을 당했다.

언뜻 보기에 평화로운 일상이지만, 내 머릿속은 휘몰아치는 태풍이었다. 아니, 쪼들린다는 표현이 좋을 듯하다. 내 방과 주방, 그리고 고아원을 정돈하는 데에 엄청난 돈을 썼다. 굉장한 기세로 돈이 사라졌다. 앞으로 내가 모르는 귀족의 의무니 뭐니가 얼마나 나올지, 얼마나 돈이 필요할지 모르기에 조금은 수입이 필요했다.

"얼마 전에 옷걸이는 팔렸고, 요리 관계는 조금 뒤에, 적어도 레스토랑이 시작한 뒤가 좋고……. 뭔가 없을까? 전에 루츠랑 얘기했던 거를 상품화할까? 음……."

"마인 님, 조금 전부터 뭘 고민하고 계십니까?"

"잠깐, 돈벌이……."

슬슬 모두가 처음 간 숲에서 돌아오는 시간이라 마중을 나가는데 문 쪽에서 즐거운 듯한 목소리가 들려 왔다. 즐거운 미소로 아이들이 우르르 뛰어들어왔다.

"마인 님! 다녀왔습니다!"

"어서 와. 많이 따 왔니?"

"흑피를 엄청 많이 들고 왔어요."

"내가 제일 많이 가져왔어!"

"그래. 다들 대단하네. 그럼, 흑피를 공방에 널러 갈까. 루츠, 부탁해."

마인 공방에는 루츠가 흑피를 널러 가고, 나이프 손질과 주의점에 대해서는 아빠가 설명하며 투리가 채집해 온 재료를 먹는 방법과 사용 방법을 가르쳤다.

"그럼, 여러분들을 위해 이것저것 가르쳐 주신 선생님들께 감사 인사를 합시다."

나는 단지 "고맙습니다." 라는 말로 깨끗하게 마무리를 지을 생각이었는데, 이곳은 신전이었다. "선생님께 감사를!" 하고 전원이 무릎을 꿇고 절을 했다. 아빠와 투리가 움찔하며 한 발짝 물러섰다.

"……저기 이건 신전에서 감사하는 방법인데 그, 신님이랑 동급으로 감사하다는 뜻이야……."

"아아, 알고 있어. 알고는 있다만…… 놀랍네."

작은 목소리로 아빠와 투리에게 설명한 후, 감사 인사를 끝낸 아이들에게 고아원으로 돌아가도록 재촉했다.

"남은 신관들이 수프를 만들어 줬어요. 식사는 손을 깨끗이 씻고 먹어야 합니다. 그리고 오늘은 반드시 몸을 깨끗이 씻고 자도록 해요. 더워서 땀을 많이 흘렸죠?"

고아원에 돌아가는 아이들을 배웅한 후 나는 하아, 하고 한숨을 쉬었다.

"다들 미안. 여기서 기다려 줘. 나도 옷 갈아입고 올게."

프랑과 함께 방으로 돌아가서 델리아의 도움을 받으며 옷을 갈아입었다. 벤노의 상점에 들를 예정이 있어서 수습복으로 신전에 왔을 땐 파란 의복만 벗고 돌아가면 되는데, 오늘은 숲에 간 투리와 똑같이 평상복을 입고 온 탓에 하늘하늘한 블라우스를 벗고 전부 갈아입어야 했다.

"마인 님, 평소에 입을 파란 의복을 여러 벌 준비해 주세요. 지하에 가서 먼지투성이가 되면 빨아야 하니까 갈아입을 옷 정도는 준비해야죠."

델리아에게 불평을 들었다. 파란 의복은 마치 비단 같은 감촉인 고급 천이다. 지으려면 상당한 돈이 든다. 진지하게 돈벌이를 고민해야 할 것 같다.

"기다렸지?"

옷을 갈아입고 공방으로 돌아가 문단속을 하고 문을 잠갔다. 열쇠는 프랑에게 맡기고 오늘은 모두와 함께 집으로 돌아갔다.

"루츠, 오늘 마인 님의 행동을 보고하겠습니다."

목패를 안은 프랑이 루츠에게 오늘의 행동과 상태에 관해 전달했다. 매일같이 해야 하는 보고지만, 밖에서는 잉크 뚜껑을 열어 펜을 꺼내기도 어려워서 무슨 일이든 메모할 수 없는 프랑의 모습을 보고 정신이 퍼뜩 들었다.

'혹시 만들면 편리할지도?'

아직 종이가 비싸고 메모장이 보급되지 않은 지금이라면 다소 수요가 있을 터였다. 어쩌면 이미 보급되고 있을지도 모르지만 프랑과 루츠에게 선물하기엔 딱 좋다. 제작 방법이나 재료 생각에 빠져 있는 동안 아빠가 나를 안아 올렸는지 정신을 차리니 어느새 중앙 광장 근처까지 이동한 뒤였다.

"루츠, 루츠!"

아빠에게 안긴 나는 투리와 함께 아래를 걷는 루츠를 불렀다.

"벤노 씨라면 금속 가공 공방에도 지인이 있겠지?"

"있기는 한데……. 뭔가 떠오른 게 있어?"

"응! 먼저 판자를 가공할 줄 아는 랄프나 지크한테 부탁하고 싶은데."

손재주가 용한 루츠라도 목재를 다루는 일은 장인을 목표로 실력을 쌓는 랄프나 지크에게는 전혀 비교할 수 없었다. 옷걸이 만들기를 도와줄 때 깨달았다. 그리고 이번에는 루츠에게 선물을 하고 싶으므로 본인이 아닌 랄프나 지크에게 부탁하는 편이 좋겠지.

"뭐야, 아빠한테는 부탁 안 해?"

"아빠는 오늘 하루 종일 열심히 일해 줬잖아. 그러니까 됐어."

"아직 열심히 할 수 있는데?"

"정말? 술 마시고 그냥 자 버리는 거 아냐?"

나는 살짝 입술을 삐죽이면서 아빠의 얼굴을 들여다보았다. 초보들만 인솔해서 숲에 가는 바람에 지쳤을 테니 돌아가면 분명 술을 마시고 곯아떨어지는 코스가 될 것이 눈에 뻔했다.

"……괜찮다."

"아빠가 괜찮다는 말은 못 믿어. 술 마시고 자 버릴 거야. 분명히."

내 마음의 목소리와 투리의 목소리가 겹쳤다. 투리에게 지적받은 아빠는 미간에 주름을 새기며 점차 시무룩해졌다.

"지금부터 루츠 집에 가기도 미안하니까 술 마시기 전에 해 준다면 이번엔 아빠한테 부탁할 텐데."

"먼저 해 주면 되지? 정말이지, 우리 집 딸들은 에파를 닮아 가는구나."

"……귄터 아저씨는 그게 귀여워서 미치겠지? 몇 번째 듣는 말인지 모르겠어."

어깨를 으쓱하는 루츠의 말에 웃음이 일었다. 나는 아빠에게 루츠의 손 크기를 재게 하고 집에 돌아왔다.

"그래서 뭘 만들면 되냐?"

집으로 돌아오고 아빠가 술을 참으면서 저녁식사를 마쳤다. 나는 창고에서 적당한 판자와 도구를 뒤적거리며 찾기 시작했다.

"저기, 아빠. 두꺼운 판자를 사각형으로 파내서 밀랍을 부어 넣는 방법이랑 얇은 판자 주변에 약간 높이를 세워서 판자를 박은 후에 밀랍을 부어 넣는 방법이랑 어느 쪽이 간단해?"

"그야 판자를 박아 붙이는 편이 간단하지?"

"밀랍이 흐르지는 않을까?"

"어떻게 만드느냐에 달렸지만, 괜찮다."

아빠가 일거리를 맡아 주었기에 나는 뒤적뒤적 판자 조각이 쌓인 바구니를 들여다보며 적당한 크기의 판자를 찾았다.

"그럼 이 정도 두께의 판자로 내 손바닥 크기랑 루츠 손바닥 크기랑 아빠 손바닥 크기로 두 장씩 만들어줬으면 해."

"높이는?"

"내 손가락 두께 정도로 밀랍이 흘러넘치지 않게 판자 주변을 전체적으로……. 아, 이 끝부분은 끈이나 고리를 넣을 거니까 구멍을 내줘. 이런 게 필요해."

석판에 그림을 그리면서 설명하자 아빠는 턱을 쓱쓱 만지면서 끄덕이고는 만들기 시작했다.

아빠가 작업하는 동안 나와 투리는 목욕을 했다. 본격적인 여름이 다가오는 계절이라 서류 업무를 해도 땀이 났고, 투리는 숲에 갔기 때문에 흙먼지로 더러웠다.

"저기, 마인. 아빠가 만드는 건 완성되면 뭐가 돼?"

대야에 넣고 투리가 손수 만든 린샴으로 나를 먼저 대강 씻겨 주었다. 두피를 마사지받는 좋은 기분에 황홀해하면서 나는 대답했다.

"메모장."

"메모장이라니, 네가 실패작을 모으던 종이 뭉치 아냐?"

"사실은 완벽한 종이를 묶고 싶었어."

살짝 웃으면서 나는 머리와 몸을 닦았다. 다 닦은 후 투리와 교대해서 이번에는 내가 투리의 머리를 감겼다.

"정확히는 '서자판'이나 '이북 리더기'나 '디프티카'라고 하는데, 석판과 달리 지우기 힘든 메모장이라고 보면 돼."

"벤노 씨한테 금속을 가공하는 공방에 데리고 가 달라고 부탁한다던 거는?"

"철필을 만들려고."

다음 날, 아빠가 가공해 준 판자를 넣은 토트백을 루츠에게 들게 하고 나는 평소대로 루츠와 함께 길베르타 상회로 갔다. 어제 루츠를 빌린 대신 오늘은 내가 하루 내내 구속당하기로 약속했으니 마침 잘 되었다.

"벤노 씨, 밀랍을 파는 상점과 금속을 가공해 주는 공방을 가르쳐 주세요."

"이번엔 뭘 꾸미고 있지?"

"꾸민다는 말은 듣기 좀 그렇네요……. 루츠와 프랑에게 선물하고 싶은 물건이 있는데요, 제가 만들 수는 없으니까 공방을 소개받고 싶어서요."

내 말에 루츠가 내 토트백에 시선을 떨어뜨렸다. 꽉 채워진 판자를 보고 이상한 듯한 표정을 지었다.

"나랑 프랑이라니……. 길은 괜찮아?"

"아직 글을 쓸 수 없으니까 실이랑 델리아는 석판 쪽이 좋아."

"흐음……."

입에서는 말을 흐렸지만, 루츠는 기쁜 듯 입가가 올라갔다. 그에 반해 벤노의 입가는 아래로 내려갔다.

"어이, 마인. 나한테는 아무것도 없나?"

"……벤노 씨는 완성품을 보고 필요하다 싶으면 목공방에 제대로 주문하는 편이 좋아요. 풋내기가 만든 건 어울리지 않거든요."

큰 상점의 주인님으로 뭐든지 고급품에 둘러싸인 벤노가 서툰 솜씨로 만든 서자판을 들고 있다면 이상할 것이 분명했다. 감사의 뜻으로 선물해도 좋지만, 장인이 제대로 만든 물건이 아니라면 딱히 쓰게 하고 싶지 않았다.

"밀랍 상점과 대장간이지? 자, 가자."

양초를 만들어 파는 상점에 따라가서 판자로 둘러싸인 중심부에 밀랍을 녹여 넣도록 부탁했다. 접수대 너머로 공방이 보였는데, 아빠가 만들어 준 판자 여섯 장을 늘어놓고 거기에 녹인 밀랍을 주르륵 흘려 넣는 모습이 보였다. 1분도 걸리지 않는 작업이다. 다만 굳기까지 기다리는 시간이 훨씬 길다.

"우리한테는 간단한 일이다만, 이상한 의뢰군. 이건 뭐에 쓰는 거냐?"

"음, '서자판'이에요."

기다리는 동안 접수대로 나온 아저씨와 대화를 나눴지만, 그다지 팟 떠오르는 물건은 아닌 듯하다. 당연한 말이지만, 밖에서 글을 쓰지 않는 사람에게는 전혀 수요가 없다. 그렇게 생각하면 서자판은 상품으로서 쓸모없을지도 모른다.

다른 상품도 생각해야 할지도.

밀랍이 어느 정도 굳기를 기다린 뒤에는 대장간으로 향했다. 이렇게 원하는 물건이 간단히 손에 들어오는 것을 보면 조력자와의 인연이 참으로 중요하다는 것을 깨달았다. 내가 마인이 됐을 때 집에서 시행착오를 거듭하던 때와는 천지 차이다.

"길베르타 상회의 벤노인데, 주인장 있나?"

장인 거리의 대장간으로 향하고 문을 연 벤노가 안쪽을 향해 말을 걸었다. 여름의 햇살로 더운 바깥보다 훨씬 뜨거운 열기가 문 너머에서 물씬 풍겼다. 금속을 가공하는 공방이라 불을 쓰는 것이 당연하지만, 깜짝 놀랄 정도의 열기였다.

대체 어떤 작업을 하는지 두근거리면서 안을 들여다보았다. 가장 열이 많이 나는 공방은 굳게 닫힌 문 너머에 있는지 문지기 같은 수습생이 안쪽으로 들어가 버리자 주문을 받는 접수대 겸 테이블과 간소한 둥근 의자밖에 보이지 않았다.

상품도 아무것도 없는 상점 안을 둘러보자 상점 안쪽에서 체구가 크고 내 허리보다 두꺼운 팔뚝에 수염은 짙은데 머리숱은 적은 아저씨가 육중하게 걸어 나왔다. 날카로운 커다란 눈이 조금 무섭다.

"오, 벤노. 무슨 일이야? 또 귀족님이 쓰실 단추냐?"

"오늘은 단추가 아냐. 이 녀석의 주문을 들어 줬으면 해서."

"이 쬐끄만 아가씨 말야? 뭐냐, 말해 봐라."

"어, 음! 우선 둥근 고리로 판자끼리 연결해 줬으면 해요. 이런 식으로."

석판에 판자와 판자가 메모장처럼 고리로 연결된 그림을 그려 보이자 주인장이 끄덕였나.

"그리고 '철필'이 필요해요."

"철필?"

서자판 그림을 지우고 나는 내가 원하는 철필을 그림으로 그리기 시작했다. 밀랍에 글자를 새겨 넣도록 끝은 뾰족한 샤프 같은 모양으로, 반대편은 글자를 지울 수 있게 주걱처럼 평평한 철필이다. 되도록 판자를 고정하는 고리에 끼울 수 있게 끼우개도 붙여 줬으면 했다.

"이걸 세 사람치 부탁할게요."

"뭐냐, 이건? 꽤 세밀한데. ……어이, 요한! 네가 만들어 봐라."

석판을 보면서 고개를 갸웃거리던 주인장이 굳게 닫힌 안쪽 방을 향해 소리쳤다. 그러자 밝은 주황색 곱슬머리를 뒤로 묶은 십대 중반쯤 되는 소년이 나왔다.

“이 녀석은 수습생인 요한이다. 수습생이지만 상당히 세밀한 작업을 하지. 실력은 이미 어른 못지않아.”

“요한입니다. 잘 부탁합니다. 그런데, 주문은?”

나는 석판을 보이며 주인장에게 한 것과 똑같이 설명했다. 요한은 목패를 꺼내 들고 끄적끄적 설계도 같은 그림을 그려 갔다. 내가 그린 것보다 깨끗하다. 역시 장인.

“끝은 얼마나 가늘어야 해?”

“바느질 바늘 정도로 가늘고 끝을 뾰족하게 만들어 주세요. 그런데 그래서는 잡기 어려우니까 여기 잡는 부분은 펜 정도 굵기로…….”

“그래서는 정확하지 않아.”

가볍게 한숨을 내쉬고 펜을 놓은 요한이 일단 상점 안쪽으로 돌아가 둥근 봉을 몇 개나 들고 왔다. 그 봉을 접수대 위에 올리고 각각 쥐어 보도록 지시했다.

“어느 굵기가 잡기 쉬워?”

“음, 나는 이게 제일 잡기 쉬운데. 루츠는?”

“난 펜으로 만든다면 이쪽이 잡았을 때 느낌이 딱 좋아.”

나와 루츠는 손 크기가 달라서 잡기 쉬운 굵기와 무게도 달랐다. 나는 벤노를 올려다보며 부탁했다.

“프랑한테도 만들어 주고 싶으니까 벤노 씨가 골라 주세요.”

“……이거. 이건 두 개다. 내 것도 만들어.”

“네? 그치만 철필만 만들어 봤자 서자판이 없으면 못쓰는데요?”

“나중에 만들 거니까 상관없다. 금속 가공은 시간이 걸리니까 먼저

주문해 두는 편이 좋아.”

나는 벤노의 말을 듣고 “전부 네 개 부탁합니다.” 하고 요한에게 말했고, 요한은 끄덕이더니 계속해서 질문해 왔다.

“이 주걱이라는 부분은 어떤 느낌이야? 어디에 쓰는데? 폭은 어느 정도? 이 부분의 각도는? 이 끼우개라는 건 뭐지? 고리에 끼운다고? 그럼 고리 굵기는 철필에 맞춰야 하잖아. 길이는?”

깜짝 놀랄 만큼 세밀하지만, 그만큼 심혈을 기울여 준다면 납득이 가는 물건을 완성해 줄 터였다. 기뻐진 나는 계속해서 대답해 갔다.

그 옆에서 주인장과 벤노가 요한 이야기를 하고 있었다. 세밀함을 고집하는 상당히 장인 기질이 있는 신경질적인 아이인데, 일은 완벽하지만 느리다. 지나친 질문 때문에 의뢰주가 성가셔하는 경우도 많다고 한다. 나는 세세하게 물어보는 쪽이 기쁜데, 세상에는 그렇지 않은 사람도 많은 모양이다.

“요한이 조금만 더 타협이라는 것을 알아 준다면 살기 쉽겠다만, 타협을 하지 않으니 그만큼 좋은 물건을 만들지. 녀석의 실력을 살릴 수 있는 후원자가 필요한데 자네 주변에는 없나?”

벤노는 잠시 망설인 후, 나를 힐끗 보았다.

“아무리 그래도 아가씨는 너무 어리잖아. 적어도 성인에다 자유롭게 쓸 수 있는 돈이 있는 녀석이 아니면 후원자는 무리겠지.”

“그렇지.”

벤노가 거기서 대화를 끝냈으니 나도 입을 다물었다.

이래봬도 일단은 공방장이고 자유롭게 쓸 돈이라면 조금은 있는데. 저 세심함이 마음에 드니까 완성품이 괜찮으면 금속을 가공할 때에 특별히 후원해 주겠어요. 응.

"어이, 마인. 멍하니 있지 마. 주문이 끝났으면 다음은 목공방이다."

나를 휙 들어 안고 벤노가 발 빠르게 제조 공방을 나섰다. 아무래도 벤노는 자신의 서자판을 만들 의욕에 불타오른 듯하다.

서자판과 카루타

대장간을 나와 목공방에 갔다. 어느 공방도 장인 거리에 있어서 가까웠다. 공방 세 군데 정도를 지나쳐 나온 곳은 큰 나무를 배경으로 끌과 톱이 교차하는 디자인이 조각된 문이었다. 그 문을 열고 나를 안은 벤노가 안으로 들어갔다.

“길베르타 상회의 벤노다만, 주인장은 있는가?”

“죄송합니다. 주인장님은 계시지 않는데…… 아, 마인!?”

“아, 여기가 지크 오빠가 일하는 공방이었어?”

목공방에 있던 사람은 익숙한 얼굴이었다. 루츠의 둘째 형인 지크가 벤노에게 안긴 나와 눈이 딱 맞는 위치에서 멍하니 입을 쩍 벌리고 있었다.

“……아는 아이냐?”

“루츠의 형이에요. 위에서 두 번째요.”

벤노가 나를 내리고 나서야 지크의 시야에 겨우 루츠의 모습도 들어온 모양이었다. “……루츠, 맞지?” 하고 조그맣게 중얼거리는 소리가 들렸다. 루츠는 길베르타 상회에서 빌린 방에서 옷을 갈아입은 상태였다. 수습복을 입고 머리를 정리한 모습을 지크는 처음 본 것이 틀림없었다. 숲에 가는 평상복을 입고 바구니를 등에 진 모습과 수습생인 루츠는 다르게 보였다.

“흠. 루츠의 형인가. ……주문하고 싶은 물건이 있는데, 괜찮나?”

“자, 잠깐만 기다려 주세요. 보좌를 부를게요.”

지크가 허둥대는 모습으로 공방 안쪽으로 뛰어들어갔고, 얼마 뒤 체격이 단단한 남성이 나왔다.

"여어, 벤노 씨. 어서 옵쇼. 이번엔 뭘 만듭니까?"

벤노가 루츠를 부르자, 루츠는 프랑을 위해 만드는 서자판을 쓱 꺼내어 테이블 위에 올렸다. 벤노는 그 서자판을 가리키면서 주문했다.

"이것과 똑같은 크기로 이 판자 부분을 만들었으면 하네. 앞면에는 우리 상점의 문장을, 뒷면에는 내 이름을 새겨 줘."

보좌는 줄자를 꺼내 이쪽저쪽을 재면서 목패에 길이를 써 내려갔다. 어느 나무를 쓸지, 문장, 이름의 철자, 글씨체 등을 확인하면서 상의하고 있는데, 루츠가 신경 쓰였는지 안쪽에서 지크가 나왔다.

"지크 오빠. 나도 주문해도 돼?"

"네가? ……상관은 없는데?"

"딱딱하고 얇은 판자가 필요해. 크기는 전부 똑같이 맞춰서 이 정도로……."

내가 손으로 크기를 만들자 지크가 허둥대며 줄자를 가져왔다. 가로세로를 재서 크기를 정확하게 정하고 두께도 정했다.

"같은 걸 70장 만들어 줘."

"70장!? 그렇게 많은 걸 어떡하려고?"

"우후후~ 기본 문자 35자로 **'카루타'**[1]를 만들 거야."

나의 시종 수습생인 길과 델리아도 아직 글을 읽지 못한다. 프랑처럼 서류 업무를 돕거나 편지 대필 작업도 시종의 일이므로 읽고 쓰는 능력이 필요하다고 한다. 프랑에게만 선물을 주면 토라진 길의 모

1 일본의 전통 카드놀이. 문장이 적힌 패와 문장의 첫 글자와 그림이 그려진 패가 한 짝이며 낭독자가 문장이 적힌 카드를 읽으면 경쟁자가 그 카드와 짝이 되는 카드를 찾아내는 식으로 놀이를 진행한다.

습이 눈에 훤했다. 길에게도 뭔가 선물을 주자고 생각했을 때, 재밌게 글을 외울 수 있는 물건이 있으면 좋겠다고 생각한 것이다. 나무판자로 카루타를 만들어 두면 고아원 아이들도 함께 놀 수 있을 터였다. 고아들도 어차피 성장하면 글을 배워야 하므로 어릴 때부터 놀이 감각으로 익히는 것이 제일이었다.

"카루타? 또 이상한 거 만들어?"

"응, 그래. 언제까지 완성될 것 같아?"

"……크기를 맞춰서 자르기만 하면 되니까."

"자르기만 하면 안 돼. 표면과 모서리가 매끄러워지도록 반듯하게 손질해야 해."

"그 비녀처럼?"

내가 크게 끄덕이자 지크가 머리를 긁적였다. 하나하나 손질하기에는 시간이 걸리겠지만, 카루타 판자는 그렇게 급하지는 않았다.

"따로 주문한 물건이 열흘 정도 뒤에 완성되니까 그때까지 완성되면 돼."

"그 정도면 여유 있네."

"금액은 전에 만들어 줬을 때보다 두 배면 어때?"

"그건 잠깐 보좌한테 물어봐 줘. 난 금액은 잘 모르거든."

지크가 그렇게 말하자 벤노와 상담이 끝난 듯한 보좌가 잠시 얘기를 들었는지 불쑥 이쪽으로 얼굴을 내밀었다.

"전에 만든 거라니?"

"겨울 손작업 때 지크가 비녀를 만드는 걸 도와줬어요. 중동화 1닢에."

"그 말인즉, 이번에는 중동화 2닢이군. ……개인에게 부탁한다면 그 금액으로 문제없다만, 공방에 주문하기에는 부족해."

보좌는 히죽히죽 웃으면서 그렇게 말했지만, 나는 그런 무모한 가격을 설정할 생각은 전혀 없다. 종이를 만들 때 목재상에서 파는 나무 가격도 알고 있다. 일반적으로 장인이 받는 급료도 잘 안다. 루츠도 나와 똑같이 느꼈는지 내 옆에서 날카로운 눈빛으로 보좌를 노려보았다.

"공방 수수료를 우리 상점과 똑같이 30프로로 가정해서 나무 원가나 장인에게 지급할 돈을 고려하면 마인이 제안한 금액은 조금 여유가 있을 만큼 타당한 금액입니다. 고작 한 장도 아닌 70장이나 되는 주문이구요."

겉모습이 세례도 치르기 전인 어린애로 보인다고 마인을 완전히 우습게 봤죠? 하고 루츠가 마르크와 똑 닮은 웃음을 짓자 보좌의 얼굴이 굳어졌다.

"루츠! 너 무슨 짓이야!?"

"일하는 중이야."

집안에서 루츠를 꾸짖는 목소리로 지크가 소리쳤지만, 루츠는 보좌에게서 시선을 떼지 않은 채 조용히 대답했다. 벤노와 마르크에게 상당한 훈련을 받았는지, 루츠는 당당하게 보좌와 협상을 했다. 작년 이맘때쯤에는 시장에 적힌 가격표밖에 숫자를 못 읽었고, 자기 이름을 겨우 쓰게 됐다며 기뻐하던 루츠의 성장이 뚜렷이 나타났다.

"지크 오빠, 루츠는 보좌분과 협상 중이니까 방해하면 안 돼. 지크 오빠는 자기 입으로 금액은 잘 모른댔잖아?"

내가 막자 지크는 곤란한 듯이 나와 루츠 사이에서 시선을 헤맸다.

"마인……. 하지만 루츠가 저런……."

"루츠는 상인 수습생으로 엄청 노력하고 있어. 지크 오빠가 장인으로서 기술을 익히듯이, 루츠는 상인으로서 갖춰야 할 지식과 기술을 익혔어."

정보 전달이 입으로밖에 이루어지지 않는 것이나 마찬가지인 이곳에서 부모에게 배운 가업 외의 직장에 취직한다면 성공하는 경우는 거의 없다. 아마 집에서는 상인이라는 직업을 부정하는 만큼 루츠가 현장에서 일하는 모습을 보는 건 처음일 터였다. 지크는 뭔가 말하고 싶어도 말이 나오지 않는 복잡한 표정으로 루츠를 보았다.

"지크 오빠, 루츠의 노력을 조금이라도 좋으니까 인정해 줘."

"……."

보좌와 루츠가 협상한 결과, 처음 내가 제시한 금액으로 결정이 났다. 루츠의 성장을 만족스럽게 지켜보던 벤노가 한쪽 팔로 나를 안아 올리고 다른 한 손으로 루츠의 머리를 거칠게 쓰다듬으면서 목공방을 나왔다. 벤노의 어깨 뒤로 복잡한 표정을 짓는 지크가 보였다.

열흘 뒤에는 철필과 카루타의 원형이 되는 판자가 완성되었다. 물론 벤노가 주문한 서자판도 완성되었다. 벤노는 화려한 서자판을 안고 기분 좋게 밀랍 상점에 가서는 밀랍을 녹여 넣어서 완성했다.

"마인, 그래서 이걸 어떻게 쓰지?"

길베르타 상회에 돌아온 벤노는 들뜬 모습으로 서자판을 꺼냈다. 자신의 서자판을 안은 루츠도 매우 흥미롭게 들여다보았다.

"이건 출장지에서 각서를 쓰기 위한 물건이에요. 이 고리에 걸린 철필로 밀랍에 글자를 새기는 거죠. 한쪽 면은 한 손으로 들 수 있는 크기고, 종이와 다르게 딱딱한 판자라서 쓰기도 쉽잖아요? 옆에서 잉크병을 들어 주지 않아도 쓸 수 있는 점이 서자판의 매력이에요."

벤노가 즉시 서자판을 손에 든 상태로 글자를 썼다. 철필로 가늘게 새기는 느낌으로 쓰니 하얀 자국이 남았다.

"……그렇군. 밀랍에 필적을 남기는구나."

"네. 닫아 버리면 석판과 달리 글씨가 지워질 일도 없죠. 다만 각서에 쓸 물건이니까 돌아가서 종이나 목패처럼 보관할 수 있는 물건에 새로 적어야 하긴 하지만요. 옮겨 적고 난 후에는 이 평평한 부분으로 밀랍을 고르게 다듬으면 또 쓸 수 있을 거예요……, 아마도."

나도 써 본 적은 없다. 그저 책에서 읽었을 뿐이다. 옛날 조세를 거두던 사람이 말에 올라탄 채 메모하는 데 서자판을 썼다고.

"안에 밀랍이 울퉁불퉁해져도 밀랍을 긁어서 다시 채워 넣으면 쓸 수 있어요. ……이건 상품이 될까요?"

"글을 읽고 쓰는 상인이나 귀족 전용으로는. 고객층을 고려하면 목공 조각이 가능한 공방을 확보해서 테두리에 반드시 장식을 넣어야겠지. 다만, 잉크가 필요 없고 곧바로 쓸 수 있다는 점은 편리해서 좋군."

자신의 이름과 상점의 문장을 쓰다듬으며 벤노가 그렇게 평가했다.

"팔릴까요?"

"상인에게는 팔리겠다만, 귀족은 애매하네. 시종이 붙어서 항상 펜과 잉크를 지참하고 다니니까. ……그렇게 생각하면 오히려 시종에게 필요할지도 모르겠어."

"저도 프랑을 보고 떠올렸거든요. 시종이 쓴다면 화려한 장식은 그다지 필요 없으니까 가격도 낮출 수 있겠네요."

"좋아, 권리를 사 두지."

나는 재빨리 벤노에게 서자판의 권리를 팔아넘겼다. 철필을 만들 필요가 있는 이상 지금 마인 공방에서 서자판 제작은 불가능한데다 지금은 당장 돈이 필요했다.

“그런데, 마인. 이쪽 판자는 뭐에 쓰려고?”

가방 안에 어지럽게 들어가 있는 판자들을 가리키며 벤노가 물었다. 이곳에서는 상품을 봉투에 넣어 주는 서비스는 없다. 기본적으로 자기 가방에 담아서 돌아간다. 카루타가 완성되면 정리하기 쉽게 아빠에게 상자를 만들어 달라고 부탁하는 편이 좋을지도 모른다.

“이건 **카루타**인데 아직 미완성이에요. 이제 적어 넣어야 하거든요. 이 절반은 그림패인데 기본 글자와 그 글자의 첫 글자가 되는 물건의 그림을 그려요. 예를 들어…….”

나는 서자판을 열어 한쪽에는 그림패, 한쪽에는 글자패를 즉석에서 만들어 봤다. 첫글자 ‘ㅊ’과 철필을 그림으로 그렸다. 나머지 한쪽 패에는 ‘철필. 서자판에 글자를 쓸 때 쓰는 것’이라고 문장패를 만들었다.

어때, 하고 벤노에게 보이자 벤노는 굉장히 당황한 표정으로 나를 보았다.

“……설마 이걸 전부 네가 적는다고?”

“그런데요?”

카루타를 모르는 사람에게 어찌 맡길쏘냐. 길에게 줄 선물은 내가 완성할 생각이었다. 당당하게 그렇게 말하자 루츠가 머리를 싸쥐었다.

“마인, 다른 녀석한테 맡겨. 특히 그림은. 그래서야 대체 뭘 그렸는지 전혀 모르잖아. 오히려 길이 곤란할 거야.”

“글씨는 잘 쓰지만 그림은 형편없군.”

두 사람의 가차 없는 평가에 나는 숨을 멈췄다. 그리는 일이 딱히 싫지는 않았다. 적어도 우라노 때에는 형편없다는 말을 들은 적은 없었다.

"……그, 그렇지 않아! 조금 과장되게 그려서 그렇게 보일지도 모르겠지만, 전위적일 뿐이라고! 어차피 세계가 곧 날 따라오게 되어 있으니까 괜찮아."

"무슨 말인지 전혀 모르겠다만, 사실을 인정해. 그림은 다른 녀석에게 맡겨. 알겠니?"

형편없지 않거든.

벤노와 루츠의 의견이 바른지 어떤지 몰랐던 나는 다음날 신전의 내 방에서 시종들에게 의견을 물어 보았다.

"……그런 식으로 벤노 님한테 들었는데."

내가 서자판에 그린 그림을 보이면서 설명하자 델리아의 눈이 동그래졌다.

"벤노 님이 하신 말씀이 맞네요. 마인 님은 그림을 본 적이 없으세요?"

"신관장님 방에 가는 복도에 이것저것 걸려 있으니까 아예 본 적이 없진 않겠지? 그냥 마인 님이 형편없을 뿐이라니까."

델리아와 길의 말이 가슴에 깊이 박힌 내가 프랑에게 시선을 돌리자, 프랑이 괴로운 듯 미간을 좁히며 살짝 시선을 피했다.

"……그렇군요. 실로 개성적이라고 말할 수 있겠습니다."

예배실이나 문, 복도에 놓인 종교 관계의 조각상과 그림, 청색 신관의 방에 장식된 미술품만 보며 자란 신전 출신 시종들의 말은 매우 신랄했다. 사실적인 섬세한 표현이 아니면 인정하지 않는 모양이다.

"마인 님, 그림은 빌마에게 맡기시면 어떻겠습니까? 빌마는 예전에 있던 청색 무녀에게 그림 지도를 받았을 겁니다."

"응? 그림 지도? 시종이 그런 것도 할 줄 알아야 해?"

"……주인님의 뜻에 따라 시종에게 요구되는 능력이 가지각색이기 때문입니다."

고아들은 세례를 마치면 예배실이나 복도 청소, 세탁 등 허드렛일을 하는 회색 수습생이 된다. 그때의 성실함이나 재치에 따라 시종이 자신의 후임자로서 시종 수습생으로 뽑을지 어떨지가 정해진다. 시종 수습생이 되면 주거가 고아원에서 귀족 구역으로 옮겨진다. 귀족 구역에서 허드렛일과 크게 다르지 않은 일을 하면서 시종이 되는 데 필요한 능력을 선배에게 철저하게 교육받는다.

"그러므로 손님을 맞이하는 예의범절만큼은 시종이 되면 반드시 배우지만, 섬기는 신관이나 무녀에 따라서 업무 내용은 전혀 다릅니다."

"꽃을 바치는 방법을 교육받는 견습무녀가 있는가 하면, 계산에 특화한 견습신관도 있다는 말이구나."

관심 깊게 설명을 듣던 나는 길에게 물었다. 역시 선물을 받는 처지인 길의 의견이 가장 중요하다.

"길, 어떡할까? 빌마에게 부탁할까?"

"응? 나? 왜?"

영문을 몰라 하는 길에게 나는 포상의 이유를 알려주었다.

"……고아원 아이들에게 매일 몰래 밥을 가져다주고 있지? 이건 그 아이들을 위해서 가장 노력해 준 길에게 줄 포상이야."

"포상이라구? 음……."

그렇게 말한 후, 길이 고민하기 시작했다. 조금 지나자 어째서인지 점점 얼굴이 빨개지더니 결국엔 머리를 싸쥐었다. 그리고 "싫어. 부끄러워서 절대 말 못해." 라는 말을 중얼거렸다. '으으' 나 '아아' 라며 그 자리를 빙글빙글 돌면서 신음하기 시작했다.

혹시 빌마에게 뭔가 좋은 감정이 있는 걸까. 부탁하러 가기가 부끄러운 걸까, 하며 내가 흐뭇한 눈으로 길의 기행을 지켜보자, 큰 결심을 한 듯 길이 번쩍 고개를 들었다.

"그림은 어찌 됐든 상관없어. 마인 님한테 시간이 없다면 빌마한테 부탁해도 괜찮아. 그치만 글자만큼은 마인 님이 적어 줬으면 좋겠어. 마인 님은 글씨, 예쁘니까, 그…… 저기, 으아아아!"

부끄러움을 참지 못했는지 길이 1층으로 뛰어 내려갔다. 쾅! 하고 난폭하게 문이 닫히는 소리가 거세게 울렸다. 아마 자기 방에 틀어박혀 부끄러움에 몸을 떨고 있겠지.

"……마인 님, 어쩌시겠습니까?"

"누군가를 칭찬하는 데 익숙하지 않은 길이 부끄러우면서 필사적으로 칭찬하려는 모습이 매우 귀여웠으니까 전력을 다해 문장패를 만들겠습니다."

"그럼, 그림패는 빌마에게 부탁하시는 거죠?"

필사적으로 웃음을 참는 표정인 프랑의 말에 그림패는 빌마에게 맡기기로 했다. 얘기가 일단락됐으니 슬슬 업무를 시작하려는 프랑을 나는 급히 불러 세웠다.

"프랑, 잠깐만. 이걸 프랑에게."

"……제게?"

나는 프랑용 서자판을 꺼냈다. 들기 쉽도록 손 크기에 맞췄기 때문에 크기는 다르지만 내 것과 똑같은 서자판이다.

"프랑은 업무가 제일 많잖아. 성인이 된 시종이 프랑 혼자뿐인데 내가 고아원 원장까지 맡아 버려서 매일 일하느라 힘들지? 힘내 줘서 정말 고마워. 그 포상이야."

프랑에게 서자판의 사용법을 설명하고 문에서 곤란해 하는 프랑을 보고 문득 떠올렸다고 말하자 프랑이 갈색 눈을 가늘게 뜨며 기쁜 듯 웃었다.

"문득 떠올랐다고 즉시 상품을 만드실 줄이야……. 마인 님의 기대에 보답하도록 저도 마인 님의 건강 상태 관리를 완벽하게 해내겠습니다."

나는 프랑이 조심스럽게 서자판을 손에 드는 모습을 부러운 눈으로 빤히 쳐다보는 델리아를 눈치챘다. 여전히 알기 쉽다니까.

"델리아는 이쪽이야. 델리아는 고아원에 가지 않는 만큼 이곳에서 길이 없는 동안 1층 청소와 프랑이 없을 때 손님 대응을 열심히 해 줬으니까."

"이건 뭐죠?"

"석판과 석필이야. 이걸로 글자 연습을 해 줘. 시종은 주인의 편지도 대신 쓸 수 있어야 한다며?"

내가 석필에 델리아의 이름을 적어 건네자 델리아는 잡아먹을 것처럼 그 글자를 쳐다보았다. 길과 달리 델리아는 조금은 글자를 알지도 모른다고 생각했는데, 혹시나 신전장 쪽에서 글자를 전혀 배우지 못한 걸까?

"이게 델리아의 이름이야. 우선은 자기 이름을 쓸 수 있어야지.

그치?"

시간이 조금 지나자 겨우 안정됐는지 방을 나온 길에게 석판과 석필을 건넸다. 받자마자 델리아와 길이 앞다투듯 글자 공부를 시작해서 나는 그들에게 본보기가 되도록 세심한 주의를 기울이며 카루타에 글자를 적기 시작했다. 문장패의 내용은 신전에서 자란 빌마가 그림을 그리기 쉽도록 성전과 신들에 관한 것들뿐이다.

내가 글자를 적고 빌마가 그림을 그려서 완성한 카루타를 본 벤노는 즉시 권리를 원했지만, 카루타는 아이들을 위해 마인 공방에서 만들고 싶었다. 기본적으로는 벤노의 독점 판매지만, 마인 공방의 제작도 합의해서 아이디어 비용으로서 이익의 30퍼센트를 받기로 계약했다. 이것으로 카루타가 팔릴 때마다 조금씩 돈이 들어오게 되었다.

텅텅 빈 주머니 사정이 조금 좋아진 나는 교육 도구나 오락 용품이 꽤 팔릴지도 모른다며 앞날의 일들을 이것저것 생각하면서 가볍게 안도의 한숨을 쉬었나.

별 축제 준비

오늘은 코린나 씨의 저택을 찾아가서 평상시 입을 의복과 예식용 파란 의복을 정식으로 주문하기로 했다. 의식용은 시간이 걸리므로 먼저 벤노를 통해 의뢰했는데, 자수 모양이나 허리끈을 묶는 방법이나 가격 등 정해야 할 것들이 많다고 했다.

오늘은 시종으로 코린나가 가족 중 여성이 좋다고 지정했다. 코린나가 임신 중이라 대신 치수를 재 줄 사람이 있어야 하기 때문이었다. 전에는 벤노가 옷 위에서 치수를 재 주었지만, 관계가 앞으로 오래 지속될 듯하니 제대로 치수를 재 두고 싶다고 했다. 그래서 오늘은 루츠 대신 투리와 함께 갔다. 엄마는 가고 싶어 했지만 몸이 좋지 않아 아빠가 극구 반대했다.

"의식용 의상이라니 굉장히 좋은 천을 쓰는구나. 이렇게 부드럽고 반들반들하게 예쁜 천을 본 건 처음이야."

나를 속옷 차림으로 만들고 치수를 다 잰 투리가 눈을 반짝이며 천을 만졌다. 투리의 공방에서는 이렇게까지 좋은 천을 취급하는 의뢰가 들어오지 않는 모양이었다. 내가 의식용 의상에 쓰는 것은 벤노가 선물해 준 천이다. 원래는 흰색이지만, 이미 엄마가 일하는 염색 공방에서 파랗게 물들여서 상점에 배달되었다. 라피스라줄리 같은 청색으로 내 머리 색과도 잘 어울렸다.

"마인 짱, 이제 옷 입어도 돼. 투리, 도와줘서 고마워. 이 의식용 의상은 테두리에 성전의 기도문을 장식적인 글자체로 자수할 거야. 빛이 닿으면 금은색으로 매우 굉장히 아름다울 거야."

그리고 옷깃에 새겨진 자수들의 한가운데에는 문장을 수놓았다. 귀족은 각각의 가문을 수놓지만, 나에게는 가문이 없으므로 공방의 문장이다.

"이게 마인의 문장이야?"

"응. 이것이 책. 그리고 이건 잉크고 이건 펜. 그리고 종이의 원료인 나무와 머리 장식에 꽂는 꽃을 합쳤어. 내가 생각한 디자인에 벤노 씨가 엄청 덧붙였거든."

"어차피 마인이 이상한 모양으로 만드니까 수정하셨겠지?"

"……너무 간소하다고 하더라."

우리들의 대화를 듣던 코린나가 쿡쿡 웃으면서 커다란 작업용 테이블 위에 청색 천을 펄럭이며 넓게 펼쳤다. 매끄러운 광택이 나는 청색 천이 마치 물결치는 파도처럼 테이블을 가득 채웠다.

"원래 의식용 의상은 실을 고르고 바느질법을 지정해서 천에 무늬가 뚜렷이 드러나도록 만들어야 해. 하지만 이번에는 시간이 없어서 이미 만든 천을 쓰잖니? 그래서 같은 색실로 전체적으로 자수를 넣고, 빛을 받았을 때 자수 형태가 드러나도록 할까 하는데 마인 짱은 어떤 무늬를 좋아하니?"

옷감 자체를 짜면서 무늬를 넣는다는 말에 내 머릿속에 가장 먼저 떠오른 것은 기모노의 바탕 무늬였다. 윤자[2]나 단자[3]같은 느낌으로 자수를 넣을 생각인 걸까. 아무리 내가 키가 작고 자수를 넣는 부분도 어른에 비해 적어도 된다고는 하나, 천이 여유가 있고 소매가 후리소

2 綸子. 명주실을 사용해서 겉과 안의 조직 차이에 의해 무늬를 짜낸 직물
3 緞子. 씨실과 날실의 색을 달리하여 무늬를 만든 천

데처럼 길어서 옷감이 크다. 처음부터 옷감을 짜 넣기보다 시간은 단축되기는 하지만, 전체적으로 자수를 넣는 작업은 굉장히 힘들다.

"저기, 코린나 씨. 어떤 게 좋냐고 물으셔도 전 의식용 의복 자체를 자세히 본 적이 없어서 잘 모르겠어요. 하지만 전체적으로 자수를 넣는다면 되도록 간단하게……."

물론 세례식 때 본 적은 있지만, 내 모든 기억은 구리코 포즈와 도서실이 다였다. 신전장이 들고 있던 성전이라면 기억하지만, 화려해 보였던 의상에 대해서는 전혀 모르겠다.

"귀족님의 의식 의상이 간단해서 어떡해! 이래서 평민은 안 된다는 소리를 들을 거야."

"하지만 전체적인 자수는 힘든 작업이고, 조금이라도 간단한 방법이 좋다고 생각지 않아?"

분개하는 투리를 열심히 달래자, 코린나가 "그러네." 하고 뺨에 손을 댔다.

"투리의 예복을 간단하게 수선해서 화려하게 보였듯이 자수라도 간단하면서 화려해 보이면 좋을 텐데, 마인 짱은 뭔가 생각나는 것 없니?"

코린나의 질문에 나는 기억을 더듬었다. 작은 무늬를 깨작거리며 전체적으로 자수를 넣기보다 큰 무늬를 넣는 편이 자수하는 부분이 적을 터였다.

"……'**유수문**'에 꽃을 넣으면 어떨까? 음, 이런 느낌으로 물이 흐르는 느낌이 나는 모양에 군데군데 꽃을 넣는 거예요. 물 간격을 넓히거나 꽃잎을 사방에 넣으면 자수하는 부분은 적어도 화려하게 보이지 않을까…… 생각하는데요."

석판에 울퉁불퉁한 곡선을 그리고 그 곡선 부분의 선을 굵게 했다가 얇게 하면서 유수문을 그리고 홀쭉한 하트를 다섯 개씩 연결한 벚꽃과 꽃잎처럼 보이는 하트가 적당히 흩날리듯 그려 보았다.

"꽃은 좀 더 구상해야겠지만, 이 물의 흐름은 괜찮네. 역시 마인 짱은 벤노 오빠에게 물의 여신이구나?"

즐거운 듯이 웃는 코린나의 입에서 나온 말에 입가가 굳어졌다. 아무리 벤노와 내가 부정해도 여동생인 코린나의 입에서 나온다면 주위의 오해가 풀릴 리가 없다.

"……저기, 코린나 씨. 그 말은 대체 어디까지 퍼진 소문인가요?"

"오토가 재밌다면서 퍼트리고 다니니까 잘 모르겠는걸?"

오토 씨, 바보바보! 벤노 씨한테 실컷 혼이나 나라!

코린나가 준비해 준 점심을 먹는 동안 코린나와 투리는 둘이서 유수문에 넣을 꽃 얘기로 흥분하기 시작했다. 나는 그다지 꽃 이름을 많이 알지는 못하기에 당사자임에도 불구하고 혼자 멀뚱거렸다.

"코린나 님, 벤노 님께서 입실하시겠답니다……."

"식사 중에 미안하군, 코린나. 마인에게 전할 게 있는데, 괜찮나?"

"응, 괜찮아. 마인 짱은 식사가 끝나서 심심해 죽겠다는 표정인걸."

벤노가 손짓하자 나는 의자에서 폴짝 뛰어내려서 벤노에게로 향했다.

"다른 녀석이 없는 곳에서 너 혼자 읽어. 그 뒤는 너한테 맡길 테니까 짐작 가는 해결책이 있다면 알려 줘."

내게 종이 한 장을 건네며 그렇게 말하고는 벤노는 가볍게 손을 들어 재빨리 아래층의 상점 쪽으로 돌아갔다. 통 영문을 모르겠다. 나는 주변을 둘러보고 아무도 없는 것을 확인한 후 바로 그 자리에서 건네 받은 네 번 접힌 종이를 부스럭거리며 펼쳐 보았다. 종이에 적혀 있는 것은 벤노가 고민하는 문제의 목록이었다.

"자, 잠깐만, 욕질 메모에 주의 사항 쪽지 다음으로 과제 목록을 쓴 편지? 이런 거 받아도 곤란한데……."

코린나가 임신한 이후로 들떠 있는 오토 때문에 못 써먹겠다는 쓸데없는 문제부터 이탈리안 레스토랑의 내부 설비나 메뉴, 서비스, 객단가에 관한 문제까지 가지각색이었다. 나는 벤노에게 돌려줄 대답을 생각하면서 문제를 하나하나 검토했다. 그리고 마지막에 적힌 문제를 읽었다. 그 순간, 핏기가 싹 가셨다.

"마인, 뭐였어? 뭐가 적힌 거야?"

긴 시간을 그 자리에 서 있었는지 투리가 걱정스럽게 어두운 표정을 지으며 편지를 들여다보려고 했다. 내가 얼른 편지를 접었지만, 글을 읽지 못하는 투리에게는 나열된 무늬나 마찬가지임을 깨닫고 안도의 한숨을 쉬었다.

"일에 관한 내용이니까 비밀이야."

궁금해하는 투리에게 얼버무리면서 나는 문제의 목록이 적힌 종이를 냉큼 가방에 넣었다. 마지막 문제를 해결할 방책이 없을지 이리저리 생각해 봤지만, 금방 떠오르지는 않았다.

공방 자리를 확보한 후라면 다른 마을에 루츠를 데리고 갈 수 있다는 벤노의 말을 그대로 믿었다. 설마 루츠의 아버지가 허락을 내리지 않아 데리고 나갈 수 없을 줄은 생각지도 못했다. 루츠는 나와 마찬가지로 벤노의 말을 믿었다. 다른 마을에서 돌아온 벤노를 보고 '빨리 공방 자리가 결정되지 않으려나?' 하고 기대감에 눈을 반짝이는 루츠에게 '아버지가 허가를 내 주시면 내일이라도 당장 나갈 수 있다'는 말을 어찌할 수 있으랴. 루츠의 가정에 회복할 수 없는 균열을 만들어 버리는 셈이 된다.

'루츠의 아버지를 설득할 방법을 내가 어떻게 알겠어…….'

투리와 코린나가 자수에 넣을 꽃을 사계절로 넣고 싶은데, 위에서 밑으로 넣을지, 왼쪽에서 오른쪽으로 넣을지로 흥분하는 옆에서 나는 머리를 감싸 쥐었다.

"슬슬 별 축제네."

"으응!? 뭐, 뭐?"

신전으로 향하는 길목에서 루츠가 말을 걸자 나는 깜짝 놀라 주위를 두리번거렸다. 루츠가 눈을 가늘게 뜨며 나를 들여다보았다. 몸 상태를 관리하는 루츠에게 무언가를 비밀로 하다니, 내게는 매우 어려운 일이었다.

"뭐야, 마인. 너무 멍한 거 아냐?"

"아니야, 아니야! 무슨 얘기였지?"

내가 시치미를 뗀다는 것을 눈치챘는지 루츠가 한 번 한숨을 내쉰 뒤, 화제를 돌려주었다.

"별 축제. 올해는 같이 갈 수 있겠어?"

"별 축제? ……아아, 여름 축제였지? 물놀이였나?"

"물이 아니라 타우 열매를 던지는 거야."

타우 열매는 봄에 본 조그마한 빨간 열매다. 여름에는 물을 잔뜩 품어서 주먹만큼 부풀어 오른다고 들었다. 나는 자연에서 나오는 물풍선 같은 물건이라고 이해했는데 실물을 본 적은 없다.

"물놀이가 아니면, 별 축제는 대체 무슨 축제야?"

지금까지 참가한 적이 없어 어떤 축제인지 전혀 감이 안 잡히는 내게 별 축제는 물놀이 축제가 아니라 결혼식이 열리는 날이라고 루츠가 가르쳐 주었다. 1년에 한 번 열리는 평민촌의 합동결혼식으로 타우 열매를 던지는 건 결혼식의 이벤트인 듯하다.

"결혼식과 관계없는 녀석들은 두 점 종에 문이 열리면 숲에 가서 타우 열매를 주워 와. 세 점 종이 울리면 결혼식이 시작되고 네 점 종에 식을 끝낸 신랑 신부가 나타나지. 그때까지 사람들은 중앙 광장을 중심으로 골목골목에 숨어서 타우 열매를 들고 기다리는 거야."

엄청난 인파가 큰길에 나왔던 세례식 광경을 떠올리며 모두가 각자의 손에 물풍선을 들고 있는 모습을 떠올렸다. 엽기적이다. 의미를 모르겠다. 하지만 관혼상제와 관련된 이벤트는 다른 지역에서 보면 의미를 알 수 없는 것들이 많다. 옛날에 읽은 책에서도 결혼식에서 손님끼리 주먹 다툼을 한다든지, 초대 손님 일동이 첫날밤에 들이닥친다든지, 영주의 초야권이라든지 다양했다. 이곳 고유의 문화라고 생각하고 듣는 편이 제일이겠지.

"그래서 신랑 신부들이 전부 중앙 광장에 들어온 후 종이 울리면 전투 개시. 신랑 신부에게 타우 열매를 던져."

"엥!? 신랑 신부한테!?"

"그래. 신랑은 신부를 지키면서 신혼집에 뛰어들어가는데, 남자다움을 시험하려는 거래. 대개 신랑 신부에게 던지는 타우에 이 사람, 저 사람이 맞고, 맞은 사람들이 던진 열매에 맞다가 또 다시 던지면서 마을 안을 헤집다가 녹초가 돼."

예상보다 훨씬 굉장한 축제다. 일본의 예물 교환 역시 수수께끼의 물건을 교환하지만, 억지스럽기는 해도 의미는 있다. 신랑 신부에게 맞춘다는 타우 열매가 씨가 많이 나는 열매라면 자손 번창이나 자식 기원 같은 의미가 있을지도 모른다.

"그런데 가장 의욕적으로 타우 열매를 주워서 맞추는 사람은 올해 결혼하지 못한 성인들이야. 매년 신랑 신부를 노리는 눈에 얼마나 기합이 들어가 있던지. 뭐, 재밌긴 하지만."

아아, 잘 알겠다. 그런 중얼거림이 가슴에 퍼졌다. 나는 우라노 때를 포함해도 애인이나 결혼과는 상당히 인연이 없었다. 결혼하지 못한 성인이 행복에 찬 미소로 신전을 나오는 신랑 신부에게 타우 열매를 있는 힘껏 던지고 싶은 기분을 아주 잘 안다.

"……어떤 축제인지 잘 이해했어. 재밌겠다."

"오, 갑자기 의욕적인데? 그리고 타우 열매로 몰아내서 신랑 신부가 없어지면 여러 광장에 잔치 음식이 쫙 놓이거든. 그걸 먹고 만족해질 때쯤에는 해가 지니까 아이들은 집으로 돌아가는데 그 후에 아이들은 절대 집 밖에 나와서는 안 돼. 왜냐면 다음엔 술이 나오고 어른들만의 축제가 되거든."

별 축제라는 이름만큼 가장 중요한 이벤트는 밤인 모양이다. 아이를 물리친 후, 등장하는 신랑 신부를 성대하게 축하하고, 미혼인 성인이 애인을 찾는 축제가 되는 듯하다. 여기서 가장 분해하는 사람은 여름 끝 무렵에 성인식을 맞는 여름에 태어난 사람들이라고 루츠가 말했다.

"그 별 축제에는 고아원 아이들은 참여하려나?"

"글쎄? 그러고 보니 지금까지 본 적이 없어. ……마인은 신전에서 할 일 있어? 분명 가을까지 의식은 없다고 들었던 것 같은데, 별 축제에는 같이 갈 수 있을까?"

루츠가 불안한 듯 묻는 물음에 금방은 대답할 수 없었다. 신전에서 결혼식을 치르는 이상, 뭔가 업무가 있을지도 몰랐다.

"……잘 모르겠지만, 신관장님께 물어볼게."

신전에 도착하자 루츠는 상점으로 돌아갔다. 루츠를 배웅한 뒤, 방에서 옷을 갈아입은 나는 즉시 신관장에게 면담 의뢰를 편지에 적으면서 프랑에게 별 축제에 관해 물어보았다.

"저기, 프랑은 별 축제에 참여한 적이 있나요?"

"별 축제가 아닙니다. 성결식(聖結式)입니다. 성결식은 혼인을 축복하는 의식이 아닙니까."

신전에서는 별 축제가 아니라 성결식이라고 부르는 의식으로 최고신인 어둠의 신이 생명의 신과 흙의 여신의 혼인을 축복한 신화에 기원한 의식이라고 프랑이 설명해 주었다. 원래는 어둠의 신의 가호를 받기 쉬운 밤에 행해지는 의식으로 지금도 귀족 마을에서는 정말 밤에 열린다고 한다. 마을의 평민 수가 지나치게 늘어서 귀족과 평민으로 의식을 나누게 되었을 때 평민의 의식은 오전에 열리게 되었다는 말이었다.

"어둠의 신의 축복이라면 겨울이 밤도 길고 좋을 것 같은데……."

"마인 님, 어둠의 신이 결혼을 허가한 계절이 여름이고, 또 겨울에는 봉납식이 있어서 축복을 내릴 수 있는 신관이 없으리라 생각됩니다."

프랑의 부정에 끄덕이면서 나는 한겨울에 열리는 결혼식을 머릿속에 떠올리고는 가볍게 고개를 저었다. 내 입으로 꺼낸 말이지만, 한겨울에 눈에 파묻히는 결혼식은 도저히 무리다.

"잘 생각해 보니 눈보라 치는 날씨에 신전으로 오기도 힘들고, 신랑 신부가 겨울 준비를 하려면 가을 전에 결혼하는 것이 합리적이겠군요. 결혼기념일이 모두 똑같다면 까먹고 부인의 기분을 상하게 할 남편도 없겠고."

나는 그렇게 말하면서 편지를 다 적었다.

"프랑, 이 편지를 신관장님께 전달해 주시겠어요? 성결식 때 고아원과 내 역할에 관해서 묻고 싶은 게 있어요."

신관장과는 오전 중에 서류 정리로 만나야 함에도 불구하고 대수롭지 않은 상담에도 면담이 필요했고, 편지로 반드시 예약해야 했다. 나도 그런 귀찮은 절차에 조금씩 익숙해졌다. 사소한 질문이라면 편지에 대답을 적는 것만으로 끝내 버리는 경우도 많았다. 어쨌든 프랑과 신관장에게 입이 닳도록 들은 말이 '남이 있는 자리에서 조심성 없이 말하시 마'였다.

면담 예정일로 며칠은 각오했음에도, 신관장은 프랑이 건넨 편지를 읽은 순간, 머리를 감싸 쥐며 나를 비밀의 방으로 불렀다. 얌전하게 따라가기는 했지만, 면회를 의뢰한 편지에 머리를 감싸 쥐는 이유가 딱 떠오르지 않았다.

"면담 예약이 아직인데 괜찮나요?"

비밀의 방에 들어가자마자 내가 그렇게 묻자, 신관장이 눈을 부라렸다. 평소에는 점잔 뺀 얼굴로 속삭이듯 말하는데, 이 방에서는 신관장이 냉기를 발하는 듯한 화를 내며 설교하기 때문에 혼이 날 때는 이곳보다 평소의 방이 좋았다.

“이 어리석은 녀석. 성결식은 모레다. 초대장 따위를 보내는 사이에 의식이 끝나 버리잖나.”

“얼마 안 있으면 성결식이라고 들었기에 아직 조금 시간이 있을 줄…….”

“지금까지 쌓인 서류 정리가 순조롭게 진행된 덕분에 뒤로 미뤘다만, 먼저 그대의 교육이 필요해 보이는군.”

내가 신전 내의 행사를 전혀 파악하지 못한다는 사실을 신관장이 분명히 인식해 버리고 말았다. 큰일이다. 위험한 징조다. 고아원의 회색 신관들 사이에서 소문이 돌던 신관장의 시종이 되면 싫어도 일류가 된다는 열혈 교육이 내게도 닥칠 것 같은 예감에 나는 슬쩍 시선을 피했다. 시야 끝에 신관장의 기막혀 하는 얼굴이 보였다.

“정말이지 그대는……. 우선 조금 전 질문에 대한 대답이다만, 성결식 의식은 성인의 의식이다. 그대는 견습생이니 의식에는 참여해서는 안 된다. 고아원장으로서 고아들이 고아원에서 빠져나가지 않게 잘 지켜보도록. 성결식 의식에는 마을 사람들의 신전 출입이 잦아진다. 그리고 시주를 노리는 청색 신관이 활보하는 의식이니, 의식 중에는 한 사람도 고아원에서 내보내지 말도록.”

축제날에 고아원에 있으라는 말을 들어 버린 나는 초조해졌다. 별 축제에 참여해서 타우 열매를 던지고 싶은데 고아원에 틀어박히기는 싫었다.

“저기, 전 평민 마을의 별 축제에 참여하고 싶은데 안 되나요?”

“평민 마을의 별 축제라면?”

신관장의 미간이 살짝 움직였다.

"오전 중에는 마을 아이들이 모두 타우 열매를 주우러 숲에 간대요. 오후에는 타우 열매를 서로 던지는 축제라고 해요."

"……뭐지, 그건? 성결식과 대체 무슨 관계가 있지?"

"잘 모르겠어요. 작년에는 신식으로 앓아서, 그 전에도 몸 상태가 좋았던 적이 없어서 지금까지 참여한 적이 없어요. 올해가 첫 참여라고 매우 기대했는데……."

신관장의 미간에 선명한 주름이 새겨졌다. 안 된다고 말해 버리고 싶지만 처음 참가할 수 있게 됐는데 안됐다는, 거절과 동정 사이에서 흔들리는 표정이다.

"……안 될까요? 고아원 아이들도 내보내는 편이 조용할 것 같은데요?"

"오전은 그래도 상관없지만, 오후는 어떡할 텐가? 그 열매를 서로에게 던진다 했나? 고아들을 마을에 내보내서 쓸데없는 충돌이 일어나면 곤란하다. 오후는 청색 신관들이 귀족 마을로 가기 때문에 책임자가 없는 상황이 된다."

오전 중의 의식이 끝나면 청색 신관과 시종은 귀족 마을의 성결식을 위해 신전을 모두 나가는 모양이다. 나는 손바닥을 탁하고 쳤다.

'혼낼 사람이 없으니까 신전 부지 내에서 놀면 되잖아?'

"신관장님, 오전 중에 숲에서 열매를 주워 와서, 오후부터는 밖에서 말썽이 일어나지 않게 고아원 안에서만 타우 열매를 던지는 정도라면 허락해 주시겠습니까? 아이들에게도 축제를 경험하게 해 주고 싶습니다. 저도 처음이라 굉장히 기대했고……."

가볍게 시선을 아래로 향하며 잠시 고민하던 신관장이 천천히 시선을 올렸다.

"완벽하게 뒷정리할 것. 그리고 마을 사람이 의심할 만큼 소란을 피우지 않는다면 상관없다."

"감사하게 생각합니다."

오후부터는 즉시 고아원에서 회의다. 청색 신관에게 들키지 않으면 된다고 하니 아침 일찍 예배실 청소를 끝낸 후, 숲에 갈 옷으로 갈아입고 나와서 루츠의 도착을 기다린다. 그 뒤, 몰래 빠져나와 숲에 타우 열매를 주우러 간다.

평소 의식이 있는 날에는 고아원에 갇혀 있던 고아들은 좋아서 펄쩍 뛰었지만, 의식에 참가하거나 귀족 마을에 나갈 청색 신관의 마차를 준비하거나, 문지기로 신전을 지켜야 하는 회색 신관은 숲에 타우 열매를 주우러 갈 수 없어서 신이 난 아이들을 부러운 듯 바라보았다.

"어느 일이든 의식이 끝날 때까지입니다. 타우 열매 던지기는 청색 신관과 시종들이 귀족 마을에 가고 나서니까 모두 일이 끝난 뒤에 합시다. 모두 같이 즐기는 편이 좋잖아요. 신관들의 일이 끝날 때까지 참고 기다릴 수 있죠?"

내가 아이들에게 묻자 아이들이 크게 끄덕였다.

"응. 기다릴게!"

"일로 못 오는 사람들 몫까지 엄청 주울게."

임무가 있는 회색 신관에게는 아이들을 기다리게 하는 대신 저녁 준비를 하는 것으로 타협을 봤다. 놀랍게도 청색 신관이 모두 나가 버리는 성결식 의식이 있는 날은 매년 저녁을 걸렀던 모양이었다.

"내 요리사에게 부탁해서 많이 만들어 놓도록 하죠."

방에 돌아온 후, 푸고와 엘라에게 성결식 업무는 네 점 종까지인 대신 저녁 식사도 만들어 뒀으면 좋겠다고 프랑을 통해 부탁했다. 아무래도 푸고는 결혼하지 못한 성인인 듯 축제 참여에 의욕을 불태우는 모양이다. 가능한 한 빨리 일을 끝내겠다고 단단히 마음먹고 있더라고 프랑한테 들었다.

신랑 신부에게 타우 열매를 던지지는 못하게 됐지만, 고아원 아이들이 즐거워해 줬으면 좋겠다.

별 축제

별 축제 당일. 태양은 얼굴을 드러냈지만, 아직 무더운 여름 날씨가 느껴지지 않는 이른 아침. 이미 마을은 축제 특유의 떠들썩함과 북적임에서 나온 열기로 자욱했고, 개문보다 이른 시간임에도 남문과 동문을 향하는 인파가 형성되고 있었다.

"엄마, 다녀오겠습니다!"

"너무 뛰어다니지 않게 조심해. 루츠, 항상 미안하지만, 마인을 부탁해."

나는 데리러 온 루츠와 함께 집을 나섰다. 투리도 함께지만, 투리는 자기 친구들과 함께 축제를 즐기므로 따로 행동한다. 랄프, 페이와 함께 문을 향해 뛰어갔다.

"자, 마인. 오늘을 즐기자."

"투리도 재밌게 놀아."

투리와 랄프에게 손을 흔들며 헤어진 뒤 나와 루츠는 인파를 거스르듯 신전으로 향했다. 오늘은 물놀이할 수 있는 평상복이다. 골목길 이쪽저쪽에서 사람들이 떼를 지어 나와서는 즐거운 듯 눈을 반짝이며 남쪽으로 향해 걸어갔다. 다들 젖을 것을 예상했는지 축제인데도 예복을 입은 사람은 없었다.

인파를 거스르면서 중앙 광장을 지나 더 북쪽으로 향했다. 그즈음에는 사람의 왕래가 적어졌다. 문이 열리는 동시에 숲을 향하려는 사람들이 대부분 문 쪽에 가 있는 듯했다.

"마인은 고아원에서 못 나오지?"

"응? 왜!?"

모두와 함께 숲에 가서 타우 열매를 주울 생각이었던 나는 휘둥그레진 눈으로 루츠를 올려다보았다. 루츠는 말하기 힘든 듯 얼굴을 찡그리면서 입을 열었다.

"마인만 축제에 데려갈 수 있으면 숲에서 두세 개는 주워올 생각이었어. 결국, 신랑 신부에게 던지는 게 아니라 고아원에 돌아와서 아이들이랑 던지기로 했지? 그럼 양이 많이 필요해. 마인이 있으면 네 점 종이 울리기 전에 신전에 못 돌아와."

모두와 함께 소풍가는 기분으로 숲에 갈 생각이었던 나는 루츠의 정론에 고개를 푹 숙였다. 여전히 방해밖에 되지 않는 내 몸이 미웠다. 루츠는 달래듯이 내 머리를 쓰다듬으면서 살짝 목소리를 낮췄다.

"그리고 고아원 상태를 확인하러 오는 녀석이 있을지도 모르니까 원장인 마인은 남는 편이 좋지 않아?"

"우……. 그 말이 맞네."

신관장과 신전장의 시종이 경고하러 오거나 상태를 보러 올 가능성이 컸다. 만약 고아원이 텅텅 비었다는 소식이 신전장의 귀에 들어가면 나뿐만 아니라 허가를 낸 신관장에게도 비난이 쏟아질지 모를 일이었다.

"임무가 있어서 남는 녀석도 있잖아? 타우 열매는 다 같이 주워다 줄 테니까 마인은 고아원에 있어. 그러지 못하겠다면 난 도와주지 않을 거야."

"……알았어. 얌전히 지키고 있을게."

우리가 신전에 도착함과 거의 동시에 두 점 종이 마을 안에 울려 퍼졌다. 개문 시간이다.

루츠의 선도에 따라 고아원 뒷문에서 말소리가 나지 않게 입을 막고 몰래 나가는 아이들을 프랑과 함께 배웅했다. 억지로 웃음을 참는 문지기를 따라 웃음이 터질 것 같았다. 신전에서 멀어지자마자 모두가 소리를 지르며 문을 향해 달려가는 모습을 본 나는 부러운 감정을 안으며 내 방으로 향했고, 고아원에 가려고 파란 의복으로 갈아입었다.

"델리아는 숲에 안 가도 괜찮아?"

"제가 첩이 되는 데에 전혀 필요가 없으니까요. 빨리 글자나 외우고 싶어요."

길과 델리아는 내가 준 석판으로 앞다투듯 글자 연습을 했지만, 길이 더 글자 이해가 빨랐다. 아마 카루타를 들고 고아원에서 모두와 놀기 때문이리라.

"지금은 길에게 지고 있지?"

"정말이지! 겨우 조금이잖아요! 금방 이길 거예요!"

자주적으로 남기로 한 델리아에게 요리사의 감시를 맡기고, 나는 프랑과 함께 고아원으로 향하기로 했다. 1층에 내려가자 타우 열매를 던지는 네 점 종까지 요리를 완성하고 싶은 푸고와 엘라가 무시무시한 기세로 조리하는 모습이 열린 문틈으로 살짝 엿보였다.

"오늘은 오전 중에 신전에서 행하는 의식에 대해 가르쳐 드리라는 신관장님의 분부가 있었습니다. 마인 님이 제대로 외울 때까지 타우 열매 던지기는 금지, 라고 하셨습니다."

"으아아……."

교육에 관해서는 일절 타협을 용서치 않는다는 신관장이 즉시 나의 교육 프로그램을 짠 듯하다. 오늘 중으로 기억해야 할 것들이 꽤 있었다. 목패에 기록된 내용을 보고 맥이 빠진 내게 "신관장님은 계산 능력과 식자 능력을 보고 이 정도는 할 수 있으리라 판단한 양을 내신 겁니다." 하고 프랑이 말했다. 하지만 신관장은 오해하고 있다. 나의 계산 능력은 전생의 기억 덕분이고, 식자 능력은 독서의 필수 능력이기에 힘낼 수 있었다. 신전 의식을 외우는 기준으로 삼아 봤자 곤란했다. 내 머리는 그렇게 뛰어나지 않다.

내가 복도를 한 바퀴 돌아서 고아원에 향하는 도중, 의식을 준비하러 가는지 처음 보는 청색 신관과 딱 마주쳤다.

"어이쿠, 부끄러운 줄도 모르고 파란 의복을 걸친 평민님 아니신가. 오늘 의식에 꼬맹이가 나설 차례는 없는데?"

"의식이 아니라 고아원에 대기하는 아이들이 의식에 방해가 되지 않도록 하라고 신관장님께 임무를 부여받았습니다."

"호오, 하긴 평민한테는 고아들이나 돌보는 일이 제격이지. 제대로 힘쓰도록."

"격려의 말씀 감사하게 생각합니다."

재미없다는 듯이 콧방귀를 뀌며 청색 신관이 자리를 떴다. 나도 고아원을 향해 걷기 시작했다. 프랑이 걱정스러운 듯이 미간을 찡그리며 내게 말을 걸었다.

"저, 마인 님. 조금 전의……."

"신경 쓰지 않아도 괜찮아, 프랑. 말뿐이면 아무렇지도 않아. 실제로 피해는 없잖아."

고아원에 들어가자 회색 무녀 몇 명이 고아원에 남아 있었다. 꽃을 바치는 후보로 남겨진 만큼 타입은 다르지만, 어느 아이 할 것 없이 얼굴이 예쁜 아이들뿐이었다.

“어머, 마인 님. 어쩐 일이십니까?”

내 쪽으로 빙글 돌며 고개를 갸우뚱하는 그 세련된 모습은 나보다 훨씬 아가씨다워 보였다.

“상황을 보러 오는 사람이 있으면 곤란하니까 이곳에 있기로 했습니다. 당신들은 임무 중인가요?”

“아뇨, 저희는 딱히 숲에 매력을 느끼지 않는 사람들이라 남아서 수프라도 만들까 의논하던 참이었습니다.”

회색 무녀 중에서 낯익은 얼굴을 발견했다. 밝은 주황색에 가까운 금발을 반듯하게 묶은 십 대 중반의 소녀다. 아니, 머리를 묶은 이상, 성인일 테니 소녀라기에는 이상할지도 모른다. 하지만 소녀라는 명칭이 어울리는 어려 보이는 얼굴이다.

“빌마, 요전번에는 카루타 그림을 그려 줘서 고마워요. 정말 멋지게 완성됐더군요.”

항상 웃고 있는 빌마의 밝은 갈색 눈동자가 기쁜 듯이 싱긋거리자 온화한 분위기가 더욱 짙어졌다.

“저야말로 그림을 맡겨 주셔서 감사합니다. 펜을 쥔 것도 오랜만이라 얼마나 기뻤던지요. 여기 아이들이 매우 흥미진진하게 보던데, 고아원을 위해서 만든 물건은 아니었군요.”

“그건 내 시종에게 줄 포상이었어요. 빌마가 또 한 번 그려 준다면 고아원 아이들을 위해 판자를 주문해도 되는데요?”

판자를 준비하고 글자를 적는 정도라면 문제가 없지만, 주위 사람들이 일제히 막을 정도로 나의 그림은 이곳 문화의 그림과 다른 모양이었다. 카루타 제작에는 빌마의 협력이 필수다.

"어머, 꼭 좀 부탁드립니다!"

빌마의 얼굴이 반짝거렸다. 그림을 그리고 싶다는 열의와 동시에 아이들을 향한 애정이 넘쳤다. 사실 고아원을 대청소했을 때 가장 먼저 아이들에게 달려가 깨끗이 씻긴 사람도 바로 빌마였다. 내가 조만간 고아원 아이용으로 카루타를 준비하겠다고 약속하자 빌마 옆에 있던 소녀가 슬픈 듯이 시선을 내렸다.

"빌마처럼 그림을 그릴 수 있다면 나도 도움이 되었을 텐데……."

"어머, 로지나는 악기 연주에 소질이 있잖아?"

안타까운 듯 한숨을 쉰 어른스러운 용모를 한 로지나의 특기는 악기 연주인 듯하다. 왠지 우아하다. 꼭 로지나의 연주를 듣고 싶었는데 전 주인이 악기를 가지고 있어서 지금은 할 수 있는 게 없는 상태라고 한다. 가능하면 사 주고 싶지만, 일본에서도 악기는 기본적으로 비쌌다. 좋은 악기는 분명 가격이 천정부지일 터였다.

"저기, 프랑. 악기는 비싸지?"

"벤노 님께 물어보심이 어떠십니까. 청색 무녀의 교양에 음악은 필수입니다."

"마인 님께서 교양을 익히신다면 저희가 도움될 겁니다. 괜찮으시다면 시종으로 삼아 주십시오."

로지나는 예전에 빌마와 같은 청색 견습무녀를 섬겼다고 했다. 예술에 큰 관심을 기울였던 그 견습무녀는 잡무를 담당하는 회색 신관과 예술을 공유할 회색 무녀나 수습생으로 시종을 확실히 나누었다고 했다. 로지나는 음악, 악기, 춤, 시, 그림 등 매일같이 실력을 갈고닦았다고 한다.

음. 피아노는 3년 정도 배웠지만, 다른 악기는 수업 외에 다룬 적이 전혀 없는데. 멜로디언이나 리코더 같은 건 없겠고, 캐스터네츠를 잘 친대도 여기선 쓸모없겠지.

서류 정리나 신전에 관한 업무만이 아니라 교양까지 익혀야 한다니, 새삼스럽지만 청색 견습무녀가 되기로 한 결정은 성급했던 것 아닐까 싶다.

"그럼 마인 님. 저희는 수프를 만들러 다녀오겠습니다."

빌마와 회색 무녀들이 수프를 만들러 자리를 뜨자 고아원 식당에 나와 프랑만 남았다.

"저기, 프랑. 빌마를 시종으로 넣자고 하면 어떨까? 신관장님이 허락해 주실까?"

"이유를 여쭈어도 괜찮겠습니까?"

"빌마는 그림을 잘 그리잖아? 카루타도 그렇지만 앞으로 내가 만들고 싶은 물건에 그림이 필요해지니까 다른 청색 신관에게 뺏기기 전에 확보해 두고 싶어. 그리고 성인이 된 교양 있는 회색 무녀도 필요하다고 생각되거든."

"아마도 허가는 하실 겁니다. 다만, 이 고아원에서 어린아이들을 가장 잘 돌보는 빌마를 뽑으시면 나중에 고아원이 어찌 될지는……."

"그래. 다음에 빌마의 의견도 듣고 조금 생각해 보자."

프랑에게 신전의 의식에 관한 강의를 듣는 동안 세 점 종이 울려 퍼졌다. 그 뒤 바깥이 웅성웅성하고 소란스러워졌다. 성결식 의식을 위해 신랑 신부가 신전에 모인 듯하다. 보러 가고 싶지만, 갈 수 있을 리가 없었다.

붕 뜬 마음으로 오늘 할당치를 외우는 동안 네 점 종이 울려 퍼졌다. 성결식 의식이 끝난 모양인지 웅성거림이 조금씩 멀어져 갔다. 고요함이 찾아오고 조금 지나자 뒷문에서 아이들이 살금살금 돌아왔다. 입을 막으면서 발소리가 나지 않게 계단을 올라오는 모습이 보였다.

"다들 어서 와. 타우 열매는 많이 땄니?"

"마인 님, 쉿!"

말하지 말라는 말에 서둘러 입을 닫았다. 지하 뒷문이 닫히는 소리가 나고 루츠가 들어와서 쓱 팔을 든 순간, 모두가 제각기 떠들기 시작했다.

"엄청 따 왔어!"

"바구니는 전부 지하에 뒀으니까 먼저 점심을 먹자."

"그럼 손을 씻고 신의 은총이 오길 기다립시다. 나도 일단 방으로 돌아갈게요."

루츠가 있으니 복도가 아닌 지하를 통해 방으로 돌아가기로 했다. 계단을 내려가서 지하로 가니 모두가 주워 온 타우 열매가 바구니에 가득 담겨 있었다.

"루츠, 열매를 네 개 가져가도 돼? 숲에 못 간 푸고와 엘라에게 주고 싶어."

"그래, 알았어."

타우 열매를 프랑에게 들도록 하고 뒷문에서 방으로 돌아가자 이미 점심 준비를 끝낸 푸고가 바깥을 신경 쓰면서 기다리고 있었다. 프랑을 통해 두 사람에게 타우 열매를 두 개씩 건넸다.

"오늘은 축제날인데도 와 주어서 감사하게 생각합니다. 적은 양이지만 가져가세요."

"어? 와!? 감사합니다!"

내가 주방에 등을 돌리자마자 푸고가 뛰쳐나갔다. 대체 얼마나 별 축제를 기대했던 것일까. 그리고 누구에게 저 타우 열매를 던질 생각인 걸까. 내가 신경 쓰였는지 "잠깐만, 푸고 씨!" 하고 엘라가 푸고를 제지하는 목소리가 들리자 분위기를 캐치한 나는 뒤돌아보지 않고 계단을 올라왔다.

2층에 올라오면 델리아의 시중을 받으며 루츠와 함께 점심이다. 오늘 점심은 유사 카펠리니다. 아주 잘게 자른 생파스타를 만들게 했다. 토마토 모짜렐라처럼 포메 소스와 맛이 강하지 않는 치즈를 골라 허브를 곁들인 것과 바질 소스를 목표로 식물성 기름에 소금과 허브와 마늘 같은 리가로 만든 것 두 종류를 준비해 봤다. 그리고 제철 채소에 찜닭을 곁들인 샐러드도 있다. 사실은 냉국수를 먹고 싶은 기분이었지만, 아직 일식 요리에 쓸 만한 재료를 발견하지 못했으니 어쩔 수 없다.

"루츠는 많이 움직였으니까 많이 먹어도 돼. 루츠 덕분에 다들 굉장히 즐거워했어. 고마워."

"눈을 부릅뜨고 찾아다녔다고. 꽤 깊숙이 들어간 녀석도 있어서 제시간에 못 돌아올 줄 알았다니까."

"부럽다. 나도 축제 보고 싶었는데. 오전에는 프랑과 같이 계속 공부만 했고."

숲에서 즐겁게 타우 열매를 줍는 모습과 신전에 돌아왔을 때 타우 열매를 안은 사람들을 본 고아들의 감상을 들으니 너무나도 부러웠다.

"저기, 마인. 살짝만 축제 보러 가 볼래? 이미 신랑 신부는 없고 우리는 타우를 던지지도 않으니까 마을이 어떤 상황인지 보기만 하겠지만. 우리 식사가 끝나면 녀석들의 점심시간이니까 조금은 시간이 있잖아?"

청색 신관의 점심이 끝나고 시종이 다 먹은 후에 신의 은총이 배달되고, 회색 신관 중에는 마차를 준비해야 하는 사람도 있으므로 모두가 모여서 타우 열매를 던지기까지 조금 시간이 있었다.

"갈래! 가고 싶어!"

파란 무녀복에서 평상복으로 갈아입은 나는 루츠와 함께 신전 문을 뛰쳐나갔다. 물바다가 된 시내가 여름의 햇빛에 반짝거리며 빛났다. 신전 근처는 거의 젖어 있지 않는데, 신전에서 멀어질수록 발밑이 흠뻑 젖어 갔다. 강렬한 여름 햇빛에도 마르지 않다니 대체 타우 열매를 얼마나 던진 걸까. 그렇게 생각하고 있자, 온몸이 흠뻑 젖은 채 머리에서 물방울을 떨어뜨리면서 환성을 지르며 달려가는 아이들이 보였다. 아이들이 향하는 곳에서부터 왁자지껄한 소리가 울려 퍼졌다.

"가자, 루츠!"

"멀리서 보기만 하기다?"

루츠의 충고에 따라 건물 뒤에서 살며시 엿보니 좁은 골목길이 온통 혼란스러웠다. 적도 아군도 없이 무조건 의미도 없는 소리를 지르면서 타우 열매를 거침없이 던진다. 건물과 건물 사이에서 나는 큰 소리가 메아리치며 어마어마한 성량으로 울렸다. 너나없이 흠뻑 젖어서 얇은 여름옷을 입은 언니는 옷이 몸에 딱 달라붙어 선명하게 몸의 선이 드러나는 것은 물론이고, 심한 사람은 완전히 비쳐 보였다. 남자는 달라붙은 옷이 번거로웠는지 반나체로 뛰어다니는 사람도 많았다.

우와, 축구나 야구에서 응원하는 팀이 우승했을 때 같다.

"으악!?"

갑자기 루츠의 목소리가 들리며 루츠의 머리에서 물이 떨어졌다. 내게도 차가운 물방울이 후두두 떨어지자 깜짝 놀라 뒤를 돌아봤다. 루츠의 등 뒤에 타우 열매를 든 아이들이 보였다.

"여기에 하나도 안 젖은 녀석들이 있다!"

아이들이 큰소리를 지른 순간, 야단법석이던 수많은 사람이 일제히 우리를 돌아봤다. 사냥감을 발견한 사냥꾼 같은 눈빛이 나를 향하자, 소름 끼칠 듯한 박력이 느껴졌다. 조그마한 비명이 입어서 흘러나오고 온몸이 움츠러들었다.

"도망치자, 마인! 있는 힘껏 피해!"

"무리야!"

그런 민첩한 행동을 기대해도 곤란했다. 내가 할 수 있는 건 팔을 들어 얼굴에 오는 직격탄을 막는 정도다. 루츠가 그런 내 손을 끌고 뛰면서 이쪽을 향해 날아온 타우 열매를 손으로 되받아쳤다. 정말 물풍선처럼 타우 열매가 돌바닥에 부딪혀 팡 하고 터졌다. 직격을 피하고 안심했지만, 루츠가 피하는 바람에 상대방의 전투 의욕에 불을 지펴 버린 듯했다.

"피했잖아! 건방지게!"

"모두 해치워 버려!"

계속해서 날아오는 타우 열매가 퍽! 퍽! 하고 내 몸에 닿으며 터져갔다. 몸에 닿는 감촉 자체는 부드러워서 크게 아프지 않지만, 머리를 타고 등줄기로 흘러내리는 물방울과 등에 명중한 열매가 터진 물 때문에 소름이 돋았다.

"꺅! 차가워! 차갑다구!"

"마인, 무조건 발을 움직여!"

루츠가 피할 수 있었던 건 오직 첫발뿐이었다. 성인까지 섞여서 던지니 더욱 피할 리 만무했다. 순식간에 사람들에게 둘러싸여서 중과부적인 상황. 피할 수도 도망칠 수도 없는 채 축제의 열기로 환각 상태인 사람들의 집중포화를 받은 루츠와 나는 눈 깜짝할 새에 흠뻑 젖어 버렸다.

"아하하! 애송이치고는 열심히 잘 지키는데?"

"장래가 유망한 녀석이군."

낄낄 웃으면서 마지막까지 나를 지키려던 루츠에게 위로를 건네면서 그들은 다음 사냥감을 찾으러 폭풍우처럼 사라졌다.

"……루츠, 이거 분명 감기 걸리겠지?"

내가 물이 뚝뚝 떨어지는 스커트를 집어 올리자 머리를 휙휙 흔들어 물방울을 튀기면서 "확실히." 하고 루츠도 끄덕였다.

"에파 아줌마한테 실컷 혼나고 두 번 다시 축제에 내보내지 않을지도."

"……별 축제 분위기는 알겠어. 싫을 정도로 잘 알았어. 끝나면 무조건 열이 나는 축제는 나하고는 맞지 않아."

머리카락을 꽉 짜자 후두두 소리를 내며 물이 떨어졌다. 이곳저곳을 짜면서 나와 루츠는 신전으로 돌아갔다. 마을 북쪽은 타우 열매 던지기보다도 이 뒤에 진행될 식사 파티에 중점을 두고 있는지 이쪽저쪽에 있는 우물 광장에서 이미 준비가 시작되고 있었다. 나무 상자와 나무 상자 사이에 합판을 놓은 즉석 테이블을 설치하고 어디에선가 요리가 옮겨져 왔다.

"배가 고팠으면 들렀을 텐데."

"아직 배고프지는 않지?"

요리를 옮기기 시작하면 타우 열매를 들고 떠들썩하던 사람들도 배가 고파 올 터였다.

"정말이지! 대체 이게 무슨 꼴이에요!? 방이 더러워지니까 목욕 준비가 다 될 때까지 밖에서 기다리세요!?"

엄마에게 혼나기도 전에 델리아에게 혼이 났다. "에파 아줌마보다 무섭네." 하고 중얼거리는 루츠의 말에 나는 살짝 끄덕이며 동의했다. 델리아에게 혼나지 않을 곳에서 목욕 준비가 되기를 기다리는데, 젖어도 괜찮도록 숲에 갈 때 입는 헌 옷으로 갈아입은 프랑이 나오더니 흠뻑 젖은 우리를 보고 곤란한 듯이 관자놀이를 눌렀다.

"마인 님, 고아들은 준비가 다 된 듯하니, 그만 그대로 고아원에 갑시다. 델리아, 돌아오면 바로 욕실을 쓸 수 있도록 준비만 부탁합니다."

타우 열매를 던지는 아름답지 않은 행위는 하기 싫다는 델리아는 방을 시켰나. 길은 이미 고아원에 간 모양이나.

"청색 신관들이 귀족 마을에 갈 때 타는 마차를 준비한 회색 신관으로부터 연락이 있었습니다. 청색 신관과 그 시종은 전부 귀족 마을로 출발했으므로 신관 문을 닫았다고 합니다."

우리가 뒷문을 통해 고아원에 가자 이미 모두가 신관복에서 헌 옷으로 갈아입고 지하에 둔 타우 열매를 밖으로 꺼내고 있었다. 두 팀으로 나누어서 던지자는 루츠의 지시에 나이와 남녀 비율을 고려해 프랑이 적당히 팀을 나눴다. 뛰어다녀도 좋은 범위를 지정하고 그곳에서 밖으로 나가지 않을 것을 약속했다.

"뒷정리는 반드시 할 것. 그리고 심하게 떠들어서 마을 사람들이 의심하지 않도록 조심할 것. 마지막으로 다치거나 싸우지 않고 즐길 것. 알겠습니까?"

"네!"

"자, 그럼 타우 열매를 나눌게."

루츠가 몇 개의 바구니로 시선을 돌렸다. 이럴 때는 가장 신분이 높은 내가 제일 먼저 움직여야 했다. 봄에 숲에서 본 타우 열매는 고작 엄지손가락 첫마디 정도 크기밖에 없었는데, 바구니 속에 든 열매는 내 주먹보다 컸다. 수분을 듬뿍 머금었는지 물컹물컹했다. 엄청난 사람들에게 과녁이 되었을 때는 거의 눈을 감고 있어서 타우 열매를 이렇게 제대로 본 일은 처음일지도 몰랐다.

"와, 정말 엄청 커졌다."

내가 위에 있는 열매 하나를 집은 순간, 봉납 때와 똑같이 마력이 빨려 나가는 느낌이 들었다. 그와 동시에 타우 열매가 불룩불룩 일어나더니 모습을 바꾸기 시작했다.

"으아아!?"

"왜 그래, 마인!?"

"마력이 빨려 나가고 있어!"

물풍선처럼 반투명한 빨간색이었던 타우 열매 속에 석류처럼 단단해 보이는 씨가 나타나면서 개수가 늘어나고 있었다.

"기분 나빠! 뭐야, 이거!?"

"내가 어떻게 알아!?"

손에 든 채 우왕좌왕하는 사이에 옅은 빨강이었던 열매 색깔이 조금씩 짙어지더니 열매 속에는 수분보다 씨가 훨씬 많아졌다. 물컹했던 껍질이 단단해지며 속이 보이지 않게 되었다. 이제서야 겨우 알았다. 빨간 열매는 예전에 봤던 토론베의 씨가 틀림없다.

"루츠! 이거 토론베야! 칼을 준비해!"

타우 열매를 쥔 채 내가 그렇게 말하자, 모양이 변하는 타우를 들여다보던 루츠가 창고가 있는 지하로 곧바로 뛰어갔다. 그리고 칼과 손도끼 같은 도구가 든 바구니를 질질 끄집어내면서 고아들에게 지시를 내렸다.

"채집에 익숙한 녀석들은 칼을 잡아. 비싼 종이 재료가 나온다. 하나도 남김없이 잘라 버려!"

고아들이 "네!" 하고 칼로 몰려갈 즈음에는 타우 열매가 점점 딱딱해지며 점차 열을 머금어 갔다. 예전에 이 상태에서 던지면 토론베가 불쑥불쑥 나타났었다.

"마인 님, 준비 다 됐어!"

손도끼 같은 칼을 전대물 히어로처럼 척 쥔 길이 내 옆에 섰다. 한 손에 칼을 쥔 루츠가 돌바닥이 아닌 풀이 무성한 곳을 가리켰다.

"마인, 흙 쪽으로 던져!"

길과 루츠의 목소리를 들으면서 흙이 있는 부분을 향해 있는 힘껏 타우 열매를 던졌다.

"가라, 쑥쑥이 나무!"

축제가 끝나고

"이 바보! 짧잖아!"

루츠가 눈을 번쩍 뜬 대로 내가 던진 타우 열매는 흙 부분에 닿지 못하고 아슬아슬하게 돌바닥 구석에 떨어져서 팡! 파파팡! 하고 터졌다.

빨간 열매가 터진 순간, 작은 씨들이 사방으로 넓게 튀었고, 갑자기 몇 개나 되는 새싹들이 불쑥불쑥 얼굴을 내밀기 시작했다. 흙 부분에 튄 씨는 새싹이 나오기 시작했지만, 돌바닥 위에 떨어진 씨는 순식간에 시들었고, 싹이 튼 것들은 눈 깜빡할 사이에 발목까지 성장했다.

"으악! 뭡니까, 이거!?"

"이건 굉장한 속도로 자라나. 허벅지까지 오면 멈추지 말고 잘라내야 해!"

주춤거리는 고아들에게 지시를 내리면서 루츠가 쑥쑥 자라는 토론베를 날카로운 눈빛으로 응시했다.

"프랑, 마인을 데리고 뒤쪽으로 대기!"

루츠의 지시로 나는 프랑에게 안겨 전선에서 벗어났다. 칼을 들지 않은 내가 할 수 있는 일은 모두를 응원하는 정도다.

"덤벼!"

루츠는 손도끼 같은 도구를 쥐고 가장 안쪽에 튄 토론베를 베러 달렸다. 루츠 뒤를 따라 뛰면서 가장 먼저 토론베를 벤 사람은 길이다. 길이 "에잇!" 하고 힘껏 팔을 휘두르자 파직, 하는 소리와 함께 가는

다란 가지가 잘리며 그 자리에 떨어졌다. 아무렇게나 잘라도 가지가 간단히 잘리고, 잘린 가지가 그 이상은 성장하지 않는 모습을 본 고아원 아이들이 일제히 토론베에게 달려들었다.

"마인 님, 이건 무엇입니까?"

프랑의 입에서 얼마나 많은 정보가 신관장에게 흘러갈까. 이것은 어쩌면 설교를 듣는 패턴일까. 큰 소동이 아니라 신전 밖에서는 종종 있는 일이라며 어떻게든 얼버무릴 수 없을까 하고 필사적으로 머리를 회전시켰다.

"고급지의 재료야. 이것으로 평소에 만드는 종이보다 훨씬 비싼 종이를 만들 수 있어."

거짓말은 아니다. 하지만 프랑이 묻고 싶은 대답은 아니었을 터였다. 프랑이 뭔가 말하고 싶은 듯 입을 여는 동시에 길의 목소리가 울렸다.

"여기까지 자라면 나이프로는 어려워. 비켜! 내가 할게!"

내가 휙 돌아보니 길이 칼을 든 여자아이를 물러서게 하고 자기들의 넓적다리 높이만큼 자란 가지를 큰 칼로 서걱서걱 자르는 모습이 보였다. 좋아하며 숲에 가던 길의 성장이 눈에 뚜렷이 보였다.

"좋아! 해냈어!"

승리 자세를 취한 길이 나를 향해 씩 하고 득의양양한 웃음을 보였다. 그것은 나중에 칭찬하라는 어필이라고 이해한 나는 가볍게 끄덕여 두었다.

"……이제 안 남았어?"

루츠의 말에 주변을 둘러보던 아이들이 베어낸 가지들을 모으면서 크게 끄덕였다.

"어떡할까, 루츠? 이건 몇 개 남겼다가 또 성장시킬까?"

모처럼 고급 소재를 비교적 안전하게 벨 수 있는데 이 기회를 놓치기는 아깝다고 내가 제안하자 루츠가 고개를 저었다.

"이제 한두 개만 더 베고 나머지는 예정대로 던지고 놀자. 흙에서 멀리 떨어지면 타우 열매는 바짝 말라서 시들어 버리는 데다가, 또 숲을 뒤지면 나오니까 주우러 가면 돼."

"다들, 미안하지만 좀 더 베어 줄 수 있겠니? 이걸로 매우 비싼 종이를 만들 수 있어. 고아원에서 쓸 수 있는 비용이 늘어날 거야."

"마인 님, 비용이 늘면 어떻게 됩니까?"

돈에 관해서는 깜깜할 정도로 지식이 없는 아이들이 이상하다는 표정을 지었다. 아이들의 생활에 필요한 물건은 전부 신의 은총이다. 세상사 모든 일에는 반드시 돈이 든다는 사실도 고아원에서 만드는 수프의 대금도 실은 아직 아이들이 스스로 마련하고 있는 것은 아니라는 점도 설명은 했지만, 이해하지는 못했겠지.

"비용이 늘면 스스로 만들 수 있는 식사 종류가 늘어납니다. 그리고 고아원용으로 겨울 장작을 살 수 있게 되지요."

"좋아, 하자!"

고아원에서 쓰는 장작은 배정량이 적은데다가 난로가 여자동에는 식당뿐이고, 남자동에서는 큰 방 한 군데가 전부다. 그리고 장작이 바닥나면 석조 건물은 단숨에 차가워지니 한낮에도 똘똘 뭉쳐서 지내게 된다고 한다. 금전적으로 절약해야 하는 환경에서 겨울의 식재료와 난방은 절실한 과제였다.

아이들에게 할 마음이 생기자 그 후로 토론베 세 개를 더 베었다. 되도록 빨리 흑피로 가공해야 하기 때문에 바구니가 가득 차자 토론베 채집을 마무리했다.

“자, 남은 타우 열매를 던지며 놀까?”

루츠의 제안에 의욕적으로 토론베를 베던 아이들이 눈을 반짝이며 고개를 갸웃거렸다.

“응? 나머지도 전부 종이로 안 만들어도 돼?”

“던지고 놀다가 다 써 버리면 또 주우러 가면 돼. 오늘처럼.”

루츠의 말에 아이들은 환성을 질렀다. 타우 열매 줍기가 상당히 즐거웠던 모양이다.

“저기, 이 주변은 잡초가 완전히 없어졌는데 어떡할 방법이 없지?”

몇 번이고 토론베가 싹을 틔운 탓에 잡초는 시들고 흙은 헤집어 놓은 것처럼 움푹움푹 파였다. 나는 흙을 대충 고르고 살짝 뜬 돌바닥을 위에서 밟으며 원래대로 돌려놓았다.

“너무 깊이 생각하지 않아도 돼. 이 계절이면 풀 따위는 금방 자라.”

“……제초 작업 수고를 덜었나고 긍정적으로 생각하도록 합시다.”

성결식 의식이 끝날 시간이고 이런 뒤쪽까지 보러 올 청색 신관은 없으니 딱히 문제는 없으리라고 세 명이 결론지었다.

“타우 던지기는 내가 지휘할 테니까 마인은 옷을 갈아입고 와. 안색이 안 좋아. 열이 나겠어.”

“응, 확실히 몸이 나른해졌어. 한기도 들고.”

“델리아가 목욕을 준비해 뒀을 테니 바로 몸을 데웁시다.”

프랑이 그렇게 말하고 나를 안아 올렸다. 성큼성큼 걷는 프랑의 어깨너머로 타우 던지기를 시작한 아이들의 모습이 보였다. 두 팀으로 나뉘어 꺅꺅 환성을 지르면서 타우 열매를 던지는 모습은 평민촌 아이들과 전혀 다를 바 없었다. 조금 더 고아원에 오락을 도입해 주고 싶다고 생각했다.

"정말이지! 무슨 짓이에요!? 고아들이랑 논다고 몸 상태가 나빠지다니, 청색 무녀가 이러면 어쩌나요!"

축 늘어져서 프랑에게 기댄 채 방으로 돌아오니 눈을 부라린 델리아가 있었다. 프랑에게 욕실까지 데려다주도록 한 뒤, 프랑을 쫓아낸 델리아가 덜 마른 내 옷을 벗겨내고 준비된 욕조 안으로 나를 집어넣었다. 나는 델리아에게 미지근한 물에 뜨거운 물을 채워 넣고 적당한 온도로 조절하게 했다. "상당히 뜨거운 물을 좋아하시는군요." 하고 델리아가 조그맣게 중얼거린 뒤, 찌릿 나를 노려보았다.

"몸이 완전히 차가워졌으니까 따뜻한 물을 원하는 거예요! 몸이 약하면 물놀이 따위 해서는 안 됩니다. 그 정도는 아시잖아요!"

"……델리아, 조금 조용히 해 줘. 오랜만에 좋은 물이니까."

따뜻한 물에 전신을 녹일 수 있는 환경에 안심하듯 숨을 내쉬었다.

"제가 준비했으니까 당연하죠."

"그럼, 델리아의 말대로 델리아 덕분에 굉장히 기분이 좋아. 고마워."

사실 나는 아직 우물에서 물을 길 수가 없어서 혼자서 목욕 준비를 할 수 없었다.

"명령하신 대로 이행했을 뿐인걸요. 제가 길도 아니고 당연한 일로 고맙다니……."

투덜거렸지만, 부끄러워서라는 걸 잘 안다. 키득 하고 조그맣게 웃음을 흘린 뒤, 어깨까지 물에 담근 나는 토론베를 생각했다.

저번에는 거의 발아 직전이어서일까, 아니면 내게 마력이나 신식에 관한 지식이 전혀 없었던 탓에 의식하지 못했던 걸까, 마력의 흐름을 거의 느끼지 못했었다. 이번에는 분명하게 타우 열매를 향해 마력이 흘러가는 느낌을 받았다. 물풍선 상태인 타우 열매를 발아시키려면 봉납하는 소마석 두세 개 정도의 마력이 필요해 보였다.

신식이 가진 마력의 양에 따라서 타우 열매를 쓰면 신식으로 죽는 아이들은 줄어들겠다고 생각했다. 우선 신식이라는 병이 널리 알려져야 하고, 반드시 토론베가 싹트니까 베어낼 수 있는 인원수가 주변에 배치되어야 하는 조건이 필수다. 그 김에 베어낸 가지는 마인 공방이 넘겨받으면 좋겠다며 김칫국부터 마셨다.

하지만 루츠가 한 말이 사실이라면 타우 열매는 보존할 수 없다. 흙에서 떨어지면 봄에는 반나절만에 수분이 없어져 바싹 마르고, 수분이 가득한 여름 열매도 하루 이틀 사이에 말라 버린다고 한다. 돌바닥에 떨어진 씨가 싹트지 못하고 순식간에 시들어 버린 것처럼. 토론베가 자라는 것과 마찬가지로 흙 위에 놓아두면 갑자기 시들지는 않겠지만, 바람이나 비로 어디론가 흘러가서 가을에 갑자기 마을 곳곳에 토론베가 튀어나오는 것도 무서웠다.

"……일단 벤노 씨에게 보고해야겠지?"

봄부터 가을 초까지는 토론베를 내 의지로 채집할 수 있게 됐다는 사실을 보고하고, 토론베에 관한 정보 수집과 신식에 대항하는 타우 열매의 사용법을 널리 확산하도록 부탁해 보자.

생각이 일단락되어 나는 욕조에서 일어났다. 그 순간 머리가 핑 돌았다. 열이 났는지 아니면 빈혈인지 모르겠다. 머리를 누르며 그 자리에 철퍼덕 주저앉자 델리아가 비명을 지르려던 입을 막고 재빨리 내 몸을 닦기 시작했다. 군데군데 물기가 남은 채로 블라우스와 스커트를 입히고 얼른 프랑을 부르러 갔다.

“마인 님!”

“……아~, 침대에 이불을 놓는 걸 깜빡했다. 판자 위라도 좋으니까 눕혀 줄래?”

나를 안은 채 판자가 노골적으로 드러난 침대에 눕혀야 할지 어떨지 우왕좌왕하는 프랑에게 그렇게 말하자 프랑이 조심스럽게 눕혀 주었다.

“델리아, 루츠를 불러. 프랑은 밖에 나갈 수 있게 옷을 갈아입혀 줄래? 빨리 집에 가는 편이 좋을 것 같아…….”

“알겠습니다.”

아이들과 함께 타우를 던지던 루츠는 당연히 흠뻑 젖었기 때문에 나는 프랑에게 안긴 상태로 귀가했다. 축제로 집중포화를 받아서 신전에서 옷을 갈아입었다는 루츠의 설명에 엄마는 역시나, 하고 한숨을 쉬었다. 그리고 시종 실격이라며 심각한 얼굴로 사과하는 프랑에게는 “마인을 별 축제 같은 곳에 내보내면 이렇게 될 줄 이미 알았어. 며칠간은 드러누울 테니까 신관장님께 잘 전달해 주세요.” 하고 가볍게 말하고는 나를 침대에 눕혔다.

“흠뻑 젖어서 열까지 났지만, 축제는 재미있었니?”

“……깜짝 놀랄 일이 엄청 많았지만 고아원 아이들도 웃어서 정말 좋았어.”

루츠와 가족들의 진단은 옳았다. 나는 결국 열이 나서 사흘간 드러누웠다. 문병을 와 준 루츠에게 타우 열매와 토론베에 대한 보고를 벤노에게 부탁하자. ‘자세한 내용을 의논하고 싶으니 열이 내리면 신전에 가기 전에 상점에 와라' 라는 답장이 돌아왔다.

"벤노 씨, 안녕하세요."

"또 성가신 일을 일으켰더군."

갑자기 불쾌감을 그대로 드러낸 적갈색 눈으로 노려보자 나는 덜컹 겁이 났다.

"……서, 성가시다니 언제 어디에 나타나는지 몰랐던 토론베가 나타나기를 기다릴 것 없이 채취할 수 있게 됐는데요? 시작부터 인원을 갖추면 간단하게 전부 베어낼 수 있으니까 안전하다는 걸 알았는데, 칭찬해야 할 일 아닌가요?"

"그 사실은 확실히 그렇긴 하지. 타우 열매가 토론베의 씨라는 점을 확인하고 토론베를 안정적으로 공급하게 된 것은 기쁜 일이다. 다만, 부수적으로 따라오게 될 성가신 일이 훨씬 많겠지?"

"그런가요?"

부수적으로 따라올 성가신 일에 관해서는 전혀 생각을 하지 못한 내게 벤노는 "역시 생각이 없군." 하고 중얼거리더니 내 옆에 서 있던 루츠에게 시선을 향했다.

"루츠, 미안하지만, 마인이 늦게 도착하겠다고 신전에 알려주고 와. 그 뒤는 부를 때까지 마르크한테 붙어 있어. 설교하는 데 시간이 걸리니까."

"네, 주인님."

루츠가 쓴웃음을 지으며, "힘내, 마인." 하고 위로도 되지 않는 격려의 말을 남기고 퇴실했다. 아군이 없어진 방 안에서 벤노가 가볍게 손가락으로 책상 위를 톡톡 두드렸다.

"루츠한테 들었다. 타우 열매가 마력을 흡수해서 단숨에 성장하더니 토론베가 되었다고. 틀림없나?"

"네."

"마술구 대용이 될 것 같더냐?"

겨울 동안에는 타우 열매를 손에 넣지 못하는 점이 불안 요소이지만, 내게 타우 열매가 스무 개 정도 있으면 다음 봄까지는 마력이 넘쳐나서 죽을 일은 없을 것 같았다. 몸이 성장하면 마력량도 늘어난다고 하니 성인이 되었을 때쯤에는 몇 개나 필요하게 될지는 모르겠다.

"……아마 될 것 같아요. 그래서……."

"그 얘기 절대로 흘리지 마라."

엄격한 표정으로 벤노가 말했다. 신식 환자를 구하기 위해 타우 열매의 사용법에 관한 정보를 널리 퍼뜨려 달라고 부탁하려던 나는 벤노의 말이 믿기지 않아서 눈을 크게 떴다.

"마력의 관리는 귀족 관할이다. 숲에서 쉽게 주울 수 있는 열매가 비싼 마술구의 대용품이 된다는 사실을 안다면 귀족 사회나 신전의 존재 이유가 뒤집힐 위험이 있다. 이상하게 전달되면 아마 네가 제거될 거다."

"……그렇다고 가만히 있으면 신식을 앓는 평민들은 평생 살아나지 못할 거예요."

우연히 돈을 들이지 않아도 살아날 방법을 찾았는데 알리지 못하면 살 수 있는 사람도 살리지 못하게 된다.

"그래, 그렇지. 하지만 신식인 아이를 어떻게 선별할 거냐? 나는 잘 모르겠지만, 신식끼리는 겉모습을 보면 아나?"

나는 고개를 저었다. 내가 만난 신식은 프리다뿐이지만, 겉모습만으로 프리다가 신식이라든지 마력을 가졌다는 것은 몰랐다. 누가 신식인지 모르면 도울 수 있을 리가 없었다.

“태어난 모든 아이에게 그 열매를 쥐여 주고 마력이 있는지 없는지 식별하면 될지도 모르지. 하지만 마력을 가진 아이라는 사실을 안 시점에 귀족이 거둬갈 거다. 판별과 동시에 빼앗긴다고 알면 누가 확인하려고 하겠나? 적어도 너희 가족은 시도하지 않겠지?”

말문이 막혔다. 가족과 떨어지기 싫은 나는 마술구에 의존하지 않고 연명할 방법을 원했다. 바로 귀족을 피하기 위해서였다. 대대적인 식별이 이루어지면 그것은 귀족에게 알리는 셈이 된다. 그래서는 의미가 없었다. 그리고 널리 알리지 않는다면 신식에 관한 사실도 타우 열매로 살 수 있다는 정보도 전달이 될 리가 없었다.

“막 태어난 아이들을 대대적으로 모으지 않는다면 열이 난 아이를 데리고 오라고 할 건가? 신식이라면 타우 열매로 낫겠지만, 다른 병이라면 ‘죄송합니다’ 하고 냉정하게 돌려보낼 텐가? 그런 판별을 했다가는 반대로 이상한 병이 전염될 위험도 있고, 낫지 못한 부모에게 쓸데없는 미움을 사게 될 거다.”

저 아이는 쉽게 병을 치료했는데, 왜 우리 아이는 안 되냐는 말을 듣게 되는 장면이 눈앞에 훤히 보였다. 나는 스스로 생각하지 못했던 벤노의 예상에 주먹을 세게 쥐었다.

“귀족에 의존하지 않은 채 신식이 성장하면 주위가 곤란해지게 될 가능성은 전혀 없는 건가? 엄청난 마력을 가졌지만 지식도 없이 자란 신식이 마력을 올바르게 쓸 수는 있는 것인가? 마술구를 살 수 없는 귀족의 아이를 맡아 마력을 모으며 신구를 움직이던 신전의 존재는 어떻게 변할 텐가? 마력을 독점한 귀족 사회 자체가 흔들릴 일은 없을 것인가.”

"……잘 모르겠어요."

벤노가 잇따라 나열한 어떤 의문에도 나는 명확한 대답을 낼 수가 없었다. 사회 정세, 정치의 구조, 이 세계에서의 마력 취급조차 나는 잘 모른다.

"얼마나 존재할지도 모르는 신식을 살리기 위해서라고 하지만, 여파가 지나치게 크다. 일단 현재는 네가 신전에서 쫓겨나거나, 마술구를 목숨의 구실로 위협받는 상황이 왔을 때 몰래 살 수 있는 수단을 얻었다고 생각하고 잠자코 있어. 일이 지나치게 커지면 적어도 내 힘으로는 감당하기 어려워."

벤노가 감당하지 못하는 일을 내가 감당할 수 있을 리가 없었다. 중앙 정권의 숙청이 끝나고, 귀족의 대규모 전환 배치가 끝나고, 귀족이 적은 상황에서도 정세가 안정되어 가려는 참에 혼란을 퍼트리고 싶냐고 묻는다면, 대답은 NO다. 그런 귀찮은 짓은 하고 싶지 않다.

"숲에서 토론베를 채집할 정도라면 지금까지와 똑같으니 얼버무리면 통하겠지만, 신식의 판별과 수명 연장에 관해서는 잠자코 있는 편이 좋다는 것이 내 의견이다."

알면서도 도울 수 있는 생명을 도울 수 없다는 사실에 불만이 남았다. 내 표정에 불만이 표출되었는지 벤노가 곤란한 듯 어깨를 으쓱했다.

"그런 표정 짓지 마. …… 네 눈에 들어오는 범위 내에 신식이 있으면 몰래 도와주는 것 정도는 괜찮다. 내 말은 그것을 귀족에게 들키지 말라는 거다. 너는 귀족 사회에 선전포고할 수 있겠나? 책을 사는 고객은 기본적으로 귀족인데?"

벤노의 마지막 말에 나는 아주 조금 웃었다. 웃었더니 아주 조금 기분이 나아졌다. 괴로워하는 신식이 눈앞에 있다면 도우면 된다. 보이지 않는 곳까지는 관여하지 않는다. 지금까지 하던 대로 하면 된다.

"적어도 일반 시민이 부담 없이 책을 읽게 될 만큼 문맹율이 낮아진 후가 아니면 선전포고 따위 할 수 없겠네요. 그런 귀찮은 짓을 할 생각도 없지만요."

내가 벤노의 가벼운 말에 대답하자 벤노도 표정을 누그러뜨렸다.

"뭐, 확실히 일반 시민이 책을 읽을 수 있게 하는 건 귀찮겠군."

"귀찮은 건 그쪽이 아니라 선전포고예요. 책을 보급하려면 당연히 문맹율을 낮춰야죠."

모처럼 내가 신전에 있으니 언젠가 고아원을 이용해서 서당이 아닌, 신전 교실을 개최할 계획이다. 우선은 고아들을 교육하는 과정에서 회색 신관을 교사로 키운다. 그리고 내가 아는 범위 안에서 인쇄 기술을 개발한 뒤 성전을 베이스로 한 교과서를 만든다. 성전을 인쇄해서 나눠준다면 신관장도 이의는 없을 것이다.

"어때요, 완벽하죠?"

우후후, 하고 내가 당당하게 말하자 벤노는 어째선지 고민에 빠져 버리고 말았다.

"네가 세운 계획이니 구멍투성이겠지만, 좋은 생각이다. ……하지만 마인. 넌 책 외의 다른 분야에는 머리를 쓸 수 없나?"

"네, 아마도요."

책 외의 다른 것에 쓴 적이 없으니까 쓸 수 있는지 어떤지 모른다는 말이 가장 바르다고 덧붙였더니 벤노가 "진정 안타깝군." 하고 깊고, 깊은 한숨을 쉬었다.

실례라고 뾰로통해진 내게 "사실이다." 하고 웃던 벤노가 갑자기 표정을 바꾸었다. 진지한 표정으로 마음속 목소리를 감추는 것은 진지한 얘기가 있을 때다.

“토론베를 되도록 독점할 수 있도록 타우 열매에 관해서는 입 다무는 거다. 알겠나?”

“네.”

“그럼 저번에 건넨 과제 목록 중 마지막 항목에 관해 너의 의견을 듣고 싶군.”

아, 그것 때문에 루츠를 심부름으로 내보냈구나.

설교라는 말로 루츠를 밖으로 내보낸 의도를 깨닫고 나는 침을 꿀꺽 삼키면서 벤노를 바라보았다.

루츠가 가야 할 길

"루츠는 미성년자니까 다른 마을에서 하룻밤 자면서 일을 하려면 부모의 허락이 필요하다. 허가 없이 데리고 나가면 유괴범 취급을 당해."

벤노는 천천히 숨을 내쉬면서 사정을 설명하기 시작했다. '루츠의 부모를 설득하고 외출 허가를 얻는다' 라고만 과제 목록에 기록되어 있던지라 설명을 들으니 쉽게 이해가 갔다.

"마르크를 보냈지만, 허가를 받지 못했거든. 상인과 장인은 상식이 달라서인지, 아니면 그쪽 아버지가 특히 완고하신 건지, 너의 의견을 듣고 싶군."

"의견을 듣고 싶다는 말은 즉, 루츠를 데리고 나갈 허가를 받을 방법이 없냐는 말이지요? 그렇다면 역시 루츠와 벤노 씨와 루츠의 부모님이 얘기해야 할 일이네요. 소꿉친구라지만, 전 엄연히 제삼자니까요."

업무로 루츠를 밖에 데리고 나가고 싶은 벤노, 실제로 밖에 가고 싶은 루츠, 그리고 허가를 내 줄 루츠의 부모. 당사자는 이들뿐이다. 내가 입에 올릴 문제가 아니다. 그렇게 말하자 벤노는 머리를 긁적이며 나를 노려보았다.

"그러니까 너의 의견을 듣고 싶다고 말하는 거야. 정보는 몇 개라도 필요하니까. 루츠가 너의 사정을 가장 잘 알고 있다면, 루츠의 사정을 가장 잘 아는 사람 역시 너잖아?"

무슨 일이든지 사전 조사를 완벽히 하는 벤노이기에 루츠의 부모와 협상하기 전에 정보를 모아 두고 싶은 거겠지. 일에 관한 것이면 몰라도 생활에 관련한 정보라면 벤노의 말처럼 항상 함께 있는 내가 가장 루츠를 잘 알 것이다.

"일인데 왜 허가해 주시지 않는 거죠?"

"그건 내가 하고 싶은 말이다. 마르크 말로는 허가할 수 없다고만 주장한다더군. 루츠의 집안 사정이 그다지 좋지 않다고 다락방을 빌릴 때 조금은 들었다만 대체 어떤 상황인 거냐?"

자신이 상인 수습생이 되겠다고 선언한 후 나빠진 집안 상황에 대해서 루츠는 내게도 그다지 말해 주지 않았다. 하물며 상사인 마르크나 벤노에게 나약한 소리를 하지 않았을 것이다.

"루츠의 가족들은 루츠가 상인이 된다는 것 자체를 반대했어요."

"뭐라? 행상인을 반대한 것뿐만이 아니라 마을 상인이 되는 것도 반대했다고?"

놀란 듯이 눈을 크게 뜨는 벤노에게 나는 천천히 끄덕였다.

"아버지는 건축 관계 일을 하시고, 루츠의 형들도 모두 건축이나 목공 관계의 장인 수습생이라서 루츠도 장인이 되길 바라셨대요. 기복이 심한 상인보다 견실하게 일하는 장인 쪽이 안정적이라서 좋대요."

"장인도 안정적이지는 않다만?"

일감이 없어져서 망하는 공방도 있으니 장인이 절대적으로 안정적이라고는 할 수 없을지도 모른다. 하지만, 실력이 좋으면 같은 업계의 공방에 취직할 수 있으므로 상점을 경영해서 빚을 지게 될 일은 생기지 않는다.

"상인은 절대 허락 못 한다고 했다고 루츠한테 들은 적이 있어요."

상인은 남의 몫만 가로챌 뿐, 아무것도 창조하지 못한다든지, 냉혹하지 않으면 할 수 없는 직업이라든지 루츠에게 들은 말만으로도 심한 말이 많았다. 대체 어떤 악덕 상인에게 당했었길래 그러나 싶을 정도의 표현이라고 들었다.

"……루츠는 잘도 이런 상황에서 상인이 되었구나."

이 마을의 아이는 부모와 친척의 중개로 가업에 연관된 직업에 종사하는 점을 고려하면 루츠가 이질적일지도 모른다. 하지만 매우 보람차게 일하는 루츠를 보면 루츠의 선택은 틀리지 않았다고 나는 확신했다.

"루츠는 끝까지 부모님의 허락을 받지 못하면 더부살이 수습생이 될 생각이었어요. 루츠의 어머니가 진지함만큼은 인정해 주셔서 현재 통근을 하고는 있지만요."

"더부살이 수습생? 그런 생각까지 할 정도로 가족과 사이가 틀어진 건가?"

벤노가 눈을 반짝였다. 더부살이 수습생이라는 열악한 환경에 스스로 몸을 던지는 별난 아이는 보통 없다. 더부살이 수습생이 되겠다고 생각한 시점에 자기 집보다 그런 열악한 환경이 훨씬 낫다고 선언한 셈이다.

"지금 틀어졌는지 어떤지는 루츠가 말하지 않아서 잘 모르겠어요. 하지만 루츠의 형들이 루츠에게 그렇게 호의적이지 않은 점이 마음에 걸렸어요."

"호의적이지 않다니?"

"가족들 입장에서 보면 아버지를 거스르고 루츠가 제멋대로 행동하는 것처럼 보일지도 모르고, 같은 업종이 아니니까 루츠의 노력과 성과를 알 수 없어서 반대만 하는 것일지도 몰라요. 형들과 루츠가 현재 어떤 관계인지는 얘기해 본 적이 없으니까 잘 모르겠지만요."

형들과도 루츠에 대해 제대로 이야기를 나눈 적은 없지만, 루츠의 아버지는 나도 거의 면식이 없다. 겉모습은 루츠의 형제 중에서 장남인 카샤가 가장 많이 닮았고, 건축 관계의 장인으로 자신의 직업에 긍지를 가진다는 건 알지만, 그것뿐이다. 엄마끼리는 우물가에서 종종 수다 떠는 모습을 봤지만, 아빠끼리 있는 장면은 본 적이 없었다.

"부모님의 반대로 자기 꿈이 깨진다는 걸 알면 아마 루츠는 가출할 거예요. 완고하고 한 번 정한 결심은 양보하지 않으니까. 하지만 더부살이 수습생은 최후의 수단이잖아요. 미성년자가 혼자 살기에는 혹독하고, 이러니저러니 해도 가족에게 의지해야 한다고 전 생각해요."

내 말에 벤노는 순간 위층을 올려다본 후, 쓴웃음을 지었다. 조실부모하고 고생했던 벤노는 가족을 무척 소중히 대하고, 애인을 잃자 독신으로 살 정도로 정이 깊은 구석이 있다.

"원만하게 해결하고자 한다면 루츠에게 잘 설명해서 성인까지는 참도록 할 수밖에 없지 않나요? 성인이 되면 부모의 허락 따위 필요 없으니까 지금은 가족과의 대립을 피하고 기다리는 선택지가 가장 무난하겠죠?"

부모의 허락 없이 평생 마을을 나가지 못한다면 몰라도 성인이 되면 꿈을 이룰 수 있으니까 지금은 참는 편이 좋다. 루츠가 원하지 않는데 가족 사이에 일부러 균열을 만들 필요도 없다. 나의 가장 무난한 제안에 벤노는 떨떠름한 표정으로 고개를 저었다.

"그래서는 늦어."

뭔가 급한 일이 있는 걸까. 내가 고개를 갸웃거리자 벤노가 입을 꾹 다문 뒤, 천천히 숨을 내뱉었다.

"이쪽 사정이다. ……지금은 말할 수 없어."

업무상 사정이라면 길베르타 사람이 아닌 내가 자세히 알아서 좋을 건 없다. 나는 "그런가요?" 하고 가볍게 흘린 뒤, 신음했다.

"그럼 이번 건으로 루츠와 가족 간에 결정적으로 균열이 생겼다고 가정합시다. 루츠는 가족보다 상인의 삶을 선택할 거예요. 벤노 씨가 다른 마을에 데리고 가려고 생각할 정도니까 분명 루츠에게 기대가 크다는 것이겠죠. 그런데 고작 평범한 수습생 중 한 명인 루츠에게 벤노 씨가 생활에도 어디까지 후원해 주실 건데요?"

다루아 계약을 한 루츠의 생활을 벤노가 후원할 의무는 없다. 루츠의 생활까지 돌보게 되면 다른 다루아들과 또다시 격차가 생기게 된다. 벤노가 업무 외의 생활에서 돌볼 생각이 없다면 지금부터 더부살이 수습생이 되어도 루츠만 고생할 뿐이다. 고작 그럴 거라면 현상 유지가 최신이다. 대충 발뺌하면 용서하시 않겠다고 생각하면서 내가 벤노를 응시하자, 벤노는 항복했다는 듯이 가볍게 손을 들었다.

"나는…… 양자로 받아들일까 한다."

예상도 못한 대답에 나는 깜짝 놀랐다. 벤노가 거기까지 루츠를 보살펴 준다면 만약 루츠가 망설임 없이 집을 뛰쳐나온대도 일단은 안심이다. 루츠가 상인으로서 마을 밖에 나가기를 선택하여 가족과 떨어진다고 해도 벤노라는 지지대가 있다면 생활 면이나 업무 면에서도 걱정은 없다.

"벤노 씨가 루츠를 거기까지 생각해 주리라고는 생각도 못했어요. 그럼 루츠에게도 사정을 설명해서 루츠네 부모님과 함께 얘기하는 방법이 제일이잖아요!"

"루츠에게 말하라는 건가……."

음, 하고 망설이는 듯 싫은 표정으로 벤노가 신음했다.

"어차피 루츠의 의견이 중요해요. 루츠는 지금까지 스스로 생각해 왔으니까요."

양자로 받겠다는 말은 언젠가 루츠가 벤노의 상점을 잇는다는 뜻이다. 길베르타 상회는 코린나의 아이가 이어받는다고 했으니 아마도 식물지나 이탈리안 레스토랑 등 마인 공방과 관련된 사업을 잇게 된다고 생각했다. 그러므로 새로운 식물지 공방을 만들 때 루츠를 대동하고 싶은 것이리라. 벤노가 지금까지 루츠가 한 노력을 인정했다는 사실에 나는 나 자신이 칭찬받은 것처럼 매우 기뻤다.

"넌 루츠가 내 양자가 되는 것이 기쁘냐?"

"양자가 되는 게 아니라 루츠의 노력이 평가받은 게 기뻐요."

벤노가 훗 웃고, 종을 울려 마르크를 불렀다. 아무래도 비밀 얘기는 이것으로 끝인 듯하다.

"무슨 용무이십니까, 주인님."

"루츠를 불러 줘."

물 흐르는 듯한 깨끗한 동작으로 마르크가 방을 나갔다가 루츠를 데리고 다시 돌아왔다. 루츠가 마르크를 자세히 보고 따라 하는지 둘의 동작이 비슷해서 조금 웃겼다.

"루츠, 이번에 너희 부모님께 드릴 말씀이 있다. 조만간 자리를 마련해 주겠나?"

벤노의 말이 너무나도 급작스러워서 루츠는 당황한 듯 끔벅이더니 살짝 고개를 갸웃거렸다.

"……우리 부모님한테? 아, 알겠습니다."

루츠의 입에서 일단 승낙의 말이 나오자, 벤노는 가볍게 끄덕이고 오늘의 업무 내용을 루츠에게 전달했다. 나를 신전에 보낸 뒤, 토론베지를 양산 중인 마인 공방에서 작업하고 오라는 내용이었다. 루츠는 마르크와 똑같은 미소를 지으며 끄덕였다.

"알겠습니다. 가자, 마인."

나는 루츠와 함께 신전을 향했다. 루츠에게 전부 좋은 방향으로 향하는 것 같아서 나도 모르게 콧노래가 나와 버렸다.

"기분이 좋은가 봐?"

"당연히 기쁘니까."

"주인님한테 설교를 들은 것 치고는 건강해 보여서 다행이야."

"으…… 상기시키지 말아 줘."

가는 도중에 루츠가 이야기한 내용에 의해면 내가 드러누운 동안, 루츠는 토론베지를 양산하기 위해 벤노로부터 마인 공방에 파견됐다고 한다. 고이들과 숲에 가서 흑피를 양산하거나, 종종 둘이서 해 왔듯이 카르페를 가져가서 카르페 버터를 만들기도 했다고 한다.

"마인보다 내가 더 공방장처럼 일하지 않아?"

루츠의 말에 나는 가볍게 어깨를 들썩였다. 청색 무녀는 노동을 해서는 안 되므로 나는 관여할 수가 없다. 다들 즐거워 보이니 같이 하고 싶지만 금지된 것이다.

"공방장은 견습무녀를 하면서 오직 수익을 올리기 위한 직함일 뿐이야. 실제로 움직이는 루츠한테는 공방장 보좌의 직함과 급료를 줄 테니까 힘내."

"공방장 보좌라는 호칭은 멋있기는 한데, 결국 마인 도우미잖아?

지금이랑 별반 차이 없네."

"앞으로도 아마 변화는 없을 거야. 내가 새로운 상품을 생각하고 루츠가 팔 테니까."

루츠가 마인 공방에서 고아들에게 지시하며 종이를 만들도록 명령한 것도 식물지를 보급하는 데 필요한, 벤노의 교육 중 일부겠지.

"……어라? 아무도 없나?"

신전에 도착했지만 문에 시종이 보이지 않았다. 신전에 가게 된 이후로 아무도 문에서 기다리지 않는 건 처음이었다. 시종의 모습을 찾는 내 손을 끌며 루츠가 신전으로 들어갔다.

"주인님한테 설교를 받으니까 언제가 될지 모른다고 프랑에게 연락했으니까 없는 거야. 직접 방에 가면 되잖아?"

"너무 긴 시간을 밖에서 기다리게 하지 않아 다행이다. 고마워, 루츠."

"난 공방에 갈 테니까 집에 갈 때 데리러 올게."

루츠와 예배실로 향하는 계단 앞에서 헤어지고 계단을 오른 뒤, 나는 고아원 건물을 한 바퀴 돌아서 방으로 향했다. 평소에는 시종이 열어 주던 문이 꼭 닫혀 있자 조금 당황했다.

시종을 부르려 해도 종을 들고 다니지도 않고 큰 소리로 부르는 건 경망스럽다고 혼을 낼 테고, 어떻게 해야 정답일까. 귀족다운 행동을 몰라 문 앞에서 잠시 고민해 보았다. 결국, 정답을 모르는데 고민해 봤자 쓸데없었다. 고작 내 방에 들어가는데 이렇게 고민하는 것이 우스워져서 가볍게 노크하고 문을 열기로 했다.

'어차피 혼낼 사람도 없으니까 나중에 프랑한테 정답을 물어봐

야지.'

똑똑, 하고 노크한 뒤 "엽니다." 하고 말했다. 손잡이를 잡고 열자 당황한 모습으로 재빨리 계단을 내려오는 프랑이 보였다.

"안녕하세요, 프랑. 걱정 끼쳤죠? 열도 내렸으니 이제 괜찮아요."

상당히 난감해하는 프랑은 2층 쪽을 한 번 힐끗 쳐다보고 목소리를 낮추었다.

"마인 님, 실은……."

"시종도 없이 숙녀가 혼자서 돌아다니다니 대체 무슨 짓이냐?"

"헉!? 신관장님!?"

설마 내 방에서 신관장을 보게 될 줄은 꿈에도 생각 못 했다. 나는 멍하니 선 채 2층에서 내려오는 신관장을 올려다보았다.

"보기 흉하니 입은 다물어라. 그나저나 평민촌이라면 몰라도 신전 안을 혼자서 돌아다니는 품위 없는 짓은 절대 하지 말도록."

프랑의 재촉에 2층으로 올라간 나는 신관장과 마주 보며 우아하게 차를 마시면서 장황한 잔소리를 얌전히 들었다. 신관장의 잔소리에 따르면 귀족답게 문을 여는 정답은 '반드시 미리 알리고 문에서 시종을 기다리게 한다', 혹은 '문지기에게 도착을 알리고 대기실에서 시종이 오기를 기다린다' 였다.

나한테는 조금 어려웠네. 그나저나 고작 문 여는 방법 하나로 용케 이렇게까지 잔소리를 하다니. 대체 언제 끝나려나?

가만히 잔소리를 듣기 따분해진 나는 신관장이 방문한 이유를 모른다는 생각에 화제를 바꾸기로 했다.

"신관장님, 문을 여는 방법은 잘 알겠습니다."

"문을 여는 방법이 아니다. 여태 뭘 들었느냐? 나는 숙녀가 가져야 할 자세를……."

어이쿠. 문을 바르게 열라는 잔소리가 아니었나 보네. 전혀 눈치를 못 챘어.

한층 더 고조되어 재개될 것 같은 설교를 막으려고 나는 신관장에게 질문했다.

"왜 방문하셨는지 여쭈어도 되겠습니까? 신관장님께서 제 방에 오시다니 상당한 이유가 있으시지요? 급하신 용건 아니십니까?"

평소라면 벌써 서류 작업을 할 시간이다. 내 도움으로 여유가 생겼다고는 했지만, 그 여유를 잔소리에 쓰다간 내가 못 견딜 터였다. 신관장은 본론을 떠올렸는지 가볍게 기침을 하고 나를 보았다.

"열은 완전히 내렸는가?"

"네? 아, 예. 완전히 회복했습니다. 걱정을 끼쳐서 정말 죄송합니다."

"그거 다행이군."

다행이라고 말하면서 신관장이 매우 차가운 웃음을 지었다. 비밀의 방에서 봤을 때의 설교 분위기에 깜짝 놀라 등이 꼿꼿해졌다.

"내가 분명 소동을 일으키지 말라고 말했을 텐데. 아닌가?"

"네? 네?"

열로 드러누운 지 며칠이나 흘렀고, 벤노와 했던 얘기도 있었던 탓에 신관장이 대체 언젯적 얘기를 꺼내는지 잘 몰랐다. 무슨 소동을 일으켰다는 말일까.

"정말 뒤처리가 완벽하게 되어 있는지 확인하러 가 봤더니, 넓은 범위로 흙이 파헤쳐져 있고, 돌바닥의 일부분은 살짝 떠 있더군."

이런 곳까지 올 청색 신관은 없겠다고 생각했는데, 신관장이 일부러 확인하러 왔었던 모양이다. 바쁜 와중에 자기 눈으로 확인하지 않고서는 못 배기다니 신경질적이고 사서 고생하는 타입인 듯하다. 옅은 금색으로 보이는 눈을 가늘게 뜨고 나를 놓치지 않겠다는 듯이 붙잡았다.

"대체 무슨 짓을 하면 그렇게 되나?"

"무슨…… 그…… 사전에 보고를 드렸듯이……."

프랑에게 시선을 보냈다. 대체 프랑은 뭐라고 보고한 걸까. 어떻게 대답해야 원만하게 해결될지 전혀 모르겠다.

"프랑을 비롯해 어느 고아에게 물어도 종이 원료가 되는 나무를 벴다. 타우 열매를 던지며 놀았다. 그대가 열을 내서 쓰러졌다는 대답밖에 없던데."

"……정말 그 외에는 딱히 아무것도 하지 않았습니다."

나는 신관장의 말꼬리에 올라타며 몇 번이고 끄덕였다. 타우 열매가 마력을 흡수한 사실과 벤 나무가 토론베였다는 사실은 누설되진 않았을까. 성보가 얼마나 신선상에게 선너샀는지 보르는 나는 쓸데없는 말은 하지 않도록 입을 닫았다. 나중에 프랑에게 어떤 추궁이 있었는지 물어보자.

"모든 대답이 비슷하다는 말은 즉, 사실이라는 뜻이겠지. 그런데 돌바닥이 뒤집힐 정도의 일을 벌여 놓고도 아무런 소동도 없었다고는 하지 않겠지?"

지금부터 대체 얼마나 추궁을 당할지 몰라서 내가 경계를 하자, 신관장이 나를 노려보며 명령했다.

"마인, 그대는 오늘 하루 동안 반성실에서 지내도록."

'어라? 추궁은 없나요? 벤노 씨라면 집요하게 추궁하는데요?'

내가 앓아누운 동안 고아들에게 사정을 캐물어서일까. 신관장은 더는 추궁하지 않고 벌을 내렸다.

"반성실, 말입니까?"

"그래. 신에게 기도를 바치고, 자신의 소행을 깊이 반성하도록 하라."

싱겁다고나 할까, 말없이 반성실에 간다면 그걸로 상관없다고 생각한 나와 달리, 반성실 처벌이란 말을 들은 순간, 프랑은 새파래졌고, 델리아는 "말도 안 돼!" 하고 소리쳤다.

"청색 견습무녀가 반성실행이라니 들어 본 적이 없습니다! 창피한 일이에요!"

"신관장님, 부디 반성실만큼은 다시 생각해 주십시오!"

아무래도 나는 신전 역사상 최초로 반성실에 들어가는 청색 견습무녀가 되는 듯하다. 솔직히 말해서 신관장의 차가운 분위기 속에서 혼나면서 별 축제의 일을 끈질기게 들춰내게 되느니 차라리 반성실에 갇히는 쪽을 선택하고 싶다.

"신관장님과 한 약속을 깬 제 탓이니 어쩔 수 없습니다. 당연히 책임을 져야죠. 고아원 아이들에게 벌만 가지 않으면 충분합니다."

함께 떠들던 고아들에게 연대 책임을 물어 꾸짖지 않는다면 그걸로 좋았다. 그렇게나 즐거워 보이던 그 특별한 추억이 신관장의 설교와 반성실로 채워지면 너무 불쌍하다.

"신관장님, 반성실은 어디에 있고, 들어가면 무엇을 하나요? 아, 아뇨, 반성하는 건 알고 있어요. 그 반성이 반드시 보이게끔 해야만 하는 것이 있나요?"

정좌를 하라, 반성문을 써라, 벌 청소를 하라 등 우라노 때 혼났던 때의 여러 가지 상황이 뇌리에 떠올랐다. 신관장은 가볍게 한쪽 눈썹을 올리며 “대체 무슨 말을 하는 것이냐, 그대는.” 하고 중얼거렸다. 신전 관계자에게 당연한 것을 질문해 버린 듯하다.

“신에게 기도를 바치는 것이 당연하지 않느냐?”

‘네? 종일 구리코로 벌을 서라고요?’

예상치 못한 고행에 말문이 막히자 길이 “마인 님, 난 익숙하니까 같이 들어가 줄게.” 하고 달래 주었다. 물론 반성실에서 동행은 인정받지 못했고, 결국 나 혼자 반성실에 들어가게 되었다.

“여기서 깊이 반성하도록.”

예배실의 바로 옆에 있는 반성실에 끌려간 내게 신전장이 안으로 들어가도록 재촉했다.

반성실은 예배실과 똑같이 흰 돌로 지은 작은 방으로 상당히 높은 곳에 통풍을 위한 좁은 틈이 벌어져 있는 것이 보였다. 그 틈이 채광창 역할도 하여 흰 방을 더욱 밝혔다. 바닥도 주변의 벽도 전부 흰 돌로 지은 작은 방은 여름인데도 으스스하게 추웠다. 겨울은 큰일이겠지만, 여름에는 그다지 심한 환경은 아닐 것 같았다.

“마인 님, 괜찮으십니까?”

“응, 괜찮아.”

걱정하는 프랑과 길의 얼굴이 굳게 닫힌 나무문에 가려 보이지 않았다. 감시하는 사람도 없는데 성실하게 기도를 바칠 리가 없는 나는 구석에 털썩 주저앉았다. 서늘한 공기에 안정감이 들었다. 모처럼 생긴 시간이므로 몰래 스커트 주머니에 넣어 뒀던 벤노의 과제 목록을 꺼내 문제 해결을 고민하기로 했다. 반성은 신관장이 상태를 보러 왔을 때 하면 되겠지.

"음, 이건 신규 고객을 거절하는 시스템을 잘 도입하면 어떻게든 되지 않을까? 이건 어떻지? 신관장에게 귀족들의 식사를 알고 싶으니 점심과 만찬에 초대해 달라고 하기엔 지금은 좀 부탁하기 어렵겠지? ……후아아아아아암."

종이와 서로 노려보는 동안 커다란 하품이 나왔다. 어쩌면 아직 몸 상태가 정상은 아닌 걸까. 굉장히 졸리다. 공복 상태를 보아하니 점심은 지났겠지. 과제 목록을 접어서 주머니에 넣자마자 나는 바닥에 벌러덩 누웠다. 조금만 자고 체력을 회복하자고 스르르 졸리는 몸에 맡기고 눈을 감았다.

"마인, 반성하라 했더니 자고…… 프랑!"

"우왓! 마인 님!?"

서늘하게 차가운 석조 바닥에서 낮잠을 자는 동안 몸이 완전히 차가워진 모양이다. 나를 반성실에서 꺼내려고 신관장이 들어왔을 때는 완전히 열이 나서 꼼짝할 수 없었다. 회복하고 신전에 나온 당일에 또 열이 나다니 엄마에게 뭐라고 사과해야 할지 고민하는 프랑의 목소리가 귓가에 들렸다.

"완전히 회복한 것이 아니었느냐!?"

"죄송합니다만, 신관장님. 마인 님의 병약한 몸을 너무 얕잡아보셨습니다. 반성실은 다시 생각해 주십사 제가 말씀드렸지 않습니까."

"체면이 아니라 몸 상태를 고려해서 한 말이었구나……."

프랑의 충고를 흘려들은 탓에 회복 직전의 나는 또다시 열을 내고 앓아눕게 되어 버렸다. 자신의 책임이라며 내가 반성하기보다 먼저 나를 반성실에 넣은 신관장이 깊이 반성했다고 한다.

루츠의 가출

내가 앓아누운 지 삼 일째. 침실에 투리가 뛰어들어왔다.

"마인! 큰일 났어. 랄프가 그러는데 루츠가 가출해서 집에 안 들어왔대!"

반사적으로 벌떡 일어난 순간, 내 몸은 다시 힘없이 쓰러졌다.

"투리, 무슨 말이야? 무슨 일 있었어? 루츠는 괜찮아?"

침대에 엎드린 채 연거푸 질문하자, 투리는 실수했다는 표정을 지었다. 곤란한 듯이 눈썹을 찌푸리며 내 머리를 재차 쓰다듬었다.

"미안, 마인. 열이 내린 후에 말해야 했는데……. 마인은 흥분하면 안 돼. 또 열이 오른다고."

"투리, 말해 줘."

내가 투리의 손을 잡고 몇 번이고 말해 달라고 부탁하자, 투리는 어쩔 수 없다는 듯이 한숨을 쉬었다.

"……랄프를 불러올 테니까 마인은 자고 있어. 알겠지?"

내가 끄덕이자 투리는 몸을 돌려 방을 나갔다. 현관문이 열리고 닫히고, 열쇠로 잠그는 소리가 들리더니 투리의 발소리가 점차 작아졌다. 나는 힘없이 침대에 엎드린 채 그 소리에 귀를 기울였다.

빨리 오지 않을까 초조한 마음으로 투리가 돌아오기를 기다리자 가벼운 발걸음으로 다가오는 소리가 들리기 시작했다. 현관문이 열렸다 닫혔다.

"……랄프, 루츠는?"

투리가 데리고 온 랄프는 열이 있어 침대에서 움직이지 못하는 내 상황을 보고 한숨을 쉬었다.

"틀림없이 마인이 숨겼을 줄 알았는데……."

"조금 전에 내가 말했잖아. 마인은 벌써 사흘째 누워 있다고. 어제 저녁에 집을 뛰쳐나간 루츠를 마인이 어떻게 알아?"

"의심해서 미안하다니까."

발끈하며 화내는 투리에게 랄프가 사과하면서 내 쪽을 보았다.

"어제 루츠가 돌아오자마자 아빠한테 소리쳤어. 왜 자기를 방해하냐고. 계속 참아 왔는데, 이제 나가 주겠다고, 엄청 무서운 얼굴을 하고 말이야."

랄프의 말에 루츠가 가출한 원인을 알았다. 분명 벤노한테서 다른 마을에 데리고 나갈 수 없는 이유를 들은 것이다. 그 말에 조금은 안심했다. 아마 현재 벤노가 루츠를 보호하고 있을 터였다. 금방은 양자로 맞아들이지 못하더라도 그에 따르는 대우는 하고 있겠지.

"엄마는 불안해 하는데, 아빠는 어차피 금방 돌아올 테니까 내버려 두래. 우리도 배가 고파지면 돌아올 줄 알았는데, 아침이 돼도 점심이 돼도 안 오니까 걱정이 돼서. 마인, 루츠가 어디 있는지 몰라?"

랄프의 말을 듣고 가슴속에 불안감이 몰려들었다. 만약 벤노의 보호 아래에 있다면 분명 일을 하고 있을 텐데도 가족들이 루츠가 있을 곳을 모르다니?

"어디 있는지 모르냐니…… 루츠가 일하는 상점에도 안 갔어?"

"그게…… 녀석이 어디서 일하는지 몰라서……."

내 질문이 곤란했는지 랄프의 시선이 방황했다. 직장이 어딘지 모른다는 말이 금방은 이해하기 힘들었다. 세례식 후 일한 지 2개월 반

정도지만, 수습생이 되기 전부터 출입했던 길베르타 상회는 벌써 1년 가까이 루츠와 함께 다녔다.

"왜 몰라? 길베르타 상회잖아."

"……이름은 알아. 지크 공방에 온 적이 있다며? 그치만 지크도 상점이 어디에 있는지는 몰라."

"나랑 루츠가 지크가 있는 공방에 가지 않았다면 지금까지 몰랐겠네?"

조심스럽게 확인하는 내 말에 랄프가 껄끄러운 듯 고개를 돌렸다. 그런 랄프의 모습에 투리가 소리쳤다.

"말도 안 돼! 동생이 일하는 곳도 몰라? 가족끼리 직장에서 있었던 일 정도는 이야기하잖아?"

같은 형제라도 여자 형제와 남자 형제는 말수도 대화 내용도 다르겠지만, 이건 좀 심하지 않나. 상대에게 무관심한 건지, 억지로 들어주는 느낌인지 잘 모르겠지만 가출해도 찾지 않는 건 문제였다. 나는 랄프에게 손을 뻗어 옷소매를 꼭 잡았다.

"……저기, 랄프. 쓸데없는 참견일지 모르겠지만, 조금 더 루츠와 대화를 해 줘."

"루츠가 말을 안 하는 거야. 애초에 참는 건 내 쪽이라고. 아무리 가족들이 반대했어도 루츠는 자기가 하고 싶은 직업을 잡았고, 쉬는 날도 숲에 채집하러 가지도 않으면서 멋대로 행동하잖아. 대체 루츠가 뭘 참았다는 거야?"

내 손을 거세게 뿌리치면서 랄프가 눈을 크게 부릅뜨고 내게 소리쳤다.

"그만해, 랄프! 마인한테 난폭하게 굴지 마! 열도 아직 안 내렸어!"

"미, 미안……."

큰소리에 머리가 웅웅 울린다고 생각하면서 휴일에도 루츠를 데리고 다닌 자각이 있는 나는 루츠를 변호했다.

"루츠는 일 때문에 휴일에 나가는 건데? 벤노 씨한테 불려갈 때나 내가 부를 때도 급료는 나오니까 딱히 놀고 있지는 않아."

랄프는 놀란 듯 눈을 크게 뜬 후, 가볍게 고개를 저었다.

"……처음 들은 말이야."

거의 대화가 없는 탓에 꼬이긴 했지만, 랄프는 돌아오지 않는 루츠를 걱정하고 있다. 그것은 틀림없었다. 그리고 랄프와 대화해야 하는 사람은 내가 아닌 루츠다.

나는 투리를 올려다보았다. 코린나 씨 저택에 가거나 함께 옷을 사러 간 적이 있는 투리는 벤노를 비롯해서 종업원 몇 명과 인사한 적이 있다. 랄프가 혼자서 뜬금없이 길베르타 상회에 들어가는 것보다는 낫겠지.

"투리, 랄프를 길베르타 상회에 데리고 가 줘. 루츠가 잘 있다면 억지로 데리고 돌아가지 않아도 되니까, 무사한지만이라도 확인해 줬으면 해. 부탁해."

"나도 루츠가 걱정이니까 괜찮아. 가자, 랄프."

투리의 손을 잡고 침실을 나가려던 랄프는 내 상태가 신경 쓰였는지 한번 힐끗 돌아보았다. 걱정스럽게 이쪽을 본 랄프에게 나는 힘없는 미소만 지어 보였다.

랄프는 옛날부터 아이를 잘 보살피는 오빠로, 지금도 루츠가 제멋대로라고 생각하면서도 걱정은 하고 있었다. 근본적으로 루츠도 랄프도 어느 쪽도 나쁘지 않은데 형제 사이가 완전히 틀어졌다. 상태를 보

러 온 랄프와 루츠가 제대로 마주 보고 대화하면 좋겠다고 생각하면서 나는 눈을 감았다.

일어났을 때는 해 질 녘에 접어들고 있었다. 눈을 찌르듯 창문에서 똑바로 뻗어 얼굴에 닿는 눈부신 빛 때문에 눈이 저절로 뜨였다. 투리는 이미 상점에서 돌아왔는지 저녁 준비하는 소리가 부엌에서 들렸다. 목이 말라 나무 컵을 쥐고 목을 축이는데, 기척을 느꼈는지 열린 문틈 사이로 투리가 얼굴을 불쑥 내밀었다.

"마인, 일어났어? 밥 먹을 수 있겠어?"

내가 끄덕이며 느릿하게 몸을 일으키자 투리가 빵죽을 침대까지 가지고 와 주었다. 내가 우물우물 먹는 동안 투리는 상점에 간 후의 얘기를 들려주었다.

"루츠는 상점에서 제대로 일하고 있었어. 건강해 보였어."

"그래. 다행이다."

가출한 뒤에 사건에 휘말렸다든지, 벤노에게 보호받지 않고 행방을 알 수가 없다든지 하는 최악의 사태가 아니라서 가슴을 쓸어내렸다.

"루츠를 본 랄프가 바로 돌아가자고 강제로 데리고 가려고 했는데 루츠가 일하는 중이니까 방해하지 말라고 했거든. 랄프까지 머리에 피가 올랐는지 말싸움을 하더니 멋대로 하라며 화내고 상점을 나가버렸어. ……랄프네 아빠도 직장에 있는 이상 내버려 두라고 하시나 봐."

루츠의 가족에게 생긴 조그마한 금이 되돌리기 힘든 균열이 되고, 부서져 가는 상황을 보는 듯해서 심장이 세게 죄어드는 듯했다.

"걱정되는 건 알겠지만, 마인은 빨리 건강을 회복하지 않으면 루츠를 보러 못 갈 거야."

"……응."

다음날 나를 데리러 온 사람은 루츠가 아닌 길이었다. 루츠에게 당분간 대신 가 달라고 부탁을 받았다고 했다. 애써 와 줬지만, 아직 열이 내리지 않은 탓에 신전에는 갈 수 없었다. 침대에 누워 있는 나를 보고 길이 걱정스럽게 들여다보았다.

"마인 님, 아직 열이 있어요?"

"응. 열이 내려도 하루는 상태를 봐야 하니까 사흘 후에 다시 와 줄래?"

걱정스럽게 끄덕인 길이 내 베갯머리에서 무릎을 꿇고 내 오른손을 잡더니 마치 손등에 입맞춤하듯 얼굴을 가까이 가져가더니 이마에 대고 물 흐르듯 기도문을 읊었다.

"마인 님께 치유의 여신 룽슈멜의 가호가 있기를."

"고마워, 길에게도 신의 축복이 있기를."

미련이 남는 얼굴로 돌아간 길은 약속대로 사흘 뒤 데리러 와 주었다. 열이 내려 가족들에게도 외출 허가가 떨어졌기에 길과 함께 집을 나섰다. 루츠가 없다는 이상한 느낌에 불안했다. 계단을 내려 건물을 빠져나가니 우물 광장에서 빨래하는 루츠의 엄마 칼라가 보였다. 나는 얼른 달려가서 물었다.

"칼라 아줌마, 루츠는 아직이에요?"

칼라는 아무 말 없이 고개를 저었다. 풍채가 좋고 수다쟁이에 박력이 있는 쾌활한 칼라의 모습은 온데간데없고, 야위고 피곤해 보였다.

"마인은…… 루츠가 어떻게 지내는지 모르니?"

"랄프랑 투리한테 얘기는 들었는데, 전 열이 나서 계속 누워 있었거든요. 오늘은 지금부터 상점에 가서 루츠의 상태를 보러 가려고 하는데……."

"그래. 그럼 건강한지 어떤지 알려주겠니?"

그때는 스스로 가면 될 텐데, 하고 생각하면서 고개를 끄덕이고 길과 함께 광장에서 나왔다.

"길, 루츠의 상태를 알고 싶으니까 상점에 들를게."

"마인 님이 가고 싶다면 상관없어. 그런데 저 아줌마, 저렇게 걱정하지 않아도 괜찮을 텐데. 어차피 부모 따위 없어도 살 수 있는걸. 고아원에는 부모 같은 건 없어."

"……그러네."

내가 처음 고아원에 발을 들였을 때는 살 수 없는 아이들도 있었잖아, 하는 말은 목구멍에 삼켰다. 부모도 없이 살아가는 고아원 아이들은 '없어도 괜찮다'고 생각하지 않고서는 살 수 없을 것 같은 생각이 들어서였다.

길베르타 상회에 도착하자 마르크가 미소로 맞아 주었다. 그 뒤에서는 루츠가 서자판에 뭔가를 쓰고 있었다.

"안녕하세요, 마인. 이제 몸 상태는 괜찮습니까?"

"안녕하세요, 마르크 씨. 겨우 열이 내렸어요. 그것보다 루츠가 가출했다고 들어서……."

"그 얘기는 안방에서 부탁합니다. 요 며칠 루츠의 관계자들로 상점이 시끄러워서 종업원들도 조금 곤두서 있습니다."

부드러운 미소로 마르크가 내 말을 끊었다. 아무래도 랄프 외에도 상점에 찾아와 억지로 루츠를 데려가려고 한 듯하다. 귀족을 고객으로 삼고 품질과 고급스러움을 내거는 상점에서 차림새도 갖추지 않은 평민이 연일 찾아와 시끄럽게 굴면 이미지에 타격을 입겠지. 이대로는 상점에 있는 루츠의 입장도 나빠진다. 나는 입을 꾹 닫고 끄덕였다.

"주인님, 마인이 루츠와 얘기하고 싶다고 하니 이쪽으로 들여보내겠습니다."

"……이 방은 담화실도, 상담실도 아니다만?"

"물론 잘 알고 있습니다."

웃으면서 거절이 안 통하는 분위기를 풍기는 마르크에게 눌려 벤노가 한숨을 쉬면서 승낙했다.

"죄송해요, 벤노 씨. 밖에 나가도 괜찮았는데……."

"아니, 안에서 얘기해. 어제 저녁은 상점이 아니라 우리 집에까지 루츠의 부모가 찾아와서 루츠를 내놓으라고 우리를 유괴범 취급하면서 바구 고함을 쳤거든. 마르크가 열 받아서 쫓아 보냈다."

"죄송합니다, 주인님."

칼라가 평소의 박력으로 호통을 치며 들이닥치는 모습을 상상하자 피곤해졌다. 게다가 바로 뒤에 이어진 마르크가 열 받았다는 말에 전율이 일었다. 칼라를 쫓아내다니 대체 무슨 일이 있었던 걸까. 마치 사람이 변한 듯 무척 피곤하고 야위어 보였던 것은 혹시 마르크의 분노가 원인이었을까. 자세히 묻지 않는 편이 좋겠다 싶어 나는 루츠에게 몸을 돌렸다.

"루츠는 지금 어떻게 하고 있어? 벤노 씨 댁에 있어?

"어떻게라니, 창고로 쓰는 다락방에서 살고 있는데? 그래서 오늘 아침까지 엄마가 찾아온 줄 몰랐어…….”

칼라는 루츠를 만나지 못한 채 마르크에게 쫓겨났던 모양이다. 내게 상태를 보고 와 달라고 한 이유를 알게 되자, 복잡한 기분이 들었다.

“……뭐? 다락방?”

“당연하지. 거기 외에 갈 데가 없잖아.”

루츠는 창고로 쓰는 다락방에서 생활한다고 말했다. 그것은 더부살이 수습생이나 똑같은 취급이다. 양자로 삼겠다던 벤노가 아무런 원조도 하지 않은 셈이다.

“벤노 씨, 이게 무슨 말인가요!? 루츠를 양자로 삼겠다고 하지 않았어요!?”

“……내가 주인님의 양자라니? 응? 무슨 말이야?”

당황한 루츠의 태도로 보아 벤노는 루츠에게 아무 말도 하지 않았던 모양이다. 내가 벤노를 노려보자 벤노도 분노에 찬 눈으로 나를 내려다보며 호통 쳤다.

“이 바보 녀석! 그러고 싶어도 부모의 허락도 없이 멋대로 양자로 삼을 수 있을 리 없잖냐! 이것은 루츠에게 사정을 설명한 결과, 루츠가 선택한 길이다. 그것보다 내가 아무 생각 없이 떠벌리지 말라고 몇 번을 말해야 알아듣냐!? 부모의 허가도 받지 못한 상황에서 양자 얘기를 본인 앞에서 꺼내다니!”

아차, 하고 입을 막아도 이미 늦었다. 루츠의 눈이 어둡게 빛났다. 가출하고 혼자서 생활하느라 겪은 외로움이 뼈저리게 다가온 듯하다. 불만의 화살을 돌릴 상대를 발견한 듯 항상 정면을 향하던 루츠의 눈빛이 사나워졌다.

"설마 마인은 알고 있었어?"

"내가 얘기했다. 너의 환경과 부모의 정보를 얻으려고."

"주인님……."

벤노의 말에 루츠의 눈빛이 조금 흔들렸다. 갈 곳을 찾는 미아 같은 눈으로 루츠가 나를 보았다.

"하지만 알면서 왜 가르쳐 주지 않았어?"

"루츠가 이렇게 집을 뛰쳐나올 것 같았으니까. 가족에게 등을 돌려버릴 거라고 생각했으려나. 난 내 가족이 소중하듯, 루츠의 가족을 무너뜨리고 싶지 않았어."

루츠의 가족을 무너뜨리고 싶지는 않았지만, 그래도 집에 있기 불편하고, 벤노 씨가 루츠를 받아 준다면…… 양자로 삼아 준다면 루츠가 바라는 대로 이뤄지면 좋겠다고는 생각했다. 벤노가 있으면 부모의 간섭 없이 자유롭게 움직일 수 있는 성인이 되기 전까지 더부살이 수습생이라는 잔혹한 환경을 참으며 살지 않아도 된다고 생각했다.

하지만 현실에서 루츠는 실제로 가출했고, 부모의 허가 없이는 양자도 되지 못하며, 더부살이 수습생으로 다락방에서 지내게 되었다. 고작 닷새 정도의 생활이지만, 아이 혼자서 살기에는 힘들었는지 루츠의 눈빛이 어두웠다.

"마인도 내가 잘못했다는 거야? 가출한 내가 나쁘다고……."

루츠를 끌고 가려고 온 랄프가 '제멋대로 굴지 말고 돌아와' '네 멋대로 행동하지 마라' '상점에 피해를 주는 건 바로 너다' '이제 만족했지 않느냐' 같은 말을 했다고 투리에게 들었다.

루츠가 사과하고 집에 돌아가면 예전과 똑같은 생활은 할 수 없다. '그것 봐라, 역시 더부살이 수습생 따위 못 하겠지?'라는 가족들의 말에 내가 버릇이 없었다, 내가 참아야 한다, 하고 불만을 가슴에 담고 살아갈 수는 있겠지. 하지만 그런 루츠를 보고 싶지 않았던 나는 즉시 부정했다.

"루츠가 나쁘다는 말이 아니야. 내가 그런 말을 할 리가 없잖아. 난 루츠가 얼마나 노력해 왔는지 알아. 엄청 참아 온 것도 다 알아."

"그래……."

안심한 듯이 루츠가 살짝 숨을 내뱉었다. 그런 루츠의 비취색 눈동자를 가만히 들여다보며 나는 루츠의 손을 잡았다.

"난 무슨 일이 있어도 루츠 편이야. 나는 나인 채로 이곳에 있으라고 루츠가 말해 줬으니까 난 계속 여기에 있어."

나에게도 주변에 아무런 내 편이 없다는 생각에 나만의 세계에 틀어박혔던 경험이 있다. 불안하고 내가 있을 곳은 없다는 기분에 사로잡혀 생활하면서도 마음이 놓이지 않았던 나를 '나의 마인은 너면 돼'라고 꽉 잡아 주었던 사람은 루츠다. 그때 내가 느꼈던 아주 적은 안도감이라도 루츠가 느껴 줬으면 했다.

"그러니까 나도 루츠에게 말해 줄게. 루츠는 루츠면 돼. 나 무조건 응원할 거야. 루츠가 나를 구해 준 것처럼 나도 전력을 다해 루츠를 구할 거니까 괴로울 땐 내게 기대."

비취색 눈동자가 글썽거리더니 울 듯 웃을 듯한 얼굴로 루츠가 나를 껴안았다.

"하하……. 믿음직스럽지 못한 아군이네. 내가 기댔다가는 마인이 쓰러지겠어."

나는 뾰로통한 표정으로 루츠의 체중에 깔릴 것 같으면서도 울먹이는 루츠의 등을 가볍게 두드렸다.

"조금 정도는 도울 수 있어. 아, 맞다. 신전에서 같이 점심을 해서 먹는 건…… 어때? 다락방에는 부엌이 없으니까 밥을 지어 먹을 수 없잖아."

"……같이 해서 먹다니, 마인이 만들 것도 아니면서."

코를 훌쩍이는 소리가 귓가에서 들렸다. 그래도 루츠의 목소리가 훨씬 밝아진 것 같았다. 나는 피식 웃었다.

"거기서는 굉장히 고맙습니다, 마인 님, 이라고 말할 타이밍이야."

루츠가 키득거리며 고개를 들었다. 평소의 밝은 웃음으로 돌아왔다. 나도 조금은 루츠에게 도움이 되었는지도 모르겠다.

"……어이, 이제 끝났나?"

굉장히 어이없고 싫은 표정으로 집무용 책상에 턱을 괸 벤노가 말을 걸어 왔다. 나는 루츠의 등을 톡톡 두드린 채 고개를 갸웃거렸다.

"……끝났는데, 왜요?"

"만족했으면 이만 업무로 돌아가. 방해다."

얼른 나가라는 듯이 손을 섯는 벤노의 말에 루츠가 당황하듯 내세 떨어지면서 방을 나갔다. 나도 인사하고 그만 나가려고 했더니, 벤노가 루츠가 나간 문을 응시하면서 입을 열었다.

"마인, 빨리 루츠의 환경을 어떻게든 도와주고 싶은 마음은 동감이다만, 어제 루츠네 어머니의 반응을 고려하면 양자 건은 좀 더 머리를 식히지 않고서는 대화할 여지도 없어 보인다."

냉정하게 상황을 판단한 벤노의 말에 쓴 약을 삼킨 듯 목구멍이 옥죄어 왔다.

"당분간 이 생활이 유지될 것 같고, 지금은 괜찮아도 생활이 힘들면 마음도 피폐해진다. 루츠의 가족이 유괴니 사기니 퍼뜨리고 다니면 상점의 평판과도 관련되니까 지금의 나로서는 방도가 없다. 네가 루츠의 편이라면 되도록 루츠를 도와."

"……네."

루츠는 집을 나와도 벤노의 양자가 되면 일에 몰두할 수 있다. 식물지를 제작하는 공방 설립을 위해 다른 마을에 가서 자신의 꿈을 이룰 수 있다.

그런데 더부살이 수습생이 되어서 지금까지보다 훨씬 고생하다니…….

벤노가 한 말처럼 힘든 생활이 계속되면 루츠도 피폐해지겠지. 자신이 나빴다고 스스로를 비난하며 인정해 주지 않는 가족을 미워하게 될지도 모른다. 루츠가 나를 받쳐 준 것처럼 내가 할 수 있는 일이 과연 있을까. 유효한 수단이 하나도 떠오르지 않아서 나는 무거운 한숨을 쉬었다.

신관장의 초대장

'루츠 문제를 어떡한다?'

가출해 버린 루츠 문제를 해결하려면 루츠와 루츠의 가족이 똑바로 마주 보고 각자의 마음을 전해서 화해하는 방법이 제일이다. 서로 하고 싶은 말을 가슴에 담아만 두고 전하지 않으니까 완전히 가족 간에 엇갈린 것이다.

"……인. ……마인. 듣고 있나?"

누군가가 어깨를 흔들자 퍼뜩 정신을 차린 나는 신관장을 올려다보았다. 관자놀이를 꾹꾹 누르면서 나를 내려다보는 신관장이 손가락으로 석판을 톡톡 두드렸다.

"전혀 진전이 없는 듯한데?"

"아, 죄송합니다."

사과한 뒤 나는 다시 계산을 시작했다. 쓱삭 쓱싹 석필을 움직여 계산을 일단락하자 다시 한숨이 나왔다. 이대로는 좋지 않다고 생각하는 것은 내가 가족의 사랑을 받고 자라서일까. 가족과 함께 있는 것이 괴롭다면 차라리 떨어지는 편이 루츠에게 좋을까. 그 점이 어려웠다. 어떻게 해야 루츠에게 도움이 될까.

"마인, 손이 멈췄다."

"네? 아, 이건 끝났습니다."

"그럼 이것을……."

지금 상태를 타파할 뿐이라면 벤노에게 입양되는 것이 가장 지름

길이다. 일에 몰두할 수 있고, 업무상 힘을 가진 후원자도 얻게 된다. 생활면에서도 걱정거리가 없어진다. 다만 부모의 허가 없이는 양자를 맺을 수 없다. 그리고 이번 건에서는 벤노가 개입하지 않겠다고 분명히 말했다.

대화의 자리를 마련해서 루츠의 부모와 루츠와 벤노를 불러 제대로 얘기를 나누게 하는 방법도 생각했다. 하지만 내가 '모두 허심탄회하게 얘기합시다'라고 해 봤자, 모두가 모여 줄 리 만무하다. 그리고 대화가 격해져서 벤노나 루츠의 아버지가 폭주한다 해도 수습할 수도 없다. 아무리 생각해도 호전될 미래가 전혀 보이지 않았다.

"……정말 난 전혀 도움이 안 돼……."

"그 말대로다. 그대의 의견은 실로 옳아."

혼잣말에 대답이 돌아오자 깜짝 놀라서 고개를 드니 신관장이 무서운 눈으로 나를 내려다보고 턱으로 침대 쪽을 가리켰다.

"마인, 따라 오거라."

"저기, 신관장님. 일은 괜찮나요?"

"계산기 정비가 먼저다."

계산기라니 너무 심하지 않냐며 마음속으로 불평을 터트리면서 나는 신관장의 뒤를 따라 설교방으로 들어갔다.

여전히 물건들이 너저분하게 널린 방 안에서 나는 긴 의자에 널브러진 물건을 구석에 치우고 앉을 자리를 확보했다. 신관장은 자기 의자를 가지고 와서는 짜증난다는 듯이 털썩 주저앉더니 나를 노려보았다. 이곳에 오면 조금 감정적이 되는 신관장은 조금 전보다 두 배 정도 눈빛이 날카로웠다.

"대체 무엇을 그렇게 고민하느냐? 조금 전부터 답답한 한숨만 내쉬는 듯하다만."

"죄송합니다. 신관장님과는 전혀 관계가 없는 일입니다. 다시 마음을 다잡고 열심히 하겠습니다."

루츠가 걱정돼서 일이 손에 잡히지 않는다고 말했다가는 설교가 길어질 것 같았다. 반성하는 모습을 보여서 설교를 간략하게 끝내려고 했더니 신관장은 의자 팔걸이에 턱을 괴고는 못마땅한 듯 나를 응시했다.

"일이 밀리는 이상 전혀 무관계는 아니다."

그 말씀이 맞사옵니다.

가늘게 뜬 금색 눈동자로부터 나는 살짝 시선을 피했다. 생각이 없다는 말을 듣는 나는 되도록 말하지 않는 편이 좋다. 내가 입을 닫자 가볍게 한숨을 쉰 신관장이 자리에서 일어나 내 앞에 서는가 싶더니 갑자기 내 볼을 꽉 집었다.

"어린애가 우물쭈물, 구시렁구시렁하면 신경이 쓰여서 일에 집중이 안 되지 않느냐."

계산기 취급하는 태도로는 잘 몰랐지만, 아무래도 걱정해 주는 듯하다. 솔직하지 않아서 알기 힘든 신관장을 가만히 올려다보았다. 그러고 보니 신관장은 귀족 교육도 받은 사람이다. 정변의 숙청으로 귀족이 격감하는 바람에 신전의 귀족이 많이 혼인이나 양자로 이동했다고 들었는데, 신관장은 양자 결연에 대해 잘 알까.

"신관장님은 부모의 허가 없이 입양하는 방법을 알고 계십니까?"

내 질문에 신관장은 놀란 듯이 가볍게 한쪽 눈썹을 실룩였다.

"가족과 떨어질 결심이라도 섰나?"

"나 말고!"

신관장의 깜짝 놀랄 발언에 무심코 존댓말도 잊어버렸다. 놀라서 입을 막았지만, 신관장은 '그렇겠지'라고 가볍게 중얼거리며 흘려 버렸다. 의자에 고쳐 앉고 양쪽 팔걸이에 팔꿈치를 올려서 배 앞에서 깍지를 꼈다.

"……그럼 누구 얘기지? 상황에 따라 다르지만, 전혀 방법이 없지는 않다."

"방법이 있나요!?"

나도 모르게 벌떡 일어나자 신관장은 자리에 앉도록 가볍게 손을 흔들며 끄덕였다.

"내게 권력이 있는 이상, 빠져나갈 길은 있다. 권력을 쓸 상대는 확인해야 하겠지만."

"루츠와 벤노 씨의 양자 결연이에요."

루츠의 상황 개선에 아주 작은 희망이 보였다. 나는 고쳐 앉으면서 기대에 찬 눈으로 신관장을 바라보았다.

"두 사람 다 그대에게 중요한 인물이군. 자세히 말해 보거라."

신관장에게 대충 줄거리를 말했더니 연달아 질문을 받았고, 그 질문에 대답하는 사이에 상당히 자세한 사정을 설명하게 되었다. 만족할 때까지 질문한 신관장은 정보를 한 번 정리하는 듯 눈을 감은 후, 천천히 떴다.

"흠. 루츠가 상인 수습생이 되는 것을 부모가 반대하고, 또 일로 마을 밖에 나가는 것조차 반대하고, 가족들의 대우에 불만을 가진 루츠가 가출했다. 벤노는 장래가 유망한 루츠를 양자로 삼고 싶으나 이조차 부모가 반대한다. 그대는 루츠의 생활 환경이 개선되는 것을 가장 희망한다. 제일 좋은 방법은 가족과 화해하는 것. 가장 빠른 방법은 벤노에게 양자로 들어가는 것이라고 생각한다. 여기까지 내용에 문제 없나?"

"없습니다."

메모도 하지 않고 정확히 정보를 기억하고 정리하다니 사실 신관장은 굉장히 기억력이 좋은 게 아닐까. 내가 이상한 부분에서 감탄하는 동안 신관장은 다시 말을 이었다.

"가출한 루츠에게 아버지는 일로 나갔다면 내버려 두라고 했다, 라. 집을 나가라던지, 돌아오지 말라고는 한마디도 하지 않았나?"

"……아마도요. 저도 투리도 얘기를 듣기만 해서 정확히는 잘 모르겠어요."

지금 신관장에게 설명하면서 가장 통감한 것은 루츠네 부모의 의견을 전부 간접적으로만 들었을 뿐, 전혀 모른다는 것이다. 루츠와는 얘기도 하고, 벤노의 의견도 들었다. 하지만 루츠의 부모에 관해서는 루츠나 랄프, 투리에게 들은 얘기가 전부고, 직접 들은 적은 없다.

"……상황상 조금 다르다만, 부모에게 버림받고 고아원에서 보호받는 아이로 취급하면 고아원 원장이 부모 대신 사인해서 고아를 입양하고 싶다고 신청한 벤노의 양자로 들어갈 수 있게 된다."

"네!? 고아원 원장이라면 저잖아요! 그럼 얼른 루츠를 고아원에……."

'굉장해! 고아원 원장이 되길 잘했어!'

들뜬 마음에 자리에서 벌떡 일어나자 신관장이 다시 앉으라는 듯 손짓했다.

"기다려라. 마인, 그대는 얘기를 끝까지 듣도록. 그대에게 실패가 많은 이유가 지레짐작하고 제대로 듣지 않아서가 아닌가."

지극히 냉정한 지적에 나는 찍소리도 못 내고 다시 자리에 앉았다. 왜일까. 신관장이 내 성격을 거의 파악한 듯한 기분이 든다.

"고아원 원장이라는 직함을 받았다고는 하나, 그대는 미성년자다. 그대의 사인만으로는 입양 절차를 밟기엔 불충분하다."

"그럼 실제로 고아를 입양하고 싶다는 사람이 오면 어떡하나요?"

고아원 원장인데도 사인조차 쓸모가 없다니…….

맥없이 어깨를 축 떨구었다. 하지만 보호자 없이 아무것도 할 수 없는 어린아이에게 그런 책임을 지게 할 리가 없다고는 이미 머릿속 한편으로 냉정하게 판단했다.

"그대가 할 수 없는 이상, 상사인 내 사인이 필요하다."

"신관장님, 부탁드립니다. 루츠의 입양 절차에 사인해 주세요."

내가 신관장에게 부탁하자 신관장은 천천히 숨을 내뱉었다.

"물론 사인을 안 하겠다는 말은 아니다. 다만, 지금 그대의 주장은 전부 루츠의 시점에서 나오는 말이다. 어린아이의 주장만으로 부모에게 버려졌다고 판단할 수는 없지. 부모가 버린 아이로서 고아원에서 보호하기 위해서 내가 그의 부모에게 얘기를 들었으면 한다."

"네? 저기, 어떻게요?"

간단히 얘기를 듣고 싶다고 해도 어떻게 해야 하는 걸까. 고개를 갸웃거리는 나를 신관장이 이상한 물건을 보는 듯한 눈으로 쳐다보았다.

"어떻게라니? 얘기를 듣고 싶으면 상대방을 초청하면 그만이지 않나. 그대는 대체 무슨 말을 하는 것이냐?"

"……권력이라는 힘을 제 눈으로 목도했사옵니다."

얘기를 듣고 싶으면 상대방을 불러들이면 된다. 그것이 신전의 상식이었다. 초대장을 받고 불려갔던 엄마와 아빠를 떠올리고 나는 어깨를 떨구었다. 대화의 자리를 마련하고 싶어도 할 수 없다고 고민하던 나는 대체 뭘 했던 걸까.

"내 앞에서 모든 것을 자세히 밝히고 납득할 수 있다면 루츠의 입양 절차에 협력하지."

"감사하게 생각합니다."

나는 밝아진 기분으로 고개를 들었다. 웬일로 신관장이 웃었다. 하지만 그 웃음은 부드럽기는커녕 왠지 조금 나쁜 생각을 할 때에 얼굴에 떠오르곤 하던 의미심장한 웃음이었다.

"그러려면 그대는 오후부터라도 집무에 집중해야 하니 도서실은 보류다."

"……예이?"

어리둥절해하는 내게 재밌다는 듯이 신관장의 입술 끝이 더욱 올라갔다.

"프랑에게 들었나. 그대에게는 반성실보다 효과가 있다고."

"안 돼에에!?"

'프랑은 바보야!'

내가 울며불며 오후 집무에 집중하자 신관장은 약속대로 루츠의 부모님과 벤노와 루츠에게 보낼 초대장을 적어 주었다.

"이것을 전하거라."

루츠의 상황이 조금이라도 개선되기 위한 소중한 목패를 나는 활짝 웃음 띤 얼굴로 건네받았다.

루츠가 데리러 올 수 없게 되어서 나는 프랑과 함께 돌아가게 되었다. 신관장에게 받은 초대장을 건넬 때 길과 함께 가면 어린애 심부름으로밖에 보이지 않기 때문이다. 성인인 프랑이 있으면 루츠의 부모도 제대로 받아 주겠지.

"그럼 벤노 님과 루츠에게 전하러 가실까요."

프랑의 재촉에 나는 길베르타 상회에 들렀다. 마르크에게 안방으로 안내받고, 루츠도 부르게 했다.

"벤노 씨~. 나 칭찬해 주세요. 이것 봐요!"

내가 통통 뛰는 발걸음으로 벤노에게 다가가 목패를 척하고 건넸다. 의아한 얼굴로 벤노가 받아든 목패를 읽은 순간, 얼굴색이 싹 변하며 버럭 호통을 쳤다.

"……신관장님께서 보낸 초대장이라고!? 너 이번엔 무슨 짓을 벌인 거냐!?"

"루츠의 가출과 입양할 방법을 신관장님과 상담했더니 이렇게 됐는데요?"

이번엔 정말 도움이 되는 일을 해낸 기분이었는데, 갑자기 고함을 치니 나는 눈을 껌뻑이며 고개를 갸웃거렸다.

"대체 무슨 짓이냐!?"

"네? 어? 뭔가 잘못됐나요?"

"귀족을 이런 문제에 끌어들이지 마! 어떤 결말이 될지 예상할 수가 없잖아!"

벤노는 격분했지만, 나는 아직 그 이유를 모르겠다. 확실히 신관장은 귀족이지만, 얘기하면 이해해 주고, 솔직하지 못해서 알기 어렵지만, 걱정해 주는 것뿐이다.

"하지만 신관장님이 계산기 정비를 위해서 어쩔 수 없다고……. 그리고 나도 루츠를 위해 뭔가 하고 싶었다고요."

"마인, 네 마음은 나도 기쁘지만, 보통 이런 초대장을 받으면 무섭거든?"

루츠가 건네받은 초대장을 보고 고개를 푹 떨구었다. 벤노도 마찬가지로 초대장을 쥔 채 푹 숙인 머리를 감싸 쥐었다.

"네가 루츠를 위해 움직인 것이 신관장님의 초대장이라…… 하아."

"그치만 이번에는 벤노 씨는 관여하지 않겠다고 했고, 내 딴에는 가까운 어른에게 상담만 했을 뿐인데."

내가 입술을 삐죽이자 벤노가 적갈색 눈에 흉포한 빛을 품으며 나를 노려보았다.

"그렇군. 전력을 다해 내가 권력을 휘둘러 루츠의 가족을 협박하고, 억지로라도 양자로 들였더라면 이런 일은 벌어지지 않았다는 거로군……."

"왜, 왜 그런 무서운 말을 해요!?"

"……마인, 주인님은 정말 하고자 한다면 그 정도는 할 수 있으셔. 우리 가족은 상점에도 폐를 끼쳤고, 우리 부모님과 주인님 중 어느 쪽이 강한지는 생각하지 않아도 알잖아?"

루츠의 말에 정신이 퍼뜩 들었다. 나는 편하게 출입하는 길베르타 상회지만, 투리는 북쪽에 가는 것만으로도 긴장된다고 했고, 나 역시 처음엔 나의 생활권과 확실히 다른 차이를 느꼈었다. 칼라가 루츠를 돌려달라고 직접 담판을 지으러 간 것도 상당한 용기가 필요한 일이었고, 상점에 폐를 끼친 루츠의 가족이 아무런 벌도 받지 않은 건 벤노가 관대하게 용서했기 때문이다.

"내가 루츠를 위해서 최대한 원만하게 해결하려고 고민하고 있었는데 너는……."

"신관장님의 방법도 원만해요! 입양 수단도 제대로 생각해 주셨다고요."

"뭐라고!?"

벤노와 루츠가 덩달아 이쪽을 보았다. 나는 신관장이 말한 방법을 설명했다.

"부모에게 버림받은 루츠가 고아원에 보호를 요청하고, 벤노 씨가 고아인 루츠를 입양하고 싶은 상황이라면 고아원과 벤노 씨의 사인으로 입양이 성립된대요."

"그래서 그 고아원 원장은 너다, 이 말이군."

벤노가 씩 웃으면서 나를 보았다. 기대하는데 미안하지만, 내 사인에는 의미가 없다.

"전 어리니까 신관장님이 사인하게 돼요. 그러니까 루츠의 부모님을 소환해서 사정을 들은 후에 판단하겠대요. 이게 그 초대장이에요."

벤노는 계속 손에 쥐고 있던 목패를 보고 복잡한 표정으로 천천히 턱을 쓰다듬었다.

"신관장님께서 네가 상당히 마음에 들었나 본데? 귀족 나으리는 평민들 일에 보통은 관여 따위 안 하지."

"소중한 계산기라던데요. 제 기능 여하에 따라 일의 효율이 다르대요."

"그러고 보니 오토도 그런 말을 했었지. 이번엔 마인에게 고마워해야 할지도 모르겠지만, 왠지 말하기는 싫군. 뭘까, 이 헛수고한 느낌은…….”

하아, 하고 피곤한 듯이 벤노가 한숨을 내쉬며 머리를 세차게 긁었다.

“루츠의 부모님께는 네가 전해.”

“미안, 마인.”

“아니야, 괜찮아. 칼라 아줌마한테는 어차피 보고하러 가야 했거든. 그런데 루츠가 부모님께 버림받았다고 주장하고 고아원에 왔다는 설정이니까 내일은 고아원에 와.”

루츠에게 손을 흔들며 상점을 나온 나는 프랑과 함께 돌아갔다. 루츠의 집에 가려고 했더니 우물 광장에서 서성거리는 칼라의 모습이 눈에 들어왔다.

“칼라 아줌마!”

내가 말을 걸자, 칼라가 번쩍 고개를 들더니 나에게 달려왔다. 투실했던 얼굴이 여위어서 가늘어지고, 눈가도 조금 움푹 파인 듯 보였다.

“마인, 늦었구나. 루츠는 만났니? 어떻게 지내니?”

“성실하게 일하고 있었어요. 건강해 보였어요.”

“그렇구나.”

안도의 숨을 내쉬는 칼라에게서 루츠를 걱정하는 마음이 아플 정도로 전해져 왔다. 쉽게 양자 얘기에 응하지 않는 것이 당연할지도 모른다.

“아줌마, 이건요, 신전의 신관장님께서 보내신 초대장이에요.”

내가 목패를 꺼내어 칼라에게 내밀었다. 칼라는 믿기 힘들다는 듯 눈을 크게 뜨고 새파래져서 목패를 보았다.

"……뭐라고? 신전에서?"

"루츠가 고아원에 보호를 요청했어요. 부모에게 버림받았다고."

"멋대로 집을 나간 건 그 아이야!"

깜짝 놀란 듯 칼라가 소리쳤지만, 그런다고 이 초대장이 없어지지는 않는다. 귀족인 신관장의 초대장은 절대적이다.

"그래서 신관장님께서 루츠를 정말 고아원에서 보호할지 어쩔지 정하려면 부모의 얘기를 들어야 한다고……. 아저씨랑 같이 오세요. 사흘 뒤니까 일을 쉬어야 할지도 몰라요. 사흘 뒤 세 점 종까지 신전에 오래요."

글을 못 읽는 칼라에게 나는 초대장의 내용을 전달했다. 건넨 목패를 꽉 쥔 채 칼라는 나를 보았다.

"……사흘 뒤 세 점 종이지?"

"네. 이 목패를 문지기에게 보이면 안내해 줄 거예요."

신전에서 열린 가족회의

나는 뒤숭숭한 마음으로 사흘 후인 소집일을 맞이했다. 일찍 신전에 가서 파란 의복으로 갈아입은 뒤 신관장의 방으로 향했다. 내 시종 방에서 묵은 루츠도 수습복을 입고 함께했다. 1층 시종의 방에 묵은 건 입양으로 나가는 루츠의 모습을 보이면 다른 고아들이 쓸데없이 희망을 품을지도 모른다고 신관장이 말했기 때문이다.

"엄청 긴장되네."

"……가족회의치고는 너무 거창하지."

나와 루츠가 신관장의 방에 도착했을 때에는 벤노와 마르크가 도착했다는 연락이 이미 들어온 뒤였는지 바로 뒤에 두 사람이 회색 신관의 안내를 받아 신관장의 방으로 들어왔다.

벤노가 귀족용의 지루하고 장황한 인사를 끝냈을 즈음에 루츠의 부모가 찾아왔다. 건축 관계 일을 한다는 말대로 루츠의 아버지는 그다지 큰 몸집은 아니었지만, 탄탄하고 햇볕에 그을린 몸이 밖에서 땀을 흘리며 일하는 노동자의 풍모였다. 완고해 보이는 성격을 잘 나타내는 미간에 새겨진 주름과 날카로운 비취색 눈과 흰색에 가까운 금색 머리 탓에 조금 나이 들어 보였다.

루츠의 아버지는 루츠를 본 순간 코웃음을 친 후, 신관장에게 간단하게 인사했다. 안내받은 자리에 앉을 때 칼라는 이미 정면 자리에 앉은 벤노와 마르크를 보고 화들짝 놀랐다.

마르크 씨, 대체 뭘 한 거예요? 칼라 아줌마한테 뭐라 말했어요?

이미 겁을 준 뒤지요?

모두가 신관장의 방에 모이자 드높이 세 점 종이 울려 퍼졌다. 옆에 선 신관장의 인사를 듣는 동안 나는 손안의 조그마한 마술구를 바라보았다. 특정 상대에게만 목소리가 통하게 하는 도청 방지용 마술구로, 오늘 회의에서 내 목소리가 신관장 이외의 사람에게는 들리지 않도록 하기 위해 쓰였다. 요컨대, 쓸데없는 말은 하지 말고 잠자코 지켜보라는 신관장의 지시인 셈이다.

내가 루츠를 돕고 싶다고 호소했더니 “내가 자세히 밝히려는 것은 이곳에 모인 당사자들의 생각과 의사다. 제삼자가 끼어들면 혼란스러워진다. 특히 그대는 중립도 아닌 루츠의 편이라고 공언하고 있지. 방해다.” 라는 말을 들었다. 평소의 애매한 표현은 어디로 갔냐며 딴지를 걸고 싶을 정도였다.

내가 회의 자리에 동석하는 조건이 바로 이 마술구를 쥐고 있는 것이었으므로 오늘 나는 인형처럼 가만히 앉아 있어야만 한다. 화가 나는 부분은 벤노와 마르크도 신관장의 의견에 찬성했다는 점이다.

자리는 테이블을 중심으로 사각형으로 의자가 설치되었다. 나와 신관장이 입실하여 가장 안쪽 위치에 앉고, 루츠가 우리의 정면, 그리고 왼쪽에 루츠의 부모, 오른쪽에 벤노와 마르크로 자리를 배치했다. 인사와 간단한 자기소개가 끝나자 제일 먼저 루츠의 주장을 신관장이 말했다. 이 주장은 루츠가 신관장에게 직접 한 말로 가정에서 일어났던 일 중 나도 몰랐던 일들이 정리되어 있었다.

“……이상이 루츠의 호소다. 루츠, 내용에 문제는 없지?”

“네.”

신관장의 시선을 받은 루츠는 부모의 안색을 살피면서 끄덕였다. 나는 마음속으로 힘껏 루츠를 응원했다. 작게 떨리는 주먹을 꽉 쥐고는 루츠가 입을 열었다.

"아무리 노력해도 나를 인정해 주지 않아. 내 소망은 모조리 아빠가 반대해서……."

"응석 부리지 마라!"

루츠의 아빠 디도가 무릎 위에서 주먹을 세게 쥐고 루츠에게 일갈했다. 갑자기 터져 나온 우렁찬 목소리에 내 몸이 의자 위로 펄쩍 뛰었다. 평소 장인들을 상대로 지시를 내리는 데 익숙한 것이리라. 신관장의 방뿐만 아니라 귀족 구역에 울려 퍼지는 크고 굵직한 목소리에 내 심장이 바짝 오그라들었다.

엄청 무서워! 주눅 들잖아! 심장에 안 좋다고!

하지만 심장이 오그라든 사람은 비단 나뿐만이 아니었나 보다. 그 자리에 있던 모두가 긴장하며 일제히 디도를 보았다. 나는 자주 벤노의 호통 소리를 듣지만, 밖에서 항상 소리를 지르는 디도의 입력과 성량은 차원이 달랐다.

"노력했다? 인정을 안 해 줘? 응석 부리는 소리 마라."

우락부락한 어깨를 움직여서 몸을 쑥 내밀 듯이 루츠에게 얼굴을 돌린 디도는 날카롭고 박력 있는 눈으로 루츠를 노려보았다. 화내지 않아도 낮고 굵직한 큰 목소리가 옆에서 듣기만 해도 엄청 무섭다.

모두의 앞에서 아빠의 호통을 들어 새파래진 루츠가 터질 것 같은 울음을 어금니를 꽉 깨물며 필사적으로 참는 모습이 정면에서 보였다. 말을 걸고 싶어도 걸 수 없는 답답함에 나도 입술을 잘근 깨물자 내 옆에 앉아 있던 신관장이 일어났다. 디도의 굵직한 목소리와는 다른, 저음이면서 잘 통하는 목소리가 조용히 물었다.

"디도, 응석 부리지 말라고 했는데 그것은 무슨 의미지? 설명하거라."

"뭐? 응석 부리지 말라고 한 의미? 루츠가 응석 부리는 소리를 하잖아."

디도는 대체 무슨 말이냐는 듯 팔짱을 낀 채 고개를 갸웃거렸다. 디도에게는 한 마디로 끝나는 말을 설명하라니 곤혹스럽다는 표정을 지었다.

"노력했지만 인정받지 못하는 것이 분하다고 호소하는 루츠에게 응석 부리지 말라고 했는데, 어느 부분에서 응석을 부렸는지 난 이해하기 어렵군. 장인이나 평민촌의 상식에는 어두워서 말이다. 내가 이해할 수 있게 설명하거라."

"아아, 당신은 모르는군. ……설명, 설명…… 어렵네."

루츠 상대라면 왜 모르냐며 호통치고 끝날 일이지만, 신관장에게는 그럴 수 없다. 기본적으로 직장에서도 짧은 명령으로 해결해 버렸겠지. 디도는 턱을 쓰다듬으며 단어를 찾았다.

"부모의 반대를 무릅쓰고 가진 직업이다. 노력은 당연하지. 세례식이 끝나고 아직 계절도 바뀌지 않았는데 인정할 게 뭐가 있나? 후원자도 뭐도 없는 직업을 선택해서 뛰어든 건 거기 있는 바보 아들이다. 피를 토할 정도로 노력해도 제구실을 할까 말까 싶은데 뭘 인정하라는 거냐는 의미인데…… 이번엔 이해하겠나?"

"아아, 이해했다. 그런 시점이라면 응석을 부렸다고 볼 수 있겠군. 루츠, 자네도 이해했는가?"

디도의 지적에 루츠가 말을 삼키고 분한 듯이 이빨을 깨물며 고개

를 숙였다. 반대로 디도는 신관장이 자신의 주장을 이해해 줬다는 사실에 조금은 안도의 빛을 내비쳤다. 귀족이라는 신관장의 지위를 완전히 이용한 모임이지만, 이렇게 자세히 캐묻다 보면 디도의 말에 숨겨진 의미를 알 수 있었다. 루츠의 말만으로는 알 수 없었던 부분이었다.

"루츠, 반론은 없나? 디도의 의견이 맞다고 인정해도 괜찮은가?"

신관장이 조용한 어조로 재촉하자 루츠는 천천히 고개를 들어 부모를 보았다.

"난 성과를 인정해 달라고 말한 적 없어. 적어도……. 적어도 상인 수습생이 된 것 정도는 인정해 줄 수 있잖아!?"

"……난 맘대로 하라고 했다."

의미를 모르겠다는 듯이. 미간에 깊은 주름을 새기고 눈을 가늘게 뜬 디도가 머리를 긁적인 후 고개를 휙 들어 루츠를 보았다. 그 모습을 보아 아직껏 반대하는 듯 보이지는 않았다.

"맘대로라니…… 어? 그 말은……?"

혼란스러운 루츠가 고개를 갸우뚱하자, 칼라가 한숨을 내쉬며 해설해 주었다.

"아빠는 아빠 나름 인정했다는 말이란다."

"어, 엄마!? 알고 있었으면 가르쳐 줘야지!"

"나 역시 이 사람 말을 들은 게 오늘이 처음인데 알 턱이 있니?"

칼라가 어깨를 으쓱거리며 고개를 저었다. 부자간, 형제간뿐만 아니라 부부간에도 대화가 부족한 모양이다.

"말로 하지 않으면 모른다고……."

루츠가 힘이 빠진 듯 고개를 툭 떨구었다. 나는 루츠의 의견에 찬성한다. 하지만 잘 생각해 보면 루츠도 집에서는 그다지 자기 의견을 말하지 않았으니 닮은 사람들만 모인 가족인지도 모른다.

"디도, 루츠가 상인 수습생으로 일하는 것 자체에는 이의가 없다고 봐도 되겠는가?"

신관장의 질문에 디도는 일일이 묻지 말라는 듯이 귀찮게 고개를 끄덕였다.

"난 상인을 좋아하지 않고, 뭐가 좋다고 되고 싶은지 전혀 모르겠지만, 사내가 부모의 반대를 무릅쓰면서까지 한 번 정한 직업이라면 더부살이 수습생이든 뭐든 근성으로 해내면 돼. 징징거리면서 고아원으로 도망치지 마라. 꼴 보기 싫다."

비웃듯이 말하면서 디도는 할 말은 다 했다는 듯 내밀던 몸을 원위치로 돌려 팔짱을 꼈다.

"아저씨, 아니야! 그거 나 때문이야! 루츠는 도망치지 않았어!"

나는 나도 모르게 소리쳤지만, 누구에게도 들리지 않은 모양이다. 이쪽을 돌아보는 사람이 아무도 없었다. 유일하게 들렸을 신관장을 보니 손목에 찬 체인에 마술구를 걸고 있기만 할 뿐 쥐고 있지 않았다. 애초에 내 목소리를 들을 생각 따위 전혀 없었던 듯하다. 너무해.

"고아원으로 도망치는 건 마인이……."

나와 똑같이 반론하려던 루츠가 서둘러 입을 닫았다. 한번 입술을 꽉 물은 뒤 고개를 휙 들어 디도를 노려보았다.

"그럼 어째서 일로 다른 마을에 가는 것도 허락하지 않는 건데!?"

이번에 루츠가 집을 나오게 된 직접적인 원인은 마을 밖으로 나가기 위한 허가를 받지 못해서였다. 마을 밖으로 나가는 것을 목표로 상인 수습생이 된 루츠에게 가장 참기 힘든 점이었는데, 그것조차 디도는 한 마디로 일축해 버렸다.

"생각하면 알지 않느냐!"

디도가 고함쳤지만, 모르니까 루츠는 가출했다. 피곤한 듯 어깨를 들썩인 신관장이 또다시 말했다.

"모르겠으니 이유를 말하라."

"……아~, 또냐."

진절머리 난다는 표정으로 디도가 신음했다. 이런 건 질색이라면서 미간을 찌푸리며 입을 열었다.

"루츠가 상인이 되는 것과 마을을 나가는 것은 완전히 다른 문제다. 마을 밖은 위험해. 흉포한 짐승도 있고, 도적도 있지. 아이를 데리고 갈 곳이 아니다."

"그래 맞아! 너무 위험해."

디도와 칼라의 말에 나는 정신이 들었다. 나는 가까운 숲에 갈 정도밖에 마을에서 나간 적이 없어서 전혀 실감이 나지 않았지만, 마을 밖은 위험으로 가득하다. 이곳에서는 아이들끼리 문을 나가서 채집하러 숲에 당연하게 드나들었다. 마을 안과 똑같이 드나들었던지라 마을 밖이 평범한 부모라면 당연히 반대하는 위험한 곳이리라고는 생각하지 못했다.

게다가 이 마을에는 루츠가 이야기를 들을 정도로 예사롭게 음유시인이나 행상인이 있고, 동문 쪽 숙소에는 여행객들이 드나들었다. 그래서 여행이 힘들다고는 해도 걷거나, 혹은 말이나 마차를 쓰면서 교통편이 나쁘다는 정도의 인식밖에 없었다. 게다가 가장 가까운 어른인 벤노가 다른 마을에 공방을 세운다며 다른 마을에 갔다가 돌아오는 모습을 직접 봤기에 크게 위험을 느끼지 못했다.

나, 아직 이곳 지식을 전혀 모르는구나.

슬슬 2년이 되어가지만, 모르는 것투성이다. 한숨을 쉬는 내 옆에서 신관장은 살짝 고개를 갸우뚱했다.

"전혀 위험이 없지는 않으나, 벤노가 가는 곳은 동문을 나가 마차로 반나절이면 갈 수 있는 곳이다. 걷는다면 몰라도 마차라면 그다지 걱정하지 않아도 될 터인데?"

"필요 없다."

디도는 분명하게 딱 잘라 말했다. 루츠는 발끈한 듯이 달아오른 얼굴로 디도를 째려보았다.

"일이라고 말했잖아!"

"진정하거라, 루츠. 디도, 필요 없다는 건 무슨 말이지?"

손으로 루츠를 제지하고 신관장이 디도에게 설명을 재촉했다. 여기까지 오면 디도도 신관장이 질문하리라고 예상했는지 시선을 벤노와 마르크에게 돌렸다.

"저 남자가 다른 마을에 공방을 세우는 곳으로 루츠를 데려가도 되겠느냐고 묻더군."

"그게 왜?"

"이봐, 겨우 3년 계약하는 다루아에, 그것도 수습생에게 무슨 공부가 필요하다는 거지?"

다루아로 계약한 수습생은 일본에서 말하는 3년 계약 아르바이트 수습생이나 마찬가지였다. 단순한 작업을 하며 기본을 철저하게 배우는 일이다. 상점이나 공방이 세워진 후, 오픈 작업에 투입되기는 해도 출점 계약이나 공사에 관여하지는 않는다.

나는 다른 마을에 가고 싶은 루츠의 꿈이 이루어져서 잘 됐다고 생각했지만, 이것도 평범하게 생각하면 다루아가 할 일이 아니다. 다프라나 후계자가 해야지 루츠가 해야 할 일이 아니다. 필요 없는 일을 위해 위험한 마을 밖으로 갈 필요가 없다는 디도의 의견은 일리가 있었다.

나와 신관장이 동시에 벤노에게 시선을 돌렸다. 벤노는 가볍게 숨을 내뱉고 디도를 보았다.

"그러니까 저번에도 말씀드렸다시피, 전 앞으로 상점의 전망과 루츠의 능력을 고려한 결과, 루츠를 후계자로서 교육시키고 싶습니다. 다른 마을의 공방 개설 작업을 보여주는 것도 그 일환이고, 그러기 위해 입양을 희망하고 있습니다."

"흥, 말할 거리도 안 되는군."

디도는 벤노의 제안에 딱 잘라 퇴짜를 놓았다. 그리고는 주위를 둘러보며 "이것도 이유가 필요하나?" 하고 중얼거렸다. 신관장은 "물론이다." 라고 대답하고, 제안을 거절당한 벤노도 디도를 응시하며 끄덕였다.

"이유가 있다면 꼭 듣고 싶습니다. 실례지만, 장사를 하지 않는 당신은 루츠의 후원자가 될 수 없습니다. 입양은 상점뿐만 아니라 루츠에게도 이로운 계약입니다."

그 말에 디도는 가볍게 눈을 감았다. 그리고 날카로운 눈빛을 벤노에게 향했다.

"자네, 자식이 없지?"

"……그래서 후계자로 루츠를 생각하고 있습니다만?"

자식이 없다는 것이 거절의 이유가 되는지 의아하다는 듯 벤노가 미간을 찌푸렸다. 벤노는 자식이 없어서 입양을 고려하고 있다. 하지만 디도는 그런 의미가 아니라고 말한 뒤, 천천히 숨을 내뱉었다.

"자네가 말한 대로 나는 루츠의 후원자도 될 수 없고, 자네가 루츠의 능력을 높이 평가해 주는 점은 고맙게 생각하네."

디도는 단어를 찾듯이 시선을 헤맨 후, 루츠와 벤노를 교대로 보았다.

"자네는 경영자로서 훌륭하고, 장사꾼으로서도 유능하겠지. 루츠가 신세를 져도 될 만큼 도량과 관대함도 있을 걸세. 하지만 부모는 될 수 없어."

벤노를 욕하는 것도, 부당한 평가를 하는 것도 아니었다. 그래도 안 된다고 말한다. '부모는 될 수 없다'는 말의 의미가 이해되지 않았다.

"벤노는 부모가 될 수 없다는 말이 무슨 의미인지 설명하거라. 뭔가 나쁜 평가라도 있다는 말인가?"

신관장의 말에 디도는 신음하며 "차라리 나쁜 평가라도 있다면 편하겠다만." 하고 숨을 내쉬고 똑바로 벤노를 보았다.

"아무리 업무 평가가 좋아도 양자를 들이는 가장 큰 이유가 상점의 이익을 올리기 위해서라는 녀석은 부모가 될 수 없어. 부모가 된다는 것은 이익으로 따지는 것이 아니네. 내 말이 틀렸는가?"

벤노가 아차 싶은 듯 눈을 크게 뜬 뒤, 가벼운 쓴웃음을 지었다.

"그렇군. 말씀대로 확실히 제게 최우선은 상점의 이익입니다."

루츠의 확보가 상점과 벤노에게 가장 이익이 되기 때문에 입양을 생각했다. 물론, 루츠의 성격이나 유능함도 거기에 가미되었겠지만, 상점을 잇게 할 후계자니까 이익이 최우선인 셈이다. 상인이라면 당연한 자세지만, 그것이 부모의 자세는 아니라고 규탄하면 벤노는 반론할 수 없었다.

"입양을 거부하신 이유는 잘 알겠습니다. 하지만 전 진지하게 루츠의 장래성을 높이 평가하고 있습니다. 양자가 아닌 다프라 계약이라면 승낙해 주시겠습니까?"

다루아가 아르바이트나 계약직 사원이라면 다프라는 상점을 맡기는 간부 후보생과 같은 위치다. 상점에서의 보장도 대우도 업무 내용도 전혀 달라진다.

"상당히 성급한 것 같은데?"

"성급하다니 무슨 의미인가?"

신관장의 말에 디도는 귀찮은 표정을 드러내며 어깨를 들썩였다.

"보통 다루아 계약으로 몇 년간 일하는 태도를 지켜본 후에 다프라로 계약할지를 고민하지. 세례식을 치르고는 아직 한 계절도 안 지난 수습생이라고, 루츠는."

디도가 난색을 보이자 벤노는 의외라는 듯이 눈썹을 치켜세웠다.

"세례식 이후 계절도 바뀌지 않았지만, 제가 루츠와 함께한 지 거진 1년은 지났습니다만?"

"그런가?"

"네. 수습생 한 명을 떠맡는 일이 상점의 부담이 되는 것은 아시지요? 당시에는 인연도 의리도 없는 루츠를 뽑을 예정은 없었습니다. 전 루츠를 수습생으로 뽑을 때 쉽게 달성할 수 없는 과제를 냈습니다. 하지만 루츠는 제 예상 이상의 성과를 남겼습니다."

"호오……."

처음 들었다는 얼굴로 디도가 벤노의 이야기를 들었다. 내 기억이 분명하다면, 그때 디도는 종이를 만드는 장인이 되어도 좋다고 말했다. 혹시 종이를 무엇 때문에 만들었는지는 듣지 못했던 걸까, 아니면 루츠가 말하지 않았던 걸까?

"루츠에게는 상인 집안에서 자라지 않은 부족함을 필사적으로 채우려는 노력도, 인내심도 있습니다. 다른 곳에 빼앗기기 전에 제 밑에 두고 싶다고 생각했고, 진지하게 교육한다면 되도록 빨리 해야 합니다. 노력은 인정하지만, 루츠에게는 기초가 없기 때문입니다."

"좋네."

디도는 끄덕인 후 일어서려는 신관장을 힐끗 보고 스스로 덧붙였다.

"아무리 힘이 되고 싶어도 나는 장사꾼의 후원자는 될 수 없어. 언젠가 상점을 맡을 만한 위치를 바라본다면 그 계약은 루츠를 위해 좋겠지."

"그럼 상업 길드로 어서 절차를 밟으러 갑시다."

마르크가 싱긋 웃으며 덧붙여 말하자 디도가 아주 싫은 듯 인상을 찌푸렸다.

"이래서 상인은……."

"……아버지."

루츠의 입에서 작은 중얼거림이 흘러나왔다. 단답형으로 말을 잘라 버리던 아버지의 말의 의미를 깨닫고, 자기를 향한 애정을 깨닫고는 몹시 감동했겠지. 디도와 똑 닮은 비취색 눈에서 눈물이 주르륵 떨어졌다.

칼라도 조용히 울었지만, 둘 사이에 끼인 상태가 되어 버린 디도는 굉장히 불편한 듯 두 사람에게서 시선을 돌려 머리만 긁었다. 평소에 말하지 않던 속마음을 전부 불어 버린 부끄러움이 이제서야 밀어닥친 듯한 표정을 지었다.

"루츠! 사과해!"

햇볕에 그을려서 분간하기 어렵지만, 아마 빨개졌을 얼굴로 갑자기 그렇게 소리쳤다.

"……디도, 그래서는 모른다."

한숨을 내쉬는 신관장의 지적에 디도는 순간 윽 하고 말문이 막힌 뒤, 루츠를 향해 호통을 쳤다.

"네가 멋대로 오해하고 폭주한 탓에 이렇게 많은 사람이 휘둘렸다. 성심성의껏 사과해!"

디도의 말이 내 가슴을 푹 찔렀다. 이렇게 많은 사람을 휘두른 사람은 루츠가 아니라 오히려 나다.

"죄, 죄송했습니다!"

목소리가 통하지 않는 채, 나는 루츠와 함께 사과했다. 루츠의 부모는 루츠를 봤지만, 신관장과 벤노와 마르크의 시선은 나를 향했다.

"자, 돌아가자, 바보 아들."

루츠가 달려가자 디도가 콩, 하고 루츠의 머리에 주먹을 떨어뜨렸다. 한 대 맞고 "아얏!" 하고 말하며 눈물을 흘리면서도 루츠는 조금 기쁜 듯 디도의 옆에 나란히 섰다.

"나도 말이 부족했나 보군. ……저기, 고맙소."

디도는 부끄러운 듯한 표정으로 신관장에게 그렇게 말한 뒤, 등을 돌려 방을 나갔다. 그리고 칼라가 루츠의 손을 잡고 걸어 나갔다.

"주인님, 저희도 상업 길드로 가시지요."

"신관장님, 오늘은 정말 감사했습니다. 무사히 해결된 것 같습니다.”

쓸데없이 긴 인사말과 함께 벤노는 퇴실 인사를 하고 방을 나갔다. 루츠 일행의 뒤를 따라 상업 길드에서 다프라 계약을 하겠지.

벤노와 마르크가 방을 나가 버리자 방에는 나와 신관장만 남게 되었고, 회색 신관이 의자 등을 정리하려 드나들기 시작했다.

“반드시 모든 이의 주장을 상세히 듣도록. 한쪽 말만 들으면 판단을 그르친다.”

“네.”

내가 목소리로 나오지 않는 소리를 내며 끄덕이자 신관장은 체인으로 이어진 마술구를 손바닥에 쥐었다.

“저 가족이 무너지지 않아서 다행이군.”

갑자기 들린 목소리에 내가 눈을 깜빡이며 올려다보자 신관장은 “그대가 한 말이지?” 하고 말하면서 그다지 감정이 느껴지지 않는 무표정을 조금 풀었다.

“가족을 화해시키고 루츠를 집으로 돌려보낸다. 그것이 그대에게 최선의 결말이지 않았나?”

신관장의 말에 나는 기뻐하며 울던 루츠의 얼굴을 떠올렸다. 가족이 이해해 주지 않는다며 이를 갈던 루츠가 기쁨의 눈물을 흘리면서도, 칼라와 함께 돌아가는 모습에 나도 눈 안쪽이 뜨거워졌다.

“응, 다행이야. ……정말 다행이에요.”

너나없이 말수가 너무 적었던 탓에 꼬이고 꼬였을 뿐이지 가족의, 부자의 정이 없어진 건 아니었다. 루츠가 가족의 곁으로 돌아가서 다행이다.

“마인, 그만 울거라. ……이래서는 마치 내가 울린 것 같지 않으냐."

힐끔거리며 우리를 살피는 회색 신관의 시선을 눈치챈 신관장이 이번에는 확실하게 언짢은 표정을 지었다.

"이건 기뻐서 우는 눈물이니까 괜찮아요."

"정말이지, 그대는……."

내가 파란 의복의 소매로 눈물을 닦으려고 하니 신관장은 내 손을 잡고 "의복으로 얼굴을 닦으면 안 된다."고 말했다. 하지만 나는 손수건은 없고, 들고 있을 프랑은 바쁜 듯하다. 프랑의 움직임을 눈으로 쫓는 나를 보고 신관장은 굉장히 곤란한 표정으로 손수건을 빌려주었다. 손수건에는 이름이 새겨져 있었는데, 나는 신관장의 이름이 페르디난드라는 것을 처음 알았다.

에필로그

신전을 나온 디도는 루츠와 칼라가 손을 잡고 걷는 모습을 조금 뒤에서 바라보면서 상업 길드로 향해 큰길을 따라 남쪽으로 똑바로 걸었다. 지금부터 루츠의 다프라 계약을 맺으러 가게 되었기 때문이다. 신전에 호출되었을 때는 전혀 생각지도 못한 결과로 끝났다. 솔직히 신전에 가기 전에는 결과를 예상하지 못했지만, 끝나고 보니 꽤 좋게 얘기가 정리되었다.

'그 신관장님 덕분이군.'

디도 자신은 아들과 제대로 의사소통이 되지 않는 걸 알았지만, 어떻게 해야 좋을지 잘 몰랐다. 평민촌의 상식을 전혀 모르는 귀족이 일일이 이유를 물은 덕분에 디도는 서투르지만 말을 이을 수 있었다.

'그나저나 권터네 딸이 왜 신전에 있지? 그것도 귀족님과 똑같은 파란 옷을 입고.'

신관장 옆에서 신관장과 똑같이 파란 의복을 두른 채 조용히 앉아 있던 사람은 틀림없이 권터의 딸, 마인이었다. 거의 밖에 나오지 않지만, 루츠와 같이 세례식에 나왔기에 디도의 기억에도 선명하게 남아 있었다. 루츠와 둘이서 뭔가를 만든다는 말은 들었지만, 신전에 들어갔다는 말은 듣지 못했다. 루츠가 집을 나가기 전까지는 함께 외출했다는 얘기를 종종 들었다. 귀족과 전혀 관계가 없는 마인이 그곳에 있는 이유를 디도는 알 수 없었다. 하지만 보통 평민촌에 관여하지 않는 신관장을 움직이고, 신전에 디도 가족을 소집한 사람이 마인이란 사실만은 알았다.

“아버지, 여기가 상업 길드야.”

중앙 광장에 면한 곳에 있는 커다란 건물을 가리키며 루츠가 말했다. 마인에 대한 생각은 머리 한구석에 미뤄 두고, 디도는 상업 길드를 올려다보았다. 목수인 디도는 상업 길드에 발을 들인 적은 없다. 상업 길드 출입은 기본적으로 돈을 취급하는 자들뿐이기 때문이다. 지금까지의 삶에서 한 번도 디뎠던 적 없는 세계에 순간 망설였지만, 아무렇지도 않게 들어가는 루츠를 보고는 코웃음을 치며 뒤를 따랐다.

좁은 계단을 올라가자 자신들과 비슷한 복장을 하고 순서를 기다리는 사람들이 보였다. 대체 어떤 곳인지 몰라 어울리지 않게 긴장해 버렸지만, 딱히 긴장할 필요도 없었던 모양이다.

그렇게 생각하는데 길베르타 상회 사람들이 지체 없이 그곳을 지나가더니 더 깊숙이 들어갔다. 안쪽에는 튼튼한 금속 울타리와 경비원이 있었다. 루츠를 포함한 세 사람이 금속 카드 같은 물건을 꺼내어 건네자 경비원이 그것을 무언가에 비추어 보았다. 그러자 하얀 빛이 울타리를 지나는가 싶더니 울타리가 녹아들듯이 사라져 갔다.

귀족이 만든 마술구와 그것을 당연하게 다루는 루츠를 보고 디도는 매우 묘한 기분이 들었다. 자기 아들이 이미 자신의 손이 닿지 않는 곳에 있는 느낌이다. 입을 삐죽이며 루츠를 내려다보자 루츠가 디도를 향해 손을 건넸다.

“아버지, 어머니. 내 손을 잡아. 그러지 않으면 길드 카드가 없는 사람은 위로 못 올라가거든.”

아들과 손을 잡을 일이 거의 없는 디도는 기억 속에서보다 굉장히 커진 루츠의 손에 당황하면서 어두컴컴한 계단을 올라갔다.

처음 보는 거상의 세계가 그곳에 있었다. 바닥은 깨끗하고 두툼한 카펫이 깔리고 섬세한 조각이 아름다운 의자가 대기 장소에 놓여 있었다. 매우 깨끗한 장소였다. 자신들과는 어울리지 않는 곳이라는 사실을 싫어도 알게 되었다. 하지만 길베르타 상회의 수습복을 입고 카운터에 있는 상업 길드 수습생처럼 보이는 소녀와 대화하는 루츠는 이곳에 매우 어울렸다.

"오늘은 무슨 용무이십니까?"

"다프라 계약을 준비해 주세요. 길베르타 상회와 저의 부모님, 모두 계십니다."

"알겠습니다. ……축하해, 루츠."

"아아, 고마워, 프리다."

루츠의 자세, 언행, 말투, 이 모두가 집에서 보던 것과는 달랐다. 세례식을 마치고 겨우 한 계절이 흘렀을 뿐이다. 그래 봤자, 라고 생각했지만 루츠의 성장은 디도의 예상을 훨씬 뛰어넘었고, 이미 상인 수습생으로 자신의 세계를 만들고 있었다.

"이쪽이 루츠를 다프라 수습생으로 삼는 계약서입니다."

디도도 칼라도 펼쳐진 종이에 적힌 글자를 읽을 수 없다. 무슨 말이 쓰였는지 몰라서 상인에게 속지 않으려고 경계하니 자연스레 표정이 험악해졌다.

"루츠, 네가 읽어서 부모님께 설명하렴."

글자를 읽지 못하는 평민은 계약서를 읽을 수 없어서 손해도 많이 본다. 그래서 까막눈에게는 신용하는 사람에게 문서를 읽게 하는 일이 중요했다. 벤노의 말에 루츠는 끄덕이고, 계약서를 읽기 시작했다. 아들이 석판으로 글자 연습을 한다고 칼라에게 들어서 알고 있었지만, 이처럼 계약서를 읽을 만큼 글을 읽을 줄은 생각도 못했다. 출생의 차이를 메꾸기 위해 필사적으로 노력한다고 말한 길베르타 상회의 말이 거짓말도 과장도 아님을 알았다.

'딱히 응석을 부렸던 것도 아니었나?'

디도는 막힘없이 계약서를 읽고, 상인들 특유의 애매한 표현을 자신들이 이해하도록 설명하는 루츠의 모습에 조금 감탄함과 동시에 자기에게는 보이지 않던 아들의 모습을 인정하기에는 왠지 울화가 치밀어서 코웃음을 쳤다.

계약서에 적힌 내용은 루츠의 대우에 대해서였다. 다프라 수습생으로 취급하나, 당분간은 부모 밑에서 생활한다. 보통 다프라 계약은 열 살이므로 그 이후에는 다른 사람과 마찬가지로 길베르타 상회에서 생활한다. 짐을 옮기거나 옷을 갈아입을 방을 주고, 점심도 길베르타 상회에서 준비한다. 필요하다면 저녁도 배식한다. 마을 밖에 나가는 일이 있다면 그때는 동행한다. 급료는 다프라가 된 만큼 조금 오른다. 그런 식으로 고용 조건과 급료를 의논하고 계약을 마쳤다.

"이것으로 너는 길베르타 상회의 다프라 수습생이다. 지금보다 더 열심히 해 줘."

"네, 주인님. ……아버지, 어머니. 저기, 날 인정해 줘서 기뻐. 고마워. 절대로 약한 소리도 안 낼 거고 대단한 상인이 될게."

루츠가 희색에 찬 미소로 말했다. 디도가 "당연하지. 하겠다고 정한 이상, 약한 소리는 하지 마라."고 말해도 루츠는 건방지면서도 도전적으로 녹색 눈동자를 반짝일 뿐이었다.

'쳇. 좋은 표정 짓기는.'

"디도와 칼라. 오늘 신전에서 의논했다는 말은 입 밖에 내지 말아줬으면 좋겠어."

계약을 끝낸 양피지를 마르크에게 건네면서 벤노가 말했다.

"권터의 딸 말이지? 어째서 귀족과 똑같은 파란 옷을 입고 신전에 있나?"

신전에 들어가는 자는 부모가 죽고 의지할 가족도 직장도 없는 고아 정도다. 그리고 귀족님의 노예로 살아가게 된다고 알려져 있다. 얼른 내보내는 편이 생활이 편해질 것 같은 허약한 딸마저 소중하게 키우며 자식 사랑이 대단한 권터가 하필 신전 같은 곳에 딸을 넣었을까.

"세상엔 모르는 편이 좋은 일이 많지."

디도의 의문에 벤노는 엄격한 표정으로 적갈색 눈을 똑바로 디도와 칼라에게 향했다. 각오를 결심한 인간만이 가지는 무시무시함에 압도당하자 꿀꺽하고 숨을 삼켰다.

"마인은 이미 귀족과 관련되지 않고는 살 수 없게 되어 버렸다. 귀족에게 몸을 지킬 수단을 가지지 않는 자는 되도록 관여하지 않는 편이 좋아."

"알겠다."

디도는 그렇게 말하면서 루츠에게 시선을 옮겼다.

'그럼 너도 마인에게 깊이 관여하지 마라.'

그렇게 말하고 싶은 것을 억지로 삼켰다.

루츠는 가족에게마저 마인이 파란 의복을 입고 신전에 들어갔다는 사실을 말하지 않았다. 함께 외출한 곳이 신전이란 사실도. 이미 각오하고 관여하는 것이리라. 파란 의복을 두르고 귀족인 신관장의 옆…… 귀족 측에 앉은 마인의 모습을 떠올리고 디도는 천천히 숨을 내뱉었다. 그리고 루츠의 머리를 가볍게 때렸다.

“아야! 갑자기 왜 그래, 아버지?”

“정신 차려, 루츠. ……네 길을 놓치지 말도록 해. 알았지?”

“응? 아아, 응.”

아는지 모르는지 전혀 믿음직스럽지 않은 표정으로 루츠가 끄덕였다. 하지만 그 녹색 눈동자는 자신이 갈 길을 제대로 바라보는 듯 보였다.

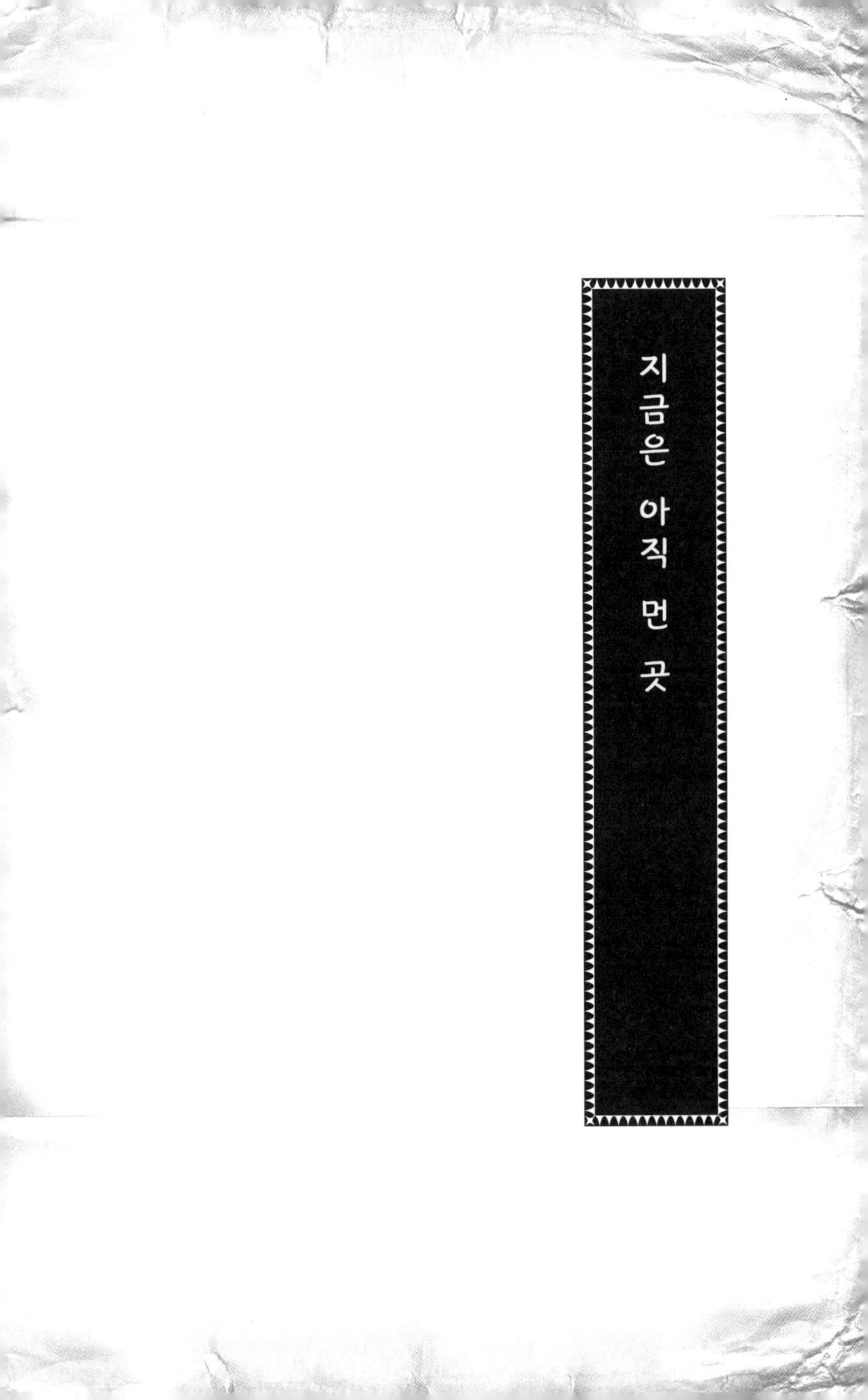
지금은 아직 먼 곳

"투리, 손님 대응을 부탁하고 싶은데 잠깐 괜찮니?"

"바로 가겠습니다."

공방장 보좌의 호출에 나는 바늘땀이 일정한지 확인하면서 바늘을 놓았다. 그리고 서둘러 앞치마를 벗고 머리와 옷에 실밥이 붙지는 않았는지, 지저분하지는 않은지 확인했다.

'좋아. 완벽해.'

마인의 말대로 몸가짐을 단정히 한 후로 가끔 손님의 대응을 맡게 되었다. 그리고 마인이 코린나 님께 머리 장식의 권리를 판 이후로 만드는 방법을 자세히 알고 싶다며 코린나 님이 공방장님을 통해 나를 호출하는 요청을 하시게 되었다. 길베르타 상회와의 연결 고리를 원하는 공방장의 호출도 늘어서 맡게 된 일이 단숨에 늘어났다.

봄에는 말단 다루아 수습생이었는데, 여름이 된 이후로 공방에서 나를 대하는 대우가 급격히 바뀌었다. 그 사실 자체는 기쁘지만, 지금까지 "저 사람만 손님 대응을 맡기네." 하며 함께 불만을 토로했던 공방 동료인 리타와 라우라에게 "갑자기 투리만 특별대우하네." 라는 불만을 듣게 되어 버렸다.

오늘도 리타와 라우라와 함께 점심을 먹을 때 불만을 토로했고, 나는 기분이 나빠져 입술을 삐죽였다.

"그래도 난 마인이 알려준 대로 했을 뿐인걸."

대응하는 사람의 몸가짐과 태도가 공방의 간판이 되니 가능한 한 청결하고 깔끔하게. 평소에도 정중한 말투와 행동을 하는 편이 좋다고 한 마인의 말을 리타와 라우라에게 전하자 두 사람의 눈이 휘둥그레졌다.

"마인은 어떻게 그런 걸 알아? 약해서 숲에도 못 가면서."

이웃인 라우라는 마인이 얼마나 약한지 잘 안다. 하지만 나보다 한 살 연상이라서 마인이 힘들게 숲에 가게 되었을 즈음에는 이미 수습생이 되어 얼굴을 마주친 적이 거의 없다. 마인의 세례식 때 비녀를 뽑아 버리고는 어쩔 줄 몰라 하던 정도밖에 면식이 없다.

"마인은 몸이 약해서 몸을 움직이는 일은 잘 못 하지만, 대신 문에서 아빠 일을 돕고 있어. 편지를 읽거나 계산도 한대. 그때 귀족님과 큰 상점주에 대한 대응법을 기억했나 봐."

사실은 청색 무녀로 신관에 다니기 시작했지만, 마인이 신전과 연관되었다는 말은 다른 사람에게 하지 말라고 아빠와 엄마가 신신당부했다. 마인은 가끔 문에서 아빠의 업무를 돕거나, 머리장식에 관한 일로 길베르타 상회에 가는 것으로 되어 있다. 루츠와 길베르타 상회에 가기도 하니 절반은 사실이다.

"와~. 글을 읽을 수 있다니 대단하네."

리타가 놀란 듯이 눈을 크게 떴다. 리타는 장인 거리를 사이에 두고 반내편에 집이 있어서 마인을 본 적도 없다. 마인을 모르는 리타에게 칭찬을 받자 나는 기뻐졌다.

"맞아, 마인은 대단해. 문에서 일을 도울 때 길베르타 상회 사람을 알게 되었는데, 날 위해 마인이 만들었던 머리 장식을 코린나 님께서 주목해 주셨지 뭐야. 요전에 코린나 님께서 마인한테 머리 장식 권리를 샀거든. 원래는 마인이 제작 방법을 알려드리러 가야 하는데 몸이 약해서 공방까지 갈 수가 없으니까 내가 대신 불려가는 것뿐이야."

마인이 머리 장식을 잘 못 만든다는 말은 숨겨 두기로 했다. 병약하고 바느질도 서툴다는 사실이 모두에게 알려지면 마인은 시집을 못 가게 된다. 이것은 언니로서 크나큰 걱정이었다.

"흠. 투리는 좋겠네. 마인 덕분에 코린나 님 댁에 간댔지? 투리만 엄청 특별대우를 받고, 나도 마인처럼 조언해 주는 여동생이 있었으면."

라우라가 부러운 듯이 한숨을 내쉬었다.

'바로 얼마 전까지 병약한 여동생이라 돌보기 귀찮고 힘들겠다고 했으면서.'

말을 뒤집는 라우라에게 발끈한 나는 갑자기 좋은 생각이 떠올라서 손뼉을 쳤다. 혼자만 대우받기보다 모두 같이 마인의 조언을 실천하면 된다.

"코린나 님 댁에 갔을 때 말이야. 코린나 님이 굉장히 멋진 드레스를 만들고 계셨어. 내가 어떻게 하면 귀족님들이 입는 멋진 옷을 디자인할 수 있을까, 라고 말했더니 마인이 가르쳐 주길……."

"뭔데? 마인이 뭐라고 했는데?"

지금까지의 얘기로 마인의 조언이 얼마나 대단한지 알게 된 두 사람은 기대로 눈을 반짝이며 몸을 쑥 내밀었다.

"쉬는 날에 마을 북쪽으로 가서 부자들이 어떤 옷을 입는지, 유행하는 색이나 디자인을 자세히 보고 공부하면 좋다고 했어. 좋은 것을 봐야 한대. 난 내일 쉬는 날에 북쪽에 가 볼까 하는데 같이 안 갈래?"

"갈래!"

"나도!"

내 권유에 리타와 라우라가 즉시 응했다. 나는 안심하며 가슴을 쓸어내렸다. 두 사람을 부른 이유는 간단하다. 마을 북쪽에 있는 길베르타 상회나 북쪽 끝에 있는 신전에 다니는 마인과 루츠와는 달리 아직 나는 혼자서는 긴장되어 중앙 광장 북쪽으로는 갈 엄두가 나지 않는데, 함께 가 주는 사람이 있으면 든든할 것 같았기 때문이다.

다음 날, 재빨리 아침 식사를 끝내고 전날 저녁에 빨래해서 널어 두었던 옷을 잡아끌었다. 코린나 님 댁에도 입고 갔던 하복이다. 북쪽에 한 번 입고 간 적이 있는 옷이라 조금은 안심이 되었다.

"자, 마인. 다녀올게."

"공부가 되면 좋겠네. 열심히 해, 투리."

마인이 손을 흔들면서 배웅해 주었다. 사실은 마인도 같이 갔으면 싶었지만, 리타와 라우라가 함께라고 마인이 싫어했다. 모두와 같은 속도로 걸을 수 없고, 도중에 힘이 빠져서 못 움직이게 되면 방해가 된다는 것이 이유였다.

집 계단을 뛰어내려와서 우물 광장에 나가자 우물 근처를 안절부절 서성이는 라우라의 모습이 보였다.

"투리, 안녕. 빨리 가자. 리타도 벌써 기다리고 있을 거야."

라우라와 함께 좁은 골목길을 누비듯 걸어서 장인 거리로 나오자 금방 리타의 모습을 찾을 수 있었다.

"라우라, 투리. 안녕."

"안녕, 리타. 나 흥분돼서 어제 잘 못 잤어."

라우라가 리타에게 냉큼 달려가서 말했다. 북쪽을 향해 걸음을 옮긴 지 얼마 지나지 않아 숲으로 가는 낯익은 아이들과 스쳐 지나갔다.

"어? 투리랑 라우라다. 오늘은 친구랑 외출이야? 시장?"

"아니. 좀 공부하러. 다들 숲에 가지? 열심히 해."

그런 대화를 나누고 손을 흔든 후, 직장에 향하는 사람들과 같은 방향으로 장인 거리를 걸었다. 가는 도중에는 재봉에 관한 화제뿐이다.

"있잖아, 투리. 코린나 님 댁에 갔을 때 얘기 좀 해 줘."

두 사람이 듣고 싶어하기에 나는 코린나 님 댁에서 본 옷과 배웠던 것들을 대부분 떠올리려고 노력하며 얘기했다. 하지만 코린나 님 얘기는 모르는 단어투성이라 전부 세세하게 기억하지는 못했다.

평소에 마인이 "뭐였지? 까먹었네." 라며 실패한 종이 뭉치에 이것저것 기록해 두고 다시 보던 모습을 떠올렸다.

나도 진지하게 글자 공부를 해야 하려나.

장인 거리는 덜컹덜컹 소리를 내며 북으로 향하는 짐차는 많지만, 마차는 거의 보이지 않았다. 이 주변의 옷들은 거의 비슷비슷했다. 대부분이 헌 옷 상점에서 파는 누더기뿐이다. 하지만 중앙 광장에 가까워질수록 누더기는 사라지고 점차 색상이 선명해지며 사용한 천의 양이 많아져 갔다. 장식품을 단 사람이 하나둘씩 보일 무렵에는 중앙 광장이 바로 눈앞에 있었다.

재잘재잘 수다를 떨면서 중앙 광장에 들어갔다. 이 광장은 서쪽 선착장에서 동문의 가도로 향하는 많은 사람이 지나가는 길이라 정말 각양각색의 옷차림이 있었다. 옷이 화려해졌고, 짐차뿐만 아니라 마차도 지나다녔다.

마을 남서쪽에 집이 있는 리타는 중앙 광장에 들어서자 눈이 휘둥그레졌다.

"시장에 갈 때도 지름길로 가니까 중앙 광장에 온 적이 거의 없는데 이렇게 다양한 사람들이 있구나. ……이렇게 보니까 파란 옷이 많네? 역시 여름을 상징하는 귀색(貴色)이라설까?"

리타의 말에 나도 조금 주시하면서 중앙 광장을 둘러보았다. 확실히 지금은 파란 복장이 많은 듯했다. 그리고 코린나 님께 배운 것을 떠올리면서 보니 지나가는 여성의 스커트에 자연스레 눈이 갔다.

"와! 저 스커트 예쁘다. 약간의 장식과 주름으로 엄청 화려해 보이네."

"마인의 세례식 예복도 굉장했잖아."

"마인은 나랑 체격이 너무 달라서 헐렁한 부분을 접어 넣기만 했어. 하지만 원래 같은 옷이니까 역시 화려하게 보이려면 천이 여유로워야겠네."

라우라의 지적에 나는 쓴웃음을 숨길 수 없었다. 확실히 나와 엄마가 예복을 고쳐서 장식을 넣었다. 그저 화려하게만 한다고 좋은 것은 아니다. 나는 그렇게 배웠다.

중앙 광장 주변은 상업 길드와 여러 협회가 있어서 지나다니는 사람도 많고, 계급도 다양한 느낌이었다. 하지만 주의해서 보면 몸에 걸친 물건으로 어렴풋이 계급과 수입이 눈에 들어왔다.

마인의 옷을 고르러 헌 옷 상점에 따라갔을 때, 피부와 머리색에 맞춰서 옷을 고르는 방법과 옷에 따라 계급을 구분하는 법을 배웠다. 그때 나와 루츠는 마인에게 어울리는 원피스를 골랐는데, 마인은 전혀 다른 옷을 골랐다. 그때를 떠올리면서 블라우스와 스커트와 조끼를 두르고 걷는 여성을 가리키며 나는 라우라와 리타에게 말을 걸었다.

"저기 봐. 여자 옷은 원피스만 있는 게 아니야. 돈이 많으면 블라우스와 스커트와 조끼를 살 수 있잖아? 조금만 조합을 바꿔도 분위기가 완전히 달라지고, 블라우스의 깃만 교체하거나, 소매에 레이스를 바꿔 달기도 해."

"정말이네. 투리는 정말 잘 아는구나."

내가 잘 아는 건 아닌데.

"여기서부터가 북쪽이지?"

마을 북측에 이어진 광장 출구까지는 평소대로 올 수 있었지만, 이 앞은 부자들이 사는 곳이라 광장에서 나가려니 긴장되었다. 북쪽을 향하는 출구 앞에 세 사람이 섰고, 나는 내 옷을 다시 확인했다. 내 시선을 눈치챘는지 라우라와 리타도 갑자기 입을 닫고 불안한 듯 자기 옷을 확인하더니 표정이 굳어졌다.

"저, 저기, 투리. 정말 북쪽에 갈 거야?"

"투리는 코린나 님 공방에도 갈 수 있으니까 괜찮지?"

라우라가 내 등을 꾹 밀었지만 나는 한 발짝도 내딛지 못한 채 그 자리에서 굳어 버리고 말았다. 코린나 님의 공방은 중앙 광장에서 그리 멀지 않고, 불려갔을 때는 안내원이 있었다.

"우리가 북쪽에 가도 되는 걸까?"

리타가 불안한 듯 내 손을 잡았다.

"으, 음……. 일단 중앙 광장에서 좀 더 다양한 옷을 구경할까? 나 아직 자세히 못 봤어."

"찬성이야. 여기서도 충분히 공부가 되잖아."

주변 옷들을 신경 쓰면서 셋이서 손을 잡고 분수대를 중심으로 중앙 광장을 천천히 돌았다. 지나다니는 사람이 입은 옷을 관찰하면서 다섯 바퀴 정도 돌았다. 북쪽에 갈 생각에 여기까지 온지라 역시나 북쪽이 신경 쓰여서 좀이 쑤셨다. 도는 도중에 북쪽 출구가 가까워지면 세 사람의 발걸음이 저절로 느려졌다.

“투리, 조금 전부터 광장을 빙글빙글 돌면서 뭐해?”

“루츠!? 루츠야말로 왜 여기에 있어?”

“난 상업 길드에 심부름 왔지. 올 때도 있더니 용무가 끝나고 나서도 있으니까 신경 쓰였어.”

상업 길드를 가리키면서 루츠는 이상한 듯이 우리를 보았다. 지적을 받고서야 우리가 얼마나 수상한 행동을 했는지 깨달았다. 북에 들어가지도 못하고 중앙 광장만 돌고 도는 창피한 모습을 지인에게 들켜 버린 것이다.

‘어떡하지? 너무 부끄러워. 루츠에게 뭐라고 설명하면 돼?’

머리를 싸매고 부끄러움에 떠는 나와 달리, 라우라는 웃으면서 루츠의 어깨를 두드렸다.

“실은 부자들이 어떤 옷을 입는지 마을 북쪽에서 공부하면 좋다고 투리가 가자고 해서 왔는데, 긴장해서 북쪽에 못 들어가고 있어. ……어라? 루츠, 굉장히 좋은 옷을 입고 있는데 무슨 일 있어?”

라우라는 아직 루츠가 길베르타 상회에 들어간 사실을 모르는 모양이다. 길베르타 상회의 수습복을 입은 루츠를 머리 꼭대기부터 발끝까지 살피며 고개를 갸웃거렸다.

“……길베르타 상회 수습복이야. 난 지금부터 상점에 돌아가는데, 길베르타 상회까지라도 괜찮다면 같이 갈래?”

“어? 그래도 돼!?”

뜻밖의 안내인을 발견하자 나는 매우 기뻐졌다. 루츠를 선두로 세 사람끼리는 나가지 못한 북쪽 광장 출구를 나왔다. 부자만 사는 북쪽은 짐차보다도 마차가 많았고, 우리가 사는 남쪽과는 전혀 달랐다. 길쭉한 건물이 많은 남쪽에 비하면 북쪽은 건물 하나하나가 거대했고, 목조로 지은 3층부터 위로는 예쁜 색으로 칠해진 건물도 많았다.

"투리는 몇 번 온 적 있잖아?"

"있긴 한데, 아무래도 아직 혼자는 긴장돼서 무리야."

루츠가 어이없다는 표정을 지으면서도 길베르타 상회 앞까지 데리고 가 주었다. 그리고 일하러 가야 한다며 금방 상점으로 뛰어들어갔다.

"……루츠가 정말 저런 훌륭한 상점의 수습생이었구나."

라우라가 입을 쩍 벌리고 길베르타 상회를 쳐다보았다. 마인과 루츠는 당연하게 출입하지만, 우리에게는 어울리지 않는 상점이다. 안에 들어가고 싶어도 문 앞에 선 문지기에게 쫓겨나는 모습이 눈에 훤했다.

잠시 우리는 길베르타 상회 앞에 서서 통행인들을 관찰했다. 하늘거리는 천을 많이 쓴 사람이 많아졌고, 적어도 누더기를 입은 사람은 보이지 않았다. 중앙 광장의 사람들과 비교하면 디자인도 다들 거의 비슷해 보였다. 이것이 마인과 코린나 님이 말한 유행인 걸까.

"부자들 옷이 멋진 건 알겠는데, 우리가 만드는 건 힘들겠어. 연습에 쓸 천도 없고, 어떻게 만들면 좋을지 전혀 모르겠는걸."

리타가 그렇게 말하며 어깨를 들썩였다. 라우라도 동의하듯이 끄덕인다.

"우리 공방에 오시는 손님이 원하는 옷이 아니야. 뭐라 할까, 굉장히 멀어서 손에 닿지 않는 느낌? 우리 공부라면 여기까지 오지 않아도 중앙 광장으로 충분해."

지금까지 나란히 사이좋게 일해 온 리타와 라우라의 의견이 나와 전혀 다르다는 사실에 충격을 받았다. 나는 좀 더 이곳에서 부자들이 입는 옷을 보고 싶고, 마인의 예복을 고쳤을 때처럼 작은 인형 옷이라도 좋으니까 부자들의 디자인을 연습해 보고 싶었다. 모두 함께 실력을 키워서 다음 다루아 계약을 갱신할 때 더 좋은 공방에 들어가고 싶었다. 하지만 두 사람은 무리라며 포기해 버렸다. 어느 새 생각과 목표가 두 사람과 다르다는 점을 깨닫고 나는 당황했다.

"그럼 오늘은 이만 돌아갈까?"

나는 불편해하는 두 사람에게 그렇게 말하고 중앙 광장으로 돌아가기 시작했다. 하지만 발걸음과 마음이 무거웠다. 고개를 숙이고 발밑을 보면서 걷는 내 마음속은 불만으로 가득했다.

'벌써 돌아가? 어떻게 여기까지 왔는데. 아직 전혀 못 봤잖아. 두 사람은 무리라고 했지만, 난 그렇게 생각하고 싶지 않아.'

몇 걸음 옮겼을 즈음에 나는 발걸음을 멈추고 뒤를 돌아보았다. 길베르타 상회에 들어가는 손님들의 모습이 보였다. 아마 코린나 님의 손님이다. 견본으로 걸려 있던 옷과 비슷한 옷을 입고 있다.

'예쁘다. 좀 더 자세히 보고 싶어.'

코린나 님의 집에서 본 귀족 드레스가 뇌리에 떠올랐다. 지금의 내가 손에 닿지 않는 곳이기에 더욱 공부해서 연습하고 싶다. 그리고 코린나 님의 공방으로 옮길 만큼 실력을 쌓고 싶다. 루츠와 마인이 길베르타 상회에 드나들게 되었으니까 나 역시 노력하면 어떻게든 되지 않을까?

'이런 생각을 하게 된 것도 전부 마인 덕분이네.'

마인은 필사적으로 노력해서 자기가 원하는 물건을 손에 넣으니까.

절대 무리라고 부모님이 반대해도 자기 길을 개척해서 나아간 루츠가 있으니까. 나도 '이 정도면 충분하다'거나 '손이 닿지 않으니까 무리'라고 생각할 수 없어졌다. 나도 내 길을 개척하고 싶다.

"투리, 왜 그래?"

앞을 걷던 두 사람이 뒤를 돌아보았다. 나는 고개를 들고 싱긋 웃고는 손을 크게 흔들었다.

"미안. 둘이서 집에 가. 모처럼 여기까지 왔으니까 난 성이 찰 때까지 공부하고 싶어."

길베르타 상회는 아직 멀고 먼 목표지만 포기하지 않겠다. 하다못해 옷 고르기에서 마인을 이길 정도까지는 노력해야지. 그렇지 않으면 재봉사 수습생인 내가 너무 분하다. 나는 발길을 돌려서 길베르타 상회 앞으로 돌아갔다. 그리고 주변 사람들을 자세히 관찰했다.

'마인에게 지지 않겠어. 난 마인의 언니니까.'

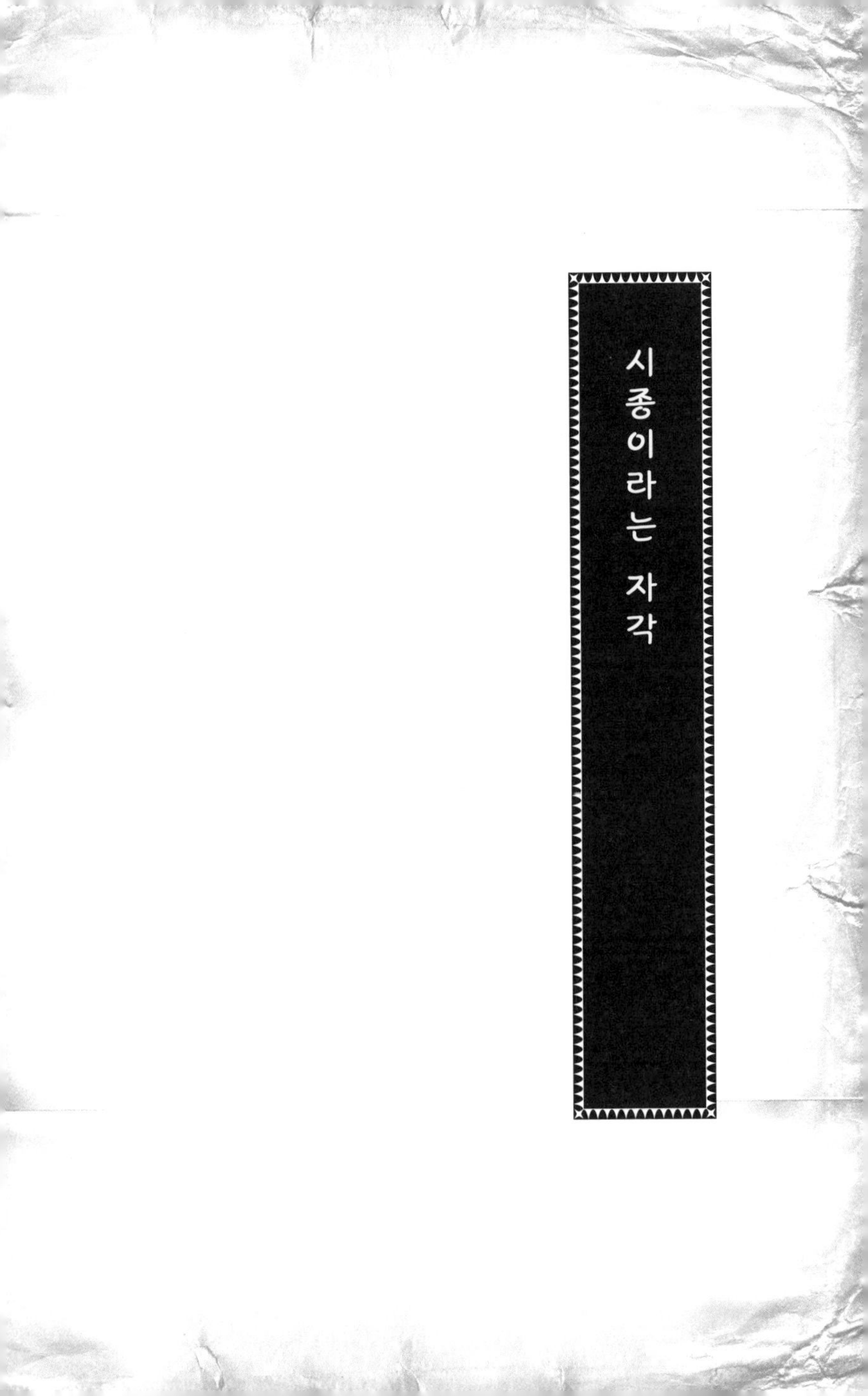

시종이라는 자각

"길, 거기 잡아 줘!"

"응!"

아침 식사를 끝낸 직후에 우리는 공방에서 외출 준비를 했다. 오늘은 루츠, 귄터, 투리가 선도해서 숲이라는 곳에 가게 된 날이다. 숲은 평민촌과 또 다른 곳인 모양이다. 그곳에서 종이 제작 방법을 배우고 고아원 공방에서 만든다고 한다.

나는 종이를 만든다는 마인 님의 말만으로 움직일 이유는 충분하지만, 일이 늘어난 고아원 녀석들은 그다지 의욕적이지 않은 듯하다. 내가 마인 님의 시종이 되기 전, 고아원에서 자주 같이 장난치고 놀던 카이가 평소에 입는 회색 신관의 옷보다 너덜너덜한 누더기를 불쾌하다는 듯이 내려다보았다.

"어이, 길. 그 종이를 만들면 어떻게 되는데?"

그런 질문을 해도 나도 전혀 모른다. 마인 님의 의도를 가장 잘 이해하는 루츠에게 시선을 돌렸다. 내 시선을 받은 루츠는 음, 하고 신음했다. 신전과 마을에서는 상식이 전혀 다르므로 당연한 것을 설명하기 어려운 것이다.

"길베르타 상회에서 사들이니까, 라고 말해도 모르겠지? 음, 마인 님이 쓸 돈이 늘어나는……. 아니, 이것도 아니지. 돈이 뭔지도 모르니까. 아, 맞다. 너희가 먹는 밥이 많아져."

"정말이야!?"

카이 일행의 눈이 기쁨으로 반짝였다. 고아원의 식사 환경은 마인 님 덕분에 다소 개선되었지만, 아직 부족했다. 양이 늘어나면 늘어날수록 기쁜 것이 당연하다.

"좋아, 가자. 종이를 만들자"

"굉장해. 마인 님의 말대로 하니까 우리끼리도 먹을 수프를 만들 수 있어. 계속해서 줄어들기만 하던 신의 은총만 가만히 기다리지 않아도 돼."

카이와 아이들의 말에 얼마 전까지의 고아원 상태가 떠올랐다. 청색 신관과 무녀가 점점 줄어들자 원래 시종이었던 회색 신관과 무녀들이 고아원으로 되돌아오기 시작했다. 고아원의 회색은 늘어만 가는데 청색은 줄고 있으니, 한 사람당 배급받는 신의 은총이 급속히 줄어들어 우리는 항상 배를 굶주렸다. 마인 님이 신전에 들어오기 전까지 새로운 청색이 들어온 적도 없어서 누군가가 시종으로 빠져나가지도, 식사량은 늘지도 않는 꽉 닫힌 공간이었다.

"평민인 청색 무녀 따위라고 무시했는데, 마인 님이 아니면 먹고 싶으면 스스로 만들라는 말을 누가 하겠어?"

마인 님은 그렇게 말하며 모든 고아에게 수프를 만드는 방법을 가르쳤고, 채소와 고기를 사 주었다. 받는 음식밖에 몰랐던 고아원에서는 지금까지의 상식을 뒤집는 엄청난 개혁이었다.

"이번에 너희를 숲에 데려가는 목적은 종이 제작을 가르치는 것만이 아니야. 숲에 있는 재료를 조금이라도 알면 굶어 죽기 전에 찾아 먹을 수 있을 테니 가르치도록 하자는 생각에서야."

루츠의 말에 카이가 가볍게 눈을 번쩍 뜬 후, 조금 기쁜 듯이 웃었다.

"마인 님이 고아원 원장이 되어 줘서 다행이다. 고아원을 도와주려는 청색 따위 아무도 없었으니까."

"그럼 마인을 위해서도 열심히 종이를 만들어 줘."

"알았어."

모두가 기대에 찬 눈으로 지게나 나이프 등 채집 도구를 들고 냄비나 찜기 같은 종이 제작에 필요한 도구를 분담해서 들었다. 숲으로 출발이다.

"마인 님, 나 제대로 익혀 올게."

"종이 제작 방법도 채집 방법도 잘 배워 와."

마인 님의 말에 내가 끄덕이자 고아원에서 가장 친한 루츠가 크게 손을 흔들며 모두에게 지시를 내렸다.

"권터 아저씨한테 꼭 붙어 따라와. 고아 혼자서는 문에서 못 나가."

권터라는 남자가 마인 님의 아빠고, 투리가 마인 님의 언니. 그렇게 들었지만, 아빠와 언니라는 관계가 어떤 사이인지는 잘 모르겠다. 마인 님은 '같이 생활하는 사람, 가족'이라고 설명해 줬지만, 역시 이해가 안 됐다. 아마 신전에서 우리가 마인 님과 함께 있듯이 평민촌에서 함께 있는 시종 같은 관계겠지. 아니면 같이 사니까 나랑 고아원 녀석들 같은 존재일까.

'가족이 뭔지는 이해하기 어렵지만, 저 사람들만큼 나도 마인 님의 의지가 되었으면.'

신전의 문을 나가자 단숨에 풍경이 바뀌었다. 온통 흰색인 신전과 달리, 평민촌은 갈색에 더럽고 냄새가 났다. 나는 줄곧 갇혀 있던 신전에서 나오는 것만으로도 아주 좋았지만, 다른 녀석들은 얼굴을 찌푸렸다. 눈치를 챈 권터가 어깨를 으쓱거렸다.

"너희가 깨끗하게 청소하는 신전과는 전혀 다르지?"

"……뭔가 더럽고 냄새나고, 시끄럽고 사람이 많아. 그리고 건물이 하얗지 않다니 이상해."

한 명이 말하자 모두가 끄덕이며 두리번두리번 주위를 둘러봤다. 수많은 회색 신관들이 돌아온 고아원은 지나치게 인원수가 늘어서 좁았는데, 마을에 나오니 그보다 더 많은 사람이 있었다. 소란스럽게 굴면 주의를 주는 신전에서는 생각할 수 없을 만큼 마을은 소란스러웠다. 처음 내가 마을에 나왔을 때는 온통 처음 보는 것들인 주변과 인파에 지나치게 흥분한 나머지 나중에 속이 울렁거릴 정도였다.

"저건 뭐죠? 본 적 없는 것들뿐이네요."

"모두 입고 있는 옷 색깔이 다양해요. ……저기 걷고 있는 사람은 청색 무녀인가요?"

한 아이가 파란 옷을 입은 여성을 발견하고 가리키자 모두가 그 여성이 지나가기 쉽도록 길가 가장자리로 피해 무릎을 꿇으려고 했다.

"아니, 아니야! 마을에는 청색 무녀도 청색 신관도 없어! 그러니까 무릎을 꿇지 않아도 돼."

"그, 그래요?"

무릎을 꿇으려던 모두가 쭈뼛거리며 여성을 보냈다. 그러면서도 혹시나 혼나지 않을까 긴장하며 몸을 움츠리는 모습에 머리를 싸매고 싶어졌다. 분명 처음 마을에 나온 나와 프랑을 본 마인 님과 루츠도 똑같이 머리를 싸매고 싶었음이 틀림없다. 신전의 상식밖에 모르는 아이들은 확실히 마을에서 겉돌았다. 마을이 익숙지 않아 두리번거리며 둘러보는 모습이 상당히 수상하게 보인다. 몇 번이나 평민촌에 나갔던 나는 내가 아는 전부를 가르쳐 주었다.

"전체가 하얀 건물은 귀족이 있는 곳뿐이야. 건물도 옷도 신전과 다르게 색이 지정되어 있지 않으니까 평민이 지은 건물에는 색이 있는 거야. 색이 다양하지? 이 주변은 부유한 상인이나 부자라고 불리는 사람들이 사는 곳이니까 깨끗한 편이지만, 좀 더 들어가면 우리가 입은 옷과 별반 다를 바 없고, 더 더러워."

"길은 어떻게 그렇게 잘 알아?"

이상하다며 눈을 반짝이는 조그마한 아이에게 나는 씩 웃으며 가슴을 폈다.

"마인 님을 집까지 보내드리거나 데리러 가느라 자주 신전에서 나가거든."

감독관 회색 신관에게 끌려서 반성실로 들어간 적이 많았던 나는 이제껏 좋은 의미로 주목을 받은 적이 없었다.

조금 으쓱해져 있는데 루츠가 내 어깨를 가볍게 두드리며 말했다.

"저렇게 득의양양해도 사실 길은 평민촌에서 실수도 꽤 잦았지. 다들 내가 된다고 하기 전까지는 주위 물건에 손대지 마. 길은 처음 마을에 나왔을 때 가게 앞에 진열된 과일을 신의 은총이라며 멋대로 먹어서 혼쭐이 났거든. 신전과 달리 마을에서는 체벌을 받으니까 혼날 짓은 하지 마. 갑자기 큰 소리를 들으며 맞을 수가 있어. 얼마나 아프고 무서운데."

루츠의 폭로에 주위 아이들이 키득키득 웃으면서 "혼나니까 주위 물건에 손대면 안 돼." 하고 서로 말을 주고받았다.

'쳇. 모처럼 멋있는 모습을 보여줄 수 있었는데 루츠 때문에 다 망쳤네.'

중앙 광장을 지나자 또다시 경치가 조금 바뀌었다. 나무로 지어진 부분이 형형색색이었던 건물들이 갈색으로 바뀌며 건물 자체도 좁거나 길어져 갔다. 주변 사람들이 입은 복장에서도 색이 사라지고 우리가 입은 옷처럼 여기저기 기운 누더기가 되어 갔다. 그리고 주변 사람들의 분위기가 바뀌었다.

"몇 번을 말해야 아냐!"

고요한 신전에서는 있을 수 없는 급작스러운 노성에 깜짝 놀라 돌아보니, 건물을 수리하는 거구의 아저씨가 성인이 됐을 정도의 남자에게 소리를 지르며 주먹을 내리쳤다.

"우왓! 체벌이다!"

"아, 아아, 투리! 저렇게 주먹을 휘둘러도 되는 겁니까?"

회색 견습신관이 벌벌 떨면서 투리의 소매를 붙잡았다. 투리는 애매한 미소를 지었다.

"혼이 나 봐야 아는 것도 있거든. 그리고 그렇게 무서워하지 않아도 혼날 짓만 하지 않으면 괜찮아."

남으로 가면 갈수록 주위 사람들이 큰 소리로 얘기하거나, 서로 욕설을 퍼부었고 조용한 신전과는 전혀 다른 무서운 분위기에 나도 모르게 움찔해 버렸다.

"골목실에 들어가면 더 무서운 사람도 있으니까 들어가면 안 돼. 똑바로 저 문까지 갈 거야."

투리가 그렇게 말하며 큰길의 앞에 있는 커다란 문을 가리켰다. 모든 고아가 투리의 말을 곧이곧대로 듣고 있는 건 단지 이 주변이 무서워서만이 아니다. 수프 만들기를 가르친 선생님이기 때문이다. 루츠도 투리도 우리와 나이 차가 많지 않은데도 지식이 많고, 많은 일을 할 수 있어 마인 님께 도움이 된다.

지금 내가 누구의 도움 없이 할 수 있는 일은 고작 청소와 배웅뿐이다. 다른 일은 프랑에게 배우면서 익히는 단계라서 도움이 된다고 할 수는 없었다.

남쪽 분위기가 거칠고 무서워서인지 자연스럽게 빨라진 발걸음으로 문에 도착했다. 문의 형태는 신전 정문과 비슷하지만, 훨씬 거대했다. 이 문 너머는 더는 마을이 아니라고 한다. 문에 들어가기 직전에 권터가 여기서 잠시 기다리라며 모두를 멈춰 세웠다.

"좀 얘기를 하고 오지. 어~이, 오토!"

권터가 멀어지고 문 앞에서 가만히 서 있는 우리를 주변 사람들이 기묘한 것을 보기라도 하듯 흘끗흘끗 쳐다보았다. 신전에서 나온 적이 없는 우리에게 이곳은 미지의 세계다. 원래라면 신전에서 나가면 안 된다는 말을 들으며 자랐기 때문에 뭐라 설명할 수 없는 죄책감 같은 것이 가슴에 퍼졌다. 모두가 같은 마음인지 점점 불안한 표정으로 변해 갔다.

"그런 표정을 짓지 않아도 괜찮아. 아빠가 같이 있잖아."

투리가 부드럽게 웃으며 그렇게 말했다. 마을에 드나드는 자를 매일 보는 문지기는 모르는 자의 출입을 막기 위해 망을 보는 일을 한다고 했다.

"마을 아이들은 얼굴을 기억해도 처음 마을로 나온 고아원 아이들은 얼굴을 모르잖아. 아빠는 이곳 병사라서 너희들의 신분을 보증하고 밖에 나가게 해 주실 거야."

"권터 아저씨가 있어서 다행이다. 우리끼리였다면 전부 못 지나갔을 거야."

문지기와 협상하는 권터를 보면서 그렇게 말한 루츠에게 나는 눈을 깜빡였다.

"루츠도 못 하는 일이 있어?"

"그야 당연하지. 내가 할 수 있는 건 적어."

루츠는 뭐든지 마인 님의 신뢰를 받는 것처럼 보였는데 그래도 못 하는 일이 있다는 말을 듣자 나는 왠지 안심했다.

"그렇구나. 그럼 나도 노력하면 마인 님께 도움이 될 수 있겠지?"

"도움이 되지 않으면 곤란해. 마인은 신전 안에서는 내 눈에 닿지 않으니까."

루츠가 씩 웃었다. 우리 두 사람의 대화를 듣고 있었는지 카이가 몇 번 눈을 깜빡이더니 내 얼굴을 들여다보았다.

"얼마 전까지만 해도 평민 꼬맹이의 시종 따위 죽어도 싫다더니 변했네?"

"……아아, 그랬었지."

자신의 환경도 고아원도 순식간에 바뀐 탓에 굉장한 시간이 지난 것 같지만, 사실은 마인 님이 신전에 들어오고는 아직 한 계절도 지나지 않았다.

"아르노한테 새로 온 청색 무녀의 시종에 길이 선택되었다고 들었을 땐 깜짝 놀랐어. 빈성실 단골인 길보다 내 쪽이 훨씬 시종에 어울린다고 생각했거든."

카이의 말에 주변 모두가 고개를 끄덕였다. 너나없이 새로운 청색 무녀의 시종이 되고 싶었다. 시종이 되면 고아원에서 빠져나갈 수 있으니 어찌 보면 당연했다. 하지만 아르노는 고개를 저으며 '신관장님께서 길로 정하셨습니다' 하고 모두의 주장을 물리쳤다. 나는 고아원에서 나갈 수 있다는 점이나 지금까지 불평을 터트리며 나를 반성실에 넣었던 감독 회색 신관보다도 높은 위치로 올라간다는 것이 기뻐서 모두에게 본때를 보여준 기분이었다. 하지만 그 기쁨은 바로 깨져버렸다.

"새로 들어온 청색 무녀가 평민이라서 방도 못 받고 고아원에서 나갈 수 없다는 말을 아르노에게 듣고 너희가 비웃었잖아."

"아, 그랬어. 시종 수습생이 되어도 식사도 방도 못 받는데 대체 무엇을 위해 시중을 드는지 몰랐으니까. 평민 청색 무녀라면 길에게 딱 어울린다든지, 자기가 선택받지 않아서 다행이란 말들을 했었지."

평민 청색 무녀니까 쓸모없는 녀석을 붙인 거라며 비웃음당한 분노에 이를 갈면서 마인 님을 만났더니 나보다도 꼬맹이고 신전에 대해서 하나도 모르는 어린애이지 않은가. 말투도 태도도 우리가 아는 청색 무녀와는 전혀 달라서 '이런 게 주인이라고?' 라고 진심으로 생각했다.

"그렇게 평범한 청색 무녀가 아니라던 길이 어째서 이렇게까지 변한 거야?"

"마인 님이 평범한 청색 무녀가 아니라서야. 마인 님은 노력하면 인정하고 칭찬해 주거든."

마인 님은 일한 만큼 보수를 주는 행위가 당연한 평민이었기 때문에 원장실 청소만 했던 내게도 잘했다며 머리를 쓰다듬고 칭찬해 주었다. 마인 님이 칭찬해 준 것을 떠올리면 나는 기뻐졌다. "열심히 노력했구나." 라든지 "고마워, 길." 하고 말하며 작은 손으로 부드럽게 머리를 쓰다듬어 주면 내 가슴속 깊은 곳에서는 항상 따뜻한 감정이 우러나왔고, 제멋대로 입꼬리가 올라가는 느낌이 들었다.

세례식을 마치고 고아원 지하에서 나온 이후로 그런 식으로 누군가가 쓰다듬어 준 일이 없었다. 하다못해 고아원 태생이 아니라 중간에 고아원에 들어온 탓에 지하에서 일하는 여자들도 나를 쓰다듬거나 안아 준 적이 거의 없었던 나는 기뻐서 어쩔 줄을 몰랐다.

"난 많은 것을 익혀서 루츠처럼 마인 님께 도움이 될 거야."

"흠~ 그런데 말이야. 길보다 내가 훨씬 습득이 빠르거든? 아직 마인 님의 시종은 적으니까 앞으로 몇 명 더 선택하시겠지?"

카이의 말에 주변 녀석들은 동의하듯 끄덕였지만, 나는 깜짝 놀랐다.

"맞아, 맞아. 마인 님은 노력하면 인정해 줘. 길뿐만 아니라 우리가 노력해도 인정해 주시겠지. 길보다 열심히 하는 모습을 보이면 길 대신 내가 시종으로 들어갈지도. 어차피 그리 대단한 일도 못 하고 있잖아?"

지금에서야 처음 깨달았다. 마인 님은 새로 들어온 청색 무녀라서 신관장님이 정해 준 시종만 있을 뿐, 아직 스스로 시종을 선택하지 않았다. 자기가 선택한 시종으로 교체할 가능성이 있는 것이다. 불안한 사실을 눈치채고 심장이 크게 뛰었다.

마인 님은 고아원 상태를 걱정해 주는 자애로운 성격이라서 마인 님의 시종이 되어도 심한 취급을 받을 걱정은 전혀 없었다. 모두가 고아원을 구해 준 마인 님의 시종 자리를 노려도 전혀 이상하지 않았다.

'큰일이다. 나보다 우수한 녀석은 고아원에 널렸는데.'

바짝바짝 타들어 가는 초조함에 등 뒤에 땀이 배어 나왔다. 시종 경험이 있는 회색 신관도, 같은 여자라서 도움을 줄 수 있는 회색 무녀도 고아원에는 많았다. 프랑은 신관장님의 시종이었으니 뭐든지 할 수 있다. 지금은 거의 모든 일을 도맡아 한다. 델리아는 여자니까 무녀의 일상사를 돌보는 데에 필요하다. 게다가 델리아는 신전장님의 명령으로 붙어 있다고 했으니까 성실하게 일을 한다면 잘릴 일은 없다.

'더 많은 일을 할 수 있게 되지 않으면 가장 도움이 안 되는 사람은 나야. 어떡하지?'

갑자기 뭐라 형용할 수 없는 불안이 가슴속에 퍼져 갔다. 지금까지의 소행도 나빴고, 할 수 있는 일이 적고, 내가 마인 님에게 도움이 되지 않는다는 것은 스스로가 가장 잘 알았다.

"통과해도 돼!"

귄터의 목소리와 손짓에 모두가 일제히 움직였다. 나는 같이 움직이면서 살짝 목을 눌렀다. 숨쉬기가 괴롭고 목 안이 바짝 말랐다. 지금까지 게을리한 탓에 다른 녀석들보다도 할 수 있는 일이 적은 것이다. 얼마나 노력해야 좋을지 모르겠다.

"길, 너 표정이 왜 그래? 몸이 안 좋아?"

"루츠. 나 노력해도 마인 님의 도움이 되지 못할지도 몰라. 나보다 더 잘하는 녀석들로 교체될지도……."

내가 불안을 호소하자 루츠는 몇 번 눈을 깜빡였다. 그리고 "바보 같은 소리 하지 마." 하고 고개를 가로저으며 문으로 들어섰다. 나는 루츠가 한 말의 의미를 전혀 알 수 없었다.

'바보 같다니 뭐야? 내가 바보라는 말이야?'

어둡고 긴 문 아랫길은 마치 지금의 내 기분 같았다. 주변에서 "왠지 지하실이 생각나네." "응, 무서워." "어두워." 하고 말하는 꼬맹이들의 목소리가 반사되어 생각보다 훨씬 크게 울렸다. 수많은 발소리가 울리는 가운데, 나는 뭐라 말할 수 없는 불안이 가득 찬 기분으로 걸었다.

'대체 얼마나 노력하면 될까? 지금부터 노력한다고 해서 다른 녀석들을 따라잡을 수 있을까?'

빛이 거의 들어오지 않는 어두운 길을 빠져나가자 눈을 뜨기 아플 정도로 눈부신 바깥에 나왔다. 그곳에는 처음 보는 풍경이 펼쳐져 있었다. 높은 벽에 둘러싸인 하늘밖에 몰랐던 나는 너무나도 눈부시고 넓은 하늘에 놀랐다. 나와 똑같은 느낌을 받은 듯 주변 꼬맹이들에게서 감탄의 소리가 쏟아졌다.

"우와! 굉장해! 봐봐! 하늘이 정말 넓고, 사각형이 아니야!"

"너무 밝고 태양이 평소보다 훨씬 눈부셔."

"마치 마인 님 같은 하늘이야. 처음 지하실에서 나왔을 때도 이만큼 눈부셨어."

그 말에 나는 마인 님이 고아원을 대청소하고, 모두가 웃으며 밥을 먹게 된 그 날의 풍경을 떠올렸다. 그때 마인 님이 내 주인이라 다행이라고 생각했다. 내가 마인 님의 시종이라 자랑스러웠다.

"루츠. 나, 마인 님의 시종을 그만두고 싶지 않아. 제대로 도움이 되고 싶어."

"너 정말 몰라?"

루츠가 놀람과 당혹감이 섞인 녹색 눈으로 나를 보았다.

"저기 말야, 고아원을 구하자는 얘기가 나왔을 때 매일 수프를 가지고 가서 꼬맹이들에게 먹인 사람이 너지? 솔선해서 청소한 사람도 너지? 넌 이미 마인에게 도움이 되고 있어. 그래도 불안하다면 앞으로 할 수 있는 일을 늘리면 돼. 마인은 노력하는 사람을 쉽게 자르지 않아. 우선은 지금부터 가르칠 종이 제작을 완벽하게 익혀 봐."

루츠는 앞으로 점차 상점이 바빠지게 되므로 자기 대신 공방을 맡길 수 있는 시종이 필요해진다고 했다. 고아원과 마인에게 소중한 공방을 맡게 되면 조금은 자신감이 붙을 거라고 루츠가 입꼬리를 올리며 말했다. 명확한 목표가 설정되자마자 내 속에서 조금씩 불안이 사라져 갔다.

"공방 관리……."

"마인 공방의 종이 제작은 고아원의 식재료를 사기 위해서도 필요하고, 마인에게 가장 중요한 수입원이야. 정신 차려, 길. 넌 마인의 시종이잖아."

루츠가 철썩, 하고 내 등을 때렸다. 올려다본 하늘은 조금 전보다 훨씬 맑고 푸르게 보였다.

"길, 루츠. 서둘러! 두고 간다!"

투리의 목소리에 주변을 보니 높은 벽이 사라져서 해방감에 둘러싸였는지 꼬맹이들이 환성을 지르면서 웃는 얼굴로 숲을 향해 달려가고 있었다.

"숲에서 마인 님께 드릴 선물을 찾을 거야!"

"이봐! 기다려! 마인 님의 시종인 내가 먼저야!"

내가 쫓아가자 꺅 하고 한층 더 큰소리를 지르며 꼬맹이들이 도망쳐 다녔다.

"너희들, 너무 뛰어다니면 돌아갈 때 지친다."

쓴웃음을 지으며 주의하는 귄터를 올려다보며 투리가 "마인은 고아원 아이들에게 존경받고 있네." 하며 기쁜 듯이 웃었다.

후기

오랜만입니다. 카즈키 미야입니다.

「책벌레의 하극상~사서가 되기 위해서라면 뭐든지 할 수 있어~제2부 신전의 견습무녀 I 」을 구입해 주셔서 감사합니다.

제2부에서는 무대가 신전으로 이동했습니다. 마인이 청색 견습무녀로 들어가게 된 신전은 우라노 때는 물론, 평민촌의 상식도 통하지 않는 곳입니다. 낙원이라 할 수 있는 도서실은 있지만 문제는 산더미. 상식의 차이, 곤란한 시종들, 지독한 상태에 놓인 고아원……. 무엇보다, 신구에 봉납하여 목숨의 기한은 늘어났지만 허약한 몸은 여전합니다. 그래도 갖가지 문제와 분투하지 않으면 귀족 출신이 지배하는 신전에서는 살아갈 수 없습니다.

혼자서는 아무것도 할 수 없어도 마인에게는 함께 움직여 주는 파트너인 루츠가 있고, 상담을 들어 주는 벤노가 있고, 신전에서의 언행을 가르치는 신관장과 프랑이 있습니다. 모두의 협력을 얻으며 마인은 하나씩 문제를 해결해 갑니다.

대화가 부족해서 엇갈리던 루츠의 가족 문제도 신관장이 관계자들을 호출하는 큰 기술을 걸어 무사히 해결됐습니다. 근심을 던 루츠와 마인의 시종으로 걸맞게 성장하려 필사적으로 분투하는 길의 노력으로 마인 공방 고아원 지점은 순조롭게 움직여 종이 제작은 더욱더 박차를 가하게 됩니다.

다음 권에서 겨우 염원하던 책 제작에 착수하게 될 것 같습니다.

이번 단편은 받은 신청 중에서 마인의 영향으로 상황이 바뀐 투리와 길의 이야기를 썼습니다. 마인의 시점에서는 이름도 나오지 않는 캐릭터도 등장하죠. 자신의 길을 발견하고 노력하는 두 사람의 생활을 느껴 주셨으면 합니다.

이번 권도 3권만큼은 아니지만, 꽤 두꺼워졌습니다. 이것도 다 조금이라도 독자의 부담을 줄이자는 생각에 제2부의 권수를 하나라도 줄이기 위해 여러 가지 검토한 결과입니다. 이 두께가 이어지리라 생각도 하지 못하셨을 TO북스 여러분, 정말 신세 많이 졌습니다.

그리고 이번 권은 루츠와 마인이 표지입니다. 두 사람 다 귀엽군요. 제2부로 들어와 새로운 캐릭터가 갑자기 늘어나서 힘드셨을 겁니다. 시이나 유우 님 감사합니다.

마지막으로, 이 책을 구입해 주신 여러분에게 최고의 감사를 바칩니다.

다음 출판은 겨울이 될 예정입니다. 다음 권에서 다시 만납시다.

2015년 8월 카즈키 미야

역자 후기

독자 여러분, 안녕하세요. 역자입니다.

「책벌레의 하극상」 제2부의 시작입니다. 현재 2부 4권의 번역을 들어가는 타이밍에 후기를 쓰고 있습니다. 편집부로부터 매번 원서를 받을 때마다 귀여운 일러스트에 놀라고, 조금씩 화려해지는 마인의 의상에 놀라고, 1권당 약 400페이지에 달하는 두께에 놀랍니다. 처음 「책벌레의 하극상」의 번역 의뢰를 받았을 때 그 방대한 분량을 미리 들었음에도 말이죠.

항상 프롤로그 작업을 시작하려고 첫 페이지를 펼치면 앞으로 펼쳐질 내용을 향한 '기대'와 마감을 맞출 수 있을까 하는 '불안'이 동시에 습격해옵니다. 하지만 역자보다 먼저 독자의 시선으로 작품을 접해서일까요. 솔직히 '기대' 쪽이 훨씬 큽니다. 그만큼 '마인'의 매력에 푹 빠졌습니다. 딸의 성장을 지켜보는 아빠의 마음이랄까요. 아등바등하는 모습이 귀엽기만 합니다.

후기를 위해 다시 2부 1권을 읽어보았습니다. 1부 때만 해도 집 방문도 제대로 못 열어서 낑낑대고 픽픽 쓰러지던 마인이 언제쯤에야 소원하는 책을 만들고 책에 둘러싸인 평온한 생활을 하게 되려는지 앞날이 깜깜했습니다만, 이번 권에서 청색 견습무녀로 신분이 상승(?!)하여 그 꿈에 한 걸음 아니, 반걸음 다가가게 되었군요. 하지만 아직까지 마인의 고생은 멀고도 험합니다. 신전 안의 관행, 마인을 보는 곱지 않은 시선들, 끔찍한 고아원의 상태, 평민촌과는 또 다른 신전의 상식에 마인은 또다시 혼란을 거듭하게 됩니다. 그렇다고 여기서 굴할 마인이 아니죠. 루츠와 벤노, 그리고 신관장의 도움으로 조금씩 현실과 맞서 싸워 나갑니다. 그리고 한 명씩 자신의 편을 늘려 가죠. 이번 편에 새로 등장하는 시종들이 그렇습니다. 스토리상 천천히 전개되지만, 느긋한 마음으로 지켜보는 재미가 쏠쏠하리라 생각합니다.

아주 솔직히 말씀드리자면 좀 더 달달한 로맨스가 보고 싶군요. 우라노 때도 모태솔로였던 마인도 이번 생에는 사랑을 좀 해 봐야 하지 않겠습니까? 마인을 둘러싼 미소년들. 아, 내용의 주제에서 너무 벗어나겠지요? TL과 로맨스물을 사랑하는 이 역자의 개인적인 바람이었습니다.

현재 일본에서는 「책벌레의 하극상」이 3년 반에 걸친 긴 연재 끝에 완결이 났습니다. 아직 일본에서도 서적판은 3부 4권을 준비 중이며, 이미지프레임에서도 한국 독자들께 「책벌레의 하극상」을 보내드리고자 V노블 편집자분들이 심혈을 기울이고 있습니다. 저 역시 많이 부족하지만 빠르게 독자분들께 마인의 하극상을 전해드리기 위해 잠자는 시간을 쪼개 가며 번역에 열을 올리겠습니다.

앞으로도 많은 사랑 부탁드리며, 지금까지 읽어 주셔서 대단히 감사합니다.

2017년 4월 김 봄

책벌레의 하극상 [2부] 신전의 견습 무녀 I

초판 1쇄 발행 2017년 4월 30일
초판 3쇄 발행 2020년 3월 15일

저자 카즈키 미야

발행인 원종우
발행처 (주)이미지프레임

주소 (13814) 경기도 과천시 뒷골1로 6, 3층
영업부 02-3667-2653 **편집부** 02-3667-2654 **팩스** 02-3667-2655
메일 edit01@imageframe.kr **웹** vnovel.kr

ISBN 978-89-6052-014-1 02830

Honzukino Gekokujo Shisho ni naru tameni ha Syudan wo Erande Iraremasen Dai Ni-bu
Shinden no Miko Minarai 1
By Miya Kazuki